阴铿其人其诗

刘雷中 著

中国书籍出版社

图书在版编目（CIP）数据

阴铿其人其诗 / 刘雷中著 . -- 北京：中国书籍出版社, 2022.12
ISBN 978-7-5068-9271-1

Ⅰ.①阴… Ⅱ.①刘… Ⅲ.①古典诗歌—诗集—中国—南北朝时代②阴铿—生平事迹 Ⅳ.① K825.6 ② I222.739.1

中国版本图书馆 CIP 数据核字 (2022) 第 212924 号

阴铿其人其诗

刘雷中　著

责任编辑	盛　洁
责任印制	孙马飞　马　芝
封面设计	山水悟道
出版发行	中国书籍出版社
地　　址	北京市丰台区三路居路 97 号（邮编：100073）
电　　话	（010）52257143（总编室）　（010）52257140（发行部）
电子邮箱	eo@chinabp.com.cn
经　　销	全国新华书店
印　　刷	明玺印务（廊坊）有限公司
开　　本	700 毫米 × 1000 毫米　1/16
字　　数	280 千字
印　　张	19.75
版　　次	2022 年 12 月第 1 版
印　　次	2022 年 12 月第 1 次印刷
书　　号	978-7-5068-9271-1
定　　价	89.00 元

版权所有　翻印必究

目录

序 …………………………………………………………… 001
前言 ………………………………………………………… 001

第一章　阴铿家世和生平……………………………………001
第一节　阴铿先祖 ………………………………………… 003
一、显赫的祖先 ………………………………………… 003
二、阴子公为西汉末南阳新野阴氏始祖 ……… 005
三、东汉早期，阴氏家族地位显赫 ……………… 007
四、武威姑臧阴氏 ……………………………………… 012
第二节　阴袭家南平郡作唐县 ………………………… 017
第三节　阴铿祖父和父亲考述 ………………………… 022
一、阴铿祖父阴智伯生平考述 ……………………… 022
二、阴铿父亲阴子春生平考述 ……………………… 036
第四节　阴铿生平考述 …………………………………… 053
第五节　阴铿任职清浊辨 ………………………………… 076
第六节　阴铿后人 ………………………………………… 085
附一：新撰阴铿传 ………………………………………… 088
附二：初拟阴铿年表 ……………………………………… 090

第二章　阴铿诗概说……………………………………………095
第一节　孤独灵魂的长吁短叹 ………………………… 101
第二节　应景之作辞采华美，但无萎靡之音 …… 105

-001-

第三节　山水清音是阴铿诗之精华 …………… 108
第四节　"清省"是阴铿诗风的主体 …………… 116
第五节　用典宏富，超过同时代诗人 …………… 120
第六节　对仗工整，切于所述 …………… 124
第七节　格律规整，奠定了唐诗格律的基本规则… 131
附：古人学、论阴铿诗 …………… 135

第三章　阴铿诗系年及其他有关问题……………143

一、《和登百花亭怀荆楚》写作时间及本事… 145

二、《罢故鄣县》作于大宝元年（550）秋 … 148

三、《晚出新亭》《晚泊五洲》《五洲夜发》
　　写于西赴江陵途中 …………… 148

四、《登武昌岸望》《游巴陵空寺》
　　作于奉父柩回作唐途中 …………… 148

五、《闲居对雨》二首于守父丧期间
　　作于家乡作唐 …………… 149

六、《观钓》可能作于作唐守制时 …………… 149

七、《渡青草湖》《南征闺怨》
　　作于南投萧勃途中 …………… 150

八、《游始兴道馆》作于南下广州途经始兴时，
　　约在绍泰元年年中 …………… 151

九、《经丰城剑池》
　　于陈武帝永定三年冬作于返回建康途中… 152

十、《和傅郎岁暮还湘州》写作时间及地点… 152

十一、《江津送刘光禄不及》之刘光禄辨 …… 154

十二、《开善寺》于陈文帝天嘉二年春
　　　作于建康 …………… 158

十三、《和侯司空登楼望乡》作于天嘉元年四五月间，

《侯司空宅咏妓》可能写于天嘉二、三年 159
十四、《广陵岸送北使》之北使及写作时间考 162
十五、《奉送始兴王》诗作于陈伯茂赴任东
　　　扬州刺史时 165
十六、《侍宴赋得夹池竹》作于天嘉五年冬 166
十七、《行经古墓》诗墓主及写作时间 166
十八、《和樊晋陵伤妾》作于天嘉六年 168
十九、天嘉五年，与张正见、贺循步韵和诗，
　　　作《赋得山中翠竹》诗 168
二十、《蜀道难》的写作当在阴铿历尽
　　　宦途之后 171
二十一、其他诗多作于天嘉元年至天嘉五年 172
二十二、《昭君怨》不大可能为阴铿所作 173

第四章　阴铿诗校注与解读 179

和登百花亭怀荆楚 181
罢故鄣县 184
晚出新亭 186
晚泊五洲 189
五洲夜发 192
登武昌岸望 194
游巴陵空寺 197
闲居对雨其一（原其二） 199
闲居对雨其二（原其一） 202
观钓 204
渡青草湖 206
南征闺怨 210
游始兴道馆 212

经丰城剑池	218
和侯司空登楼望乡	221
侯司空宅咏妓	223
江津送刘光禄不及	227
和傅郎岁暮还湘州	230
广陵岸送北使	236
奉送始兴王	241
开善寺	244
赋咏得神仙	247
渡岸桥	250
班婕妤怨	252
秋闺怨	254
西游咸阳中	256
蜀道难	259
咏石	262
雪里梅花	265
咏鹤	267
新成安乐宫	268
侍宴赋得夹池竹	273
赋得山中翠竹	276
行经古墓	279
和樊晋陵伤妾	282
残句	284
存疑诗一首：昭君怨	285
阴铿研究论著目录	290
兴趣是最好的老师（代后记）	295

序

刘梦初

刘雷中先生书稿《阴铿其人其诗》放在我电脑桌面上好些天了，一连读过两遍，觉得大有所得。年内书稿即将付梓，雷中君嘱我为他的新著写上几句话。一是因为我在大学是讲授中国古代文学的，研究方向是唐宋诗词与地方文化，阴铿尚在我的钻研范围。二是因为咱俩从常德诗词学会（武陵诗社）到常德刘禹锡研究会都曾担任副会长，有二十多年的交情，了解深，信得过，于是欣然受命。

阴铿祖籍南阳新野（今河南南阳市新野县），东汉时迁武威姑臧，到高祖阴袭时又迁居南平郡作唐县（今湖南省安乡县），阴铿就出生在安乡，是正宗的常德人。阴铿是常德地区历史上最早走向全国的本土诗人（屈原的汉寿籍暂未得到学术界公认），研究阴铿对于中国古代诗歌和湖湘地方文化都有重要意义。

南朝梁陈时正处于汉魏以来古体诗向近体诗的过渡时期，梁简文帝萧纲喜爱、提倡宫体，靡风艳诗盛行，相沿推演近百年。阴铿潜心音韵，斟酌词句，讲究对仗，以他"清省"的五言新体诗给当时诗坛的创作带来了一股清爽气息，"一洗玉台之陋，顿开沈、宋之风"，为唐代格律诗的形成开了先河。

作为六朝时期的著名诗人，尽管阴铿当时就被推重，然而后来的研究者并不多。唐宋以还，对阴铿偶有提及，也多是只言片语，不成系统。改革开放之后，研究阴铿的论文数量渐增，并出现了阴铿诗集和笺注本，但研究仍尚单薄，更谈不上深入。反观《阴铿其人其诗》一书，在梳理考辨、赏析研究方面大大推进了一步。总

括其特点，可概谓之全、细、新。

雷中君《阴铿其人其诗》分为四章，另有附录补充。从家世生平到全貌概说，从系年考辨到校注解读，从音韵分析到文学欣赏，娓娓道来，逐层深入。广泛涉猎、搜集前人及当代学者的研究成果，充分予以吸收运用。仅校注"异文"，引用到的书就有《古诗纪》《采菽堂古诗选》《六朝诗集》《艺文类聚》《文苑英华》《古俪府》《先秦汉魏晋南北朝诗》《锦绣万花谷》《初学记》《乐府诗集》《诗渊》《古乐苑》《诗薮》《玉台新咏》《古今事文类聚》《石仓历代诗选》《诗镜》《蜀中广记》《山堂肆考》《南濠诗话》《职官分纪》等20多部（本），并且广泛搜集参阅了当代学者关于阴铿及其诗的研究论文，甚至大学硕士研究生论文如华南师范大学硕士研究生曾燕芬的《阴铿及其作品研究》也未放过。阴铿诗的"集评"更是把唐、宋、元、明、清各大家的相关点评都搜罗到了一起，可以说是当前的集大成之作，是谓之"全"也。

雷中君《阴铿其人其诗》以考论为主，以严谨见长，缺者补之，误者正之，搜隐抉幽，字斟句酌，用力甚勤。对于暂未弄清的本事、地名或难解的词句，不做穿凿附会，径注"未详"，态度慎重严谨。知人论世，穷根究底，不放过哪怕一丁点痕迹，对其诗歌文本进行的深入发掘，多见新意。

其生平考述，对阴铿的履历、官职、任期和诗歌做了基本的系年，是目前为止最为细密的。在《阴铿任职清浊辨》一节中，对赵以武先生"阴铿属于庶族寒人"的论断提出了质疑，并从"史传没有阴智伯被诛的记载""法曹行参军不是浊职""南朝平民只有两条入仕途径"等方面仔细辨正了然否，非常深入细致。

在论述《罢故鄣县》一诗时，为弄清楚阴铿为什么去一个别人都不愿去的贫穷小县做县令的原因，罗列了萧绎府中任职的贺革、庾肩吾等12位文士的情况与升迁轨迹，以说明阴铿低等士族的出身及不善逢迎的性格不受萧绎喜欢，因而不得重用提拔。

考证阴铿先祖，引《史记》记载，上溯至商代阴兢，又根据《姓氏急就篇》《管子校注》《元和姓纂》《方舆纪要》《中国历史地名大辞典》等的记述，去伪存真，推定"管仲才是阴氏一门最早的祖先"。然后对南阳新野阴氏和武威姑臧阴氏分别做了详细考述，并对各自的上下十几代世系家序做了列表，让读者在纷繁的材料堆积与论证推演中一目了然。其中又重点述说了阴丽华的族亲关系，上五代，下八代，谁生谁，谁为谁生，皆一一在目，甚至连阴长生这个游离于正史之外的方外之人也未放过。

至于阴铿曾祖阴袭迁居荆州南平郡作唐县的史事，《阴铿其人其诗》做了更为详尽的辨正。该书援引了唐·林宝《元和姓纂》《梁书·阴子春传》、清光绪《湖南通志》、戴伟华《阴铿生平事迹考述》、赵以武《梁陈诗人阴铿的家世背景》等著作文章为证。对阴铿祖父阴智伯、父亲阴子春，不仅考证了他二人的年龄、履历、官阶，还考证了其社会关系、行事风格、军功才华以及败罪因由，探隐寻微，求理务尽。《阴铿其人其诗》或重点论析，深细周密，或旁征博引，资料翔实。是谓之"细"也。

说到《阴铿其人其诗》的"新"，一是体例新。以阴铿诗校注与解读为例，分为原诗、题解、异文、注释、解读、集评，比一般的校注本更为周全细致，充分考虑了读者的方便与需要。尤其是集评，不花大气力是难以爬搜到的。对35首诗，或准确系入年份，或约略划分年段，并据创作地点和作品本事的说明，列成图表，条理清晰。全书易读易懂，既回应了专业研究人员的征询，又照顾了一般读者的阅读需要。

二是见解新。在依据《文苑英华》卷八《赋得山中翠竹》诗为阴铿所作的基础上，将其系于天嘉五年（564）时，又取张正见《赋得风生翠竹里应教》和贺循的《赋得夹池修竹》诗对比，发现三人用韵、诗意都有相同相关之处，认定这三首诗是步韵诗，从而推翻了"唐代以前没有步韵和诗"的定论以及唐以前唱和诗"和

意不和韵"的论断。因《和侯司空登楼望乡》诗中有"怀土临霞观,思归想石门"句,以致今人对"石门"的解说五花八门,雷中君对多种附会的、错误的解释给予了批评和否定,确认了诗中石门的具体所在地。

在解读作品时也不时新意叠出。山水景色诗18首,占了阴铿诗的一半以上,表达了阴铿对生活的热爱,对友人的诚挚,对美丽山川的赞美和积极向上的精神。且辞采华美,用典宏富,对仗工整,艺术手法浑圆熟练,堪称六朝诗歌的上乘之作。雷中君解读《和登百花亭怀荆楚》,征引南朝陈诗人江总"落花悬度影,飞丝不碍枝",唐杜甫"落花游丝白日静""川路风烟接"等诗句,生发读者联想,达到"以诗解诗"的效果。如此之类,还有多处。阴铿尤善写江上景色,有的写春水淼淼,有的写月夜江行,有的写风清日丽;或怅望去帆,或登山览胜,或流连光景。均能情景交融,造意清新,含蓄有致。正如清陈祚明《采菽堂古诗选》所说,"寻常景物,亦必摇曳出之,务使穷态极妍,不肯直率。"可以说,是阴铿深沉含蓄的内心感受与江南江北的山光水色交融一起,形成了他价值很高的山水诗。而雷中君的解读常常超越前人,申述己意,是谓之"新"。

当然,阴铿的研究仍有待于作进一步的深入探讨,如将阴铿放在汉魏六朝乃至整个中国诗史中观照他的文学地位与历史贡献,将阴铿的一生放在南北朝动荡的历史背景下去分析研究,将阴铿的山水诗、咏物诗等与陶潜、何逊、庾信、谢朓、谢灵运等前后期其他诗人的比较评价等,都是尚待发掘的领域。我们期待不断有更多更好的阴铿研究著作问世。

壬寅夏芹献于白马湖畔

作者为湖南文理学院教授。

前　言

　　阴铿，字子坚，一字坚如，祖籍甘肃武威姑臧（今甘肃省武威市凉州区），出生于南平郡作唐县（今湖南安乡县），是中国历史上梁陈之际的著名诗人，其五言诗清丽简省，律近初唐，当时即为时人所推重。时文坛盟主徐陵曾推荐给陈文帝，文帝命作《新成安乐宫》，阴铿"援笔便就"，得到熟谙为诗之道的文帝陈蒨的赏识，不久就由始兴王府中录事参军迁任晋陵郡太守，带招远将军号，以从六品升至五品，足见陈文帝对其才能的认可。唐代杜甫十分推崇阴铿诗，称其诗"清省"，并说自己"颇学阴何苦用心"，认为李白的诗佳妙处似阴铿："李侯有佳句，往往似阴铿。"有宋一代，苏轼、王安石、黄庭坚、秦观、杨万里、刘克庄等都很欣赏阴铿的诗。明清学习和研究阴铿诗者日多，留下了不少诗作和诗评。1937年，盐城郝立权首注阴铿诗，为后人解读阴诗开辟了道路。

　　中华人民共和国成立后，文学界在较长时期内均不甚重视这位著名诗人及其作品，那一时期成书的文学史叙及南朝诗歌，对阴铿均寥寥数语，一带而过。1963年出版，曾经发行很广的游国恩先生主编的《中国文学史》，在"梁陈诗人和宫体诗"之最末叙及阴铿，不足百字，加上引用的两首诗《五洲夜发》《晚出新亭》合共150余字，而阴铿最著名的《渡青草湖》《新成安乐宫》均未提及。即便到1999年，袁行霈主编的《中国文学史》论及永明体与齐梁诗坛，叙述阴铿诗约400余字，只言及其山水、羁旅之作以写景见长，尤善于描写江上景色，余均未涉及。可见学界对阴铿研究之不足。

　　阴铿的祖籍地甘肃省武威市最早关注阴铿。1963 年 2 月 13 日，苏丰、江夏在《甘肃日报》发表文章介绍阴铿。之后，1979 年惠尚学在《甘肃日报》，1980 年林家英在《甘肃文艺》，1981 年李海舟在《陇苗》先后发表文章介绍阴铿及其诗作，然尚未对阴铿进行深入研究。

　　20 世纪 80 年代，以甘肃学者为主，国内学者开始对阴铿的诗进行研究，其中 1985 年，蹇会杰在《青海师范大学学报（社会科学版）》第 4 期发表《谈阴铿的五言律诗》，是对阴铿诗进行系统研究的发端。1986 年，戴伟华在《扬州师院学报（社会科学版）》第 3 期发表《阴铿生平事迹考述》，首次对阴铿的生卒年、家乡、初仕时间进行了考证，是阴铿生平考述的第一篇文章。1985 年至 1987 年，甘肃武威县人、西北师范学院中文系教授李鼎文先后在《红柳》1985 年第 6 期、《武威报》1987 年 7 月 25 日和 9 月 5 日、《红柳》1987 年第 5 期、《兰州晚报》1988 年 1 月 18 日发表《阴铿的〈和侯司空登楼望乡〉诗》《阴铿〈罢故鄣县〉诗》《张溥评阴铿诗》《阴铿诗笺》《从张溥的一条按语说起》等文章，是这一时期研究阴铿较多的。1987 年，蹇长春、王会绍、余贤杰在甘肃人民出版社出版《傅玄、阴铿诗注》；1988 年，刘畅、刘国珺在天津古籍出版社出版《何逊集注阴铿集注》；同年，刘国珺在《南开学报》第 3 期发表《对古籍中阴铿、陈昭的昭君诗考辨》；1989 年，张帆、宋书麟在兰州大学出版社出版《阴铿诗校注》。这三本阴铿诗注本的出版，说明阴铿研究开始进入兴盛时期。

　　进入 20 世纪 90 年代，以山西省原平县人、甘肃省社会科学院文学研究所副所长赵以武先生对阴铿的全面深入研究为代表，国内阴铿研究不断深入，论文发表日渐增多。1993 年至 1994 年，赵以武先生先后发表《阴铿生平考释六题》《梁陈诗人阴铿的家世背景》《阴铿诗〈和登百花亭怀荆楚〉释解及其他》等论文，并经过数年的潜心研究，于 1998 年在黑龙江教育出版社出版专著《阴铿与近体诗》，甫一问世便受到好评，成为诸多学者研究阴铿的重要参考书，笔者也从中受益良多。随后，研究阴铿的学者越来越多。1999年，顾农先生在《天津师范大学学报（社会科学版）》发表《从阴铿的几首诗推测他的生平》，与赵以武先生一起开启了以诗证史研究阴铿的先路。

进入21世纪，阴铿研究成为大学古代文学教师和研究生们研究的热点，发表了近40篇讨论阴铿诗歌及其生平的论文，对阴铿诗的风格、内容、格律、用韵等方面进行了全面研究，均肯定阴铿是南朝时期开律诗先路的重要诗人，对后世律诗形成产生了重要影响，有的还比较了阴铿、何逊二人诗作的异同，而对阴铿生平、阴铿诗中某些存疑的问题未作深入探讨。

在阴铿的家乡湖南，阴铿的关注度并不很高，研究也相对滞后。2008年10月26日，湖南著名学者李元洛写了《咏洞庭的"首创"之作——阴铿〈渡青草湖〉》，发表在《长沙晚报》上。2014年11月，湘潭大学硕士研究生糜良玲提交毕业论文《阴铿诗歌研究》。进入21世纪，阴铿的家乡——安乡以及常德出现阴铿热。2002年，常德市武陵诗社在内部诗刊《武陵诗词》第1期刊登安乡县文联李世俊先生写的《阴铿论》，简要介绍了阴铿及其作品。同年，《常德日报》刊登李世俊撰写的《杜甫盛赞阴铿诗》。2003年，李世俊主编的《安乡古今诗歌选》刊载阴铿诗34首。2006年，湖南文理学院中文系教授梁颂成在《湖南文理学院学报（社会科学版）》发表《阴铿家乡考辨》，论定阴铿家乡在南平郡作唐县，即今湖南安乡县。2009年，安乡第三中学高级教师李章甫在中国戏剧出版社出版的《阴铿诗解读》，是第一部全面解读阴铿诗的专著。2013年，湖南商务职业技术学院中文系副教授、安乡人刘婕在《文学教育（上）》发表《阴铿诗格律与对仗研究》。2016年6月，安乡本土作家隆龙在团结出版社出版《铭记阴铿》，对阴铿34首诗进行了简要解读，并有白话诗译文。与甘肃武威研究阴铿的热闹程度与深入程度比较，湖南实在相形见绌。作为阴铿的家乡人，笔者倍感惭愧，深觉有奋起之必要。

当代国内对阴铿及其诗作的研究虽有很大进步，尤其是赵以武先生的研究涉及阴铿家世、父祖及本人生平,诗作地点与时间等,考论深入,推测大多有据,其结论为多数学者公认。对阴铿诗的研究也比较深入,既有格律的排定,也有诗中词语、典故的注释,还结合阴铿生平对有些诗的主题、意境进行了解读,是目前最为全面的阴铿研究专著。但是,毋庸讳言,目前阴铿研究对史料的挖掘还不够深入,对诗中词语、典故的解读、探讨,浅尝之作仍多,误读、误解仍有不少。好几位学者不仔细查找相关资料,仅据阴铿诗《和侯司空登楼望乡》有句"思归想石门",就说阴铿家乡或在湖南蓝山县石门,或在湖南常德市石门县,或在福建南平;而不知《元和姓纂》清楚明白地写道:"八代孙袭家荆州作唐"。又有学者对阴铿诗《江津送刘光禄不及》之"刘光禄",仅据刘孺曾任光禄卿,就将刘孺认定为这位刘光禄,殊不知刘孺任光禄卿时,阴铿尚年幼。又有认为"刘光禄"为刘师知者,以刘师知曾任鸿胪卿,鸿胪卿与光禄卿、太舟卿同为"冬卿",因而可将鸿胪卿尊为光禄卿这样非常勉强的推定。又如阴铿《经丰城剑池》诗,历来注者均回避了尾联"唯有莲花萼,还想匣中雌"之莲花萼的解释,有的干脆解读为"只有莲花的萼瓣还想念着匣中雌剑"这样望文生义、莫名其妙的解释。而"莲花萼"实为僻典,不穷搜博采,不得知其真义,也就长久地忽略了阴铿此诗的真意。如此之类,遗憾尚多,因此仍有继续深入研究的必要。

2003年,笔者参与了《安乡古今诗歌选》的编辑,首次接触阴铿诗,深觉其诗清丽婉转,颇值得一读。但对阴铿很不了解,对其诗的理解也很不深入。十几年来,陆续读到一些评论阴铿及其诗作的文章,深受启发,尤其是前几年读到赵以武先生的《阴铿与近体诗》之后,更觉得深入了解阴铿,深入解读阴铿诗非常必要,对于阴铿本人及其在中国诗歌史上的地位尤须重新认识。退休之后闲暇既多,而网络又提供了搜寻资料的极大便利,遂潜心查阅史籍及各种相关资料,认真比对各家所论,颇有一些发现和心得。积两年之功,从阴铿的家世、父祖及其后人,阴铿诗的写作时间、地点及其背景,阴铿诗的注释及解读多方面进行考证、辨识、论述,卒成此篇,聊为研究推广地方文化的引玉之砖。

本书在以下问题上有不同于以前研究的意见：

一、阴铿祖父阴智伯一生仕于南齐，未入梁，与南齐开国皇帝萧道成年相仿，而非与南梁开国皇帝萧衍年相仿，则阴智伯"及高祖践阼，官至梁、秦二州刺史"时，已在50岁上下。齐永明十一年（493）十一月，阴智伯因"赃货巨万"下狱时，年约65岁上下，入狱后可能并未"被诛"。

二、阴子春一生仕于梁，梁末侯景乱中兵败，虽死于江陵，但并无证据证实其被萧绎所杀。

三、阴铿释褐在梁大同六年（540），为江州刺史、湘东王萧绎府中法曹行参军，位从八品、三班，官职微清。由此推定阴铿家族属于低等士族，并非庶人。阴铿释褐时，梁武帝"年不满三十，不通一经，不得解褐"的规定已有30余年，故阴铿释褐时须年满三十，则其生年当在梁天监九年（510）。

四、阴铿在梁湘东王法曹行参军任上七年未得升迁，于太清元年（547）秋外放为故鄣县令，且县为小县。据其诗《罢故鄣县》推测，阴铿在萧绎府中颇不得意，长岑令的典故透露出是被排挤而外放的。

五、侯景乱后，阴铿逃往江陵。次年阴子春兵败逃归江陵后不久去世，阴铿奉父柩还作唐，途中经武昌，写《登武昌岸望》；经巴陵，写《游巴陵空寺》。二诗并非作于由岭南回建康途中。

六、阴铿在作唐守制三年，期间当地因大旱而有祈雨之举，阴铿参加祈雨后不久大雨，于是写《闲居对雨》二首，并认为《闲居对雨》原其二应为其一，原其一应为其二。

七、陈文帝即位后，其次子陈伯茂为始兴王，诏阴铿为始兴王府中录事参军。阴铿遂自岭南经始兴县转南康郡南康县入赣水，过丰城，渡鄱阳湖入长江回建康，而非"西北折向巴陵，顺江舟行至武昌，再向建康"。途中写《经丰城剑池》诗。

八、天嘉元年初至天嘉三年八月，阴铿在始兴王府中时，被召为侯安都府中宾客，与众文友的唱和诗多写于这一时期。阴铿并未担任侯安都府职位，不过参与其宴会、诗赋活动而已。阴铿并未因侯安都被赐死

而被诛。

九、根据新查到的史料，阴铿赋《新成安乐宫》在陈文帝天嘉五年冬。因得到陈文帝赏识，不久迁任晋陵太守、员外散骑常侍，加招远将军号，事在天嘉五年冬或天嘉六年初。天嘉六年，阴铿卒于任上。

十、认为原作张正见诗的《赋得山中翠竹》为阴铿诗，但颔联与颈联可以互倒，是为张正见、阴铿、贺循三人的步韵唱和诗，说明南北朝时期已有步韵唱和诗。

此外还解决了一些以前阴铿诗注释、解读中未能明确的问题，尤其是《经丰城剑池》诗中莲花萼典故的解读，揭示了阴铿诗一直不为人知的"峥嵘"意旨，是对阴铿的新认识。

笔者原为医师，并非文史专业人士。因自幼喜爱文史，职余每有涉猎。尤其是1985年起参加湖南师范大学汉语言文学专业自学考试，两年多时间内系统阅读了300多万字的考试复习书籍，1987年获得毕业证，具有了文史研究的一定基础。且文朋诗友中不乏饱学之士，颇得时常请教之便。退休后又集中研读文史诗词之书，亦使文史知识水平提高不少，遂不揣浅陋，作此泰山之登。此书所作考述、辨析等，肯定有不当、不周、不合之处，切盼业内专家学者不吝赐教。

2021年12月

第一章 阴铿家世和生平

第一节　阴铿先祖

一、显赫的祖先

阴氏始祖可上溯至商代。《史记·龟策列传》载："纣有谀臣，名为左彊……杀周太子历，囚文王昌。投之石室，将以昔至明。阴兢活之，与之俱亡。"[①]这个阴兢是《史记》最早出现的阴姓人物，或许是阴氏最早的祖先。宋王应麟《姓氏急就篇》曰："阴，周采地。大夫阴忌、阴不佞，阴里，其后为氏。"[②]（采地，古代天子赐给诸侯或诸侯赐给卿大夫的封地，也称为采邑）意思是说，周朝时，大夫阴忌、阴不佞先后以阴为里（里，居住），以后就以阴为姓氏了。阴里在何处？《管子校注·轻重丁·石璧谋》载："桓公曰：'寡人欲西朝天子而贺献不足，为此有数乎？'管子对曰：'请以令城阴里，使其墙三重而门九袭。因使玉人刻石而为璧，尺者万泉，八寸者八千，七寸者七千，珪中四千，瑷中五百。'璧之数已具，管子西见天子曰：'弊邑之君欲率诸侯而朝先王之庙，观于周室。请以令使天下诸侯朝先王之庙。观于周室者，不得不以彤弓、石璧。不以彤弓、石璧者，不得入朝。'天子许之曰：'诺。'号令于天下。天下诸侯载黄金、珠玉、五谷、文采、布帛输齐以收石璧。石

---

① 司马迁. 史记：卷一百二十八[M]. 北京：中华书局，1963：3234.
② 王应麟. 姓氏急就篇：卷上//文渊阁四库全书：子部第0948册[M]. 台北：台湾商务印书馆，1964：948-663.

璧流而之天下，天下财物流而之齐。故国八岁而无籍，阴里之谋也。"①其下注曰：张佩纶云："《水经》淄水注：'又东北迳荡阴里西，水东有冢，一基三坟，东西八十步，是烈士公孙接、田开疆、古冶子之坟也。晏子恶其勇而无礼，投桃以毙之，死葬阳里'，即此也。赵一清云：'阳里亦作阴阳里。'《寰宇记》引《郡国志》临淄县东有阴阳里，是也。《御览》引作荡阴里……佩纶案：阴里即荡阴里。"由此可知，晏子"一桃杀三士"的三士葬在荡阴里，荡阴里又称阴阳里，即阴里，在今山东临淄县西、淄水东。齐国当时所属地区是今山东大部、河北东南部、江苏北部、安徽北部等地区。

《元和姓纂（四校记）》载："阴，周文王第三子管叔鲜之后，管夷吾七代孙修适楚，为阴大夫，因氏焉。《风俗通》又云：周有阴不佞，阴里人也。"②管仲（字夷吾）是周文王儿子管叔鲜的后人，管仲七代孙管修到楚国后任阴大夫，遂改姓阴，则管修这一支阴姓非阴棘一支。管修为阴大夫的这个阴既然在楚地，当不在山东临淄阴里。史为乐《中国历史地名大辞典》载："阴地，春秋晋地。西起今陕西商州市，东至河南嵩县，北起黄河，南至秦岭山脉。今河南卢氏县东北有阴地城。《左传》宣公二年（前607），'晋赵盾救焦，遂自阴地及诸侯之师侵郑'。杜注：'阴地，晋河南山北，自上洛以东至陆浑。'哀公四年（前491），'蛮子赤奔晋阴地'。楚司马'使谓阴地之命大夫士蔑'。《方舆纪要》卷48卢氏县'阴地城'条称：'或曰，晋有阴地之命大夫。命大夫，别县监尹也。城即戍守之所。'"③春秋时楚国地域最广，向北包括了今河南南部、安徽大部。河南卢氏县或曾在楚国境内，管修适楚为阴大夫

---

① 黎翔凤.管子校注：轻重丁第八十三[M].北京：中华书局，2004：1471-1472.
② 林宝.元和姓纂（附四校记）：卷五[M].岑仲勉校记.北京：中华书局，1994：748.
③ 史为乐.中国历史地名大辞典（增订本）[M].北京：中国社会科学出版社，2017：1121-1122.

或在此。《史记·管蔡世家》载："管叔鲜、蔡叔度者，周文王子而武王弟也。"①（《括地志》云：郑州管城县，今州外城即管国城也，是叔鲜所封国也）管城县，今河南郑州市管城区，距卢氏县约300公里。管修适楚，车马数日可至。然南宋罗泌《路史·国名纪》卷己"古国"载："阴，唐虞时国。商世阴君长生之祖。故长生诗云：'惟予之先，佐命唐虞。'周有阴忌。今濠之定远有阴陵城，项羽失道处。管叔后采于阴，则今之谷城东北有阴城，是。"②罗泌认为，谷城县阴城当是管叔鲜后人适楚之处。谷城县在今湖北省，无疑属于楚地。

综上所述，阴棘虽为阴氏最早者，然其后除阴忌、阴不佞再无衍嗣可明，与汉魏以后阴氏关系不明，不能确定与阴铿一门阴氏有关。管仲才是阴氏一门最早的祖先。

二、阴子公为西汉末南阳新野阴氏始祖

《元和姓纂（四校记）》卷五载："南阳新野，汉末居焉。阴子方、子公有祠竈（灶）之祥，至卫尉阴典孙邻，女为光武皇后，生明帝。邻子识，执金吾。孙纲，女为和帝皇后。""女为光武皇后"下有按语："《后汉书》注引《东观记》，阴子公生子方，方生幼公，公生君孟，名睦，即后之父也。《世本》'睦'作'陆'，今此作'邻'女，误。"③根据这段记载，汉末（当为西汉末，因东汉初阴丽华已居南阳新野）阴氏已经迁居南阳新野了。《元和姓纂》所记阴典当为阴兴（繁体作"興"），因形近而误。其孙乃阴纲，非阴邻，该书岑校已辨识。所谓《世本》，乃古代谱牒之书，即记载家族世系的书，一般由史官修撰，专门记载帝王、诸侯、卿大夫的世系和氏姓，以及帝王的都邑、制作、谥法等，比较可靠，但常有溢美之词，今多不存。清人辑得八种，1957年由上海商务印书馆

---

① 司马迁.史记：卷三十五[M].北京：中华书局，1963：1563.
② 罗泌.路史：国名纪.卷己[M].上海：中华书局四部备要本，1936：379.
③ 林宝.元和姓纂（附四校记）：卷五[M].岑仲勉校记.北京：中华书局，1994：749.

出版。

  《后汉书·阴识传》载："阴识字次伯,南阳新野人也。光烈皇后之前母兄也。其先出自管仲。管仲七世孙修自齐适楚,为阴大夫,因而氏焉。秦汉之际,始家新野。"①此处曰"秦汉之际",则又在秦末汉初就迁居河南新野了。若按前述阴子公—子方—幼公—君孟—阴识、阴丽华共五代,百余年时间,西汉立国214年,则阴子公迁南阳新野应在西汉中后期。如果阴氏确在秦汉之际迁新野,那应该是阴子公之前更早的祖先,但已失去姓名,所以只能说阴氏南阳新野的始祖是阴子公了。《后汉书》所引《东观记》即《东观汉记》,后人省为《东观记》。《东观汉记·光烈阴皇后传》载："有阴子公者,生子方,方生幼公,公生君孟,名睦,即后之父也。"②阴子公生子方,当作生儿子方,因为后面说"方生幼公",不说"子方生幼公",可见名"方",非名"子方",所以"阴子方"应该作"阴方"。阴方生幼公,幼公生君孟,名睦,阴睦即阴丽华、阴识之父。《东观汉记》作阴睦,《汉书》时作睦,时作陆。是睦是陆,存疑。《东观汉记》是东汉时期本朝人撰写的,可信度很高。《东观汉记校注·序》说,明帝时,令班固牵头撰《世祖本纪》,又作武帝时列传、载记二十八篇,成为《东观汉记》最初的内容。安帝时,临朝摄政的邓太后又下诏撰《中兴以下名臣列士传》。此后,东汉历代继续了《东观汉记》的撰写,包括纪、传、志,即使在汉魏献帝时期,这一工作也没有停止。可以说,《东观汉记》已经初具了《后汉书》的规模,为后来南朝宋范晔撰写《后汉书》奠定了基础。因此,它的记载应该比《后汉书》更可靠。所以,作阴睦的可能性更大。③

---

① 范晔.后汉书:卷三十二[M].北京:中华书局,1965:1129.
② 刘珍,等.东观汉记校注(上):卷六[M].吴树平校注.北京:中华书局,2008:188.
③ 刘珍,等.东观汉记校注(上):东观汉记校注序[M].吴树平校注.北京:中华书局,2008:1-5.

三、东汉早期，阴氏家族地位显赫

《后汉书·阴兴传》后载："阴氏侯者凡四人。初，阴氏世奉管仲之祀，谓为"相君"。宣帝时，阴子方者，至孝有仁恩，腊日晨炊而灶神形见，子方再拜受庆。家有黄羊，因以祀之。自是已后，暴至巨富，田有七百余顷，舆马仆隶，比于邦君。子方常言'我子孙必将强大'。至（阴）识三世而遂繁昌。故后常以腊日祀灶，而荐黄羊焉。"① 阴方治家有方，使阴氏成为当地巨富。等到了阴睦、阴识的时候，阴氏已成一方望族。刘秀、刘縯兄弟起兵，正在长安游学的阴识便"委业而归，率子弟、宗族、宾客千余人往诣伯升（刘縯字）"。刘秀、阴识同是南阳人，阴识家族的富有和地位，加上阴识主动加入他们的队伍，刘秀当然要拉拢这一支力量。于是，刘秀势力庞大后就说"仕宦当作执金吾，娶妻当得阴丽华"，迎娶家在新野的阴丽华，其实不完全是因为阴丽华的美貌。《后汉书·阴识传》载："建武元年（刘秀登基做皇帝的这一年），光武遣使迎阴贵人于新野，并征识。识随贵人至，以为骑都尉，更封阴乡侯。"阴氏家族于是就应了阴方的话开始"强大"起来了。《后汉书·阴兴传》记载阴子方在汉宣帝刘询时期，即汉昭帝元平元年（前74）至汉宣帝黄龙元年（前49），则阴方父阴子公在汉昭帝时期，是为西汉中后期。

阴睦女、阴识姊阴丽华成为光武帝刘秀宠妃，刘秀要立阴丽华为皇后，但阴丽华拒绝了，因为当时还有郭贵人，而且她有了儿子，于是刘秀立郭贵人为皇后。但是不久后，刘秀还是废了郭皇后，立阴丽华为皇后，阴氏一门于是更加显贵起来。尽管阴丽华非常受宠，阴丽华、阴识及其子还是非常谨慎的，有点夹起尾巴做人的味道。《后汉书·光烈阴皇后传》载："后在位恭俭，少嗜玩，不喜笑谑。性仁孝，多矜慈。"②

---

① 范晔.后汉书：卷三十二[M].北京：中华书局，1965：1133.
② 范晔.后汉书：卷十上[M].北京：中华书局，1965：406.

以皇后之尊贵，阴丽华为人恭谨、俭朴，没有什么特别的嗜好和玩赏，不爱玩笑戏谑，而且为人仁孝慈爱。阴丽华是刘秀的原配夫人，要立为皇后也是在理的。但是，郭贵人是河北真定王刘扬的外甥女，刘秀和郭贵人的婚姻是为了得到刘扬的支持。可见阴丽华是很有见地的女子，并非单纯的以谦让为德。建武十七年，刘秀的政权稳固了，刘扬也失势了，刘秀就废了郭皇后，阴丽华也就很高兴地接受了皇后的位置。

阴识为官也非常谨慎。《后汉书·阴识传》载："（建武）二年，以征伐军功赠封，识叩头让曰：'天下初定，将帅有功者众，臣托属掖廷，仍加爵邑，不可以示天下。'"意思是说，天下刚刚平定，将帅们有功的很多。我托皇亲的关系已经待遇很优厚了，再增加爵位俸禄，就不能向天下人显示皇帝的公平了。阴识平时言行很谨慎。《阴识传》载："帝每巡郡国，识常留镇守京师，委以禁兵。入虽极言正议，及与宾客语，未尝及国事。"虽然对皇帝讲话很直率，但是与同僚、宾客交谈，从不言及国事。《阴识传》还说："识所用掾吏皆简贤者，如虞廷、傅宽、薛愔等，多至公卿校尉。"[1]够谨慎的了吧。

阴识的兄弟儿子在朝大多也很谨慎。

阴兴是阴丽华的同母弟。《后汉书·阴兴传》："建武二年，为黄门侍郎，守期门仆射，典将武骑，从征伐，平定郡国。兴每从出入，常操持小盖，障翳风雨，躬履涂泥，率先期门。光武所幸之处，辄先入清宫，甚见亲信。虽好施接宾，然门无侠客。与同郡张宗、上谷鲜、于裒不相好，知其有用，犹称所长而达之；友人张汜、杜禽与兴厚善，以为华而少实，但私之以财，终不为言。是以世称其忠平。第宅苟完，裁（才）蔽风雨。"[2]黄门侍郎是皇帝的亲随，守期门仆射总领皇宫禁卫，位虽不高，但很重要。阴兴跟随皇帝出入，总是手持小伞，为皇帝遮风挡雨，脚踩泥途，率

---

[1] 范晔.后汉书：卷三十二[M].北京：中华书局，1965：1130.
[2] 范晔.后汉书：卷三十二[M].北京：中华书局，1965：1130-1131.

先等在门旁。甚至"泥途隘狭,自投车下,脱袴解履,涉淖至膝。"①凡皇帝要去的地方,他必定先进入清理宫殿。虽然喜欢接宾待客,但是门下并无侠客一类勇武好事之人,不会令皇帝担心。虽有与自己不相合的人,但只要人有长处,一定尽力推荐;虽有与自己友善的朋友,但如果华而不实,则不进一言。所住房屋虽然格局皆备,不过只能避避风雨而已。"(建武)九年,(阴兴)迁侍中,赐爵关内侯。帝后召兴,欲封之,置印绶于前,兴固让曰:'臣未有先登陷阵之功,而一家数人并蒙爵土,令天下觖望,诚为盈溢。臣蒙陛下、贵人恩泽至厚,富贵已极,不可复加,至诚不愿。'""(建武二十)年夏,帝风眩疾甚,后以兴领侍中,受顾命于云台广室。会疾瘳,召见兴,欲以代吴汉为大司马。兴叩头流涕,固让曰:'臣不敢惜身,诚亏损圣德,不可苟冒。'"②侍中是每天时刻待在皇帝身边,皇帝大小事情都可以交他去办理的职位,后来在皇帝病重时又受任为顾命大臣,可谓权倾朝野。然而他还是谨慎从事,全然没有皇亲国戚那种颐指气使的做派。

阴嵩,阴兴的叔伯兄。《后汉书·阴兴传》载,阴兴临死前举荐阴嵩。阴兴死后,汉武帝擢阴嵩"为中郎将,监羽林十余年。以谨敕(饬)见幸。显宗(明帝刘庄)即位,拜长乐卫尉,迁执金吾"③。为官也很谨慎。

阴丽华既受光武帝宠爱,阴氏兄妹又为人谨慎,行事低调,故光武一朝至明帝时期,阴氏一家优容有加,一门四侯两后,权倾朝野,乃阴氏极盛之时。

然而阴氏后人未能保持前辈谦虚谨慎的作风,渐渐骄矜无忌。即便在光武帝时,也不是人人敬服。《后汉书·桓荣传》载:"(建武)二十八年,大会百官,诏问谁可傅太子者,群臣承望上意,皆言太子

---

① 刘珍,等.东观汉记校注(上):卷十二[M].吴树平校注.北京:中华书局,2008:468.
② 范晔.后汉书:卷三十二[M].北京:中华书局,1965:1131.
③ 范晔.后汉书:卷三十二[M].北京:中华书局,1965:1131-1132.

舅执金吾原鹿侯阴识可。博士张佚正色曰：'今陛下立太子，为阴氏乎？为天下乎？既为阴氏，则阴侯可；为天下，则固宜用天下之贤才。'帝称善，曰：'欲置傅者，以辅太子也。今博士不难正朕，况太子乎？'即拜佚为太子太傅，而以荣为少傅。"①尽管这之前阴识、阴兴皆曾受命辅导太子，但张佚还是不买账。因为他说的有道理，刘秀不得不依从他。阴识的弟弟阴就"性刚傲，不得众誉"（《后汉书·阴就传》）。而他的儿子阴丰更是性狷急，本来娶了皇帝的女儿郦邑公主，贵为驸马，结果因为这郦邑公主也是个娇妒的主儿，两人一言不合，阴丰就杀了郦邑公主，结果阴丰被杀，阴就也自杀了。②这事发生在明帝登基的第二年，阴丽华还在世，也是无可奈何。

　　三十三年后，和帝永元四年（92），又娶阴识的曾孙即阴纲的女儿为妻。永元八年，立为皇后。阴氏一门又有了振兴的机会。但是，和帝阴氏自邓后（邓绥，东汉邓训女）入宫后，宠信日衰，便与其外祖母邓朱（阴丽华母）等人玩起了巫蛊之术，③事在永元十四年（102）夏。事发，阴氏皇后被废，邓朱的儿子邓奉、邓毅和阴纲的儿子阴辅被拷死狱中，阴纲自杀，其子阴轶、阴敞及邓朱家属贬到日南比景县（今越南南部广平省莩河口），宗亲外内昆弟皆免官还田里。阴氏一门遭受了沉重打击，从此一蹶不振。直到四五年后，安帝刘祜永初四年（110），邓后作为太后临朝听政，才发慈悲之心，允许当年贬到日南的一干人众返归故里，并退还当时没收的阴家财产五百余万。④

　　现在，我们梳理一下南阳新野阴氏一门的世系。

　　阴子公生阴方（或曰阴子方），阴方生阴幼公，阴幼公生阴睦（或曰阴陆）和另外一个不知名的儿子，这个不知名的儿子生了阴嵩。阴

---

① 范晔. 后汉书：卷三十七 [M]. 北京：中华书局，1965：1251.
② 范晔. 后汉书：卷三十二 [M]. 北京：中华书局，1965：1132.
③ 范晔. 后汉书：卷十上 [M]. 北京：中华书局，1965：417.
④ 同上。

嵩入周为夏州刺史，生阴寿。阴寿入北魏为司空，入隋为幽州总管。阴寿生阴世师，在北魏累迁骠骑将军、张掖太守、武贲郎将、涿郡留守。抗隋不降，城陷，被诛，比他父亲阴寿有气节。有子阴弘智。[1]阴睦生阴识、阴丽华、阴兴、阴就、阴䜣，阴䜣很早就和母亲一起死于盗贼之手。阴丽华成为汉光武帝皇后；阴识做到侍中，封原鹿侯；阴兴做到卫尉，封关内侯。阴丽华生五子，长子刘庄，就是继承汉光武帝刘秀当皇帝的显宗，即明帝；阴识生阴躬、阴璜、阴淑，阴璜无子，阴躬弟有子阴纲，则阴纲是阴淑所生，阴淑还生了阴鲔；阴纲生和帝皇后阴氏，生子阴轶、阴辅、阴敞。阴轶、阴辅、阴敞三人中有子阴常，但是是谁的儿子已经不明。阴兴生子阴庆、阴博。阴博封㶛强侯，有无子女，不明。阴庆生阴琴，阴琴生阴万全，阴万全生阴桂。还有一个阴长生，《太平广记》卷八载："阴长生者，新野人也。汉皇后之亲属。少生富贵之门，而不好荣贵，惟专务道术。闻马明生得度世之道，乃寻求之，遂得相见，便执奴仆之役，亲运履之劳……如此十余年，长生不懈……处民间百七十年，色如童子，百日升天而去。"逯钦立《先秦汉魏晋南北朝诗·隋诗卷十》载《阴长生遗世四言诗三章》引《道藏本神仙体道通鉴·阴长生传》云："汉和帝永和八年三月己丑立皇后阴氏，即长生之曾孙也。"[2]则阴长生乃阴丽华兄弟或从兄弟。

南阳新野阴氏世系图如下：

---

[1] 李延寿. 北史：卷七十三 [M]. 北京：中华书局，1974：2534.
[2] 逯钦立. 先秦汉魏晋南北朝诗：隋诗卷十 [M]. 北京：中华书局，1988：2782.

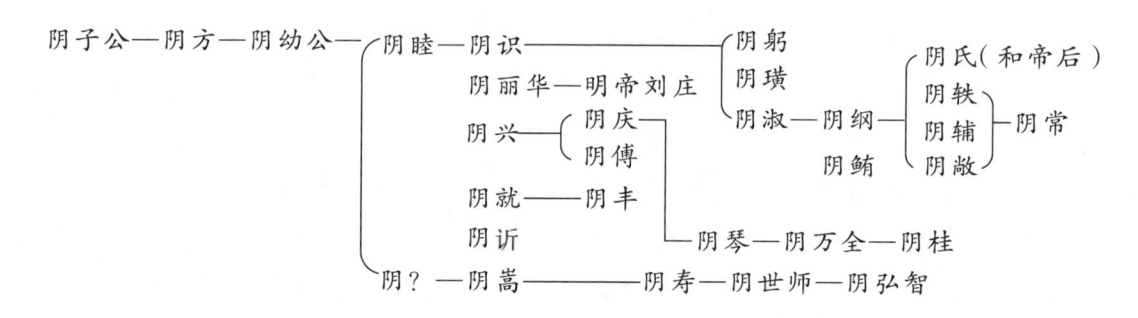

```
       西汉                              东汉
阴子公—阴方—阴幼公—┬阴睦—┬阴识─────────┬阴躬
                  │     │                │阴璜
                  │     │阴丽华—明帝刘庄  │阴淑—阴纲—┬阴氏（和帝后）
                  │     │阴兴—┬阴庆       │          │阴轶
                  │     │     │阴傅       │阴鲔      │阴辅—阴常
                  │     │阴就——阴丰       │          │阴敞
                  │     │阴䜣
                  │     └阴琴—阴万全—阴桂
                  └阴？—阴嵩──────阴寿—阴世师—阴弘智
```

四、武威姑臧阴氏

据林宝《元和姓纂》，"后汉卫尉阴纲，孙常，徙武威姑臧。八代孙袭，家荆州作塘。曾孙子春，梁侍中，生钧、鑑。钧，度支尚书；鑑，晋安太守。钧孙弘道，唐礼部员外。孙行光，国子司业，即张燕公妹婿也。"岑仲勉校记："'塘'当为'唐'，'鑑'当为'铿'，'晋安太守'当为'晋陵太守'"[①]。

汉末晋初，阴铿的先祖阴常一家迁至武威姑臧后，阴氏一族又进入鼎盛时期。当时，西凉政权的大小官职基本上被敦煌的豪门望族所把持。《晋书·张轨传》载，西晋惠帝永宁初（301），凉州刺史张轨到河西后，"以宋配、阴充、泛瑗、阴澹为股肱谋主"。[②]《魏书·私署凉州牧张轨传》附《张骏传》载："轨保凉州，阴澹之力。"[③]可见阴氏家族在河西政局之重大影响力。这阴充、阴澹是否是阴常的后人？不

---

① 林宝.元和姓纂（附四校记）：卷五[M].岑仲勉校记.北京：中华书局，1994：749.
② 房玄龄，等.晋书：卷八十六[M].北京：中华书局，1974：2221.
③ 魏收.魏书：卷九十九[M].北京：中华书局，1974：2195.

明，也不能排除是阴嵩—阴寿一支的后人。杨学勇《敦煌阴氏族源与郡望》考敦煌阴氏主要有三支：阴仲达支、阴子春支、阴寿支。

《魏书·阴仲达传》："阴仲达，武威姑臧人。祖训，字处道，仕李暠为武威太守。父华，字季文，姑臧令。仲达少以文学知名。世祖平凉州，内徙代都。司徒崔颢启仲达与段承根云，二人俱凉土才华，同修国史。除秘书著作郎，卒。"① 世祖指北魏太武帝拓跋焘，平凉州在神䴥三年（430），可知阴仲达一直在北魏，未入南朝，故可断定不是阴识—阴智伯—阴子春这一支。

阴寿是阴嵩子，阴识的族侄，《隋书》有传：

阴寿字罗云，武威人也。父嵩，周夏州刺史。寿少果烈，有武干，性谨厚，敦然诺。周世屡以军功拜仪同。从武帝平齐，进位开府，赐物千段、奴婢百口、女乐二十人。及高祖为丞相，引寿为掾。尉迥作乱，高祖以韦孝宽为元帅击之，令寿监军。时孝宽有疾，不能亲总戎事，每卧帐中，遣妇人传教命。三军纲纪，皆取决于寿。以功进位上柱国。寻以行军总管镇幽州，封赵国公。

时有高宝宁者，齐氏之疏属也。为人桀黠，有筹算。在齐久镇黄龙。及齐灭，周武帝拜为营州刺史，甚得华夷之心。高祖为丞相，遂连结契丹、靺鞨举兵反。高祖以中原多故，未遑进讨，以书谕之而不得。开皇初，又引突厥攻围北平。至是，令寿率步骑数万，出卢龙塞以讨之。宝宁求救于突厥。时卫王爽等诸将数道北征，突厥不能援。宝宁弃城奔于碛北，黄龙诸县悉平。寿班师，留开府成道昂镇之。宝宁遣其子僧伽率轻骑掠城下而去。寻引契丹、靺鞨之众来攻。道昂苦战连日乃退。寿患之，于是重购宝宁，又遣人阴间其所亲任者赵世模、王威等。月余，世模率其众

---

① 魏收. 魏书：卷五十二 [M]. 北京：中华书局，1974：1163.

降，宝宁复走契丹，为其麾下赵修罗所杀，北边遂安。赐物千段。未几，卒官，赠司空。子世师嗣。①

可知阴寿主要在北周，且很受信任，官至幽州总管，封赵国公，的确为敦煌望族。阴寿有儿子阴世师。阴寿死，世师承其爵位，"以功臣子拜仪同，迁骠骑将军"。入隋为张掖太守、武贲郎将、涿郡留守，"迁左翊卫将军，与代王留守京师。及义军至，世师自以世荷隋恩，又藩邸之旧，遂勒兵拒守。月余，城陷，与京兆郡丞骨仪等见诛，时年五十三。"②义军指唐军。世师死于唐军之手，其有子弘智，因年幼得免，后入唐，其妹阴氏为唐太宗妃。

阴智伯无传，只在《梁书·阴子春传》中提及其官至梁、秦二州刺史。《南齐书·武帝纪》载："（永明）七年春正月丙午，以中军将军王敬则为豫州刺史，中军将军阴智伯为梁、南秦二州刺史。"阴智伯主要活动在今陕西、甘肃一带，在南齐的地位远不如阴寿在北魏的地位高。

阴子春在南梁曾都督梁、秦、华三州诸军事，亦活动在今陕西、甘肃一带。

上述阴仲达、阴寿、阴智伯三支，以阴寿地位最高，权势最大。对敦煌局势影响最大的当是阴寿一支。

赵以武先生推测，在前秦灭前凉之后，前秦苻坚强令河西豪右七千户迁徙到关中长安，阴氏一族也被迫迁徙至长安。若如此，则南北朝时期，敦煌巨族就没有阴氏一门了。这与上面阴仲达、阴寿、阴子春在北魏、北周、南齐的活动是不相符的。而且《太平寰宇记》载："武威郡六姓：贾、阴、索、安、曹、石。"阴氏一族应该未徙长安。阴智伯这

---

① 魏征，令狐德棻，等. 隋书：卷三十九 [M]. 北京：中华书局，1973：1148-1149.
② 魏征，令狐德棻，等. 隋书：卷三十九 [M]. 北京：中华书局，1973：1149.

一支如史所载，在阴袭时从武威姑臧随刘裕南下江南，家于南平郡作唐县，也未徙长安。

阴铿的后人，目前所知只有阴弘道、阴颢、阴观、阴行先等，以及阴观长女阴氏。阴铿的兄弟阴钧是否有后人，存疑。民国《安乡县志》载，阴铿弟阴钧"累官至唐度支尚书。子颢，少知名，梁世释褐奉朝请，历尚书金部郎。入周，撰《琼林》二十卷。侄孙弘道以名门旧族负时望，为礼部员外郎，卒。其孙行先为张说湘州从事，重其才，以女弟妻之。后官国子司业。"①

阴弘道实为阴铿之孙。《元和姓纂》所说张燕公即唐宰相张说，他儿子张均写的《邠王府长史阴府君碑》曰："公高祖，湘东内史铿，梁州之子。属词比事，天下宗之。曾祖，江州刺史、通道馆学士颢。祖，朝请大夫、国子博士弘道。"②很明确地说，这位阴府君的高祖父是阴铿，曾祖父是阴颢，祖父是阴弘道，则阴弘道非阴钧之孙。根据《隋书·经籍志》，阴颢入北周为兽门学士。《新唐书》载阴弘道《周易新传疏》十卷下有注："颢子，临涣令。"则阴颢子阴弘道在唐初为临涣县令。那么这位阴府君是谁呢？《元和姓纂》说，他是张说的妹婿。《全唐诗》有阴行先诗一首《和张燕公湘中九日登高》。宋人撰《唐诗纪事》"阴行先"条载："张燕公说至湘，有《九日登高》诗云：'西楚茱萸节，南淮戏马台。宁知沅水上，复有菊花杯。亭帐凭高出，亲游自远来。短歌将急景，同使兴情催。'行先和云地：'重阳初启节，无射正飞灰。寂寞风蝉至，连翩双燕来。山棠红叶下，岸菊紫花开。今日桓公座，多愧孟嘉才。'"③"和云地"，地字疑衍。张说还有诗《幽州别阴长河行先》。根据张均《邠王府长史阴府君碑》，这位阴府君曾任长河令，碑

---

① 王燥.民国安乡县志：卷二十二[M].台北：成文出版社有限公司，1936：508.
② 李昉，等.文苑英华：卷九〇三碑[M].北京：中华书局，1966：4752.
③ 计有功.唐诗纪事校笺：卷一七[M].王仲镛校笺.北京：中华书局，2007：562.

坚,作唐人"。然而东晋南渡家族因当时重家世,为不淹没其家族名望,言必称北方郡望,阴氏也不例外,只称自己是武威姑臧人,而不言其南迁后的新籍地,故古籍中一直不称阴铿是南平郡作唐人,以至于阴铿家乡作唐湮没无闻。今天不少研究阴铿或其诗作的学者除称其家乡在武威之外,每据"南平"一词妄加猜测,敷衍出福建南平、湖南蓝山县等说。1986年第3期《扬州师院学报(社会科学版)》发表戴伟华的《阴铿生平事迹考述》,一方面指出南平郡治"初治作唐,后移江安,南齐移治孱陵,陈复还治作唐,在今湖南安乡县北";一方面又根据阴铿诗《和侯司空登楼望乡》中的"思归想石门",认为阴铿家乡在湖南石门县。既然阴袭已"家南平",时南平郡治在作唐,且南齐移治孱陵,南陈又移作唐,则阴铿为作唐人已无疑了,为什么又说他是石门人？石门县从未属南平郡。这就使得阴铿籍贯扑朔迷离。直到1994年,甘肃社会科学院文学研究所赵以武教授在当年第4期《甘肃社会科学》发表《梁陈诗人阴铿的家世背景》,根据唐代林宝所撰《元和姓纂》,确定阴铿的家乡在南平郡作唐县。但他留下了一个疑点。他在该文中说:"据《宋书·州郡志》和《中国古今地名大辞典》所记,阴袭所到的南平并非当时的郡治所在,而是西晋初置与陈时复置的南平郡治地。"所谓"西晋初置"有误。《后汉书·郡国志》武陵郡即有作唐。赵以武教授认为,阴袭"家南平"时不在南平郡治,可能是指当时南平郡治已迁往江安,即今湖北省公安县西北。阴袭迁居南平,既不在南平郡治江安,应该就在南平郡旧治作唐,他不会将家安在人烟稀少的农村。作唐县治在今湖南安乡县北,亦曾是孱陵县治。《宋书·州郡志》:"晋武帝太康元年,分南郡江南为南平郡,治作唐,后治江安。"据清乾隆许鸿磐《方舆考证》,光武帝建武十六年(40),分孱陵县置作唐。《晋书·地理志·荆州序》曰:"及武帝平吴,分南郡为南平郡"。[1]《晋书·武帝本纪》载,武帝平吴

---

[1] 房玄龄,等.晋书:卷十五地理下[M].北京:中华书局,1974:454.

在太康元年（280）三月，是月即改元咸宁为太康，故史载分南郡置南平郡在太康元年。南平郡领县四：作唐、孱陵、南安、江安，地域相当于今湖南安乡及澧县、华容大部。南平郡治初在作唐，后迁江安，南陈时复移作唐。南平郡治在作唐的时间应该多于在江安。南平郡治何时从作唐移江安，史无载。然晋末王裕之任南平郡守的时间可证，晋末，南平郡治仍在作唐。

《宋书·王敬弘传》载：王敬弘，名裕之，因避刘宋开国皇帝刘裕讳，以字行世。"祖胡之，司州刺史。父茂之，晋陵太守。""敬弘少有清尚，起家本国左常侍，卫军参军。性恬静，乐山水。为天门太守。敬弘妻，桓玄姊也。敬弘之郡，玄时为荆州，遣信要令过。敬弘至巴陵，谓人曰：'灵宝见要，正当与其姊集聚耳，我不能为桓氏赘婿。'乃遣别船送妻往江陵。妻在桓氏，弥年不迎。山郡无事，恣其游适。累日不回，意甚好之。转桓伟安西长史、南平太守。去官，居作唐县界。玄辅政及篡位，累召不下。"①桓玄乃桓温子，小名灵宝。桓温死后，孝武帝"太元末，出补义兴太守，郁郁不得志……弃官归国"。实际上是想如其父桓温一样执掌大权，图谋篡位。安帝隆安二年"秋七月，……兖州刺史王恭、豫州刺史庾楷、荆州刺史殷仲堪、广州刺史桓玄、南蛮校尉杨佺期举兵反"。"八月……桓玄败王师于白石"②。王敬弘乐于游山玩水，加之知道桓玄有不臣之心，故桓玄每召均不至。据《晋书·安帝纪》，隆安三年"十二月，桓玄袭江陵，荆州刺史殷仲堪、南蛮校尉并遇害"③。随后，安帝不得不"加玄都督荆州四郡"④。故可定王敬弘赴任天门郡守即在隆安四年初。清嘉庆《石门县志》说王敬弘义熙时任天门郡守，误。后来转任桓玄兄桓伟安西长史、南平太守，推测当在安帝元兴元年。因为隆安四年初至元

---

① 沈约.宋书：卷六十六[M].北京：中华书局，1974：1729.
② 房玄龄，等.晋书：卷十[M].北京：中华书局，1974：250.
③ 房玄龄，等.晋书：卷十[M].北京：中华书局，1974：252.
④ 房玄龄，等.晋书：卷九十九[M].北京：中华书局，1974：2588.

兴元年，王敬弘任天门太守已有三年，而桓伟在元兴二年就死了。古时地方官任期一般为三年。王敬弘任天门太守三年后被征为桓伟的安西长史，但他可能不愿赴任，因为桓伟是桓玄的部下，于是任南平太守，或还挂着征西长史的名号。桓伟死后，桓玄已篡政，于是王敬弘就"去官，居作唐县界。"即使桓玄累召，均不赴。直到宋高祖刘裕平定桓玄之乱或即位后，召其为中书侍郎，才"携家累自作唐还京邑。"清康熙《安乡县志·名宦》载："安帝元兴时，转南平郡太守。"是。由此可见，晋末隆安、元兴年间，南平郡治仍在作唐。则迁江安当在陈朝初年，然陈文帝天嘉年间，又从江安迁回作唐了。推测其原因，陈朝偏安江南，江安邻荆州，在南北争锋的前线，不如作唐安宁。下面《安乡县志》说南平郡治"三迁"，是越迁越往南。可见，南平郡治在江安的时间很短。一些史书和历史地图将江安作为南平郡郡治是不准确的。

1994年出版的《安乡县志》载："据《水经注》称，作唐县治在黄山[①]之南，澹水注入澧江的'澹口之南一里许'。清《嘉庆一统志》载，作唐县治'在今治北'。……据1980年雷明等文物考古工作者的勘查，东汉时的作唐县治在黄山之南的安全乡槐树村，……东晋至南北朝时的作唐县治，在今治之北的安障乡黄山岗和会子庙村之间。""作唐县治在

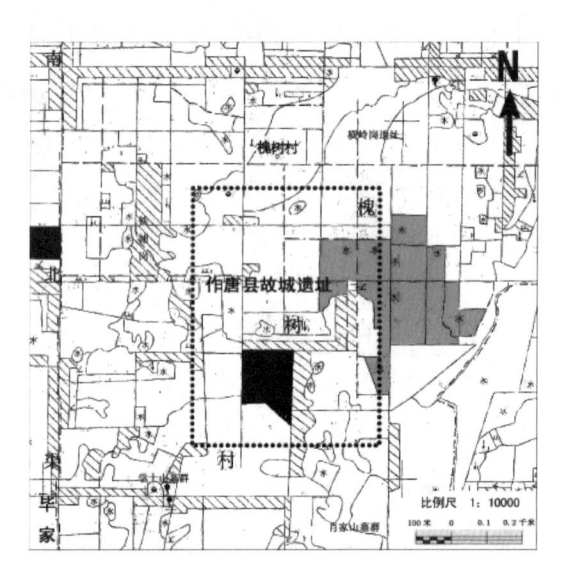

作唐县故城遗址（安乡县文管所藏）

[①] 此处黄山指安乡黄山头，非安徽黄山。

西晋、东晋初年与南朝陈天嘉年间三度为南平郡治,史称楚南巨镇。"[1]安乡县文物管理所现存作唐故城遗址档案记录:"该遗址位于安乡县安全乡槐树村村南,平面呈长方形,南北残长约320米,东西残宽约220米,面积70400平方米。""该城址于1986年9月第二次全国文物普查发现,登记号86安52,2009年4月第三次全国文物普查对该遗址进行了复核。"遗址出土了南北朝时期的青瓷碗、瓷片等物品。

---

[1] 熊兴炎.安乡县志[M].北京:新华出版社,1994:51-52.

第三节　阴铿祖父和父亲考述

阴铿一家，祖父阴智伯，父亲阴子春，均先后在齐、梁为一州刺史，但是或因贪赃，或因战败，下场均不好，使后人仕途十分不顺，阴铿因此背负了沉重的振兴家族的重任。

一、阴铿祖父阴智伯生平考述

1. 阴智伯年龄与齐高帝萧道成相仿，"少相友善"，终其一生均在南齐。

阴智伯史无传，《梁书·阴子春传》关于他的记载算是比较多的。阴智伯的生年，史无载。《阴子春传》说他"与高祖邻居，少相友善"，那么阴智伯年纪与这位高祖相仿。高祖是谁？因为《阴子春传》出自《梁书》，很容易使人以为是梁开国皇帝萧衍。戴伟华先生在《阴铿生平事迹考述》中说："虽然阴铿的祖父阴智伯曾一度家居秣陵，与梁武帝邻居"，[1]就是将"与高祖邻居，少相友善"的高祖认定为梁武帝萧衍。梁淑贞《汉唐武威阴氏考略》也说："阴智伯，武威姑臧人，与梁武帝萧衍关系甚密。……萧衍即位后，迁智伯为梁、南秦二州刺史。此后，他为萧衍政权立下著著战功"。[2]赵以武先生在他的《阴铿与近体诗》之"阴铿家世考论"中一方面说"阴智伯未仕梁"，一方面又说："从《梁

---

[1] 戴伟华.阴铿生平事迹考述[J].扬州师院学报（社会科学版）,1986,3：118.
[2] 梁淑珍.汉唐武威阴氏考略[J].河西学院学报,2014,30（4）：48.

书·阴子春传》所载来看，阴智伯与后来成为梁武帝的萧衍曾有邻居之好，其时二人均在青少年时期。这是完全可能的，我们没有理由不相信。""阴智伯当与萧衍的年龄相仿，至少相差不能很大，这大概不成疑问。"①然而，正如赵先生所论，阴智伯未入梁，其所任梁、南秦二州刺史也不是在梁，而是在南齐，则"为萧衍政权立下著著战功"就无从说起。齐永明十一年十一月，阴智伯因"赃货巨万"下狱，此后再无阴智伯消息，所以，阴智伯肯定未入梁。于是，《梁书·阴子春传》所载"及高祖践阼，官至梁、秦二州刺史"就不可能是在梁萧衍为帝之后，而应该是齐萧道成登基后。那么，"与高祖邻居，少相友善"的高祖就应该是萧道成而非萧衍。如果是萧衍，则他登基（502）之前，阴智伯已经在齐武帝萧赜永明二年（484）任巴西太守了，而不会是"及高祖践阼，官至梁、秦二州刺史"。另外，如果阴智伯与萧衍年龄相仿，出生在宋孝武大明八年（464）前后，他在齐永明二年（484）之前就不到20岁或者刚刚20岁，则其出任巴西太守可能还不到20岁。年不至二十，一释褐（又作解褐，脱去平民所穿的衣服，换上官服，指初次做官）就是五品太守，对于并非皇族的阴智伯来说，这是不可能的，见下文的辨析。

阴智伯既与萧道成年龄相仿，而据《南齐书·高帝纪》，萧道成出生于元嘉四年（427），则他就出生在427年前后，估计与萧道成年龄相差不会大于5岁。

2. 齐永明二年（484）前已为巴西太守。

根据下面《南史》的这段记载分析，阴智伯在齐永明二年之前已经是巴西太守了。

---

① 赵以武.阴铿与近体诗：第一章[M].哈尔滨：黑龙江教育出版社，1998：12，20.

《南史·始兴简王鑑传》：永明二年，武帝不复用诸将为益州，始以鑑为益州刺史，督益、宁二州军事，……先是劫帅韩武方常聚党千余人，断流为暴，郡县不能禁，行旅断绝。鑑行至上明，武方乃出降。长史虞悰等咸请杀之。鑑曰："武方为暴积年，所在不能制，今降而被杀，失信；且无以劝善。"于是启台，果被宥，自是巴西蛮夷凶恶，皆望风降服。行次新城，道路籍籍，云陈显达大选士马，不肯就征。巴西太守阴智伯亦以为然。乃停新城十许日，遣典签张昙皙往观形势。俄而显达遣使人郭安明、朱公恩奉书贡遗，咸劝鑑执之。鑑曰："显达立节本朝，必自无此。昙皙还，若有同异，执安明等未晚。"居二日，昙皙还，说显达遣家累已出城，日夕望殿下至。于是乃前。时年十四。①

据《南齐书·武帝纪》，萧鑑永明二年十一月出任益州刺史。他赴任益州途中行次新城，沿途纷纷扰扰地都说前益州刺史陈显达在大选猛士骏马，不肯应征入朝（萧鑑来任益州刺史，陈显达卸任，应赴朝述职，等待新的任命）。巴西太守阴智伯也认为是这样。但是只有十四岁的萧鑑很沉得住气，他在新城停下来，先派手下典签张昙皙去打听情况，然后接到陈显达派使者送来的书信和贡献。萧鑑的手下都劝萧鑑把使者抓起来，萧鑑不听。等派出的张昙皙回来，说陈显达携家室已出城，日夜盼望殿下来到，于是萧鑑等继续前进。因为下文提到巴西太守，史官在这里顺便把萧鑑以前降服巴西蛮夷韩武方的事吹嘘一番。巴西太守阴智伯为什么也在萧鑑身边呢？巴西郡属益州，萧鑑既是阴智伯的顶头上司，又是他少年时的伙伴、前皇帝萧道成的孙子、现皇帝萧赜的儿子，他当然要来巴结逢迎一番，所以特地赶来新城迎接萧鑑。他是益州本地地方官，对前任益州刺史陈显达的情况应当有所了解，所以他对路人纷纷攘攘的说法表示认可。本地郡守都认为关于陈显达的传言是真的，这就突

---

① 李延寿. 南史：卷四十三[M]. 北京：中华书局，1975：1086-1087.

出了萧鉴的沉着冷静，也是在文末加上一句"时年十四"的用心。由此可以肯定，在萧鉴任益州刺史前，即永明二年十一月以前，阴智伯已经在巴西太守任上了。什么时候任命的？可能在永明二年，也可能在永明元年，也可能在永明元年之前，即萧道成为皇帝时。前言新城，在今河南省潢川县东南，南朝梁置新城郡及新城县于此。据《梁书·州郡志》，新城郡亦属益州。巴西太守既不是阴智伯的起家官，这时的阴智伯就远不止20岁。下表列出南齐一朝非皇室宗亲官员释褐官职，无一人为五品、郡太守。

表1-1 南齐官员（不含皇室宗亲）释褐官职一览表

官员姓名	释褐年龄或时间	释褐官职及品位	其他情况
王俭		解褐秘书郎（六品）、太子舍人	
柳世隆		海陵王休茂雍州迎主簿（从七品）	
张瓌		江夏王太尉行参军（七品）	
桓崇祖		刺史刘道隆辟为主簿（七品）	
张敬儿		入队为曲阿戍驿将（流外）	斩沈攸之
王敬则	年二十余	补侠谷队主（流外）	太祖为帝功臣
陈显达	宋孝武世	为张永前军幢主（从九品）	
刘怀珍		本州辟主簿（七品）	
王玄载		解褐江夏王国侍郎（六品）、太宰行参军	
王玄邈		初为骠骑行军参军（七品或从七品）	

续表

官员姓名	释褐年龄或时间	释褐官职及品位	其他情况
崔祖思		初辟州主簿（七品）	
刘善明	年四十	辟为治中从事（从七品）	
苏侃		出身正员将军*	
桓荣祖	宋孝建中	州辟主簿（七品）	
王广之		初为马队主（流外）	
江谧		解褐奉朝请（九品）	
荀伯玉		少为柳元景抚军板行参军（从七品）	
张岱		州辟从事（从七品）	
褚炫		宋义阳王昶为太常，板炫补五官（正七品下）	
何戢		解褐秘书郎（六品）	尚宋武山阴公主
王延之		州辟主簿不就，除北中郎法曹行参军（七品或从七品）	
阮韬		少历清官，为南兖州别驾（六品）	
张绪		州辟仪曹从事（从七品），举秀才	
虞玩之		解褐东海王行参军（七品或从七品）	
沈冲		解褐卫尉五官（从七品下）	
庾杲之		起家奉朝请（九品）	
王谌		沈昙庆为徐州，辟为迎主簿（从七品）	

续表

官员姓名	释褐年龄或时间	释褐官职及品位	其他情况
谢超宗		以选补王国常侍（八品）	祖谢灵运
刘 祥	宋世	解褐为巴陵王征西行参军（七品或从七品）	
到 㧑		起家为太学博士（从七品）	袭爵建昌公
刘 悛		刘延孙为南徐州，初辟悛从事（从七品）	与阴智伯同下狱
虞 悰		州辟主簿（七品）	
胡谐之		初辟州从事主簿（从七品）	
刘 瓛		初州辟祭酒主簿（从七品）	
刘 琎	宋泰豫中	举秀才，建平王景素征北主簿（七品）	
陆 澄		起家太学博士（从七品）	
张 融		解褐为新安王北中郎参军（七品）	
周 颙		解褐海陵国侍郎（六品）	
王 宴	宋大明末	起家临贺王国常侍（八品）、员外郎	
萧 谌		初为州从事（从七品）	萧道成族孙
萧坦之		初为殿中将军（六品或正八品上）	萧道成族孙
江 祐	宋末	解褐晋熙国常侍（八品）	
江 敩		州辟迎主簿，不就；除著作郎（六品）、太子舍人	尚孝武女临汝公主
何昌禹		宋建安王休仁为扬州，辟州主簿（七品）	
王思远		宋建平王景素辟为南徐州主簿（七品）	
沈文季	孝建二年	起家主簿（七品）	

续表

官员姓名	释褐年龄或时间	释褐官职及品位	其他情况
王秀之		起家著作佐郎（六品）	
陆慧晓		初应州郡辟，举秀才，卫尉使**	
顾宪之	永明六年	为随王东中郎长史（从五品？）、行会稽郡事	
萧慧基		解褐著作佐郎、征北行参军（七品）	
王　融		晋安王南中郎板行参军（从七品）	
谢　朓		解褐豫章王太尉行参军（七品）	
孔稚圭		解褐宋安成王车骑法曹行参军（七品）	
王　奂		解褐著作佐郎（六品）	
王　缋	弱冠	为秘书郎（六品）	
张　冲		少有至性，辟州主簿（七品）	
张兴泰		辟州主簿（七品）	

　　*正员将军。《宋书·邓琬传》载："正员将军、幢主卜伯宗"。据张政烺《中国古代职官大辞典》，幢主为从九品。幢主带正员将军号，可见正员将军最多正九品。

　　**汉有卫尉，梁称"卫尉卿"。《宋书·百官志》：卫尉一人，丞二人。卫尉使可能是卫尉丞以下的小吏。

　　上表所列57人，除2人品位不明外，其余55人，品位在六品及以下者54人，占98.18%，仅顾宪之为随王东中郎长史，从五品。故可推定，阴智伯释褐非一郡太守，从任巴西太守的时间看，也早就过了释褐年龄。阴智伯应当出生在刘宋时，年龄与萧道成相仿，释褐也在刘宋一朝。

　　如果阴智伯与萧道成年龄相仿，萧道成即皇帝位在建元元年（479）夏四月，时萧道成52岁，阴智伯年龄与其相近，应该早就释褐了。假设阴智伯比萧道成小5岁，出生在433年，永明二年（484）他已51岁，这个职位不可能是他的释褐职位。若阴智伯大萧道成5岁，422年生，则永明二年他已62岁，似乎更不可能。也许阴智伯的巴西太守就是萧道成任命的，那么他任巴西太守就在萧赜永明以前。如果萧道成登基后就任命阴智伯为梁、南秦二州刺史，州刺史位高于郡太守，则后来任巴西太守，属于直降一级，这当然不可能。《南齐书·武帝纪》载："（永明）七年春正月，以中军将军王敬则为豫州刺史，中军将军阴智伯为梁、南秦二州刺史。"[1]《梁书·阴子春传》载："官至梁、南秦二州刺史"，这个"至"字是说他最后做到梁、南秦二州刺史，也与后来永明年间他的一些活动中所载官职吻合。

3. 齐永明七年（489）正月至永明十一年，为梁、南秦二州刺史。其间主持征伐军事，打败氐王杨集始进攻，援助北魏支酉、王度人起义，支、王乘胜进向长安。

《南齐书·氐杨氏传》：（永明）十年，集始反，率氐、蜀杂众寇汉川。梁州刺史阴智伯遣军主宁朔将军桓卢奴、梁季群、宋□、王士隆等千余人拒之，不利，退保白马。贼众万余人纵兵火攻其城栅，卢奴拒守死战。智伯又遣军主阴仲昌等马步数千人救援。至白马城东千溪桥，相去数里，集始等悉力攻之，官军内外奋击，集始大败，十八营一时溃走，杀获数千人。集始奔入虏堺。[2]

《南齐书·魏虏传》：（永明）十一年，……北地人支酉聚数千人，于长安城北西山起义，遣使告梁州刺史阴智伯。秦州人王度人起义应酉，攻获伪刺史刘藻，秦、雍间七州民皆响震，众至十万，各自保壁，望朝廷救其兵。宏遣弟伪河南王幹、尚书卢阳乌击秦、雍义军，幹大败。酉迎

---

[1] 萧子显. 南齐书：卷一[M]. 北京：中华书局，1972：55.
[2] 萧子显. 南齐书：卷五十九[M]. 北京：中华书局，1972：1030.

战，进至咸阳北浊谷，围伪司空长洛王缪老生，合战，又大破之。老生走还长安。梁州刺史阴智伯遣军主席德仁、张弘林等数千人应接酉等，进向长安，所至皆靡。会（齐）世祖崩，（元）宏闻关中危急，乃称闻丧退师。①

《资治通鉴》卷一三八：先是，北地民支酉聚众数千，起兵于长安城北石山，遣使告梁州刺史阴智伯，欲结齐师以为应援。秦州民王广亦起兵应之，攻执魏刺史刘藻，秦雍间七州民皆响震，众至十万，各守堡壁以待齐救。魏河南王幹引兵击之，幹兵大败。支酉进至咸阳北浊谷，穆亮与战，又败。阴智伯遣军主席德仁等将兵数千与相应接。酉等进向长安，卢渊、薛胤等拒击，大破之，降者数万口。渊惟诛首恶，余悉不问，获酉、广，并斩之。②

由上可见，阴智伯在梁、南秦刺史任上近五年，先后平定氐王杨集始叛乱，支援北魏支酉、王度人（《资治通鉴》曰王广，可能度人为王广字）等起义，不仅占领了河西大片土地，还乘胜进军北魏首都洛阳附近的长安。由《资治通鉴》所载看，阴智伯军并未随支酉军进至长安，支酉、王广军被北魏卢渊、薛胤所破，二人均被擒斩。据《魏书·薛胤传》载："（北魏孝文帝太和）十七年，高祖南讨，诏赵郡王幹、司空穆亮为西道都将。时幹年少，未涉军旅。高祖乃除胤假节、假平南将军，为幹副军。行达衷父，以萧赜死，班师。又为都将，共讨秦州反，败支酉，生擒斩之。"③北魏孝文帝太和十七年即南齐萧赜永明十一年。又《魏书·卢渊传》："及车驾南伐，赵郡王幹督关中诸军事。诏加（卢）渊使持节、安

---

① 萧子显. 南齐书：卷五十七 [M]. 北京：中华书局，1972：992.
② 司马光. 资治通鉴：卷一三八 [M]. 北京：中华书局，1956：4341.
③ 魏收. 魏书：卷四十二 [M]. 北京：中华书局，1974：943.

南将军为副，勒众七万将出子午。寻以萧赜死，停师。是时泾州羌叛，残破城邑。渊以步骑六千众号三万，徐行而进，未经三旬，贼众逃散，降者数万口，惟枭首恶，余悉不问。"①这两段记述与《南齐书·魏虏传》的记述是吻合的。卢渊、薛胤均为赵郡王元幹之副。赵郡王（《南齐书·魏虏传》谓河南王）元幹领兵战泾州羌支酉、王广，败。于是命卢渊率兵出长安县子午关出战，可见支酉等是打到了长安的。"寻以萧赜死，停师"，与《南齐书·魏虏传》所记"（元）宏闻关中危急，乃称闻丧退师"也是一致的。又卢渊"以步骑六千众号三万"，支酉王广军很可能是被官军气势震慑住了，纷纷逃散，"降者数万口"。此时阴智伯派出的数千兵很可能并未随支酉、王广进军长安，支酉王广军乃乌合之众，无正规军领导，极易溃败。阴智伯未能抓住这一时机攻破长安，很可能被召回建康，于是以"赃货巨万"问罪。

阴智伯为梁、南秦二州刺史，此地在今陕西、甘肃、四川一带，是南齐与北魏相互争夺的用兵之地，其往北可威慑长安及北魏首都洛阳，往南可至汉中、益州，位置十分重要。梁、陈两朝，梁州刺史均兼南秦州刺史，就是为了方便统一用兵，还因为这里是齐、魏相争的前线。敦煌巨族在这里影响很大，敦煌六姓，贾、阴、索、安、曹、石，阴氏影响力巨大。《晋书·张轨传》载，凉州刺史张轨"以宋配、阴充、氾瑗、阴澹为股肱谋主，征九郡胄子五百人，立学校，始置崇文祭酒，位视别驾，春秋行乡射之礼"，后遂称孤河西。《十六国春秋·前凉录·阴澹》载："（张）轨任为股肱，参与机密。转督护参军、武威太守。轨保凉州，（阴）澹之力居多"。"及骏（张轨孙）嗣位，澹弟鉴为镇军将军。骏以阴氏门宗强盛，而功多也，遂忌害之。乃讽其主簿魏纂诬鉴谋反，逼令自杀，于是大失人情。"②张轨之军，阴氏子弟甚多，见于《张轨传》及其子孙

---

① 魏收.魏书：卷四十七[M].北京：中华书局，1974：1049.
② 崔鸿.十六国春秋屠本：卷七十五[M].竹书山房汪日桂刻本：652下.

传的除阴澹、阴充之外，还有阴濬、左督护阴预、丁羌护军阴鉴、阴浚、从事阴据。可见，阴氏一门在河西影响巨大。而河西阴氏与阴智伯属同宗，关系还蛮近（前述北魏阴寿是阴识的族侄）。任阴智伯为梁、南秦二州刺史，应该也有利用阴智伯与敦煌阴氏家族的关系，拉拢阴氏家族的意图。由于梁、南秦二州地位重要，历任梁、南秦二州刺史者多为重臣。《南齐书·武帝本纪》载"（永明）七年春正月丙午，以中军将军王敬则为豫州刺史，中军将军阴智伯为梁、南秦二州刺史"。丁福林先生在《南齐书考疑（十）》中提出："据《宋书·百官志上》所载，时中军将军仅置一人。南齐一仍宋制，中军将军亦仍置一人不变。则此云'中军将军阴智伯'者，必误。按中军将军乃时之要职，官第三品。王敬则为齐高帝萧道成腹心佐命大臣，齐之立国，其居功至伟，故得为此职。而阴智伯于是时声名未显，梁、南秦二州刺史又非要任，宋齐时亦未有以中军将军之要职而出刺此二州者。故颇疑此前阴智伯乃王敬则之军府佐，为中军参军，时乃迁为梁、南秦二州刺史耳。"[1]

中军将军肯定只置一人，因其为皇宫禁军首领，多由皇族或皇帝亲信任之，阴智伯虽与萧道成"少相友善"，但也许还没有到可以托付安全的程度。所以阴智伯非中军将军可以肯定。但是否是中军参军？先要看南朝有无中军参军之名。

邱树森《中国历代职官辞典》、赵德义《中国历代官称辞典》、张政烺《中国古代职官大辞典》、龚延明《中国历代职官别名大辞典》、吕宗力《中国历代官制大辞典》均无中军参军一目，《宋书·百官志》《齐书·百官志》均无中军参军一职。然《中国古代职官大辞典》有中兵参军一目："两晋、南北朝诸公、军府僚属，掌管本府中兵曹，备府主咨询。其品位随府主地位而定，有以将军、太守兼领者。"[2]此与阴智伯

---

[1] 丁福林.南齐书考疑（十）[J].江海学刊，2005，5：81.
[2] 张政烺.中国古代职官大辞典[M].郑州：河南人民出版社，1990：187.

之身份庶几可当，揣测阴智伯之中军将军可能为中兵参军之误。三国魏置中兵曹，掌畿内之兵。东晋元帝司马睿东丞相府置中兵曹，中兵参军为其主官。梁代皇弟府、皇子府、庶姓公府皆置此官，皇弟府、皇子府为六班，庶姓公府为五班。此外，王敬则与阴智伯同时出为一州刺史，可见二人地位相当，阴智伯不大可能是王敬则的僚佐。所以，阴智伯中军将军肯定有误，可能是萧道成诸子王府中兵参军。

梁、南秦二州刺史并非"非要任"，这从出任该二州刺史者身份可见一斑。上引丁福林先生《南齐书考疑（十）》随后举三例，"《宋书·文帝纪》所载元嘉三年十一月，'骠骑将军刘道产为梁、南秦二州刺史'；元嘉七年七月，'丙申，以平北谘议参军甄法护为梁、南秦二州刺史'；本书《武帝纪》所载永明三年正月，'安西谘议参军崔庆绪为梁、南秦二州刺史'"。例一之骠骑将军，《南齐书·百官志》与中军将军为同一级别，且据《宋书·百官上》，骠骑将军一人列诸将军之首，西汉霍去病为骠骑将军，位仅次于丞相。南朝骠骑将军虽然不如霍去病所任尊贵，但也不在一般武职行列。这个刘道产就曾袭父爵晋安县五等侯。元嘉三年，督梁、南秦二州诸军事，宁远将军，西戎校尉，梁、南秦二州刺史；元嘉六年又领陇西、宋康二郡；七年，征为后军将军，督雍、梁、南秦三州，荆州之南阳、竟陵、顺阳、襄阳、新野、随六郡诸军事，宁远将军、宁蛮校尉、雍州刺史、襄阳太守；后来进号辅国将军。又据《南齐书·武帝纪》：永明十一年二月己丑，以辅国将军曹虎为梁、南秦二州刺史，辅国将军亦为三品。南齐萧懿亦曾以宁朔将军出任梁、南秦二州刺史，宁朔将军亦为三品。据《梁书·长沙嗣王萧业传》，萧懿，梁武帝萧衍长兄，袭爵临湘县侯，入为中书侍郎，为三品。永明季，授持节，都督梁、南北秦、沙四州诸军事，西戎校尉，梁、南秦二州刺史，加冠军将军。可见，出任梁、南秦二州刺史的并非都是等闲人物，阴智伯出任梁、南秦二州刺史，其地位当非一般。原因一是梁、南秦二州地位重要，二是想利用阴智伯与河西大族阴氏的同宗关系，三是阴智伯与齐武帝萧道成的亲密关系。从上文可见，阴智伯也并没有辜负朝廷的厚望。

4. 齐永明十一年（493）十一月，阴智伯因"赃货巨万"，遭劾入狱。

《梁书·江淹传》载："少帝初，以本官兼御史中丞。……于是弹中书令谢朏、司徒左长史王缋、护军长史庾弘远，并以久疾不预山陵公事；又奏前益州刺史刘悛、梁州刺史阴智伯，并赃货巨万，辄收付廷尉治罪。"① 这里的少帝，指郁林王萧昭业。江淹刘宋时入仕，入齐，于建元初为骠骑豫章王记室，典国史，寻迁中书侍郎。永明初，迁骁骑将军，掌国史，出为建武将军、庐陵内史，三年后还为骁骑将军，兼尚书左丞。少帝初，以本官兼御史中丞。江淹一担任御史中丞就弹劾了一大批官员，其中就有阴智伯，罪名是"赃货巨万"。江淹弹劾刘悛、阴智伯，《资治通鉴》系于永明十一年冬十一月，是年七月，齐武帝萧赜崩；八月，郁林王萧昭业即位。即位不久，就着江淹弹劾了一大批人，其中就有刘悛、阴智伯。

阴智伯下狱后死了没有？赵以武先生推定他是"被诛"了的。因为同时下狱的刘悛有西昌侯萧鸾（后来取代海陵王萧昭文为齐明帝）搭救，阴智伯无人搭救，肯定被杀。然而，事情可能并非这么简单。

《南齐书·郁林王纪》载，郁林王名昭业，为文惠太子萧长懋之子。萧长懋病故，立为皇太孙。永明十一年秋七月，齐武帝崩。八月，皇太孙继位，是为郁林王。次年改元隆昌元年，春正月大赦。郁林王即位后朝纲紊乱，"极意赏赐，动百数十万"。"期年之间，世祖斋库储钱数亿垂尽。开主衣库与皇后宠姬观之，给阉人竖子各数人，随其所欲，恣意辇取，取诸宝器以相剖击破碎之，以为笑乐。""好斗鸡，密买鸡至数千价。""昭业与文帝幸姬霍氏淫通""皇后亦淫乱，斋阁通夜洞开，内外淆杂，无复分别。""中书舍人綦母珍之、朱隆之，直阁将军曹道刚、周奉叔，并为帝羽翼。高宗屡谏不纳，先启诛龙驹，次诛奉叔及珍之，帝并不能违。……乃疑高宗有异志，"与中书令何胤谋诛高宗。"高宗虑

---

① 姚思廉. 梁书：卷十四 [M]. 北京：中华书局，1973：250.

变，定谋废帝"。于是，隆昌元年七月二十二日，高宗杀郁林王及其奸党，扶海陵恭王昭文继位。郁林王的母亲皇太后也看不过，隆昌元年七月下诏曰："嗣主特钟沴气，爱表弱龄，险戾著于绿车，愚固彰于崇正。狗马是好，酒色方湎。所务唯鄙事，所疾唯善人。世祖慈爱曲深，每加容掩，冀年志稍改，立守神器。自入纂鸿业，长恶滋甚。居丧无一日之哀，缞绖为欢宴之服。昏酣长夜，万机斯壅，发号施令，莫知所从……二帝姬嫔，并充宠御；二宫遗服，皆纳玩府。内外混漫，男女无别"，并且提出"便可详依旧典，以礼废黜"。①

这么一个混世魔王，继位仅一年，就被西昌侯萧鸾废杀。与刘悛一同入狱的阴智伯，本有军功，又是高祖亲近之人，贪赃远不及刘悛，刘悛免死，阴智伯被杀，何以服人？

刘悛、阴智伯下狱的原因果真是"赃货巨万"吗？其实是另有原因的。《南齐书·刘悛传》："悛既藉旧恩，尤能悦附人主，承迎权贵，宾客闺房，供应奢广。罢广、司二州，倾资贡献，家无留储。在蜀作金浴盆，余金物称是。罢任以本号还都，欲献之，而世祖晏驾，郁林新立，悛奉献减少。郁林知之，讽有司收悛付廷尉，将加诛戮。"由这段记述可以看出：刘悛虽然富有，浴盆等器皿均以金制，但他为了"悦附人主，承迎权贵"，也是很舍得花钱的，不仅对人主、权贵"供应奢广"，而且对皇帝更是"倾资贡献，家无留储"。②之所以要抓他杀他，根本原因还是"世祖晏驾"后，刘悛把本来准备贡献给武帝的资财减少了再贡献给郁林王，所以加他一个贪赃的名目下狱，并且要杀他。估计阴智伯贡献也不多，于是跟着倒霉。前已述，郁林王用度奢靡惊人，你减少给他的贡献，他焉得不杀？

然而郁林王是个只知奢靡贪费、享乐纵欲的魔王，不懂朝政，"朝

---

① 萧子显. 南齐书：卷四 [M]. 北京：中华书局，1972：72-74.
② 萧子显. 南齐书：卷三十七 [M]. 北京：中华书局，1972：653.

事大小，皆决于西昌侯鸾"。萧鸾权倾朝野，要瞒着郁林王干点什么也不是很困难的事。甚至萧鸾要杀郁林王的亲信，郁林王也无可奈何："先启诛龙驹，次诛奉叔及珍之，帝并不能违"（《南齐书·郁林王纪》）。郁林王要杀，萧鸾却暗地里压下也不是不可能的。刘悛虽曰"禁锢终身"，即终身不得再做官，但是"虽见废黜，而宾客日至"。可见世人都明白，郁林王蹦跶不了几天，还是跟刘悛来往甚密。（《南齐书·刘悛传》）等到郁林王一死，海陵王即位，刘悛即"以白衣除兼左民尚书，寻除正。高宗立，加领骁骑将军，复故官驸马都尉。"[①]杀阴智伯一事也有可能被萧鸾压下，待海陵王即位，再赦免其死，可能贬为庶人，留他一条老命。所以，阴智伯被诛并非必然，但由此失去以前的地位，延及后人则是肯定的。阴智伯可能老死狱中，也可能被免官甚至废为庶人，从此再无消息。

综上所述，阴智伯与齐高帝萧道成年龄相仿，约生于元嘉四年（427）前后，释褐时间不明，可能在刘宋时期。萧道成即位后，阴智伯被任命为巴西太守，或在齐武帝萧赜即位后任巴西太守。齐武帝永明七年春，迁梁、南秦二州刺史。永明十一年十一月，被郁林王以"赃货巨万"下狱。最后是病死还是被杀，仍存疑，卒年已无法考定。

二、阴铿父亲阴子春生平考述

阴铿父阴子春《梁书》有传：

阴子春，字幼文，武威姑臧人也。晋义熙末，曾祖袭随宋高祖南迁，至南平，因家焉。父智伯，与高祖邻居，少相友善，尝入高祖卧内，见有异光成五色，因握高祖手曰："公后必大贵，非人臣也。天下方乱，安苍生者，其在君乎！"高祖曰："幸勿多言。"于是情好转密，高祖每

[①] 萧子显. 南齐书：卷三十七 [M]. 北京：中华书局，1972：653.

有求索，如外府焉。及高祖践阼，官至梁、秦二州刺史。子春，天监初，起家宣惠将军、西阳太守。普通中，累迁至明威将军、南梁州刺史；又迁信威将军，都督梁、秦、华三州诸军事，梁、秦二州刺史。太清二年，讨峡中叛蛮，平之。征为左卫将军，又迁侍中。属侯景乱，世祖令子春随领军将军王僧辩攻邵陵王于郢州，平之。又与左卫将军徐文盛东讨侯景，至贝矶，与景遇，子春力战，恒冠诸军，频败景。值郢州陷没，军遂退败。大宝二年，卒于江陵。

孙颢，少知名。释褐奉朝请，历尚书金部郎。后入周。撰《琼林》二十卷。[1]

讨论阴子春，须从阴智伯说起。阴智伯既与齐高帝萧道成年龄相仿，则他出生应该与萧道成相差不多。前已述，萧道成出生于宋元嘉四年（427），阴智伯也应该出生于宋元嘉四年前后。假如他20岁左右生阴子春（古人结婚都比较早），则阴子春30岁左右时约在477年前后，时当刘宋昇明元年前后。梁朝始于天监元年（502），阴子春入梁即已55岁，已在暮年，绝不可能在梁朝有那么丰富的经历。所以，阴子春很可能是阴智伯晚年所生，不然不可能跨越南齐，一生只在梁朝为官。这是讨论阴子春的时间起点。

《梁书·阴子春传》载，阴子春"天监初，起家宣惠将军、西阳太守"。梁武帝天监年间在502—519年，502—504年都可算天监初。《梁书·武帝纪》载："（天监）四年春正月癸卯朔，诏曰：'今九流常选，年未三十，不通一经，不得解褐。'"虽然后面也说"若有才同甘、颜，勿限年次"，但毕竟甘、颜（甘罗、颜回）太少，所以阴子春出仕应在30岁以后。张政烺《中国古代职官大辞典》载："宣惠将军，南朝梁置，武帝天监七年（508）定为武职二十四班中的十七班，……陈延置，拟

---

[1] 姚思廉. 梁书：卷四十六[M]. 北京：中华书局，1973：645.

四品，比秩中二千石。"①据俞鹿年《中国官制大辞典》，梁宣惠将军为十七班。②梁武职二十四班中的十七班，位次较高。萧梁新设的官职等级"班"，是"以班多为贵"的，与"品"恰好相反。梁时，文官十七班为开府仪同三司，左、右光禄大夫加开府仪同三司，为三品。南陈继续设宣惠将军，为拟四品。郡太守为五品。这样高的职位不可能是阴子春的起家官，理由已如前阴智伯之考述。

《南史·阴子春传》以下内容是《梁书·阴子春传》所没有的，很清楚地说"子春仕历位朐山戍主、东莞太守"：

子春仕历位朐山戍主、东莞太守。时青州石鹿山临海，先有神庙，刺史王神念以百姓祈祷糜费，毁神影，坏屋舍。当坐栋上有一大蛇长丈余，役夫打扑不禽，得入海水。尔夜，子春梦见人通名诣子春云："有人见苦，破坏宅舍。既无所托，钦君厚德，欲憩此境。"子春心密记之。经二日而知之，甚惊，以为前所梦神。因办牲醑请召，安置一处。数日，复梦一朱衣人相闻，辞谢云："得君厚惠，当以一州相报。"子春心喜，供事弥勤。经月余，魏欲袭朐山，间谍前知，子春设伏摧破之，诏授南青州刺史，镇朐山。又迁都督、梁秦二州刺史。

子春虽无佗才行，临人以廉洁称。闺门混杂，而身服垢汗，脚数年一洗，言每洗则失财败事，云在梁州，以洗足致梁州败。③

综合《梁书》《南史》二传，我们可以勾画出阴子春一生大致履历：

阴子春先任朐山戍主、东莞太守，击破北魏进攻朐山之军，迁南青州刺史，仍镇朐山。朐山定，迁宣惠将军、西阳太守。普通中，迁明威

---

① 张政烺.中国古代职官大辞典[M].郑州：河南人民出版社，1990：794.
② 俞鹿年.中国古代官制大辞典[M].哈尔滨：黑龙江人民出版社，1992：963.
③ 李延寿.南史：卷六十四[M].北京：中华书局，1975：1555.

将军、南梁州刺史。又迁信威将军，都督梁、秦、华三州诸军事，梁、秦二州刺史。太清二年，讨峡中叛蛮，平之，征为左（右）卫将军，迁侍中。属侯景乱，世祖（萧绎）令子春随领军将军王僧辩攻邵陵王于郢州，平之。又与左卫将军徐文盛东讨侯景，至贝矶，与景遇，子春力战，恒冠诸军，频败景。值郢州陷没，军遂退败。大宝二年，卒于江陵。考其一生经历如次：

1. 梁天监十年（511），阴子春任朐山戍主，后迁东莞太守。

《南史·阴子春传》载其梦蛇神事，虽有迷信成分，然提供了阴子春历朐山戍主、东莞太守、南青州刺史之时机与缘由。

史为乐《中国历史地名大辞典》："朐山，即今江苏连云港市西南锦屏山。秦于山侧置朐县，北周改名朐山县，皆以此山名。《明一统志》卷十三淮安府：朐山'在海州城南四里，上有双峰如削，俗呼马耳峰。'"[①]《资治通鉴》："刘宋泰始六年（470），侨置青、冀二州"，并侨置东莞、琅琊二郡。此东莞非今日广州之东莞。史为乐《中国历史地名大辞典》："东莞郡，南齐与琅琊郡合置，治所在朐山城（今江苏连云港市西南海州镇），后废。"[②] 东莞、琅琊二郡地与北魏分割，区域均不大，只由一位太守兼治。阴子春所守朐山滨临黄海，属青州东莞郡。其东莞太守应该是"东莞、琅琊二郡太守"之省称。

阴子春任朐山戍主、东莞太守既然与王神念有关，我们可从王神念的生平中获得消息。《梁书·王神念传》："仕魏，起家州主簿。稍迁颍川太守，遂据郡归款。魏军至，与家属渡江，封南城县侯，邑五百户。顷之，除安成内史，又历武阳、宣城内史，皆著治绩。还除太仆卿。出为

[①] 史为乐. 中国历史地名大辞典（增订本）[M]. 北京：中国社会科学出版社，2017：2053.
[②] 史为乐. 中国历史地名大辞典（增订本）[M]. 北京：中国社会科学出版社，2017：741.

持节,都督青冀二州诸军事、信武将军、青冀二州刺史。……普通中,大举北伐,征为右卫将军。六年,迁使持节、散骑常侍、爪牙将军,右卫如故。遘疾卒,时年七十五。"①《魏书·世宗纪》:"(北魏)永平元年春正月戊戌,颍川太守王神念奔于萧衍。"②王神念于北魏永平元年即萧梁天监七年春正月在北魏颍川太守任上携家眷投奔萧衍,则其任萧梁的青冀二州刺史在天监七年以后。王神念普通中征为右卫将军,大举北伐,则已离任青冀二州刺史。萧梁大举北伐在普通五年,可推定王神念任青冀二州刺史在天监末至普通四年间。据此,可以初步断定阴子春任朐山戍主、东莞太守在梁天监末至普通四年。

阴子春究竟什么时候任朐山戍主、东莞太守呢?

《魏书·卢昶传》提供了信息:"(北魏宣武帝元恪)永平四年夏,昶表曰:'萧衍琅琊郡民王万寿等款诚内结,潜来诣臣,云朐山戍今将交换,有可图之机。臣即许以旌赏,遣其还入。至三月二十四夜,万寿等奖率同盟,攻衍朐城,斩衍辅国将军,琅琊、东莞二郡太守,带朐山戍主刘晰并将士四十余人,传首至州'"。③北魏宣武帝元恪永平四年即梁天监十年(511)。这一年,琅琊郡民王万寿潜通卢昶,于三月二十四日夜起兵攻朐山,斩杀萧梁辅国将军,东莞、琅琊二郡太守,俘获朐山戍主刘晰。《梁书·马仙琕传》也载:"(天监)十年,朐山民杀琅琊太守刘晰,以城降魏。诏假仙琕节,讨之。魏徐州刺史卢昶以众十余万赴焉。仙琕与战,累破之,昶遁走,仙琕纵兵乘之,魏众免者十一二,收其兵粮牛马器械不可胜数。振旅还京师,迁太子左卫率,进爵为侯,增邑六百户。十一年,迁持节、督豫北、豫、霍三州诸军事、信武将军、豫州刺史,领南汝阴太守。"④又《梁书·武帝纪》载:"(天

---

① 姚思廉. 梁书:卷三十九 [M]. 北京:中华书局,1973:556.
② 魏收. 魏书:卷八 [M]. 北京:中华书局,1974:205.
③ 魏收. 魏书:卷四十七 [M]. 北京:中华书局,1974:1057.
④ 姚思廉. 梁书:卷十七 [M]. 北京:中华书局,1973:280.

监)十年春正月……癸卯,以尚书左仆射张稷为安北将军,青冀二州刺史。……三月辛丑,盗杀东莞、琅邪二郡太守邓晰(应为刘晰),以朐山引魏军,遣振远将军马仙琕讨之。是月,魏徐州刺史卢昶帅众赴朐山。……冬十二月……庚辰,马仙琕大破魏军,斩馘十余万,克复朐山城。"①这些史料说明,天监十年三月,东莞、琅琊二郡以及朐山被北魏夺取后,萧梁派马仙琕率军,于当年十二月夺回了朐山。随后,马仙琕"振旅还京师"。此时,阴子春应该就已经接任朐山戍主了。因此,可定阴子春于天监十年起家朐山戍主,或同时任东莞太守,或稍后迁东莞太守。

张政烺《中国古代职官大辞典》:"戍主:南北朝置,为戍的主将,掌守防捍御,除管理军政外,还干预民政和财政。隶属于州,……多以郡太守、县令、州参军及杂号将军等兼顾。北齐从七品,北周三命。隋朝上戍主正七品,中戍主正八品,下戍主正九品。"②据唐李林甫等《唐六典》,上戍戍主,正八品下;中戍戍主,从八品下;下戍戍主,正九品下。③南朝郡太守依郡大小可为五、六、七品。东莞太守当时为东莞、琅邪二郡太守,不会低于六品。朐山戍主、东莞太守才是阴子春的起家官。此时阴子春应已30岁,倒推其出生年约在481年,为齐高帝建元三年,时阴智伯已经五十岁左右。

2. 梁天监十年(511)至普通初,阴子春仍在朐山。

前引《梁书·武帝纪》载,天监十年春正月,以尚书左仆射张稷为安北将军,青冀二州刺史。《梁书·张稷传》载:"初郁州接边陲,民俗多与魏人交市。及朐山叛,或与魏通,既不自安矣。且稷宽弛无防,僚

---

① 姚思廉.梁书:卷二[M].北京:中华书局,1973:51.
② 张政烺.中国古代职官大辞典[M].郑州:河南人民出版社,1990:454.
③ 李林甫,等.唐六典.卷三十[M].陈仲夫点校.北京:中华书局,2014:755-756.

吏颇侵渔之。州人徐道角夜袭州城，害稷，时年六十三。"郁州在朐山所临海中，为海岛。则《魏书·卢昶传》所载"三月二十四夜，万寿等奖率同盟，攻衍朐城，斩衍辅国将军，琅琊、东莞二郡太守"之辅国将军就是张稷。张稷死于天监十年三月，其任青冀二州刺史在王神念之前。王神念任青冀二州刺史在天监十年三月以后，阴子春在其手下，于是有《南史·阴子春传》中关于王神念毁寺庙、坏神像，阴子春梦神人求庇护等事。

马仙琕撤离朐山后，北魏又进攻朐山。阴子春派出探子探得消息后，设下伏兵，打退了北魏的进攻，受到朝廷嘉奖，升任南青州刺史，仍镇朐山。此事应在天监十一年至普通初。因为普通五年萧衍大举北伐，连克北魏州郡，北魏已经顾不上朐山了。

青州在哪里？臧励和《中国古今地名大辞典》载，西晋末永嘉之乱，青州沦没。东晋大兴初，侨置淮阴；晋义熙中移镇丹徒，在今江苏丹徒县东南十里；旋置青州于东阳，今山东益都县治，谓之北青州。而侨置青州曰南青州，南青州又移置广陵，南朝宋因之。《中国古今地名大辞典》又载："南青州：南朝宋置东徐州，后魏因之。寻徙东徐州治宿豫，改此为南青州。北周改为莒州，故治即今山东沂水县。"①南朝宋之南青州，刘宋永初元年即省入南兖州。《南齐书·州郡志》无南青州，青州有"东莞琅邪二郡，治朐山。"②南朝的青州紧邻北魏的南青州。南齐的南青州即《齐书》所称"青州"。萧梁本无南"青州"，因夺得北魏南青州之地而临时设立南青州，故《齐书·州郡志》未载南青州。此南青州仅北魏南青州之一部，地域不大，尚为小州。据张政烺《中国古代职官大辞典》，梁朝州分六等，南青州刺史可能低于四品，但不会低于五品。

---

① 臧励和.中国古今地名大辞典[M].上海：商务印书馆，1931：568，589.
② 萧子显.南齐书.卷十四[M].北京：中华书局，1972：259.

北魏的南青州在哪里？戴均良《中国古今地名大词典》："南青州：北魏太和二十二年（498）改东徐州置，治所在团城（今山东沂水县），辖境相当今山东沂水、沂源、蒙明、莒县、莒南、日照及江苏赣榆等县市地。"①赣榆就在朐山北。萧梁与北魏长期在这一带相互争夺，有可能北魏南青州之南部曾被萧梁控制，而设南青州刺史部。阴子春诏授南青州刺史，地近朐山，所以他仍然"镇朐山"。

北魏正光四年（523），北方六镇（怀荒、柔玄、抚冥、武川、怀朔、沃野）的少数民族因不堪重负，陆续起义，攻州拔郡，北魏王朝不得不派大军清剿。次年，即梁普通五年（524），萧衍趁机大举北伐。《梁书·武帝纪》载："（普通）五年……六月……庚子，以员外散骑常侍元树为平北将军，北青、兖二州刺史，率众北伐。……八月庚寅，徐州刺史成景隽克魏童城。九月戊申，又克睢陵城。戊午，北兖州刺史赵景悦围荆山。壬戌，宣毅将军裴邃袭寿阳，入罗城，弗克。冬十月戊寅，裴邃、元树攻魏建陵城，破之。辛巳，又破曲木。扫虏将军彭宝孙剋琅邪。甲申，又剋檀丘城。辛卯，裴邃破狄城。丙申，又剋甓城，遂进屯黎浆。壬寅，魏东海太守韦敬欣以司吾城降。定远将军、□□太守曹世宗破魏曲阳城。甲辰，又剋秦墟。魏郳、潘溪守悉皆弃城走。十一月丙辰，彭宝孙剋东莞城。壬戌，裴邃攻寿阳之安城，剋之。丙寅，魏马头、安城并来降。十二月戊寅，魏荆山城降。乙巳，武勇将军李国兴攻平静关，剋之。辛丑，信威长史杨法乾攻武阳关；壬寅，攻岘关；并剋之。"②这一段记述说明，萧梁北伐大军攻城略地，占领了北魏诸多州郡，包括阴子春所守的东莞、琅琊二郡。说明普通五年之前，东莞、琅琊二郡一度被北魏侵占，阴子春的南青州刺史可能终结于普通五年之前。由上面的记述可见，阴子春离任南青州刺史后并未参加北伐，他去哪里了呢？

---

① 戴均良. 中国古今地名大词典[M]. 上海：上海辞书出版社，2005：2078.
② 姚思廉. 梁书：卷三[M]. 北京：中华书局，1973：68-69.

3. 梁普通中至太清二年前，阴子春先任宣惠将军、西阳太守，后累迁南梁州刺史、梁秦二州刺史，都督梁、秦、华三州诸军事。

阴子春任南青州刺史至太清初，《阴子春传》未载其有何活动。阴子春任宣惠将军、西阳太守，就离开了朐山。因为南朝之西阳郡已在今湖北黄州、武昌一带。史为乐《中国历史地名大辞典》载："西阳郡，东晋改西阳国置，治所在西阳县（今湖北黄州市东），南朝宋辖境相当今湖北黄州、麻城及新洲、浠水等市县地，北齐为巴州治。"① 石泉、鲁西奇两先生《东晋南朝西阳郡沿革与地望考辨》认为，西晋初设西阳国时，其地在淮水中游南面的潢水流域，即今河南省光山县。永嘉之乱后，逐渐移至长江北岸故邾城附近。邾城在今黄冈市黄州区，萧梁时属郢州。② 若阴子春从南青州刺史迁至西阳太守，为五品；加宣惠将军，则为拟四品或从三品，还是升迁了的。《南齐书·州郡下》：西阳郡辖西陵、蕲阳、西阳、孝陵、期思、义安左县、希水左县、东安左县、蕲水左县9县，算中郡。③（左郡左县，蛮族郡县，即少数民族较多的郡县）根据前述，阴子春可能在梁普通五年大举北伐之前就离开了朐山，不然，他应该会参加北伐。《梁书·阴子春传》说他"普通中，累迁至明威将军、南梁州刺史；又迁信威将军，都督梁、秦、华三州诸军事，梁、秦二州刺史"。《南史·阴子春传》只载："又迁都督、梁秦二州刺史。"在迁南梁州刺史前，他可能先去了西阳郡。因为西阳郡蛮族多，经常发生起义。阴子春善于作战，故调他去平定蛮乱。所以推测他在普通初就离开朐山，迁任西阳太守。西阳蛮平定后，再调他任南梁州刺史。然后迁梁、秦二州刺史，都督梁、秦、华三州诸军事。当然，这只是根据其任职的

---

① 史为乐.中国历史地名大辞典（增订本）[M].北京：中国社会科学出版社，2017：983-984.
② 石泉，鲁西奇.东晋南朝西阳郡沿革与地望考辨[J].江汉考古.1996，2：80-83.
③ 萧子显.南齐书：卷十五[M].北京：中华书局，1972：277.

品级所做的推测。南青州刺史虽然为州刺史，但实际管辖地域面积很小。西阳太守虽为郡太守，实际管辖面积比南青州大。后来的南梁州刺史，梁、秦二州刺史，管辖地域面积越来越大，至都督梁、秦、华三州诸军事，权力所至，包括南梁时今四川和重庆大部、甘肃东部、陕西大部、青海及贵州北部的广大地域。据戴均良《中国古今地名大词典》，梁州，"三国魏景元四年（263）置，治沔阳县（今陕西勉县东旧州铺）。西晋太康三年（282）移治南郑（今陕西汉中东）。辖境相当于今陕西省留坝、佛坪等县以南，西乡、镇巴及四川省巫溪、重庆市奉节、忠县、酉阳等县以西，四川省青川、江油、中江、遂宁、重庆市璧山、永川等县市以东，及贵州省梓桐、道真、正安等县地。其后屡有迁徙，先后治西城县（今陕西安康市西北汉水北岸）、苞中县（今陕西汉中市西北大钟寺）、城固县（今陕西城固县东八里）等。南朝宋元嘉十一年（434）仍还治南郑县。""秦州，西晋泰始五年（269）分雍、梁、凉三州置，治冀县（今甘肃甘谷县东）。太康七年（286）移治上邽县（今天水市）。辖境相当于今甘肃定西市、静宁县以南，清水县以西，陕西省凤县、略阳县、四川省平武县以北，青海省黄河以南贵德县及甘肃省临潭、迭部等县以东的渭河、西汉水、白龙江上游和洮河流域广大地区。其后辖境缩小。""华州，南朝梁置，治今四川省广元市境。"华州，《梁书·州郡志》《宋书·州郡志》均不载，可能存在时间很短。[1]而据荀济《赠阴梁州》诗，阴子春的实际活动范围还要大得多。

这一段时间阴子春的活动，可从《南史·阴子春传》"脚数年一洗，言每洗则失财败事，云在梁州，以洗足致梁州败"，可约略窥见消息，也可从荀济《赠阴梁州》诗窥见一点端倪。

荀济博学多才。梁武帝时叛逃北魏。《赠阴梁州》应写于他叛逃北

---

[1] 戴均良.中国古今地名大词典[M].上海：上海辞书出版社，2005：1181,2334,2787.

魏前。《北史·荀济传》载："济初与梁武帝布衣交，知梁武当王，然负气不服，谓人曰：'会楯（鼻）上磨墨作檄文。'或称其才于梁武，梁武曰：'此人好乱者也。'济又上书讥佛法，言营费太甚。梁武将诛之，遂奔魏。"[1]（按：荀济既与阴子春相恰，二人年龄应相近。荀济与梁武帝布衣交，亦可见二人年龄相近，此可侧证阴智伯与梁武帝年相近为非）奔魏既与上书讥佛法有关，则应在梁武帝数次舍身同泰寺之间。《南史·梁武帝纪》记录梁武帝舍身同泰寺有四次，分别在大通元年（527）三月、中大通元年（529）六月、中大同元年（546）三月、太清元年（547）[2]。《北史·高澄纪》载，东魏孝静帝兴和二年（540）"八月……壬辰，尚书祠部郎中元瑾、梁降人荀济、长秋卿刘思逸及淮南王宣洪、华山王大器、济北王徽等谋害文襄，事发伏诛。"高澄在北魏为文襄王，娶了孝静帝元善见的妹妹，两人本应该关系很好。但是高澄居功自傲，不把这个皇帝放在眼里，屡次羞辱元善见，甚至唆使手下殴打皇帝。皇帝怀恨在心。荀济知道皇帝的心事，于是联络一干大臣，秘密从宫内挖地道至高澄府邸，欲杀高澄。事发，皇帝被高澄幽禁，参与此事的大臣均被高澄所杀。高澄怜惜荀济的才华，本不想杀他，可荀济傲岸得很，于是被高澄在闹市火焚而死。可知荀济540年之前已奔魏，则其上书讥佛法最迟在中大通元年（529）。由此可知，荀济《赠阴梁州》诗应在他奔魏之前。

逯钦立《先秦汉魏晋南北朝诗》载《赠阴梁州》诗，题下有序曰："梁州刺史阴子春左迁，济作大诗赠之。"则阴子春可能曾由梁、秦二州刺史降为南梁州刺史，当在荀济奔魏之前，约为中大通二年（530）至三年间。诗共118句[3]，首二句曰："副尉西域返，伏波南海还。"副尉，汉

---

[1] 李延寿. 北史：卷八十三 [M]. 北京：中华书局，1974：2786.
[2] 李延寿. 南史：卷七 [M]. 北京：中华书局，1975：205–219.
[3] 逯钦立. 先秦汉魏晋南北朝诗：梁诗卷二六 [M]. 北京：中华书局，1983：2070–2071.

代西域副校尉简称。西汉宣帝地节二年（前68）初置，为西域都护属官，秩比二千石，助西域都护守卫西域。东汉沿置。此句言阴子春任职梁州时，曾为西域都护手下副校尉，守卫西域。"伏波南海"：南海除指今南海外，古时南海有多指。先秦古籍或泛指南方各族居住地。《史记·秦始皇本纪》："上会稽，祭大禹，望于南海。"谓指今东海。秦又置南海郡，所临海疆即今南海。古代文人在诗文中爱用古地名、古称谓。结合"伏波"一词，荀济此诗中南海似指南方少数民族聚居地，既非指东海，也非指江南。伏波，用东汉马援故事。汉光武帝时，马援破西羌，征交趾，讨南蛮，南征北战，攻无不克，以功封伏波将军。古梁州包括今甘肃东部，陕西大部，四川、重庆大部及贵州省一部，正是少数民族聚居之地。这两句诗应该是说阴子春在西北守护边鄙，又南下平定南蛮。联想到阴子春所任西阳郡为蛮族聚居之地，梁、秦二州亦多少数民族，可以推测阴子春除了戍守西域，就是与蛮族的起义军作战。

荀济诗中有"淹留汉水曲，契阔渝川溪"。可能指荀济与阴子春在汉水一带淹留，又于久别后在成都、四川相逢，说明阴子春曾在汉水、四川、成都等地活动，这也正是梁州的地域。荀诗又有"闻君戍灵关，瓜时犹未还"句。灵关，在今四川省宝兴县南。瓜时，瓜熟之时，借指任职期满。古时地方官任职三年为小满，六年为大满。这里可能指阴子春任南梁州刺史和梁、秦二州刺史都超过了六年。在普通五年至太清二年的二十多年中，阴子春从五品的西阳太守升至梁、秦二州刺史，都督梁、秦、华三州诸军事，有了开府的权力，品秩当在三品。

荀济诗中又有"驱车趋折坂，匡坐酌贪泉"。上句用西汉王尊入蜀过九折坂事。王尊，西汉涿郡高阳人，字子赣。汉元帝、成帝时，历任县令、郡太守、部刺史、王相国、京兆尹。以廉洁奉公、诛恶不畏豪强，致多次被诬免官。曾任益州刺史。先前琅琊王阳为益州刺史，行部至邛崃九折坂，叹曰："奉先人遗体，奈何数乘此险！"后以病去。及尊为刺

史，至其坂，问吏曰："此非王阳所畏道耶？"吏对曰："是。"尊叱其驭曰："驱之！王阳为孝子，王尊为忠臣。"[①]荀济以此典故称赞阴子春为国事不辞辛劳。贪泉，在今广州市西。东晋吴隐之为广州刺史，取之独酌，而其为官以廉洁称。故以饮贪泉称其廉洁，这也与阴子春传所载符合。

荀诗又有"复承西归后，将兵出湖口"。湖口即鄱阳湖入长江之出口。似说阴子春卸任梁、秦二州刺史，带兵出湖口，自西归朝，接受新的任命。

诗中还有"坎壈多构难，郁怏少腾迁。孰云功未立，宁是契不全。直为逢迎寡，良由听受偏"。叙述阴子春一生经历坎壈，升职缓慢，不善逢迎，为小人谗言和皇帝偏听偏信所拘。

从荀济诗中这些记载来看，阴子春任梁、秦二州刺史期间，曾经东征西战，北戍南讨，且为官廉洁，不善逢迎，为南梁立下赫赫战功。

州刺史一般为四品，重州刺史可至三品，如扬州刺史、东扬州刺史、南徐州刺史均为三品，且多由皇弟皇子担任。阴子春任梁、秦二州刺史，都督梁、秦、华三州诸军事，至少已为三品。

4. 梁太清二年（548），平峡中叛蛮，征为右卫将军，迁侍中。

《梁书·阴子春传》载："太清二年，讨峡中叛蛮，平之。征为左卫将军，又迁侍中。"因为阴子春长时期在蛮族聚居的地方任职，积累了与少数民族起义军作战的经验，所以太清二年命其"讨峡中叛蛮"。之前阴子春任职的西阳郡蛮族甚多，有"西阳五水蛮"之称。梁、秦二州也是少数民族聚居的地方。蛮，古时对南方少数民族的蔑称。《宋书·夷蛮传》有荆、雍州蛮和豫州蛮。荆、雍州蛮按地域分又有武陵五谿蛮，宜都、天门、巴东、建平以及江北诸郡蛮，甚至有沔中蛮、当阳蛮、雉水

---

① 班固. 汉书: 卷七十六[M]. 北京: 中华书局, 1964: 3229.

蛮、桂阳蛮等以地域所称蛮。豫州蛮有西阳五水蛮（巴水、蕲水、浠水、赤亭水、西归水），又有以地域称新蔡蛮、晋熙蛮者。[1]峡中蛮当指活跃在三峡一带群山中的蛮族。今人陈再勤《南北朝时期峡中蛮的分布与活动》，将峡中确定为以长江支流沮河中上游为中心的荆山山原，则为三峡下游之巫山县与宜昌的区域。[2]古代南方，少数民族起义不断，但多僻处一隅，不像北方少数民族占有广大地域，建立了自己的政权，因此屡起屡落。这也就造就了阴子春这类人物的平蛮功绩。平定峡中蛮后，阴子春就迁侍中，征为右卫将军，派去王僧辩军中讨平萧纶了。《梁书》《南史》的阴子春传都说是征为左卫将军。但是结合后面随徐文盛讨侯景事，徐文盛为左卫将军，阴铿为右卫将军。左卫将军位高于右卫将军，所以讨侯景，徐文盛为首，阴子春为副。宋李昉《太平御览》卷六百文部十六曰："阴鑑（铿），字子坚，梁右卫将军子春之子也。"是为证。[3]

5. 大宝元年（550），先随王僧辩讨邵陵王萧纶，后与徐文盛讨侯景；大宝二年，兵败，逃归江陵。

《南史·阴子春传》："属侯景乱，世祖令子春随领军将军王僧辩攻邵陵王于郢州"，事在梁简文帝萧纲大宝元年。邵陵王萧纶，梁武帝萧衍第六子，《梁书·邵陵王萧纶传》："天监十三年封邵陵郡王。中大通四年，为侍中、宣惠将军。……大宝元年，纶至郢州，……于是置百官，改厅事为正阳殿……元帝（萧绎）闻其强盛，乃遣王僧辩率舟师一万以逼纶。纶将刘龙武等降僧辩，纶军溃，遂与子踬等十余人轻舟走武昌。"[4]萧纶与简文帝萧纲、后来的元帝萧绎是同父异母的亲兄弟，但

---

[1] 沈约. 宋书：卷九十七 [M]. 北京：中华书局，1974：2396-2398.
[2] 陈再勤. 南北朝时期峡中蛮的分布与活动 [J]. 中南民族学院学报（哲学社会科学版），1999，1：66-68.
[3] 李昉. 太平御览：卷600.[M] 石家庄：河北教育出版社，2000：723.
[4] 姚思廉. 梁书：卷二十九 [M]. 北京：中华书局，1973：431-435.

是这个萧纶行事每逾规矩，"轻险躁虐，喜怒不恒，车服僭拟，肆行非法"。①大宝元年到郢州后，置百官，设正阳殿，拟君王之仪，自然引起萧纲和萧绎的不满。萧纶在郢州时，简文帝萧纲被侯景幽于建康西州城，无所作为。萧绎时在江陵，已受简文帝萧纲的承制之诏，于是命王僧辩率舟师一万进逼郢州，令阴子春随王僧辩攻萧纶。萧纶手下部将刘龙武等降王僧辩，萧纶与其子萧踬等十余人轻舟逃往武昌（今湖北省鄂州市）。"大宝二年春二月，邵陵王纶走至安陆董城，为西魏所攻，军败，死。"②萧绎去了心头大患，于是回过头来战侯景。此时侯景已占领建康，正调动兵马围剿萧氏宗族。侯景手下任约军已至西阳，威胁数百里外的江陵。

《梁书·元帝纪》："（大宝元年）九月辛酉，以前郢州刺史南平王恪为中卫将军、尚书令、开府仪同三司，中抚军将军世子方诸为郢州刺史，左卫将军王僧辩为领军将军。改封大款为临川郡王，大成为桂阳郡王，大封为汝南郡王。是月，任约进寇西阳、武昌，遣左卫将军徐文盛、右卫将军阴子春、太子右卫率萧慧正、巂州刺史席文献等下武昌拒约。"（大款、大成、大封均为萧纲儿子）③"子春力战，恒冠诸军，频败景"，（《阴子春传》）阴子春每于阵前厮杀，说明他并非领军主帅。

西阳郡时属郢州，位于郢州东黄冈。郢州即今湖北省武昌市。徐文盛、阴子春等下武昌拒任约，武昌在今湖北省鄂州市。两军在长江南岸东西对峙。而郢州物资丰饶，是徐文盛军的大后方。

《梁书·徐文盛传》载："太清二年，闻国难，乃招募得数万人来赴。世祖嘉之，以为持节、散骑常侍、左卫将军，督梁、南秦、沙东、益、巴、北巴六州诸军事、仁威将军、秦州刺史，授以东讨之略。于是文盛督众军东下，至武昌，遇侯景将任约，遂与相持。久之，世祖又命护军将军尹

---

① 李延寿. 南史：卷五十三 [M]. 北京：中华书局，1975：1322.
② 姚思廉. 梁书：卷四 [M]. 北京：中华书局，1973：107.
③ 姚思廉. 梁书：卷五 [M]. 北京：中华书局，1973：114.

悦、平东将军杜幼安、巴州刺史王珣等会之,并受文盛节度。击任约于贝矶,约大败,退保西阳。文盛进据芦洲,又与相持。侯景闻之,乃率大众西上援约,至西阳。文盛不敢战。诸将咸曰:'景水军轻进,又甚饥疲,可因此击之,必大捷。'文盛不许。文盛妻石氏,先在建邺,至是,景载以还之。文盛深德景,遂密通信使,都无战心,众咸愤怨。杜幼安、宋簉等乃率所领独进,与景战,大破之,获其舟舰以归。会景密遣骑从间道袭陷郢州,军中凶惧,遂大溃。文盛奔还荆州,世祖仍以为城北面都督。又聚赃污甚多,世祖大怒,下令责之,数其十罪,除其官爵。文盛既失兵权,私怀怨望,世祖闻之,乃以下狱。时任约被擒,与文盛同禁。文盛谓约曰:'汝何不早降,令我至此。'约曰:'门外不见卿马迹,使我何遽得降?'文盛无以答,遂死狱中。"作为领军主帅的徐文盛逃归江陵后最初并未下狱,"仍以为城北面都督",而在萧绎听说其"聚赃污甚多"后才除其官爵;徐文盛"私怀怨望",萧衍才将其下狱。[1]阴子春以廉洁称,应不至于下狱,但因败免官是可能的。

又《梁书·贞惠世子方诸》载:"贞惠世子方诸字智相,世祖第二子,母王夫人。……特为世祖所爱,母王氏又有宠。……又出为郢州刺史,镇江夏,以鲍泉为行事,……时世祖遣徐文盛督众军,与侯景将任约相持未决。方诸恃文盛在近,不恤军政,日与鲍泉蒲酒为乐。侯景知之,乃遣其将宋子仙率轻骑数百,从间道袭之。属风雨晦冥,子仙至,百姓奔告,方诸与鲍泉犹不信,曰:'徐文盛大军在下,虏安得来?'始命闭门,贼骑已入,城遂陷。子仙执方诸以归。王僧辩军至蔡州,景遂害之。"[2]萧方诸不失郢州,徐文盛军不致大败。

徐文盛军打败了任约军,本可乘势而东。但是,侯景率军支援任约,并带来了徐文盛被困在建康的妻子石氏,还给了徐文盛。徐文盛遂不出

---

[1] 姚思廉.梁书:卷四十六[M].北京:中华书局,1973:641.
[2] 姚思廉.梁书:卷四十四[M].北京:中华书局,1973:620.

战，手下将士劝他出战他也不听。其手下将军杜幼安、宋簉等率所部独与侯景军战，大获全胜。可见侯景军本不足惧。然而侯景探知郢州刺史萧方诸、长史鲍泉防备松弛，仅派几百人袭击郢州，轻松得手。徐文盛军闻之非常恐惧，于是败退。徐文盛、阴子春逃归江陵后，萧绎仍命徐文盛守城，阴子春可能也一同守城。而听说徐文盛"聚赃污甚多"，且"私怀怨望"后才将其下狱。后来死于狱中，也没有说是杀死的。阴子春战功卓著，为官清廉，兵败的主要责任又在徐文盛，应该没有下狱，当然也不会被诛。阴子春的死非常可惜。兵败之责主要在徐文盛按兵不动，郢州失守后又惊慌失措，导致全军溃败。大宝二年，阴子春卒于江陵，时年约69岁。此后，史传再无阴子春的消息。

  阴子春约生于南齐萧道成建元三年（481），以武职起家，一生征战无数，屡创功绩，由七品进至三品，平叛蛮，讨萧纶，拜侍中，已成萧绎腹心。孔令纪《中国历代官制》（齐鲁书社，1993）第三章"三国两晋南北朝官制"说："南朝宋、齐、梁、陈各代均置侍中四人，总掌国家核心机密，拥有参断裁决之权，已成为宰相之一。天子对侍中的信任，远胜于徒有虚名的三公。"阴子春迁侍中，已成萧绎近臣。因一着不慎，失郢州，败于侯景，于大宝二年（551）卒于江陵，可悲可叹！

第四节　阴铿生平考述

1. 梁大同六年（540），阴铿释褐湘东王法曹行参军。

阴铿历仕梁、陈二朝，祖、父均以武功行于朝，其父阴子春尤为称著。阴铿则以文才行于世，尤以五言诗为时人所重。《陈书·阮卓传》后附阴铿传：

> 时有武威阴铿，字子坚，梁左卫将军子春之子。幼聪慧，五岁能诵诗赋，日千言。及长，博涉史传，尤善五言诗，为当时所重。释褐梁湘东王法曹参军。天寒，铿尝与宾友宴饮，见行觞者，因回酒炙以授之，众坐皆笑。铿曰："吾侪终日酣饮，而执爵者不知其味，非人情也。"及侯景之乱，铿尝为贼所擒，或救之获免，铿问其故，乃前所行觞者。天嘉中，为始兴王府中录事参军。世祖尝宴群臣赋诗，徐陵言之于世祖，即日召铿预宴，使赋新成安乐宫，铿援笔便就，世祖甚叹赏之。累迁招远将军、晋陵太守、员外散骑常侍，顷之卒。有集三卷行于世。[①]

《南史·阴子春传》后附阴铿传，文字比《陈书》更为简略，有一处有异：

> 铿，字子坚，博涉史传，尤善五言诗，被当时所重。为梁湘东王法

---

① 姚思廉. 陈书：卷三十四 [M]. 北京：中华书局，1972：472-473.

年约在510年，为梁天监九年，正是其父阴子春任朐山戍主、东莞太守前夕，阴子春尚未跻身高门。在江州，阴铿写了《和登百花亭怀荆楚》诗，是萧绎《登百花亭怀荆楚》诗的和作。

2. 太清元年（547）秋，阴铿任故鄣县令，大宝元年秋去职。

史为乐《中国历史地名大辞典》："故鄣县：西汉元狩二年（前121）改鄣县置，属丹阳郡。治所在今浙江安吉县北安城镇古城。三国吴宝鼎元年（266）属吴兴郡。南朝陈属陈留郡。隋开皇九年（589）废。"[①]

《宋书州郡志汇释》："秦鄣郡，治今吴兴之故鄣县。""汉初属吴国，……武帝元封二年，为丹阳郡。"[集释]"韦昭曰：鄣郡今故鄣县也。后郡徙丹阳，转以为县，故谓之故鄣也。""吴兴太守，孙皓宝鼎元年，分吴、丹阳立。领县十。户四万九千六百九，口三十一万六千一百七十三。""故鄣令，汉旧县，先属丹阳。[今按]故鄣县，治今浙江安吉县北安城镇西北。"[②]综上，秦时有鄣郡，西汉武帝元封二年改鄣郡为丹阳郡，原鄣郡治所称故鄣县。三国吴孙皓宝鼎元年，分吴郡、丹阳郡置吴兴郡，领县十，故鄣属之。隋开皇九年废。今浙江安吉县是原故鄣县之一部，故鄣县治在今安吉县北安城镇西北。刘宋时，吴兴郡仅有49609户、316173人，平均每县不足5000户，3万余人。故鄣县一县的户、口就更少。

到南梁，经过连年征战，户口减少更多。皇室既对外用兵，又对内相互争夺，无暇顾及百姓死活。《资治通鉴》卷一六三"梁大宝元年侯景寇建康"载："时江南连年旱、蝗，江、扬尤甚。百姓流亡，相与入山谷、江湖，采草根、木叶、菱芡而食之。所在皆尽，死者蔽野。富室

---

① 史为乐.中国历史地名大辞典（增订本）[M].北京：中国社会科学出版社，2017：1879.
② 胡阿祥.宋书州郡志汇释：州郡一[M].合肥：安徽教育出版社，2006：9，16.

无食,皆鸟面鹄形,衣罗绮,怀珠玉,俯伏床帷,待命听终。千里绝烟,人迹罕见,白骨成聚,如丘陇焉。"①阴铿任故鄣县令正当侯景之乱,战乱致人民流离失所,天灾致人民饥馑饿毙,人户大量减少。因此,阴铿所任故鄣县很可能户不足五千。唐李林甫等《唐六典》将万年、长安、河南、洛阳、奉先、太原、晋阳、京兆以外县分为上县、中县、中下县、下县,上县县令从六品上,中县县令正七品上,中下县县令从七品上,下县县令从七品下。②阴铿从湘东王法曹行参军从八品,转任故鄣县令从七品下或上,升迁一级(或曰半级)。

  阴铿任故鄣县令的时间,赵以武先生认为在萧绎由江州刺史转任荆州刺史之际,是有道理的。任故鄣县令只能在释褐湘东王法曹行参军之后。既然阴铿释褐法曹行参军在萧绎任江州刺史之时,则其任故鄣县令只能在这之后。因为王府佐吏无任职时间的限制,"不拘年限,去留随意",(《隋书·百官志》)阴铿主动离开萧绎似乎不大可能,最可能的就是朝廷任命了职务,他不得不离开,离开最适合的时间就是萧绎再任荆州刺史之时,那就是太清元年正月。此时距陈霸先禅位只有10年。清同治《安吉县志》卷九"职官表",梁县令先后有徐文整(或作"整文")、周宏达(或作"宏逊")、施纮、吉理、夏侯珧、周伯宝、阴铿。"名宦"有阴铿简介。③徐文整、周宏达、施纮、吉理、夏侯珧、周伯宝,史传均无载,其任、辞时间不得而知。但是阴铿在梁代排在末位,可肯定在梁末之际。萧绎于太清元年(547)正月庐陵王萧续死后接任荆州刺史,阴铿应该就在他赴任荆州刺史之后赴任故鄣县令,按阴铿《罢故鄣县》诗言其离开故鄣县在秋末,其赴任故鄣县令应在太清元年秋,然后于大宝元年秋去职。此时,距陈霸先禅位立国仅有8年时间。

---

① 司马光.资治通鉴:卷一六三 [M].北京:中华书局,1976:5039.
② 李林甫,等.唐六典:卷三十 [M].陈仲夫点校.北京:中华书局,2014:752.
③ 汪荣.同治安吉县志:卷九 [M].上海:上海书店出版社,2000:184,258.

3. 大宝元年（550）秋或稍迟，阴铿回建康被乱军捕获，昔行觞者帮助逃脱，随后从建康逃往江陵。

太清三年三月，侯景已经占领建康。阴铿离任故鄣县后必定返回京师，结果被乱军所执，幸亏当年阴铿与同僚宴饮时奉上酒肉的行觞者恰好在乱军中，帮助阴铿逃脱。见前引《陈书·阮卓传附阴铿传》。

大宝元年（550）初冬，阴铿从建康逃往江陵，阴铿的三首诗《晚出新亭》《晚泊五洲》《五洲夜发》记录了这一经过。

新亭，在今南京市江宁区南的长江边，三国时孙吴所建，又名"中兴亭"。阴铿自乱军中得脱，遂于某日晚间自新亭乘船出发去江陵。为什么去江陵？因为他的老主人萧绎此时已经承制（秉承皇帝旨意便宜行事），正在江陵组织讨伐侯景，梁武帝已于上年五月死于建康，萧绎即将登基，那里才是目前梁朝的正朔所在。并且此时阴铿父亲阴子春正在徐文盛军中与任约军战于西阳。一方面阴铿离任故鄣，应向皇帝报到述职，然后等待新的任命。老皇帝已死，新皇即将即位，去江陵是此刻阴铿的唯一选择；另一方面也想去与父亲见面。但是阴铿此行很不宁静。因为萧绎大军正与侯景军在东起西阳、西至武昌的长江边对峙，沿途岗哨林立，军旅森严，自建康去江陵又不得不走这条路。阴铿所乘船只只得晓宿夜行，于是有《晚泊五洲》《五洲夜发》二诗。紧张的军事形势在此二诗中有生动的体现。阴铿什么时候抵达江陵，我们已经不得而知。但是可推定，他到了江陵，即今天的荆州市。

至此，我们可以列出阴铿与其父亲阴子春在各自履历上的关系如下表：

表1-2 阴铿仕履经历与阴子春仕履经历的关系

阴子春			阴铿		
时间	年龄	任职与活动	时间	年龄	任职与活动
天监十年（511）	30	朐山戍主东莞太守	天监九年（510）	1	生于作唐
天监十三年（514）	33	南青州刺史	天监十四年（515）	5	五岁能诵诗赋，日千言
普通四年（523）	42	宣惠将军西阳太守	普通五年（524）	14	及长，博涉史传
大通或中大通间（527—534）	46—53	明威将军南秦州刺史	大通或中大通间（527—534）	17—24	在作唐
大同间（535—545）	54—64	信威将军梁、南秦二州刺史	大同六年（540）	30	释褐湘东王法曹行参军
太清二年（548）	67	讨峡中蛮，平之，征为左（右）卫将军、迁侍中	太清元年（547）	37	秋，赴任故鄣县令
大宝元年（550）	68	随王僧辩讨萧纶与徐文盛讨侯景	大宝元年（550）	40	秋，离任故鄣县，写《罢故鄣县》诗
			大宝元年（550）初冬	40	由建康舟行赴江陵，写有《晚出新亭》《晚泊五洲》《五洲夜发》诗
大宝二年（551）	69	与徐文盛讨侯景，兵败，逃归江陵，卒	大宝二年（551）	41	自江陵奉父柩回作唐，沿途写有《登武昌岸望》《游巴陵空寺》诗

4. 大宝二年（551）至承圣二年（553），在作唐守父丧，写有《闲居对雨》二首。

阴铿最迟于大宝元年（550）末抵达江陵，不见有何任职，可能赋闲了一年多。大宝二年闰四月，徐文盛、阴子春战败，逃归江陵，徐文盛被下狱，死于狱中，阴子春估计被免官，不久病死，被杀的可能性不大。阴铿随即扶柩还乡，开始了三年守制。期间，写下了《闲居对雨》二首。根据诗中所写景象，当作于夏天。又据第二首首联"苹藻降灵祇，聪明谅在斯"写祈雨推测，是夏作唐大旱，祈雨后下了一场暴雨。作为在朝为官者、前任故鄣县令，阴铿很可能受当地县令之邀参加了祈雨仪式。喜雨既下，阴铿以欣喜之情写下了这两首诗。阴铿一生闲居只有两次，一次在自建康逃至江陵后，约有一年的时间无何任职；一次即在作唐守父丧。查光绪《荆州府志》，自汉至陈，江陵多水灾，仅梁武帝天监十五年有一次旱灾。萧绎在江陵多年，未见有旱灾记录。推测《闲居对雨》二首写于江陵可能性不大，故系于作唐守父丧时。

5. 守父丧后，阴铿南下投奔萧勃，任司马，后转入欧阳𫖯府中。

阴铿守父丧期满已经是萧绎称帝后的承圣二年（553）初。此时侯景尚未平定。阴铿没有北去江陵投老主人萧绎，而是南下。分析其原因，一是西魏与萧詧军正进攻江陵，去有风险；二是可能因为当年在萧绎手下未得重用，他不愿再依附萧绎，于是选择南下投萧勃。萧勃也是萧氏宗室。有三点可证其南下。一是他的《南征闺怨》诗，诗中首句"湘水旧言深"说明他到了湘州（今长沙）；二是他的诗《游始兴道馆》，说明他到了岭南始兴；三是《隋书·经籍志》载"陈镇南府司马阴铿有集一卷"，[①]说明他曾任镇南府司马。

南朝时镇南将军均镇湘州以南。梁末任镇南将军的先后有王琳、萧

[①] 魏征，等．隋书：卷三十五 [M]．北京：中华书局，1973：1080．

勃、欧阳頠。《南史·萧勃传》载："大宝初，广州刺史元景仲将谋应侯景，西江督护陈霸先攻景仲，迎勃为刺史。时湘东王绎在荆州，虽承制授职，力不能制，遂从之。"①萧勃本为定州刺史，陈霸先平元景仲，请萧勃接任广州刺史。据《陈书·高祖纪》，陈霸先平元景仲，迎萧勃为广州刺史在太清三年（549）七月。②萧绎任萧勃为广州刺史，是否同时加了镇南将军？史传无载。但是，《梁书·敬帝纪》这样记载："太平元年（556）……十二月壬申，进太尉、镇南将军萧勃为太保、骠骑将军。"太平元年之前萧勃已是镇南将军。《梁书·敬帝纪》又载："绍泰元年（555）冬十月，……癸丑，以……司徒萧勃为太尉，以镇南将军王琳为车骑将军、开府仪同三司。"③说明绍泰元年，王琳从镇南将军改为车骑将军，接着镇南将军之号就给了萧勃。则阴铿553年或554年南投萧勃后就任萧勃府司马，接着萧勃进号镇南将军，故称阴铿为"镇南府司马"。赵以武先生认为阴铿任镇南府司马是在欧阳頠府中。但是，《陈书·欧阳頠传》载，梁左卫将军兰钦任广州刺史，欧阳頠随其征战，平定夷蛮屡建功勋，监衡州。至萧勃为广州刺史，欧阳頠遂归为萧勃部将。陈霸先南征，欧阳頠与其结好，并多次助其攻战，有功。萧绎为了笼络欧阳頠，遂"以始兴郡为东衡州，以頠为持节、通直散骑常侍、都督东衡州诸军事、云麾将军、东衡州刺史，新丰县伯，邑四百户"。未封镇南将军。至侯景平，梁元帝要群臣褒举人才，陈霸先推荐欧阳頠，"乃授武州刺史，寻授郢州刺史，欲令出岭，萧勃留之，不获拜命。"仍未封镇南将军。④欧阳頠能征善战，萧绎想收至自己麾下，而萧勃不放。直到萧勃举兵反，陈霸先再次南征。据《梁书·敬帝纪》，太平二年（557）三月甲寅，"德州

---

① 李延寿.南史：卷五十一[M].北京：中华书局，1975：1263.
② 姚思廉.陈书：卷一[M].北京：中华书局，1972：3.
③ 姚思廉.梁书：卷六[M].北京：中华书局，1973：144.
④ 姚思廉.陈书：卷九[M].北京：中华书局，1972：157-159.

刺史陈法武、前衡州刺史谭世远于始兴攻杀萧勃"。①"萧勃死后，岭南扰乱，颜有声南土，且与高祖有旧，乃授颜使持节、通直散骑常侍、都督衡州诸军事、安南将军、衡州刺史、始兴县侯。未至岭南，颜子纥已克定始兴。及颜至岭南，皆慑伏。仍进广州，尽有越地。改授都督广、交、越、成、定、明、新、高、合、罗、爱、建、德、宜、黄、利、安、石、双十九州诸军事、镇南将军、平越中郎将、广州刺史，持节、常侍、侯并如故。"②可知，敬帝萧方智太平二年三月萧勃死后，欧阳颜才为镇南将军。所以，阴铿承圣二年或三年到广州后应该先在萧勃府中任司马。萧勃死，欧阳颜继任广州刺史、镇南将军，可能全盘接受了萧勃府中佐吏，阴铿于是到了欧阳颜府中。随后，随欧阳颜入陈。

司马，《中国历代官制大辞典》："军府高级幕僚。掌参赞军务，管理府内武职，位仅次于长史。两汉魏晋南北朝诸将军府皆置，其品秩随府主而定，高低不等。"③唐杜佑《通典》载"陈官品"：嗣王府皇弟皇子之庶子府长史、司马为六品，庶姓公府长史、司马为六品，庶姓持节府长史、司马为七品。④可推测阴铿任萧勃镇南府司马至少为从六品，在欧阳颜府中为七品（庶姓公府比皇子府低一级），比其任故鄣县令品位至少升了两级，算是超拔了。

6. 永定元年（557）十月，入陈，是年年底或天嘉元年（560）初为始兴王陈伯茂府中录事参军。

阴铿随萧勃府中佐吏被欧阳颜接收后不久，即萧勃平定后的当年十月，梁敬帝萧方智禅位于陈霸先，随即改梁太平二年为陈永定元年

---

① 姚思廉.梁书：卷六 [M].北京：中华书局，1973：148.
② 姚思廉.陈书：卷九 [M].北京：中华书局，1972：158-159.
③ 吕宗力.中国历代官制大辞典（修订本）[M].北京：商务印书馆，2015：327.
④ 杜佑.通典：卷三十八 [M].北京：中华书局，1992：1034.

（557）。不到两年，永定三年六月，陈霸先病逝，其侄陈蒨继位，改元天嘉。根据《陈书·阴铿传》，"天嘉中，为始兴王府中录事参军"。顾农先生在《从阴铿的几首诗推测他的生平》中罗列出陈朝为始兴王的数人：一是陈武帝陈霸先之兄陈道谈。《陈书·始兴王伯茂传》载："高祖兄始兴昭烈王道谈仕于梁，为东宫直阁将军。侯景之乱，领弓弩手二千援台，于城中中流矢卒"，陈道谈在梁朝就死了，始兴郡王系陈武帝即位后追赠，可知其不在天嘉中。二是陈道谈次子陈顼。《陈书·宣帝纪》载："及江陵陷，高宗迁于关右。永定元年，遥袭封始兴郡王。三年，世祖嗣位，改封安成王。天嘉三年，自周还，授侍中、中书监、中卫将军，置佐史。寻授使持节、都督扬南徐东扬南豫北江五州诸军事、扬州刺史，进号骠骑将军，余如故。四年，加开府仪同三司。六年，迁司空。天康元年，授尚书令，余并如故。废帝即位，拜司徒，进号骠骑大将军，录尚书，都督中外诸军事。"陈顼遥袭始兴郡王在永定元年十月，且于陈蒨即位后的永定三年改封安成王了，也不在天嘉中。三是陈文帝次子陈伯茂。永定三年八月，陈文帝下诏封次子陈伯茂为始兴郡王。四是陈顼登基后，封次子陈叔陵为始兴郡王；后陈叔陵被诛，又封第十四子陈叔重为始兴郡王；二者均在天嘉后。因此，阴铿为始兴王府中录事参军，只能是在陈伯茂府中。顾农先生认为："天嘉凡六年，阴铿为始兴王府中录事参军当在天嘉三年至六年之内，以天嘉四、五年间可能性最大。"[1]为什么"以天嘉四、五年间可能性最大"，顾农先生没有说。

《陈书·始兴王传》曰：陈蒨即位后封陈伯茂为始兴王，尚书八座[2]奏曰"旧制诸王受封，未加戎号者，不置佐史"，于是奏请"宜加宁远将军，置

---

[1] 顾农.从阴铿的几首诗推测他的生平[J].天津师大学报，1999，1：55-59.
[2] 封建时代中央政府的八种高级官员。历朝制度不一，所指不同。东汉以六曹尚书并令、仆射为"八座"，三国魏、南朝宋齐以五曹尚书、二仆射、一令为"八座"。《晋百官名》曰："尚书令、尚书仆射、六尚书，古为八座尚书。"

佐史"，"诏曰：可。"于是"加宁远将军，置佐史"。"天嘉二年，进号宣惠将军、扬州刺史。"永定三年十月，封陈伯茂为始兴王时，陈伯茂仅九岁，（陈废帝光大二年十一月后，皇太后降伯茂为温麻侯，别遣外馆，"于路遇盗，殒于车中，时年十八"。以此倒推，封始兴王时年仅九岁）①须得能臣辅佐。阴铿时已五十来岁，又有先后为湘东王法曹行参军、故鄡县令和镇南府司马的经历，且文采斐然，安排到年幼的陈伯茂府中是非常适合的，因此最迟应在天嘉元年即被辟召为始兴王府中录事参军。天嘉三年八月，陈伯茂"除镇东将军、开府仪同三司、东扬州刺史"，时13岁。阴铿未随行，写《奉送始兴王》诗，已经是始兴王府中录事参军。所以，顾农先生的"以天嘉四、五年间可能性最大"不成立。阴铿任始兴王府中录事参军应在陈伯茂封始兴王后不久，或因为自奉诏回京至抵达京城，途中可能需要两三个月，可能在当年年底，但不会迟于陈伯茂封始兴王的第二年，即天嘉元年初。

　　中录事参军，张政烺《中国古代职官大辞典》："南朝梁、陈诸皇弟皇子府、嗣王蕃王府、庶姓公府、庶姓持节府僚属。梁自七班至三班，陈自六品至九品，随府主地位而定。"②考虑到陈伯茂为陈蒨爱子（《陈书·陈伯茂传》："伯茂性聪敏，好学，谦恭下士，又以太子母弟，世祖深爱重之。"），九岁即封王，且阴铿原为镇南府司马，至少位居从六品，此时任职当不低于从六品。《唐六典》"亲王府"有载："录事参军事一人，从六品上。""梁、陈王府有中录事参军及录事参军各一人。"③阴铿任始兴王府中录事参军不会低于从六品上。

---

① 姚思廉.陈书：卷二十八[M].北京：中华书局，1972：358-359.
② 张政烺.中国古代职官大辞典[M].郑州：河南人民出版社，1990：192.
③ 李林甫，等.唐六典：卷二十九[M].陈仲夫点校.北京：中华书局，2014：730，731.

7. 天嘉初（560—563），为侯安都府中宾客。

陈文帝时司空侯安都，字成师，始兴曲江（今广东省韶关市曲江区）人。"工隶书，能鼓琴，涉猎书传，为五言诗颇清靡，兼善骑射，为邑里雄豪。"以战功拥立陈霸先建立陈朝，授南徐州刺史，晋号平南将军，改封西江县公，进开府仪同三司。陈霸先卒，安都按剑上殿，拥立临川王陈蒨为帝，进为司空。之后，会同大都督侯瑱平定王琳，又杀文帝的竞争者衡阳献王陈昌，进爵为清远郡公。后加封为侍中、征北大将军，朝廷并立碑颂扬他的功绩。但"自王琳平后，安都勋庸转大，又自以功安社稷，渐骄矜。招聚文武士，骑驭驰骋，或命以诗笔，第其高下，以差次赏赐之。文士则褚玠、马枢、阴铿、张正见、徐伯阳、刘删、祖孙登，武士则萧摩诃、裴子烈等，并为之宾，斋内动至千人。部下将帅，多不遵法度，检问收摄，则奔归安都。文帝性严察，深衔之"。天嘉四年（563）春，文帝坐收安都于嘉德殿，翌日赐死。①

阴铿为始兴王府中录事参军后，因为其文采斐然，五言诗名重当时，徐陵都很推崇，遂被侯安都召为宾客，与当时名士褚玠、马枢、张正见、徐伯阳、刘删、祖孙登等在侯府诗文唱和，当在天嘉元年二月王琳败后。天嘉三年六月，始兴王陈伯茂出任东扬州刺史，阴铿未随行，其原因在后文《广陵岸送北使》中论述。在侯安都府中，阴铿写有《和侯司空登楼望乡》《侯司空宅咏妓》。据《南史·侯安都传》，侯父为始兴内史，约于侯安都迎衡阳献王陈昌前后卒于任所，则时在天嘉元年（560）三至四月。此时，侯安都因陈文帝命其迎衡阳王昌，不得赴始兴守父丧，故写下《登楼望乡》诗。侯安都不能回乡守制，原因在后文《和侯司空登楼望乡》中详述。

这一段时间，阴铿与徐伯阳、张正见、刘删、贺循等有诗唱和，很可能就在侯安都府中。其有关诗作，在本书"阴铿诗系年及其他有关问题"

---

① 李延寿.南史：卷六十六[M].北京：中华书局，1975：1608-1613.

中讨论。

8. 天嘉五年（564）冬或六年春任晋陵太守，天嘉六年卒于任上。

《陈书·阮卓传附阴铿传》载："世祖尝宴群臣赋诗，徐陵言之于世祖，即日召铿预宴，使赋《新成安乐宫》。铿援笔便就，世祖甚叹赏之。累迁招远将军、晋陵太守、员外散骑常侍。顷之卒。"

赵以武先生考证，阴铿是陈文帝天嘉三年（562）九月以后迁晋陵太守，其主要依据就是骆牙尚未卸任晋陵太守。骆牙什么时候卸任晋陵太守呢？赵先生据《陈书·骆牙传》："……迁牙为贞威将军、晋陵太守。（天嘉）三年，以平周迪之功，迁冠军将军、临川内史。"而《陈书·世祖纪》载，周迪请降在天嘉三年九月，故推定骆牙任临川内史（即太守。古时例，郡有王，郡守不称"太守"，称"内史"）在这年九月以后。所以，赵先生认为，阴铿任晋陵太守在天嘉三年九月以后。这个时间就很长。

既然涉及周迪，就需要考证一下周迪造反与被平定的过程。周迪起于侯景之乱。《南史·周迪传》："梁始兴王萧毅以郡让续，迪占募乡人从之，每战勇冠诸军。续所部渠帅皆郡中豪族，稍骄横，续颇禁之。渠帅等乃杀续，推迪为主。梁元帝授迪高州刺史，封临汝县侯。"入陈，王琳东下，周迪欲自据南川，"朝廷恐其为变，因厚抚之"[①]。陈文帝即位，周迪平熊昙朗有功，益骄横。陈文帝征其出镇盆口（湓城，今九江市），又征其子入朝，这都是抑制周迪的措施，周迪皆不从。后与留异相勾结，袭击文帝派出的征讨留异的周敷军，战败。天嘉三年，文帝使江州刺史吴明彻都督众军讨周迪，周迪溃败，脱身到晋安依附陈宝应。在陈宝应和留异的帮助下，周迪又东山再起。天嘉四年秋，又越过东兴岭。文帝再遣章昭达征讨，周迪败，散于山谷。可见，天嘉二年、三年征讨周迪，都与骆牙无关。周迪是请降后又叛。《陈书·文帝纪》载："（天嘉四年）

---

① 李延寿.南史：卷八十[M].北京：中华书局，1975：2020-2021.

春正月……甲申,周迪弃城走,……九月辛未,周迪复寇临川。诏护军章昭达率众讨之。十一月辛酉,章昭达大破周迪,悉擒其党舆,迪脱身潜窜。"最后平定周迪的是章昭达,而非骆牙,并且是在天嘉四年。周迪的叛乱虽平,但周迪并未就擒,而是逃入深山苟延残喘。由上可知,《陈书·骆牙传》载"(天嘉)三年,以平周迪之功,迁冠军将军、临川内史"有误。但是周迪却是骆牙所斩。《陈书·文帝纪》载:"(天嘉六年)秋七月景(丙)戌,临川太守骆文牙(即骆牙)斩周迪,传首京师,枭于朱雀航。"①则天嘉三年迁临川太守无误,因天嘉六年七月,骆牙已经是临川太守了。他因为是临川太守,才能在周迪派人到临川郡买鱼时捕获其人,然后引周迪出猎,遂围而斩之。事见《南史·周迪传》:周迪败后"散于山谷","后遣人潜出临川郡市鱼鲑,临川太守骆文牙执之,令取迪自效。诱迪出猎,伏兵斩之。"②破周迪的并非骆牙,骆牙也不是因为斩了周迪而迁临川太守。《陈书》记载此事自相矛盾,后人不可不察。

其实,骆牙任晋陵太守早在陈武帝永定三年七月以后至陈文帝天嘉元年间。《陈书·骆牙传》载:侯景乱中,"世祖尝避地临安(骆牙家乡),牙母陵睹世祖仪表,知非常人,宾待甚厚。及世祖为吴兴太守,引牙为将帅,因从平杜龛、张彪等,每战辄先锋陷阵,勇冠众军,以功授直阁将军。""世祖即位,授假节、威戎将军、员外散骑常侍,封常安县侯,邑五百户。"此时,骆牙母亲已去世多年,一直未安葬。"初,牙母之卒也,于时饥馑兵荒,至是始葬。诏赠牙母常安国太夫人,谥曰恭。迁牙为贞威将军、晋陵太守。"后文即"三年,以平周迪之功,迁冠军将军、临川内史。"③可见骆牙迁贞威将军、晋陵太守在永定三年六月至天嘉二

---

① 姚思廉.陈书:卷三[M].北京:中华书局,1972:55-57,59.
② 李延寿.南史:卷八十[M].北京:中华书局,1975:2020-2021.
③ 姚思廉.陈书:卷二十二[M].北京:中华书局,1972:296-297.

年之间，最可能是天嘉元年，因为天嘉三年他就迁任临川内史了。为什么是天嘉元年呢？

骆牙任晋陵太守之前，谁是晋陵太守呢？康熙《常州府志》卷十三"职官上"载，阴铿天嘉中为始兴王录事参军，累迁晋陵太守，任晋陵太守在文帝天嘉年间，其前任依次为孔奂（永定二年除晋陵太守）、殷不害。①明成化二十年朱昱撰《重修毗陵志》也记载孔奂永定二年任晋陵太守。《陈书·孔奂传》："高祖受禅，迁太子中庶子。永定二年，除晋陵太守。……初，世祖在吴中，闻奂善政。及践祚，征为御史中丞，领扬州大中正。"②世祖践祚（登基）在永定三年六月。七月丙辰，世祖大封群臣。孔奂可能在这个月或稍后就卸任晋陵太守，赴京任御史中丞了。此时应该是骆牙接任。则骆牙任晋陵太守应在永定三年七月以后至天嘉元年。

前述明成化二十年朱昱撰《重修毗陵志》记载阴铿任晋陵太守之后是殷不害任晋陵太守。据《陈书·殷不害传》："（宣帝陈顼太建）八年（576），加明威将军、晋陵太守。"③事在宣帝朝，已与阴铿无关了，因为阴铿迁晋陵太守不久就死了。殷不害太建八年任晋陵太守，不会是阴铿的继任者。阴铿的继任者是蔡凝。《陈书·蔡凝传》载蔡凝太建元年（569）以后迁晋陵太守。明成化《重修毗陵志》也记载阴铿的继任者是蔡凝，而不是殷不害。则阴铿有可能是天嘉六年去世，然后蔡凝继任。

既然骆牙在天嘉六年七月之前已经是临川太守，则阴铿接任晋陵太守应该早于天嘉六年七月。那么究竟是哪一年呢？

光绪丁未年（1907）成书的《金陵通纪》卷六"文帝纪"天嘉五年有这么一段记载："春正月辛巳，祀南郊。秋七月丁丑，曲赦都下。九月，城西城。冬十一月，司空章昭达平陈宝应，擒送京师，斩之。礼遣

---

① 康熙常州府志：卷十三 [M] // 中国地方志集成．南京：江苏古籍出版社，1991：204．
② 姚思廉．陈书：卷二十一 [M]．北京：中华书局，1972：284．
③ 姚思廉．陈书：卷三十二 [M]．北京：中华书局，1972：425．

虞寄至建康。帝劳之曰：管宁无恙，以为衡阳王掌书记。帝尝宴群臣，诏始兴中录事阴铿预焉，铿立赋《新成安乐宫》以献。"[1]这里给出了阴铿赋《新成安乐宫》的时间：陈文帝天嘉五年（564），时间当在"冬十一月"。因为"冬十一月"连记三事：平陈宝应，礼送虞寄，阴铿赋《新成安乐宫》。从《梁书》《陈书》记载的建筑工程时间看，大多始于秋季，终于冬季。天嘉五年九月"城西城"，安乐宫是否就在西城？尚无资料可证。但可以合理推测，安乐宫的修复也始于九月，冬天应该修成。于是可以将安乐宫新成的时间定为这一年冬天，或即十一月。那么，不久后阴铿就出任晋陵太守，当在是年冬或次年初。任晋陵太守后"顷之卒"，由蔡凝继任时间推测，天嘉六年可能性较大。由此可以推测，阴铿于陈天嘉六年卒于任上，即死于565年。根据前面阴铿释褐时间推测，阴铿生于511年，按虚岁活了55岁。这也是多数古人的寿期。

赵以武先生认为，阴铿可能因为侯安都事而被杀。然而既然阴铿赋《新成安乐宫》在天嘉五年冬十一月，而侯安都赐死在天嘉四年，故这一推测不成立。

阴铿任晋陵太守是否带员外散骑常侍？外放官员带散骑常侍在梁陈较为常见，散骑常侍为三品，员外散骑常侍为四品。外放职务带散骑常侍或员外散骑常侍，是一种荣誉。赵以武先生认为是阴铿死后追赠，也有可能。因为员外散骑常侍比太守高一级。

关于阴铿任晋陵太守的待遇，有必要辨明一下。陈朝的官制继承梁的框架，略有变动。梁武帝在魏晋九品中正制的基础上创立九品十八班，品少位尊，班多为贵。据《隋书·百官志上》，南陈皇弟皇子府中录事参军为第六品，则阴铿在陈文帝次子陈伯茂府中为中录事参军，已至六品。《隋书·百官志》又载："天监初，武帝命尚书删定郎济阳蔡法度定令为九品。秩定，帝于品下注：一品秩为万石，第二第三为中

---

[1] 陈作霖.金陵通纪：卷六[M].台北：成文出版社有限公司，1970：263.

二千石，第四第五为二千石。"又载："诸将起自第六品已下，板则无秩。其虽除不领兵，领兵不满百人，并除此官而为州郡县者，皆依本条减秩石（原注：二千石减为千石，千石降为六百石，自四百石降而无秩。其州郡县，自各以本秩论）。"①根据上文中的注文，二千石以下为一千石，即六品秩俸为一千石，可以确定阴铿任中录事参军秩俸为一千石。陈朝郡太守依郡的大小分为五、六、七品。晋陵是大郡，当为五品。五品的秩俸为二千石。明成化《重修毗陵志》卷十"职官二"："晋（代），晋陵、义兴二郡，内史（原注：后更曰太守）正五品，田三十顷。"（见前）《陈书·孔奂传》："永定二年除晋陵太守。自宋、齐以来为大郡，虽经寇扰，犹为全实。前后二千石多侵暴。"孔奂的前任后任都是二千石。这两条资料可证晋陵太守为正五品，秩俸二千石。阴铿所加的招远将军，《隋书·百官志上》载："前锋、武毅、开边、招远、金威、破阵、荡寇、殄虏、横野、驰射等将军，拟官十号，品第九。并四百石。"（同前）南北朝战乱频仍，地方官多加将军号以便领兵。阴铿是一纯粹文人，也没有领兵的经历，故所加将军号为最低品。将军号还有更低的，所谓"流外七品"，多为县令所加。阎步克在《品位与职位——秦汉魏晋南北朝官阶制度研究》中对《隋书·百官志上》"虽除不领兵，领兵不满百人，并除此官而为州郡县者，皆依本条减秩石（原注：二千石减为千石，千石降为六百石，自四百石降而无秩。其州郡县，自各以本秩论）"这一段话解释说："不领兵或领兵不满百人的军号，朝廷作减秩处理。在以军号而兼州郡县长官时，长官职位保留本职全俸，对军号亦作减秩处理。所谓减秩就是降俸禄一等，如'二千石减为千石，千石降为六百石，自四百石降而无秩'之类。"②就是说，未领兵或领兵不满百人者，按规定的秩俸降一级，则阴铿所加招远将军的秩俸就"自四百石降而无秩"，取消了。阴铿实际

---

① 魏征，等．隋书：卷二十六[M]．北京：中华书局，1973：729，747-748．
② 阎步克．品位与职位——秦汉魏晋南北朝官阶制度研究：第八章[M]．北京：中华书局，2009：468-469．

所领秩俸就只有太守的年俸二千石，招远将军仅为虚号。从六品升为五品，秩俸从一千石增至二千石，阴铿并未越级晋升。加招远将军号也不是如赵以武先生所言是对他的待遇加以限制，因为如果这是限制他的待遇，那就没有秩俸了，这是不可能的。何况他在始兴王府本来就有一千石的秩俸，一迁晋陵太守，秩俸反而取消了，这是不可思议的。因为梁武帝在蔡法度制订的职官品秩下注明了各级官员秩俸，一千石、二千石之间并无中间级秩俸。二千石如果降秩，就直接成一千石了，等于没有升级。所以说，给阴铿的晋陵太守加招远将军号并不是限制他的待遇，而是当时地方官加军号的惯例，如前述杜稜任晋陵太守加云麾将军，骆牙任临川内史加冠军将军。

阴铿也有可能并未卒于晋陵太守任上。新近查得日本丹波康赖在唐末编就的《医心方》有一段关于阴铿向皇帝献方的记载，谓阴铿为南州刺史。《医心方》卷十"治症瘕方第六"曰：

《新录方》云：治一切病温白丸方。南州刺史臣阴铿言："臣蒙慈泽，视事三年，自到任官以来，臣妻不便水土，有地下湿，遂得腹胀病。顷年已来，恒遣医师疗治，于今不瘥。有一苍吴道士名杜胜，到臣州界采药，臣遂呼道士至舍，说臣妻病状，于时，道士即与臣药方，用治万病，无不得瘥。"

下列药方及其主治，并其妻、其主簿陈胜与公（功）曹、其家人、其师侄、其州境内某尼等7人治验，云可治诸病，故"臣知方大验，死罪谨上也。"[1]

阴铿既任南州刺史，职级高于郡太守，当在其任晋陵太守之后，则《阴铿传》称其任晋陵太守后"顷之卒"有误。根据上面的记载，阴铿

---

[1] 丹波康赖.医心方：卷十[M].高文柱校注.北京：华夏出版社，2011：218-219.

任南州刺史三年，向皇帝献温白丸方当在他任满三年后回京叙职时。前已述，阴铿任晋陵太守后，蔡凝于太建元年（569）接任，则阴铿在太建元年之前离任晋陵太守，擢任南州刺史。结合阴铿任晋陵太守在天嘉五年末或六年初（564、565），则其擢任南州刺史就在天康元年（566）或光大元年（567），离任南州刺史在太建元年（569）。若离任南州刺史后"顷之卒"，当在离任当年即太建元年。或又得新的任命后"顷之卒"，就到了太建二年了。由此推测，阴铿卒于太建元年或二年，时57或58岁。

  古人诗文中，南州多泛指南方。《楚辞·远游》："嘉南州之炎德兮，丽桂树之冬荣。"姜亮夫校注："南州犹南土也，此当指楚以南之地言。"梁江淹《游黄檗山》诗："长望竟何极？闽云连越边。南州饶奇怪，赤县多灵仙。"丁福林、杨胜鹏认为此诗为江淹任吴兴县令时游福建古田县黄檗山作，诗中南州即泛指闽粤。然南州亦实有其地。《古今图书集成·理学汇编·字学典》卷六十二法帖部"魏"有"征卤将军南州刺史王贤思碑"[1]，可见三国魏有南州，但《三国志》无地理志，今人梁允麟著《三国地理志》，魏国十二州无南州。可能南州之名存在的时间很短。《中国历史地名大辞典》："南州：北周置，治所万川郡万川县（今重庆市万州区）。辖境相当于今重庆市万州区及梁平等县地。"[2]北魏亦有南州。《魏书·安定王传》载：（安定王子）"愿平弟永平，征虏将军、南州刺史。"[3]然校勘曰："按《地形志》无南州。……这里'南'下当脱一字。"但《新唐书》卷七十三"表第十三下·宰相世系三下"薛氏表中有"和字道睦，后魏南州刺史，谥文。"[4]说明北魏确有南州。北

---

[1] 陈梦雷，等.古今图书集成·理学汇编·字学典：卷六十二[M].南京：中华书局，1934：648册12下.
[2] 史为乐.中国历史地名大辞典（增订本）[M].北京：中国社会科学出版社，2017：1897.
[3] 魏收.魏书：卷十九下[M].北京：中华书局，1974：519.
[4] 司马光，宋祁.新唐书：卷七十三下[M].北京：中华书局，1975：3027.

魏、北周疆域均未过江南，此南州当不是阴铿所任南州。

东晋有南州。《晋书·桓温传》载，太和四年，桓温率五万众北伐，"百官皆于南州祖道，都邑尽倾。"①官员们都到南州这个地方为他祭祀路神并设宴送行，城里的人几乎都来了。足见此"南州"非泛指，而是实有其地。《资治通鉴》载：太和四年"夏四月庚戌，温率步骑五万发姑孰"，则南州即姑孰。②殷仲文有《南州桓公九井作》诗，诗题之九井在今安徽省当涂县东九井山，山有桓温所凿九井，故名。这就证明，南州即姑孰所在州。魏嵩山《中国历史地名大辞典》说："姑熟城，一作姑孰城，又名南州城，即今安徽当涂县。历东晋、南朝为豫州、南豫州治所。"③南豫州，梁普通七年置。《梁书·夏侯亶传》载，普通六年，夏侯亶代裴邃为帅北伐，七年夏，亶军下魏"城五十二，获男女口七万五千人、米二十万石"，"诏以寿阳依前代置豫州，合肥镇改为南豫州"。④夏侯亶攻获北魏大片城池土地，于是江北之豫州（今河南及山西一部、安徽北部）仍以寿阳（今山西晋中市寿阳县）为治所，置江南合肥所治地为南豫州，在今安徽省阜阳、淮南、滁州三市以南。魏嵩山《中国历史地名大辞典》对南豫州的置废记载较详："(1)东晋咸和四年置，治所在芜湖县（今安徽芜湖市东）。义熙中废。(2)南朝宋永初三年置，治所在历阳县（今安徽和县），元嘉七年废，十六年复置，二十二年废；大明三年复置，五年废；泰始二年复置，三年废；七年复置，齐建元二年废；陈太建五年复置，十二年废。(3)南朝宋大明五年置，治所在姑孰城（今安徽当涂县），泰始二年废；齐永明十一年复置，延兴后废；梁承圣元年复置，陈太建五年废，十一年复置。隋开皇九年废。唐武德三年复置，八年废。(4)南朝宋泰始五年置，治所在宛陵县（今安徽宣州市），寻废。齐

---

① 房玄龄，等.晋书：卷九十八 [M].北京：中华书局，1974：2576.
② 司马光，等.资治通鉴：卷一〇二 [M].北京：中华书局，1956：3214.
③ 魏嵩山.中国历史地名大辞典 [M].广州：广东教育出版社，1995：734.
④ 姚思廉.梁书：卷二十八 [M].北京：中华书局，1973：419.

永明二年复置，十一年废。(5)南朝梁普通七年置，治所在合肥县（今安徽合肥市），太清元年移治寿春（今安徽寿县），寻废。"①综上所述，自东晋至南陈，南豫州均在今安徽南境，但治所屡有变更。刘宋永初三年（422）治和县，大明五年（461）治姑孰，泰始五年（469）治宛陵（今安徽宣城市），齐永明二年（484）复治宛陵，永明十一年（493）移治姑孰，梁普通七年（526）移治合肥，太清元年（547）移治寿春，承圣元年（552）移治姑孰，至陈太建五年（573）废，陈太建十一年（579）复治姑孰。但自刘宋至南陈，独姑孰称"南州"。阴铿若为南州刺史，当在陈废帝光大至宣帝太建间，即南豫州刺史。

《读史方舆纪要》卷十九载："宋元嘉二十七年，北魏主焘军瓜埠，声言欲渡江。宋于南岸分军守御，置戍博望。三十年，元凶劭弑逆，武陵王骏讨之，自寻阳东下。劭党萧斌劝劭勒水军自上流决战，不尔，则保据梁山。劭不能用。孝建元年，江州刺史臧质以南郡王义宣叛，宋主命柳元景、王玄谟帅诸将讨之，进距梁山洲，于两岸筑堰月垒，水陆待之。质至梁山，亦夹陈两岸，与官军相拒。义宣至芜湖，质进说曰：'今若以万人取南州，则梁山中绝，时柳元景自采石进屯姑熟，为梁山后援万人缀梁山，则玄谟必不敢动。下官中流鼓棹，直趋石头，此上策也。'义宣不能用。质因西南风急，遣兵攻梁山西垒，陷之。既而义宣至梁山，屯兵西岸，遣其将刘湛之与臧质进攻东城，为玄谟等所败。大明七年，祀梁山，大阅于江中，立双阙于山上。齐建元初，魏人入寇思、豫二州，缘淮驱略，江北居民惊扰。诏于梁山置二军，南州置三军以备之。"其后言采石，曰采石"亦曰南州津"。②这段话说明，自刘宋至萧齐，战事每在南州一带发生，而南州一带有梁山、博望、采石等。梁山指今安徽芜湖市北长江东岸东梁山，亦称"博望山"。而长江西岸安徽和县有西梁

---

① 魏嵩山．中国历史地名大辞典[M]．广州：广东教育出版社，1995：774．
② 顾祖禹．读史方舆纪要：卷十九[M]．贺次君，施和金点校．北京：中华书局，2005：879，881．

山，与东梁山隔水相望。采石既称南州津，说明是南州的重要渡口。杨恩玉在《东晋南朝的方位州考释》中说："在东晋南朝史书中有不少关于东州、西州、南州、北州的记载，不是正式和法定的名称，而是州级政区、城镇或官府的别名，含义较为复杂。"他认为南州"首先是指侨置的豫州和南豫州"，指出自东晋桓玄在姑孰"大筑斋第，以郡在南国，故曰南州"，"南朝沿袭东晋的惯例"亦称"姑孰"为"南州"，又因侨立的豫州在建康南，姑孰为其治所，亦以"南州"称之。其次，"南州有时用来指江州"，因其"民户众多，经济富庶"，似乎又不是因为方位了。"南州还可用来指代广州。萧子显说：至于南夷杂种，分屿建国，四方珍怪，莫此为先，藏山隐海，瑰宝溢目。商舶远届，委输南州，故交、广富实，牣积王府。"[①]这里的南州其实与江淹《游黄蘗山》诗中"南州"同义，并非广州别名。

根据上述考索，阴铿若任南州刺史，当在陈南豫州。其任职时间当在晋陵太守之后。其天嘉六年任晋陵太守，若三年秩满，当在废帝光大元年或二年迁南州刺史，于陈宣帝太建元年或二年任满。

但以上《医心方》所录，今人有疑其作伪者。见新浪网稷下会饮《录验与志怪——"温白丸"与"陈元膏"之本事考辨》，[②]但主要指其献方一事可能是伪造的。而阴铿是否任南州刺史，还需他证，故录此以待来者。

---

① 杨恩玉. 东晋南朝的方位州考释 [J]. 安徽史学，2016，4：57-62.
② 稷下会饮. 录验与志怪——"温白丸"与"陈元膏"之本事考辨 [OL]. [2020-03-12].https://www.sohu.-com/a/379630276_288795.

第五节　阴铿任职清浊辨

　　阴铿家族之士庶说，在赵以武先生1994年第4期《甘肃社会科学》发表《梁陈诗人阴铿的家世背景》之前，尚无人论及。该文认为，阴铿家族虽于宋齐之际"挤入士族行列"，但阴智伯、阴子春先后因贪赃和兵败"被诛"，已然被"踢出"士族行列。同时，该文又说，士族有高门、寒门的区别，"阴氏家族即便至阴智伯也未预高门，而属士族寒门；而阴子春初为庶族役门，后为庶族军门，不能算做士族出身。"[①]这些论述是颇有疑问的。前言"属士族寒门"，接着又说"不能算做士族出身"，则阴铿就是平民出身了？所以后来就有学者对"阴铿属于庶族寒人"提出质疑。

　　2007年5月，华南师范大学硕士研究生曾燕芬的毕业论文《阴铿及其作品研究》针对赵以武先生阴铿属于庶族寒人说提出五点不同意见。一是与阴智伯一同下狱的刘悛并未被诛，后来并至高位；二是阴铿的起家官皇弟皇子府法曹行参军并非浊职，而是列入流内十八班的"位登二品"的流内清官；三是举出宋梁两朝起家行参军的有谢灵运、颜延之、殷景忍、谢弘微、谢庄、谢朓、谢朏、殷芸、庾仲容、刘杳、刘潜、刘孺、庾肩吾、徐陵、江德藻，均为世家子弟；四是南朝士庶界限严格，甚至有避坐、"烧床"[②]之事发生，而阴铿却得到了徐陵的推荐，说明阴

[①] 赵以武. 阴铿与近体诗：第二章[M]. 哈尔滨：黑龙江教育出版社，1998：46-49.
[②]《南史·王弘列传》："黄门郎路琼之，太后兄庆之孙也，宅与僧达门并。尝盛车服诣僧达，僧达将猎，已改服。琼之就座，僧达了不与语，谓曰：'身昔门下驺人路庆之者，是君何亲？'遂焚琼之所坐床。"

铿并非寒族；五是阴铿儿子阴颢释褐奉朝请，系士族子弟养尊处优的职位，说明阴铿家族属于士族。①这些意见是颇有道理的，本书不再重复。简言之，赵以武先生的阴氏被"踢出"士族行列之说是建立在阴智伯、阴子春"被诛"的基础上的，而此二人的"被诛"恰好是赵以武先生的推测，而史籍并无阴智伯、阴子春被杀的记述。史籍无据，不可遽下结论。

　　首先，阴铿释褐时，阴子春尚在梁州刺史任上，可能影响阴铿释褐的因素只有祖父阴智伯因贪赃而下狱。因为史籍并无阴智伯被诛的记载，我们不能肯定阴智伯因贪赃而被杀了，或者可能病死狱中，或者免官沦为庶人。从同时下狱的刘悛的经历来看，南朝官员贪腐并非个案，刘悛、阴智伯下狱与刘悛减少对郁林王的贡献密切相关，而主要的原因并非贪赃，贪赃不过是一个借口罢了。刘悛能够免死，阴智伯也罪不至死。只是阴智伯没有刘悛平时用金钱铺就的道路，也不如刘悛位尊，没有希望重新起用而已。阴智伯的经历已经影响到了阴子春，他只能先以低级武职朐山戍主起家。而到阴铿释褐，情况已经大为改观。阴子春任梁州刺史，为地方要员，且与朝中要员到溉、朱异有深交。到溉、朱异均为士族子弟。尤其是到溉，其曾祖为宋骠骑将军，祖父为骠骑江夏王从事中郎，父亲为齐中书郎，皆为清职。而阴子春与朱异、到溉为棋友，朱异、到溉棋艺均为上乘，阴子春的棋艺也不会很低，不然不能与到溉、朱异为伍。这从前引阴子春、朱异与司马申及其父亲等候到溉时，阴子春与司马申弈棋，朱异在旁观棋可以看得出来。到溉、朱异与阴子春弈棋而不避坐，足可证明阴子春非庶族寒人。阴子春托付了到溉，次年即大同六年，阴子春就释褐为湘东王法曹行参军。《梁书·到溉传》：到溉"起家王国左常侍，转后军法曹行参军"。②到溉也曾任法曹行参军，可见法曹行参军不是浊职。

---

① 曾燕芬. 阴铿及其作品研究：第一章[D]. 广州：华南师范大学，2007：12-18.
② 萧子显. 梁书：卷四十[M]. 北京：中华书局，1973：568.

另外，深入考察南朝职官制度与官职清浊的界定，就可发现实际上并非赵以武先生论述的那么简单。

南北朝时期官制变得非常复杂。魏晋时期形成的九品中正制之九品是地方中正品评人才时的标准，亦即人品，有称"乡品"（日本宫崎市定《九品官人法研究》），有称"资品"（陈长琦文《魏晋南朝的资品与官品》）。九品又分"上品""下品"。上品指一品、二品。由于一品属"圣人"，（班固《汉书·古今人表》）实际上春秋战国以后无人被评为"一品"，乃悬虚之品，故实际品评中只有二品。二品又分为"灼然二品"（帝室亲茂和高等士族）、"门第二品"（中等士族，或依凭祖上官爵，或依恃当今位势而居上品）、"二品才堪"（少数低等士族，既非高门旧族，也非当朝权贵，多为累世豪强的地方大族，并依靠自己的博学或济世之才而列为上品）。①"门第二品"重在门第，"二品才堪"则为门第与才学相结合。

《晋书·苻坚载记下》载前秦在淝水战前选拔高门子弟为扈从卫队云："门在灼然者，为崇文义从。"《南齐书·豫章文献王嶷传》："若天道有灵，汝等各自修立，灼然之分无失也。""门在灼然"，即门第灼然。"灼然之分无失也"，即灼然门第不会失去。可见，这是门第的一个等级。豫章文献王嶷即南齐开国皇帝萧道成的第二个儿子，萧氏是南朝宋的高门甲族。

《宋书·范泰传》载范泰上表议建国学曰："昔中朝助教亦用二品。颍川陈载已辟太保掾，而国子取为助教，即太尉准之弟。所贵在于得才，无系于定品。教学不明，奖励不著，今有职闲而学优者，可以本官领之，门第二品，宜以朝请领助教，既可以甄其名品，斯亦敦学之一隅。其二品才堪，自依旧从事。"②因为国学助教为清官，官阶虽不高但地位重要，所

---

① 张旭华. 九品中正制研究：第三章[M]. 北京：中华书局，2015：214-218.
② 沈约. 宋书：卷六十[M]. 北京：中华书局，1974：1617.

以范泰在上表中先说"贵在于得才",不一定讲究品第。又说"职闲而学优者,可以本官领之",即原来的官职仍保留,不影响他的"门第二品";如果是"二品才堪",就依旧例处理。

以上记载说明,在中正品第二品以上官员中,确实存在灼然二品、门第二品、二品才堪三个等级。

为明确门阀等第与乡品(笔者按:为避免与官品混淆,这里暂用乡品代中正九品之品)、官品的关系,张旭华先生列出了下表:

表1-3 门阀等第与上品等级、官爵品级对应表

门阀等第	上品等级	官爵品级
高级士族	灼然二品	一品、二品
中级士族	门第二品	三品
低级士族	二品才堪	四品、五品

高级士族,史籍中多称"甲族",包括皇族和那些在皇权的获得、运行、巩固中起着举足轻重作用的家族,如东晋的王、谢家族,以及南朝萧氏、庾氏、沈氏、袁氏、李氏、卢氏、崔氏家族等。因其对皇权所起的作用灼然可识而被称为"灼然二品",其子弟无须费力即可起家"职闲禀重"的清官。中级士族或凭祖上官爵,或倚当今位势,在中正品第中亦可轻易获得"二品"之评,起家官虽不如"灼然二品"的甲族,但也可以获得比较轻松的职位,亦为清官之选。如前述到溉家族当为"门第二品"。低级士族,前提仍是祖辈为官,或累世为地方豪强,再加上本人博学多才或有济世之能而获得官位,这种情况恰与阴铿家族及本人情况一致。前述朱异亦属此种情况。朱异父亲官至齐江夏王参军、吴平令,并不是很显赫的家族。但是朱异"遍治五经,尤明《礼》《易》,涉猎文史,兼通杂艺,博弈书算,皆其所长。年二十,诣都,尚书令沈约面试之,因戏异曰:'卿年少,何乃不廉?'异逡巡未达其旨。约乃曰:'天

下唯有文义棋书,卿一时将去,可谓不廉也。'"其博学多才如此。"旧制,年二十五方得释褐。时异适二十一,特敕擢为扬州仪曹从事史。"①皇帝特下旨擢为官,可见才学出众。阴氏家族阴智伯以上的家族情况虽不清楚,但其高祖阴袭随刘裕南迁,当时乃河西望族,投身刘裕军中后地位应不至于太低。阴袭子(即阴铿曾祖)不明。而阴智伯与南齐开国皇帝"少相友善",并家居秣陵,亦当是士族。由此可以推定,阴铿家族在阴铿以前至少已四代为官,当然位居士族之列。何况东汉初阴氏已经"一门四侯",虽然和帝阴后之变后已经跌出甲族,但仍然是敦煌名门六姓之一。阴铿入仕时,对他有影响的仅阴智伯贪赃事,同因贪赃入狱的刘悛既已赦免,阴智伯亦有可能赦免,何况阴铿释褐时其父阴子春已为梁州刺史,官居四品。说阴铿为"士族寒人",相当于说其为低等士族,是可信的;而说其为寒门庶人,即普通老百姓,就不符合实际情况了。

阴铿释褐梁湘东王法曹行参军,湘东王萧绎是皇子。据《隋书·百官志上》,梁陈皇弟皇子府法曹行参军位居八品,三班。《隋书·百官志上》又载:"陈承梁,皆循其制官……其余并尊梁制,为十八班,而官有清浊。自十二班以上并诏授,表启不称姓。从十一班至九班,礼数复为一等。又流外有七班,此是寒微士人为之。从此班者方得进登第一班。"阴铿释褐为三班,非流外,说明他非"寒微士人"。张旭华先生在《魏晋时期的上品与起家官品》中说:"入晋以后,上品中的低级士族多起家为八品官,这是上品任官的最低层次。"②阴铿释褐官符合这一论断。同为行参军,在不同的王公府中品位不一。《隋书·百官志上》载,梁陈官品中,皇弟皇子府正参军、板正参军、行参军、板行参军,品并第八;嗣王府、皇弟皇子之庶子府正参军、板正参军、行参军、板行参军,庶姓公府正参军、板正参军,蕃王府录事记室中兵等参军、板录事记室中

---

① 姚思廉.梁书:卷三十八[M].北京:中华书局,1973:537.
② 张旭华.魏晋时期的上品与起家官品//九品中正制略论稿[M].郑州:中州古籍出版社,2004:105.

兵等参军、功曹史、主簿、正参军、板正参军、行参军、板行参军等，品并第九。同为行参军，在皇弟皇子府中为八品，在嗣王府、皇弟皇子之庶王府、庶姓公府、蕃王府就只有九品。阴铿释褐时的萧绎是梁武帝第七子，非世子，属于嗣王，其王府行参军为九品，而非八品。在确定阴铿释褐官职的品位时，这是需要注意的。

《隋书·百官志》称陈承梁，"为十八班，而官有清浊"。其下又说："其官惟论清浊，从浊官得微清，则胜于转。"①可见，官分清浊，即使在十八班之内也有清浊之别，而清官里又有"清"与"微清"之别。张旭华先生《中古时期清浊官制研究》论及十八班之内官职清浊时说："至于八班至一班这一层次，其官职则有清有浊，如果抛开其中的浊官不论，这一层次大多为三台五省、东宫官属以及王公参佐等清官。如第八班的秘书丞、太子中舍人、散骑侍郎、尚书右丞，第六班的太子洗马、通直散骑侍郎、著作郎，第五班的尚书郎、皇弟皇子文学，第四班的给事中、皇弟皇子府正参军，第三班的太子舍人、皇弟皇子公府祭酒、员外散骑侍郎、皇弟皇子府行参军，第二班的秘书郎、著作佐郎、奉朝请，等等。从职官类别来看，这一层次的清官涉及范围较广，既有三省重要官员如尚书右丞、尚书郎等中级政务官，也有职掌文翰的清闲之职如著作郎、秘书郎、著作佐郎、诸王文学、太子洗马，还有周旋于王国公府之间，优游宴赏、不负实际职任的王公参佐等职。"②可见，行参军属于清官。

杨恩玉先生说："从流内八班至一班这一大段，官职又可分为清官、微清与浊官三类。史籍明载为清职、清官者不少，如第八班的秘书丞、太子中舍人、散骑侍郎，第六班的太子洗马、著作郎，第五班的尚书郎、皇弟皇子文学，第四班的给事中，第三班的太子舍人，第二班的

---

① 魏征，等.隋书：卷二十六[M].北京：中华书局，1973：741，748.
② 张旭华.中古时期清浊官制研究：第七章[M].北京：人民出版社，2017：172.

秘书郎、著作佐郎等，都是南朝以来的第一等清官。"①

至于"微清"，杨恩玉先生说："微清是指清望程度稍逊一筹的清官，主要包括两种情况：一是《隋志》载陈代起家官有云：'令仆子起家秘书郎，若员满，亦为板法曹，虽高半阶，望终秘书郎下。次令仆子起家著作佐郎，亦为板行参军。'所谓'高半阶'，据《隋志》记述，梁大通三年（529），建三十四班军号，称'遂以定制，转则进一班，黜则退一班。班即阶也。同班以优劣为前后。'则十八班也可看作十八阶。秘书郎、著作佐郎排在二班首位、次位，而'板法曹虽高半阶'，'亦为板行参军'云云，是指排在三班5位的皇弟皇子府行参军。'高半阶'，是指二者相差不足一班。可见法曹参军、行参军虽然排在流内三班，但其清望程度却远在流内二班的秘书郎、著作佐郎之下，在第一流士族的眼里只能属于微清之列。二是《隋志》称'诸王公参佐等官仍为清浊。'可知王公参佐等官仍分清浊。"② 这就是说，皇弟皇子府法曹参军、行参军属于"微清"。阴铿释褐为"微清"，与他的家族地位是相符合的。

庶，平民也，即无官职的老百姓。庶族，家族中无人为官。庶族与史籍中的寒人有别。寒人包括前引"寒微士人"，即低级士族中的士人，他们虽为士人，但地位卑微；寒人还包括没有官职的普通老百姓。他们入仕首先只能进流外七班，然后通过自己的努力逐步升至流内。进入流内后多数仍为浊官，如能由浊官入微清，即使没有升级，却"胜于转"，即比升迁级别而仍为浊官要强。陈屡立战功的周文育，少孤贫，本姓项，因"能反复游水中数里，跳高五六尺，"群儿"众莫能及"，被时任寿昌浦口戍主的周荟收为义子，教之骑射。后每于平蛮战斗中冲锋陷阵，勇冠诸军，除南海令，由此步入仕途，战侯景，破王琳，讨萧勃，平周迪，屡立战功，累迁游骑将军、员外散骑常侍，拜信义太守、南丹阳兰陵晋陵

---

① 杨恩玉. 萧梁政治制度考论稿[M]. 北京：中华书局，2014：200-201.
② 杨恩玉. 萧梁政治制度考论稿[M]. 北京：中华书局，2014：200-201.

太守，封南移县侯，邑一千户，加平西将军，进封寿昌县公，并给鼓吹一部，以功授镇南将军、开府仪同三司、都督江广衡交等州诸军事、江州刺史。①这是平民以武功位登一品的例子。

《陈书·儒林传》载："顾越，字思南，吴郡盐官人也。所居新坡黄冈，世有乡校，由是顾氏多儒学焉。越少孤，以勤苦自立，聪慧有口辩，说《毛氏诗》，傍通异议，梁太子詹事周捨甚赏之。解褐扬州议曹史。"扬州议曹史，九品，一班。顾越因为精通经学，累迁五经博士、国子博士、始兴王谘议参军、东宫侍读、给事黄门侍郎、通直散骑常侍、中书舍人。②这是平民以儒学先为州郡所辟，然后入朝，位登清职的例子。

在南朝，平民多通过以上两条途径入仕，但比起士族则是凤毛麟角。

由上可见，只有深入研究南朝官制及其清浊关系，才能对阴铿入仕之官品与清浊给出比较符合实际的合理解释。舍此，别无其他一蹴而就的路径。

阴铿的释褐年龄也是一个亟需辨明的问题，关键在于萧梁时期的释褐年龄规定。魏晋及以前似乎并无初仕年龄规定。战国时期的甘罗十二岁为相，恐怕是中国历史上相位上年龄最小的记录。揆诸史传，皇族子弟初仕无任何年龄限制，黄发垂髫亦可出任州官，不论。甲族子弟多在弱冠。以《梁书》列传可查明释褐年龄的为例：谢庄，十九岁（元嘉十六年）或稍后解褐始兴王法曹行参军；夏侯详，十九岁释褐州主簿；柳恽，年十七，齐武帝为中军，命为参军；谢朓，永明元年（483）十九岁解褐豫章王太尉行参军；萧介，永元末（500）二十五岁，释褐著作佐郎；刘潜，天监五年二十二岁，举秀才，起家镇右始兴王法曹行参军；王承，年十五，射策高第，除秘书郎；张缅，十八岁以前起家秘书郎。这些人多在梁武帝改制前释褐，并未受到年三十方得释褐的规定限制。梁

---

① 姚思廉.陈书：卷八[M].北京：中华书局，1972：137-141.
② 姚思廉.陈书：卷八十三[M].北京：中华书局，1972：445.

武帝在宋朝为丞相时,曾在上表中称"且闻中间立格,甲族以二十登仕,后门以过立试吏"。所谓"后门"指寒庶人士。而《梁书·朱异传》则谓"旧制,年二十五方得释褐"。则梁以前,一般士族子弟须年满二十或二十五岁方可释褐。萧衍登基后于天监四年改革官制。《梁书》卷二《武帝纪中》"天监四年"梁武帝诏曰:"今九流常选,年未三十,不通一经,不得解褐。若才同甘颜,勿限年次。"就明确无论甲族还是普通士族子弟,均须年满三十岁方可释褐,除非才学十分突出,一般不能例外。阴铿释褐已在大同六年,新制已推行30多年,自然要受此限制。

第六节　阴铿后人

《梁书·阴子春传》："孙颢，少知名。释褐奉朝请，历尚书金部郎。后入周。撰《琼林》二十卷。"《隋书·经籍志》："《琼林》七卷，周兽门学士阴颢撰。"[1]

唐张说子张均撰《邠王府长史阴府君碑》："公高祖，湘东内史铿，梁州之子，属词比事，天下宗之。曾祖，江州刺史、通道馆学士颢。祖，朝请大夫、国子博士弘道。"可知阴颢为阴铿子，阴弘道为阴铿孙，则此位"阴府君"为阴铿玄孙。《新唐书·艺文志一》载："阴弘道《周易新传疏》十卷。颢子，临涣令"。"阴弘道《春秋左氏传序》一卷。"[2] 临涣县，治所在今安徽淮北市濉溪县临涣镇。则阴弘道为阴颢子。

唐林宝《元和姓纂》"武威阴"下岑仲勉校："生钩鑑……鑑晋安太守：按《南史》六四（卷），子春之子铿，累迁晋陵太守，鑑当作铿，陈代文人也。《全文》（全唐文）四〇八张均《邠王府长史阴府君碑》：'公高祖湘东内史铿，梁州之子'，可证。""按《新书》（新唐书）五七，'阴弘道，颢子，临涣令。'《阴府君碑》：'曾祖江州刺史、通道馆学士颢，祖朝请大夫、国子博士弘道。'则弘道是铿孙，此作钧，误。"[3] 认为阴弘道是阴铿孙。

这位阴府君是谁？据《邠王府长史阴府君碑》，阴府君"夫人范阳

---

[1] 魏征，等.隋书：卷三十四[M].北京：中华书局，1973：1011.
[2] 欧阳修，宋祁.新唐书：卷五十七[M].北京：中华书局，1975：1426，1441.
[3] 林宝.元和姓纂(附四校记)：卷五[M].岑仲勉校记.北京：中华书局，1994：749.

县君张氏，丞相燕公之妹"，知其为张说妹婿，曾任陈州司仓，但"不俟终秩，遂悠游初服"，即任期未满即辞去。"寻拜命宣城王府记室参军"，"署宰长河"，又为蔚州别驾，"入为庆王友，转太子中允，又拜国子司业、邠王府长史"，"春秋七十有五"。生年不明。其父亲名不详，"考某，官景明，"未知"景明"是否官名，或为"为官光明磊落"之说。[1]

据《邠王府长史阴府君碑》，这位阴府君曾任长河令。《全唐诗》有阴行先诗一首《和张燕公湘中九日登高》："重阳初启节，无射正飞灰。寂寞风蝉至，连翩霜雁来。山棠红叶下，岸菊紫花开。今日桓公座，多愧孟嘉才。"[2]《全唐诗》张说有《湘州九日城北亭子》诗："西楚茱萸节，南淮戏马台。宁知沉水上，复有菊花杯。亭帐凭高出，亲朋自远来。短歌将急景，同使兴情催。"[3]两诗用韵同，似阴行先诗所谓《张燕公湘中九日登高》诗即此，因诗中有"亲朋自远来"，似指阴行先。张说又有《幽州别阴长河行先》诗："惠好交情重，辛勤世事多。荆南久为别，蓟北远来过。寄目云中鸟，留欢酒上歌。影移春夏间，迟暮两如何。"[4]则阴行先即此位阴府君。《旧唐书·李憕传》载："时张说自紫微令、燕国公出为相州刺史、河北按察使，有洺州刘行善相人，说问：'寮寀（官舍，引申为官的代称）后谁贵达？'行乃称憕及临河尉郑岩。说乃以女妻岩，妹婿阴行真女妻于憕。"[5]又称其妹婿为行真。又有称"行光、行充"者，当以形近而误。

2004年5月11日，西北大学长安校区工地二号墓发掘出土《阴弘道墓志》，志文曰："大唐故奉议郎行太常博士骑都尉阴府君墓志铭并

---

[1] 李昉.文苑英华：卷九〇三碑[M].北京.中华书局，1982：4752.
[2] 全唐诗：卷九十八[M].北京：中华书局，1979：1062.
[3] 全唐诗：卷八十七[M].北京：中华书局，1979：954.
[4] 全唐诗：卷八十七[M].北京：中华书局，1979：952.
[5] 刘昫，等.旧唐书：卷一八七下[M].北京：中华书局，1975：4887.

序：公讳弘道，字彦清，武威姑臧人，汉大将军识之后也。曾祖子春，梁侍中、左卫将军、梁秦二州刺史。祖荣，梁散骑常侍、新州刺史。父颢，梁尚书金部郎，隋仪同大将军、昌城县令，以儒学知名。"弘道"年十七举秀才，隋蜀王号曰神童。留而不遣，雅相期遇，敬之若宾。及大唐龙兴，公亲率义兵，归诚圣化，蒙受正议大夫、临溪县令。贞观元年，诏赐束征，令定历，除国子助教。七年，又征授太常博士，制《大唐新礼》。又加奉议郎，奉敕为大学士，于弘文馆修书。十四年二月三日，遘疾卒于京师长兴里之私第，春秋六十有七。公著书论、筹（算）术、诗赋凡百余卷，盛行于世。"①则阴弘道曾为临溪县令。临溪县在今四川蒲江县境。墓志证实阴弘道系阴识、阴智伯、阴子春一脉，其父阴荣，为梁散骑常侍、新州刺史。则阴弘道乃阴铿侄，阴荣是阴钧之外阴铿另一弟兄。但是这与《邠王府长史阴府君碑》记载有悖。而民国《安乡县志》载，阴弘道为阴铿侄孙，阴铿弟阴钧孙，又与《阴弘道墓志》所载稍异。②阴荣仕梁为新州刺史、散骑常侍，似乎年长于阴铿。但阴荣、阴钧均不见于史乘。阴弘道之祖父，《邠王府长史阴府君碑》谓阴铿，《元和姓纂》、民国《安乡县志》谓阴钧，《阴弘道墓志》谓阴荣，孰是？

阴荣见于阴弘道墓志，应无疑问。则阴颢非阴铿子。《梁书·阴子春传》只言"孙颢"，未言是谁的儿子。

《旧唐书·傅仁均传》称阴弘道为益州人。2004年出土的《阴弘道墓志》载"年十七举秀才，隋蜀王号曰神童"，已然在蜀。阴铿后人何时迁蜀？已无法查明了。

中唐时期，凉州阴氏在敦煌凿洞开窟，有诸多造像和文献留存。其中《阴处士碑》《阴府君墓志铭并序》记载的阴嘉政、阴善雄均称其先祖

---

① 李明，刘呆运，李举纲.唐阴弘道墓志//长安高阳原新出土隋唐墓志[M].北京：文物出版社，2016：53.
② 王煐.民国安乡县志：列传二十二[M].台北：成文出版有限公司影印，1975：507-508.

为南阳新野人[①][②]，当为阴子公后人，但无法肯定是阴识及其兄弟的后人，故可能与阴铿一脉无关。

附一：新撰阴铿传

根据以上考证，重新撰写阴铿传如下：

阴铿，字子坚，一字坚如，梁南平郡作唐县人。祖籍南阳新野，世以管仲为祀。始祖阴子公生子方，方孙睦（一作陆）生识、丽华、兴、就、䜣，丽华为汉光武帝后，阴氏一门四侯，位极人臣。阴识孙纲，纲孙常徙武威姑臧。晋义熙十四年，八代孙袭随刘裕大军迁南平郡作唐县，遂家焉。祖智伯，少与齐高帝相友善。齐永明初为巴西太守，迁梁、南秦二州刺史。永明十一年末，因赃货巨万下狱。父子春，梁天监十年起家朐山戍主，随迁东莞太守，后迁宣惠将军、西阳太守，累迁南梁州刺史、梁秦二州刺史，都督梁、秦、华三州诸军事。太清二年，讨峡中蛮，征为右卫将军，迁侍中。大宝二年，与徐文盛率军讨侯景，兵败，逃归江陵，寻卒。

梁天监九年，铿生于作唐。幼聪慧，五岁能诵诗赋，日千言。及长，博涉史传，尤善五言诗，为当时所重。梁大同六年，释褐梁湘东王法曹行参军。天寒，铿尝与宾友宴饮，见行觞者，因回酒炙以授之，众坐皆笑。铿曰："吾侪终日酣饮，而执爵者不知其味，非人情也。"太清元年秋，外放为故鄣县令，清廉自守，亲吏爱民，有《罢故鄣县》诗。大宝元年秋，秩满回京。会侯景乱，踞台城，废简文帝纲为晋安王，幽于永福省。铿为乱军所执，适有昔行觞者助之，得脱，遂连夜于新亭买舟西上，奔江陵。

[①] 法藏敦煌西域文献：第32册[M].上海：上海古籍出版社，2005：250：法Pel.chin.4640.
[②] 法藏敦煌西域文献：第14册[M].上海：上海古籍出版社，2001：249上：法Pel.chin.2482.

太清二年，父子春平定峡中蛮后，随王僧辩讨邵陵王萧纶，纶军溃，走武昌。大宝元年，子春随徐文盛讨侯景，每战必胜，勇冠诸军。大宝二年，侯景率军与任约军合，阴遣数百人偷郢州，下，中抚将军、郢州刺史萧方诸被害。徐文盛军乱，文盛、子春逃归江陵，文盛下狱死，子春卒于江陵。是年冬，铿自江陵奉父柩还作唐，途经武昌、巴陵，作《登武昌岸望》《游巴陵空寺》诗。作唐守制三年，时作唐大旱，铿与吏民祈雨，暴雨至，作《闲居对雨》二首。

承圣二年初，铿乘船自青草湖经洞庭湖入湘水，南下投广州刺史萧勃，于途作《渡青草湖》《南征闺怨》《游始兴道馆》诗。至广州，为镇南将军萧勃府司马。陈霸先禅位，遣欧阳頠南讨萧勃，勃被杀，铿入欧阳頠府中。陈武帝永定三年八月，陈文帝即位，诏铿为始兴王伯茂府中录事参军。铿自岭南入赣水，经丰城，游剑池，作《经丰城剑池》诗。是年秋，抵建康。

陈天嘉元年至三年，为侯安都府中宾客，与徐伯阳、张正见、刘删、贺循等一干文士以诗赋第其高下，每有佳作，诗名日盛。天嘉三年夏四月，奉诏陪同北齐使者崔瞻。秋，崔瞻回国，送至江边，作《广陵岸送北使》诗。天嘉五年冬十一月，安乐宫新成，陈文帝诏群臣预筵赋诗。徐陵荐于文帝，命作《新成安乐宫》，铿援笔便就，帝甚叹赏之。寻迁晋陵太守、员外散骑常侍，带招远将军号。至晋陵，过古墓，作《行经古墓》诗。天嘉六年初，晋陵令爱妾亡故，伤之，为作《和樊晋陵伤妾》。寻病，卒于任所，年五十六。有集三卷行于世，至隋已佚其二，仅存五言诗三十五首。其诗清丽婉转，尤善写景，用典宏富，为初唐格律诗之肇端，对后人影响较大。

子颢，释褐梁奉朝请，迁江州刺史。入周为通道馆学士、兽门学士[①]、尚书金部郎，撰《琼林》二十卷。隋仪同大将军、昌城县令。孙弘道，在

[①] 北周设露门学，置文学博士、学士数人，职司教授。有学生十二人，多为大臣子弟，亦有皇太子、大臣带职入学。露门学士又称"虎门学士"，唐避讳改"兽门学士"。

隋年十七举秀才，入唐为正议大夫、临溪令，除国子助教，定历书；授太常博士，制《大唐新礼》。加奉议郎，为大学士，于弘文馆修书。著《周易新传疏》十卷、《春秋左氏传序》一卷。玄孙行先，释褐陈州司仓，寻拜命宣城王府记室参军，出为长河令，迁蔚州别驾，为庆王友，转太子中允，拜国子司业，终邠王府长史。

附二：初拟阴铿年表

梁武帝天监九年（510）

生于南平郡作唐县，1岁。其父阴子春年约29岁。郡望武威姑臧。约17年前（南齐永明十一年十一月），其祖父阴智伯因"赃货巨万"下狱。天监十年，阴子春赴任朐山戍主，寻迁东莞太守。

天监十四年（515）

5岁。幼聪慧，能诵诗赋，日千言。其父阴子春其年约34岁，在南青州刺史任上，镇朐山。由后来荀济《赠阴梁州》、邓铿《和阴梁州〈杂怨〉》二诗可知，阴子春亦能诗。由阴子春与朝中棋艺高手到溉、朱异的交往可知，阴子春亦善棋。

梁武帝普通六年（525）

15岁。年长后广泛阅读经史子集。两年前，其父阴子春已任宣惠将军、西阳太守，积累了平蛮经验。数年后，又为明威将军、南秦州刺史。

梁武帝大同六年（540）

30岁。释褐湘东王法曹行参军，从八品，秩四百石。是年，33岁的萧绎转任江州刺史，因阴铿有诗名，且为阴子春之子，辟召其为王府法曹行参军。在湘东王府，与湘东王萧绎唱和，写有《和登百花亭怀荆楚》诗。尝与宾友宴饮，见行觞者，因回酒炙以授之，众坐皆笑。铿曰："吾侪终日酣饮，而执爵者不知其味，非人情也。"时父阴子春已任信威将军，梁、南秦二州刺史，都督梁、秦、华三州诸军事。

梁武帝太清元年（547）

36岁。秋，出任陈留郡故鄢县令，从七品，秩四百石。在任期间，勤政廉洁，亲吏爱民，颇有口碑。其父阴子春于太清二年讨峡中蛮，平之。随后征为右卫将军，迁侍中，官至三品。

梁简文帝大宝元年（550）

40岁。二月，邵陵王伦自寻阳至于夏口，郢州刺史南平王恪以州让纶。萧绎遣王僧辩以舟师一万逼纶，阴铿父阴子春随师征讨。萧纶败走武昌，至安陆董城，为西魏所攻，军败，死。九月，侯景将任约进寇西阳、武昌，其父阴子春与徐文盛率军东拒侯景于武昌，相持。萧绎遣护军将军尹悦、巴州刺史王珣、定州刺史杜多安帅众下武昌，助徐文盛。

秋，离任故鄢县令，写有《罢故鄢县》诗。是年冬，至建康，为乱军所执，幸得当年行觞者帮助，得脱。某日晚，由建康新亭乘船出发向江陵，沿途写有《晚出新亭》《晚泊五洲》《五洲夜发》诗。冬，至江陵。

梁简文帝大宝二年（551）

41岁。在江陵。三月，侯景率大军西上支援任约军。徐文盛因侯景归其妻石氏，不与战。闰四月丙午，侯景遣其将宋子仙、任约率数百人偷袭郢州，执刺史萧方诸并杀之。徐文盛军闻讯大乱，徐文盛、阴子春等奔归江陵，王珣、尹悦、杜多安并降贼。徐文盛下狱死，阴子春亦卒。嗣后，阴铿扶父柩还作唐，沿途作《登武昌岸望》《游巴陵空寺》诗。

梁元帝承圣元年（552）

42岁。在家乡作唐守制。时作唐大旱，当地举行祈雨仪式，邀阴铿参加。暴雨至。写有《闲居对雨》诗二首。

梁敬帝绍泰元年（555）

45岁。阴铿由作唐乘船出发，经青草湖、洞庭湖而入湘水，南下投广州刺史萧勃，写《渡青草湖》《南征闺怨》二诗。至始兴县，游始兴道馆，写《游始兴道馆》诗。至广州，投入萧勃府，任司马，为从六品下，秩千石。次年（梁敬帝萧方智绍泰元年）十月，萧绎加镇南将军号，遂称阴铿为镇南府司马。

梁敬帝太平二年（557）

47岁。二月，广州刺史萧勃举兵反。梁敬帝诏平西将军周文育、平南将军侯安都等率众军南讨。三月，德州刺史陈法武、前衡州刺史谭世远于始兴攻杀萧勃。萧勃死后，岭南扰乱，遂遣欧阳頠南征平乱。欧阳頠至，岭南悉平，遂进欧阳頠镇南将军、平越中郎将、广州刺史，都督广交越成定明新高合罗爱建德宜黄利安石双十九州诸军事。阴铿随萧勃府中僚佐徐伯阳等归入欧阳頠府中。十月，梁敬帝禅位于陈霸先，陈霸先改元永定元年。阴铿随之入陈。

陈文帝天嘉元年（560）

50岁。永定三年（559）六月，陈霸先病逝，其侄陈蒨继位，次年改元天嘉元年。永定三年八月，陈蒨封次子陈伯茂为始兴王，召阴铿为始兴王府中录事参军，为从六品上，秩仍千石。阴铿北上回建康，自始兴取道江西信丰入赣江，经丰城至豫章郡，过鄱阳湖入长江，顺流而下至建康。途中游丰城剑池，写《经丰城剑池》诗。

陈文帝天嘉初（560—562）

50～52岁。侯安都召为府中宾客，常与当时名士褚玠、马枢、张正见、徐伯阳、刘删、祖孙登等在侯府诗文唱和，第其高下，写《和侯司空登楼望乡》《侯司空宅咏妓》《赋得山中翠竹》等诗。天嘉三年闰二月，北齐使者崔瞻来聘，归国时，阴铿以始兴王府中录事参军身份陪

送崔瞻至江边,并写《广陵岸送北使》诗。六月,陈伯茂除镇东将军、开府仪同三司、东扬州刺史,赴任东扬州,阴铿未随行,写《奉送始兴王》诗。是年,送傅郎(傅縡)回湘州,写有《和傅郎岁暮还湘州》诗。

陈文帝天嘉五年至六年(564—565)

54~55岁。冬十一月,安乐宫新成,文帝诏群臣预筵赋诗。经徐陵推荐,阴铿预筵,帝命赋《新成安乐宫》,阴铿援笔便就,帝甚叹赏之。之后,迁招远将军、晋陵太守、员外散骑常侍。天嘉六年春,游无名古墓,写《行经古墓》诗;樊姓晋陵县令写《伤妾》亡诗,阴铿作《和樊晋陵伤妾》诗。寻病卒,终年56岁。

第二章 阴铿诗概说

第二章 阴铿诗概说

  阴铿所存 35 首诗（本书认为《赋得山中翠竹》为阴铿所作）均为后人裒辑所得，这些诗均阴铿 30 岁以后诗，以诗友之间唱和之作留存较多，独处时所作诗留存相对较少。阴铿 30 岁以前诗均不存（30 岁以前肯定写有诗），故无法一窥阴铿诗全貌。20 世纪末以来，研究阴铿诗者日见增多，述其诗风格均自杜甫"清省"之说生发，述其诗内容则多谓以山水诗为主，述其诗体格均一致肯定其在律诗格律定型之继往开来之功绩，这都是大致不错的。然研究中就诗论诗比较常见，而纵览其一生经历，知人论诗还显得不够，因此有进一步发掘之必要。

  阴铿先祖家世煊赫，东汉初达到巅峰，晋末犹为敦煌大族。自刘宋渡江以后，阴氏一门尽管仍坚持说自己家族乃武威世族，其祖、其父也曾全力打拼，可是由于少了皇族和世家大族的庇佑和提携，一遇风雨即很难自保。祖父阴智伯因难以说清的"赃货巨万"下狱后，阴氏这一支就一直在艰难图存。其父阴子春以武职释褐，一生南征北战，守北鄙，平南蛮，讨萧纶，战侯景，勇冠诸军，却因主帅的失误遭败，就此离开仕途，随即死去，留下终身遗憾。阴铿幼年发奋读书，五岁能诵诗赋，日千言之多。稍长，博涉史传，可谓满腹经纶。入仕后，其五言诗逐渐得到公认，尤其在侯安都府中"以诗笔第其高下"时脱颖而出，梁、陈时贵为文坛领袖的徐陵也十分欣赏他的五言诗，并推荐给陈文帝，终于得居一方大郡晋陵郡的太守职位，正可以大展宏图之际，却随即病死在任所，年仅五十多岁，实乃天不假年。

  论阴铿诗须得结合阴铿生平进行，作知人论诗之探。这就需要先对其人生经历做一全面探测。而阴铿的人生又还存有较多谜团，不解除这些谜团，不可能对阴铿诗有全面深入的发掘。阴铿所存史料有限，欲探讨阴铿的一生，只能在现有史料基础上探隐寻微，不放过哪怕一丁点痕迹，穷根究底，然后再对其诗文本进行深入发掘，必欲善而诠之，庶几可得真谛。

阴铿30岁释褐梁湘东王法曹行参军，数年后便出任故鄣县令。故鄣是一个贫苦的小县，稍有背景的人都不愿去的，但阴铿不得不去。在皇弟皇子府任职，一般都容易得到照顾，为什么阴铿却被安排到了这么一个穷县？个中缘由，当一因阴铿为低级士族，二则与阴铿之个性、人生追求不无关系。萧绎在江州、江陵，辟召文士众多，似阴铿在八品法曹行参军任上一待七年，然后外任一穷县县令，可说是绝无仅有，这在阴铿的《罢故鄣县》诗中已经有所流露。我们罗列一下能够查到的萧绎府中任职的文士情况，就可以看出其中端倪。

鲍泉：父机，湘东王谘议参军。（泉）少事元帝，早见擢任。及元帝承制，累迁至信州刺史。①

刘之遴、刘之亨兄弟：父虬，齐国子博士，谥文范先生。（之遴）十五举茂才对策。出为征西鄱阳王长史、南郡太守。后转为西中郎湘东王长史，太守如故。迁尚书右丞、荆州大中正。弟之亨，代兄之遴为西中郎湘东王长史、南郡太守。在郡有异绩，时号"大南郡""小南郡"。②

王褒：王规子。规仕至左民尚书，卒赠散骑常侍、光禄大夫。子褒，七岁能属文，外祖司空袁昂爱之，谓宾客曰：此儿当成吾宅相。弱冠，除秘书郎、太子舍人。大宝二年，世祖命征褒赴江陵，既至，以为忠武将军、南平内史，俄迁吏部尚书、侍中。③

---

① 姚思廉. 梁书：卷三十 [M]. 北京：中华书局，1973：448.
② 姚思廉. 梁书：卷四十 [M]. 北京：中华书局，1973：572-574.
③ 令狐德棻，等. 周书：卷四十一 [M]. 北京：中华书局，1974：729-730.

刘毂（jué）：自国子礼生射策高第，为宁海令。稍迁湘东王记室参军。历尚书左丞、御史中丞。承圣二年，迁吏部尚书、国子祭酒。①

宗懔：八世祖承，晋宜都郡守。（宗懔）普通中，为湘东王府兼记室，历临汝、建成、广晋等令，后又为世祖荆州别驾。及世祖即位，以为尚书郎，封信安县侯，邑一千户。累迁吏部郎中、五兵尚书、吏部尚书。②

萧介：祖思话，宋开府仪同三司、尚书仆射。父惠蒨，齐左民尚书。普通三年，乃以介为湘东王谘议参军。大通二年，除给事黄门侍郎。仕至光禄大夫。③

贺革：祖道力，仕宋为尚书三公郎、建康令。父贺瑒，齐高祖时拜步兵校尉，领五经博士。（贺革）起家晋安王国侍郎，兼太学博士，侍湘东王读。稍迁湘东王府行参军，转尚书仪曹郎。出为西中郎湘东王谘议参军，带江陵令。监南平郡。寻加贞威将军，兼平西长史、南郡太守。④

庾肩吾：兄庾于陵在梁官至鸿胪卿、荆州大中正。（庾肩吾）中大通三年除安西湘东王录事参军，俄以本官领荆州大中正。累迁中录事谘议参军、太子率更令、中庶子。⑤

王籍：祖远，宋光禄勋。父僧祐，齐骁骑将军。天监初，除安成王主簿。湘东王为荆州，引为安西府谘议参军，带作唐令。⑥

又南梁颜协、颜之推父子先后为萧绎湘东王国常侍，大同五年，颜协卒于任上，颜之推续任，加镇西墨曹参军。后为中府军府外兵参军，掌管记。萧绎即位后为散骑常侍，奏舍人事。⑦

---

① 姚思廉. 梁书：卷四十一 [M]. 北京：中华书局，1973：584.
② 同上.
③ 姚思廉. 梁书：卷四十一 [M]. 北京：中华书局，1973：587.
④ 姚思廉. 梁书：卷四十八 [M]. 北京：中华书局，1973：673.
⑤ 姚思廉. 梁书：卷四十九 [M]. 北京：中华书局，1973：690.
⑥ 姚思廉. 梁书：卷五十 [M]. 北京：中华书局，1973：713.
⑦ 姚思廉. 梁书：卷五十 [M]. 北京：中华书局，1973：727.

以上十二人，除刘毂外，父、祖均为高官，属于士族子弟。刘毂虽无父、祖情况，但是其"自国子礼生射策高第，为宁海令"。国子礼生，皇族祭祀时司礼者，均由士族子弟充任。可见刘毂也是士族子弟。这十二人均在湘东王府中任职，虽有先后，但后来多升至高位。尤其贺革同样为湘东王府法曹行参军，后为谘议参军，带江陵令，监南平郡，最后加贞威将军，兼平西长史、南郡太守。阴铿则七年不曾升迁。

《陈书·文学传》有江德藻，与阴铿同时，曾迁湘东王府外兵参军，品级与阴铿相当。后"寻除尚书比部郎"，转中书侍郎。入陈，累迁至秘书监、尚书左丞、御史中丞。祖柔之，齐尚书仓部郎中。父革，梁度支尚书、光禄大夫。[①]与他比起来，阴铿就困顿得多。

阴铿的低级士族身份对他的仕途产生了不利影响。阴铿又可能是不善逢迎之人，也许没有获得萧绎的欢心。所以在萧绎手下七年迄无升迁，这恐怕也是他守父丧期满后不再投萧绎的原因之一。阴铿一生在仕宦与退隐之间彷徨，为了养家，为了家族振兴，他必须入仕求得高位；然而他内心经常有归隐之念，这在他的诸多诗作中可以看出。因此，他的不随世俗俯仰就会与他所生活的官场格格不入。这应该是他升迁缓慢的重要原因。直到惺惺相惜的徐陵将他推荐给陈文帝，他才获得了晋陵太守的重要职位，然而他不久就病死在任上，他的才干还没来得及发挥，家族刚刚有振兴的希望，就这样终结了他坎壈跌宕的一生，只给后人留下了三十多首精美的五言诗。研究分析他的每一首诗，都要从他这样的生平入手，方可探微显幽，进入阴铿的内心深处。

---

① 姚思廉.陈书：卷三十四[M].北京：中华书局，1972：456.

第一节　孤独灵魂的长吁短叹

　　从阴铿的一些诗中可以看出，阴铿内心是十分孤独的。他三十岁才释褐，一生颠沛流离，受人驱使，五十多岁才得到一郡太守之职，赡养家庭、振兴家族依然任重而道远。他向往自由自在的生活，又不得不在波诡云谲、危机四伏的官场打拼，内心是十分孤苦的。他在《观钓》诗的末尾说："寄言濯缨者，沧浪终滞游"。"濯缨""沧浪"出自屈原的《渔父》：①"渔父莞尔而笑，鼓枻而去。乃歌曰：'沧浪之水清兮，可以濯吾缨；沧浪之水浊兮，可以濯吾足。'遂去，不复与言。"

　　观钓之时忽然想到渔父之"濯缨濯足"，向往渔父之悠游自在的生活，甚至愿意在沧浪之间滞游不归，这便是阴铿心灵孤独之所在。他在多首诗中均表达了这种出世之念。他在《赋咏得神仙》中频频赞美仙人"朝游云暂起，夕饵菊恒香。聊持履成燕，戏以石为羊"那种自由自在的生活；在《蜀道难》中长叹"蜀道难如此，功名讵可要？"在《游始兴道馆》中发出"徒教斧柯烂，会自不凌虚？"的感叹；在《咏鹤》中写出"依池屡独舞，对影或孤鸣"的句子；都显示出他希望出世，去过那种闲云野鹤、悠游自在的生活。但是为了家庭的生存、家族的振兴，他又不得不混迹于既争权夺利，又醉生梦死的官场，小心翼翼地掩饰着内心的愁绪和孤独，说些言不由衷的话，做些行不从心的事，以致今天还有人说他是帮闲文人。②他的孤独真是不为世人所知的！他喜欢游寺

---

① 朱熹.楚辞集注：卷第五[M].上海：上海古籍出版社，安徽教育出版社，2001：113-114.
② 顾农.从阴铿的几首诗推测他的生平[J].天津师大学报（社会科学版），1999,1：56.

庙，瞻道馆，吊古墓，不纯粹是凭吊古人、古迹，而是在这些地方可以得到心灵的暂憩，寻得心灵的契合。所以一座颓败的巴陵空寺可以引起他心灵的颤抖，灵魂的倾诉。《游巴陵空寺》写空空的寺庙里"绝磬""无扉""网交""轮断""香尽""画微"一系列零落破败景象后，以"风气动天衣"结束全诗，似乎有飒飒秋风吹彻寺庙，即使天衣也只能任其戏弄，透露出漂泊的苍凉和渴望的失落。那是深藏在阴铿内心深处的呼号。

阴铿《咏鹤》诗虽仅四句20字，而"独舞""孤鸣"占其二。后两句"乍动轩墀步，鹤转入琴声"，虽然有"步舞轩墀"的能力，但是却没有轩墀可踏，有的只是小池，隐含着才不得用的叹息。于是鹤只能顾影自怜，幸有琴声来相伴。奏琴者谁？当然只有独舞的知音了，这知音便是作者自己。其孤独之心，于此可见其深切。

与其同时，梁简文帝萧纲有《登板桥咏洲中独鹤》诗：①

远雾旦氛氲，单飞才可分。
孤惊宿屿浦，羁唤下江濆。
意惑东西水，心迷四面云。
谁知独辛苦，江上念离群。

虽然也写独鹤，却是以旁人的身份观其孤独，悯其单飞，念其辛苦，伤其离群，自己全然不在其中。还有吴均的《主人池前鹤》：②

---

① 逯钦立.先秦汉魏晋南北朝诗：梁诗卷二十二[M].北京：中华书局，1988：1960.
② 逯钦立.先秦汉魏晋南北朝诗：梁诗卷十[M].北京：中华书局，1988：1749.

> 本自乘轩者，为君阶下禽。
> 摧藏多好貌，清唳有奇音。
> 稻粱惠既重，华池遇亦深。
> 怀恩未忍去，非无江海心。

此诗咏鹤即咏自身。谓鹤"本自乘轩者，为君阶下禽。摧藏多好貌，清唳有奇音"，其中便有自况之意。吴均好撰史传，其文"清拔有古气"，在建安王萧伟府中掌文翰，补国侍郎，曾撰三皇五帝至齐之《通史》，注范晔《后汉书》，著《齐春秋》，才华为世人所称。此诗对主人萧伟还是比较满意的。因为君"稻粱惠既重，华池遇亦深"，给我的待遇隆重，对我的期许很深，所以未忍离去，并非不愿去江海巡游。与阴铿的《咏鹤》迥然有别。相比之下，更见阴铿的孤独。

阴铿又是努力用世的。他在《蜀道难》中歌颂不惧路途艰险遥远，而要做皇朝忠臣的西汉涿郡王尊。他愿意像王尊那样"灵关不惮遥"，不惧怕常年积雪的高高岷山，不惧怕屡烧屡建的阴栈，哪怕"轮摧九折路，骑阻七星桥"，他也要一往无前。然而他终究视功名为畏途，临了发出"功名讵可要？"的感叹。在《广陵岸送北使》中，他写下"定知能下泪，非但一杨朱"的句子，表达他对北齐、南陈两国是战是和的关注。他不是北齐皇甫亮那样的人。《北史·皇甫和传附皇甫亮传》："亮率性任真，不乐剧职[1]，除司徒东阁祭酒。思还乡里，启乞梁州褒中，即本郡也。""至邺，无复宦情，遂入白鹿山，恣泉石之赏，纵酒赋诗，超然自乐。""亮三日不上省，文宣亲诘其故。亮曰：'一日雨，一日醉，一日病酒。'"[2]

---

[1] 事务繁杂而地位重要的职务。《左传·襄公十六年》晋杜预注："祁奚去中军尉为公族大夫，去剧职就闲官。"
[2] 李百药. 北史：卷三十八 [M]. 北京：中华书局，1972：1394-1395.

像皇甫亮这样阴铿又做不到。他在贫穷的故鄣县当了三年县令，在当时那种战乱频仍、兵连祸结的动荡环境中，他不可能有很大的作为。他唯一可做的就是善待他的下属、他的子民，就像当年他与宾客饮宴时授行觞者酒肉那样；他驭政以宽，"被里恒容吏，正朝不系民"；他劝民农耕，但是在当时混乱动荡的情况下，又能起多大作用？所以他临行"惟当有一犊，留持赠后人"，如此而已。他任晋陵太守，本可以有更大作为，然而不到一年，他就病死在任所，他齐家平天下的愿景就这样终结在改朝换代的前夕。

阴铿就这样在用世与出世之间踯躅不定，表现在他的诗中，就是用世和出世并存，应景和独吟同在，华丽与清省共唱。

第二节　应景之作辞采华美，但无萎靡之音

阴铿35首诗中，侍宴、酬唱之作约占四成，如《新成安乐宫》《和登百花亭怀荆楚》《奉送始兴王》《和傅郎岁暮还湘州》《和樊晋陵伤妾》《和侯司空登楼望乡》《侯司空宅咏妓》《赋咏得神仙》《侍宴赋得夹池竹》《赋得山中翠竹》《西游咸阳中》等。如此大的比重，当因他的很多诗作佚失之故。这些应景之作，多少受南朝绮靡诗风之影响，语辞华美，不可皆以清省观。如他的两首侍宴诗《新成安乐宫》《侍宴赋得夹池竹》，词语华丽，形象华美。先以《新成安乐宫》为例：

> 新宫实壮哉，云里望楼台。
> 迢递翔鹍仰，联翩贺燕来。
> 重檐寒雾宿，丹井夏莲开。
> 砌石披新锦，梁花画早梅。
> 欲知安乐盛，歌管杂尘埃。

写新宫之壮，用"云里望楼台"便见其巍峨壮伟，余不多说；写新宫之华美，用"迢递翔鹍仰，联翩贺燕来"描其瑞庆之隆，用"重檐寒雾""丹井夏莲"写其色彩之杂，用"砌石新锦""梁花早梅"画其新作之艳，用"歌管杂尘埃"衬托宴乐之盛。虽语涉华美，然与宫体诗妍辞丽句又迥然有别。又如《侯司空宅咏妓》：

> 佳人遍绮席，妙曲动鹍弦。
> 楼似阳台上，池如洛水边。
> 莺啼歌扇后，花落舞衫前。
> 翠柳将斜日，俱照晚妆鲜。

即便是咏妓，阴铿也没有"楚王宫里，无不推其细腰；卫国佳人，俱言讶其纤手""东邻巧笑，来侍寝于更衣；西子微矉，得横陈于甲帐"之类的语汇，[①]仅以"佳人遍绮席"一句总揽。首联"佳人遍绮席，妙曲动鹍弦"用词雅丽，颔联"阳台""洛水"，词虽不丽而故事华丽。颈联尤为新丽："莺啼歌扇后，花落舞衫前。"此联影响到北宋晏几道，他写有《鹧鸪天·彩袖殷勤捧玉钟》，中有"舞低杨柳楼心月，歌尽桃花扇底风"，写歌舞之景何其相似乃尔。尾联"翠柳将斜日，俱照晚妆鲜"，色彩明丽，勾画出宴饮歌舞不尽不休的华美场面。这些诗是不能用"清省"来概括的。又如《赋咏得神仙》，也是一首诗友间相互酬唱的诗：

> 罗浮银是殿，瀛洲玉作堂。
> 朝游云暂起，夕饵菊恒香。
> 聊持履成燕，戏以石为羊。
> 洪崖与松子，乘羽就周王。

"罗浮""瀛洲"，皆神仙居留之地，且"银是殿""玉作堂"，词语华美。"朝游""夕饵"，互文见义，词语清丽，而形象丰美。"持履成燕""以石为羊"也是这样，可以用"清美"来形容。张正见的《神仙篇》中有这样的句子："已见玉女笑投壶，复睹仙童欣六博。""鸾歌凤舞集天台，金阙银宫相向开。""凤盖随云聊蔽日，霓裳杂雨复乘

[①] 徐陵. 玉台新咏序//玉台新咏[M]. 上海：上海古籍出版社，2007：1-2.

雷。"① 阴铿诗中除了"银是殿""玉作堂",再也看不到这样华丽的句子,这是阴铿诗与他同时代诗人的区别。

　　这些诗作都不是阴铿本人心中之念,不过聊作应酬而已,不可当作他诗作的主体看,因为毕竟他的大部分诗作都佚失了。天津南开大学刘国珺在《阴铿诗注》中说:"在腐靡文风笼罩诗坛的时代,他的诗中并没有淫靡之音、艳媚之态、色情之词,保持了风清骨健的品格",②是非常中肯的。他所存诗全部为五言律体诗,不见乐府,不见歌行,不见七言,亦不见时人唱和较多的诗题如《雉子斑》《刘生》《长相思》《梅花落》《中妇织流黄》等,可见佚失的诗占大部分。《陈书》本传载其有文集三卷,而《隋书》仅存一卷,已失其二。据清人考证,今存30余首诗只是阴铿诗集的残本。从阴铿的诗窥测他的人生和性格,不可忽略这一问题,否则就会局限在狭隘的范围内,甚至得出阴铿不过一帮闲文人而已的结论。

---

① 逯钦立.先秦汉魏晋南北朝诗:陈诗卷二[M].北京:中华书局,1988:2482.
② 刘畅,刘国珺.何逊集注阴铿集注:阴铿集注前言[M].天津:天津古籍出版社,1988:199.

阴铿其人其诗

第三节　山水清音是阴铿诗之精华

　　阴铿35首诗中,《渡青草湖》《渡岸桥》《开善寺》《游巴陵空寺》《游始兴道馆》《行经古墓》《闲居对雨》两首、《登武昌岸望》《晚出新亭》《晚泊五洲》《五洲夜发》《经丰城剑池》《广陵岸送北使》《江津送刘光禄不及》《和傅郎岁暮还湘州》《观钓》《赋得山中翠竹》等占阴铿诗的多半,都写山水景色或与山水相关,较多地抒发了阴铿的内心情感,最能体现阴铿诗的特色,今人已有较多阐述。在这些诗中,阴铿将他内心深处的情愫自觉或不自觉地倾诉于山水博大的胸怀中,自觉或不自觉地调动了他坎壈跌宕的人生经历和丰富渊博的文史积累,用词清新,造景清丽,写出了许多脍炙人口的诗句,营造了许多清丽精警的形象,端的山水清音。这些诗最能反映出他丰富的内心世界。先以他的《渡青草湖》诗为例。

洞庭春溜满,平湖锦帆张。
沅水桃花色,湘流杜若香。
穴去茅山近,江连巫峡长。
带天澄迥碧,映日动浮光。
行舟逗远树,度鸟息危樯。
滔滔不可测,一苇讵能航?

　　全诗6联,5联写景,1、2、4、5联尤为后人称道。一首诗有一句能让人记得就很不错了，而阴铿这首诗12句，有8句让人津津乐道，殊为难得。首联"洞庭春溜满，平湖锦帆张"，工整的对句一笔写尽了洞庭、青草二湖相连时无比浩渺的景象，小船鼓满了风帆，在一碧万顷的湖面上滑行，诗人的胸襟顿时无比阔大，也对此行南投萧勃充满了希冀。概写了洞庭、青草二湖汪洋恣肆的大景，诗人将诗笔伸向湖水的源头——湘、沅二水。湘资沅澧四水均注洞庭，其中湘、沅二水流径最长，只写二水以代四水。写沅水自然想起沅水流经的陶渊明心仪的桃花源，它带来了"芳草鲜美、落英缤纷"的桃花源里的秀色；写湘水自然想起屈原《九歌·湘君》中"采芳洲兮杜若，将以遗兮下女"的杜若，[①]它把湘江两岸香草的芬芳带入了洞庭。这一联顿时使浩渺的湖水活色生香，浸染了历史的厚重。第三联借两个古老的传说将视野拓展到远方。晋郭璞《山海经》于"湘水出舜葬东南陬，西环之，入洞庭下"注曰："洞庭，地穴也，在长沙巴陵。今吴县南太湖中有包山，山下有洞庭穴道，潜行水底，云无所不通，号为地脉。"[②]茅山在江苏省句容县东南，山有华阳洞。相传汉景帝时茅盈曾偕弟茅固、茅衷居此，故称为"三茅山"，省作"茅山"。包（苞）山并非茅山。这里可能是阴铿记忆错误，也可能是有意将包山说成茅山，以与他的成仙之说相联系。洞庭湖泄入长江，则与三峡相连，三峡又有巫山神女的故事。这一联在诗的结构上是一过渡，从阔大的景象向光影、色彩转换，笔触逐渐由大到小；在诗的情绪上则是由现实向神话的跳跃，衬托出诗人愉悦惬意的心境。"带天澄迥碧，映日动浮光"，写湖景天水一碧，光影斑斓，人置身其中，迷离倘恍，凸显出洞庭湖无穷的魅力。如果心情不佳是写不出这样的景象来的。接下来的一联落笔到行船和飞鸟，由大写转为细描。远远望去，行驶的船只似乎在撩逗远处

---

① 朱熹. 楚辞集注：卷第二离骚九歌 [M]. 上海：上海古籍出版社，安徽教育出版社，2001：35.
② 郭璞. 山海经校注 [M]. 袁珂校注. 成都：巴蜀书社，1992：385-386.

岸边的树梢,而飞越湖面的水鸟因为力怯不得不在船帆的桅杆上暂歇,侧面写出湖面的辽阔。于是逼出尾联:"滔滔不可测,一苇讵能航?""一苇讵能航"并非真不能航。若不能航,那阴铿乘船干什么?"滔滔"乃此句诗眼。《论语·微子》曰:"滔滔者天下皆是也,而谁以易之?"[①]即天下之滔滔汩汩其深不可测,谁能改变呢?"一苇"航之,力量渺小的个人要行走天下,实在有很大的风险。诗从开头的逸兴遄飞,对此行南下的充满希冀,到末尾借湖水的浩瀚莫测,比喻人生前途莫测,情绪转为低沉,发出了深沉的喟叹。由此可窥探阴铿内心深处。

再看在侯安都府与众诗友游览钟山开善寺写的《开善寺》:

鹫岭春光遍,王城野望通。
登临情不极,萧散趣无穷。
莺随入户树,花逐下山风。
栋里归云白,窗外落晖红。
古石何年卧,枯树几春空。
淹留惜未及,幽桂在芳丛。

在始兴王府中任中录事参军,又兼为侯安都府中宾客这段时间可能是阴铿一生中最为舒心的日子。此时阴铿已官至六品,秩千石,生活比较安定,其五言诗的创作得到了公认,表现在《开善寺》诗中的心情是比较愉悦的。这首诗也是他的佳作之一,多句为后世诗家盛评。首联"鹫岭春光遍,王城野望通",从钟山山顶上瞭望京城,视野开阔,山上山下一派大好春光,心情顿时开朗起来。鹫岭,山名。在古印度摩揭陀国王舍城之东北,山中多鹫鸟,故名。或云山形像鹫头而得名。如来曾在

---

① 孔丘.论语疏证:微子篇第十八[M].杨树达疏证.南昌:江西人民出版社,2007:311.

此讲《法华》等经，故佛教以为圣地。又简称"灵山"或"鹫峰"。古人诗文中每以鹫岭称有佛寺的山，此处即以鹫岭称钟山。颔联"登临情不极，萧散趣无穷"就是这种愉悦心情的流露。接下来两联是此诗最为精彩的句子。"莺随入户树，花逐下山风"，将春日的莺、花、树、风用"随""逐"二字生动地联系在一起，实为千古佳句。

  清陈祚明《采菽堂古诗选》评此二句曰："'莺随'二句，致在'入户''下山'。"①意思是此二句妙在"入户""下山"两词。其实"莺随""花逐"才是要点，写出了自然界自由自在的风神，这正是挣扎在宦途的阴铿所追求的。"栋里归云白，窗外落晖红"也为后人称道。陈祚明评曰："'栋里''窗外'，写意高迥。"②你看那白云居然飘进了屋宇，黄莺飞进了室内，人与自然是如此和谐。落花随着春风飘下山去，夕阳的余晖透过窗户投射在身前，一幅多么怡然自得的景象！这种细致入微的观察正是阴铿写景诗的一大特色。诗写至此尚未涉及寺庙，于是下一联转笔写寺庙。但是，阴铿既不写寺庙殿宇巍峨，也不写菩萨法相庄严，而将诗笔转向寺旁的古石和枯树。古石，开善寺东之山巅有一巨石，名定心石，下临峭壁。山巅之上，这石头从何而来？枯树，用高僧宝志生于古木事。《六朝事迹编类·蒋山太平兴国禅寺》引《高僧传·宝公实录》曰："公讳宝志，宋元嘉中现形于东阳郡古木鹰巢中。朱氏妇闻巢中儿啼，遂收育之。因以朱为姓，乃施宅为寺焉。"③这株保育了高僧宝志的枯树空立在这里已经多少个春秋？阴铿关注的不是寺庙的殿宇如何威严壮丽，不是菩萨的法相如何庄严慈祥，他关注的是高僧们平静幽寂的生活，因为这是他所向往的。尾联他就表达了这样的思想："淹

---

① 陈祚明.采菽堂古诗选：卷二十九[M].李金松点校.上海：上海古籍出版社，2008：953.
② 同上.
③ 张敦颐.六朝事迹编类：卷十一寺院门[M].张忱石点校.上海：上海古籍出版社，1995：111.

留惜未及，幽桂在芳丛。"他在这开善寺逗留的时间很长，从"窗外落晖红"可以看出待到了傍晚，久久不愿离去，还叹息未能寻到那心向往之的幽桂。幽桂在哪里呢？她在深山幽谷之中。末二联可以窥见阴铿内心的追求。而徐伯阳同时写的《游钟山开善寺》就没有这般心情。①

聊追邺城友，躐步出兰宫。
法侣殊人世，天花异俗中。
鸟声不测处，松吟未觉风。
此时超爱网，还复洗尘蒙。

徐伯阳认为"法侣殊人世，天花异俗中"，僧侣过的日子与人世的日子大不一样，而佛祖所散天花也不同于世俗的花朵。《大乘本生心地观经·序品》云："六欲诸天来供养，天花乱坠遍虚空。"又传说梁武帝时，云光法师讲经时感动上天，香花从空中纷纷落下。是"天花"即佛经要义也。此联诗人纯粹站在旁边说道，并未"入佛"，他也可能并不想"入佛"，不过借此机会一洗尘蒙罢了。至于诗中所营意象，与阴铿诗则有霄壤之别。

《江津送刘光禄不及》也是一首十分为人称道的佳作。

依然临送渚，长望倚河津。
鼓声随听绝，帆势与云邻。
泊处空余鸟，离亭已散人。
林寒正下叶，钓晚欲收纶。
如何相背远，江汉与城闉。

---

① 逯钦立.先秦汉魏晋南北朝诗：陈诗卷二[M].北京：中华书局，1988：2470.

古来送别之诗几乎无一例外的都是写送别之时，阴铿这首诗独独写送别不及，这大概也是前无古人后无来者吧，仅此就不同凡响。首句"依然临送渚"，"依然"不可作"依旧"解，而是"依依然"，留恋不舍的样子，也可以写作"依依临送渚"。江淹《别赋》："唯世间兮重别，谢主人兮依然。"即此意。"长望倚河津"，站在河边渡口长久地遥望着去帆。首联就点出了送人不及。颔联写开船的鼓声已经消失，行人所乘船只已经去得很远，远远望去，船帆与白云都连接在一起了。古时行船，开船时都要击鼓敬神，以祈祷一路平安。宋代江开《菩萨蛮·商妇怨》："春时江上帘纤雨，张帆打鼓开船去"可证。颈联"泊处空余鸟，离亭已散人。林寒正下叶，钓晚欲收纶。"船只停泊处只有几只水鸟在低飞，送行的亭子里已经没有了人影；飒飒秋风吹下纷纷落叶，时至傍晚，钓鱼人正在收起钓线；极写送人不及、凄迷苍凉的景象，以此写出送行者失望郁闷的心境。明陆时雍《古诗镜》卷二五评此数句说，"帆势与云邻"，势字当家，风格最老；"泊处空余鸟，离亭已散人"，趣韵天成；"钓晚欲收纶"，语极自在可爱。[①]最后，诗的尾联以埋怨的口吻出之：我的朋友，你为何要离我而去呢？从此你远在江汉，我枯守在京城！此诗最独特之处在于以景衬情，一个字都不写自己的失望和落寞，而失望落寞皆在每一处景物之中。在写足了空落的渡口景象后，才在尾联发出怨怼之声，从这里可以充分见出诗人与"刘光禄"深密的友情。

《经丰城剑池》是阴铿不可多得的一首"偶尔露峥嵘"的作品。

清池自湛澹，神剑久迁移。
无复连星气，空余似月池。
夹筱澄深渌，含风结细漪。
唯有莲花萼，还想匣中雌。

[①] 陆时雍.诗镜：古诗镜卷二十五[M].任文京，赵东岚点校.保定：河北大学出版社，2010：269.

阴铿其人其诗

江西丰城县，梁陈时属豫章郡，丰城县治所在今江西丰城市南。丰城县城有剑池。明《一统志》卷四十九"南昌府·山川"载：剑池"在丰城县西南三十一里，晋雷焕得龙泉太阿二剑处。阴铿诗：……池前有石函，长逾六尺，广半之，土瘗其半，俗呼曰石门。"①《晋书·张华传》载："华闻豫章人雷焕妙达纬象，乃要焕宿，屏人曰：'可共寻天文，知将来吉凶。'因登楼仰观。焕曰：'仆察之久矣，惟斗牛之间颇有异气。'华曰：'是何祥也？'焕曰：'宝剑之精上彻于天尔。'华曰：'君言得之。吾少时有相者言，吾年出六十，位登三事，当得宝剑配之。斯言岂效欤！'因问曰：'在何郡？'焕曰：'在豫章丰城。'华曰：'欲屈君为宰，密共寻之，可乎？'焕许之。华大喜，即补为丰城令。焕到县，掘狱屋基，入地四丈余，得一石函，光气非常，中有双剑，并刻题，一曰龙泉，一曰太阿。其夕，斗牛间气不复见焉。焕以南昌西山北岩下土以拭剑，光芒艳发。大盆盛水，置剑其上，视之者精芒炫目。遣使送一剑并土与华，留一自配。"②诗紧扣此一故事，落笔即写"清池自湛澹，神剑久迁移"。剑池水还是那么清澈透明，然而神剑早就不在了。"无复连星气，空余似月池"，再也没有剑气直冲牛斗，只剩下圆月形的剑池在这里任人凭吊。两联均慨叹神剑已去，杳无踪迹，只留下深沉的失落与叹息。"夹筱澄深渌，含风结细漪"一联作为过渡，围绕着剑池的翠竹倒映在池水之中，微风拂过，池面荡起微微涟漪，很美！然而，没有了神剑，这美景已经大打折扣。尾联"唯有莲花萼，还想匣中雌"，注者多囫囵言之，未得其要。张华，西晋名臣，幼时家贫，因才学过人而受到同乡名臣卢钦、刘放、阮籍等人的赏识。曹魏时历任太常博士、河南尹丞、佐著作郎、中书郎等职。西晋时拜黄门侍郎，封关内侯，得到晋武帝的重用。与大将杜预坚定支持武帝伐吴，于战时任度支尚书。吴

---

① 李贤，等.大明一统志：卷四十九[M].西安：三秦出版社，1990：786.
② 房玄龄，等.晋书：卷三十六[M].北京：中华书局，1974：1075.

国灭亡后，以功进封广武县侯。其后遭到排挤，出镇幽州，政绩卓然。之后返朝任太常，终武帝之世未得参与政事。晋惠帝继位后，累官至司空，封壮武郡公，皇后贾南风委以朝政。张华尽忠辅佐，使天下仍然保持相对安宁。永康元年（300），赵王司马伦发动政变，张华惨遭杀害，年六十九。[①]这样一位出身贫贱的名臣肯定是阴铿心目中的偶像。他游览剑池，绝不仅仅是因为两柄神剑，更因为这神剑与张华相关。《晋书·张华传》载："华诛，失剑所在。焕卒，子华为州从事，持剑行经延平津，剑忽于腰间跃出堕水，使人没水取之，不见剑，但见两龙各长数丈，蟠萦有文章，没者惧而返。"[②]龙泉、太阿两剑，一雄一雌，张华所佩为雄剑，张华说是干将，则雷焕所留剑为雌剑莫邪。"还想匣中雌"，"雌"非单指，乃雌雄二剑之谓，因押韵的关系只言雌。"莲花萼"为典，若只以花萼言之，则与诗无涉矣。"莲花萼"，又曰"莲萼"，人多用其兄弟相亲之义。"莲萼"又作"莲锷"，缀有莲花纹路的剑刃。详见本书第四章《经丰城剑池》诗注释与解读。于是"莲锷"被用作宝剑的代称。宋顾卞《虞美人》词："帐前草草军情变，月下旗旌乱。褪衣推枕惜离情。远风吹下楚歌声，正三更。　抚鞍欲上重相顾，艳态花无主。手中莲萼凛秋霜。九泉归路是仙乡，恨茫茫。"[③]阴铿这里的"莲花萼"当为"莲锷"，可能他不愿明露锋芒而用"萼"，不用"锷"，意谓莲锷之剑思念龙泉太阿。为什么思念？当思一同"平治天下去"耳。阴铿在这首诗中深藏不露的隐情，不明释此典，则漫于千古而人不知矣！

[①] 房玄龄，等．晋书：卷三十六 [M]．北京：中华书局，1974：1068-1077．
[②] 同上。
[③] 唐圭璋．全宋词：第四册 [M]．北京：中华书局，1965：3021．

-115-

第四节 "清省"是阴铿诗风的主体

杜甫《秋日夔府咏怀奉寄郑监李宾客一百韵》有句"阴何尚清省"。人谓"清省",清丽简省也。简省当作语约而义丰解,不可仅认为语言简省。语言清丽,语约而义丰,的确是阴铿诗的一大特点。这可以举出很多例子。

《和登百花亭怀荆楚》诗写于江州。江州,今江西九江市,水路距湖北荆州市有千余里,而李桃儿时在荆州。首句"江陵一柱观,浔阳千里潮",写景简约而清丽、辽远。"浔阳千里潮"既是实写,又是形容萧绎思念李桃儿的愁情如千里潮水,收到语约而义丰的效果。"风烟望似接,川路恨成遥",遥望荆州,风烟重重,关山遥隔,着一"恨"字,便有无限幽情隐含其中,恨风烟,恨川路,恨之深切无以复加。"落花轻未下,飞丝断易飘",落花、飞丝,表面看只是纯粹写景,实际上落花、飞丝均是脱离本体的无根之物,隐喻萧绎所钟情的李桃儿犹如断线的风筝飘落在千里之外的荆州,并非无关之景。清陈祚明《采菽堂古诗选》评此二句曰:"落花二句,诗情亦复游扬。"[①]意思是说此二句诗有言外之意,不可以纯粹景致观之。"藤长还依格,荷生不避桥",长藤还必须依附树枝才能得以伸展,暗喻李桃儿必须依附萧绎才能有幸福生活;莲荷的花叶蔓生冲破了一切阻挡。这些诗句都有多重言外之意。此时站在

---

① 陈祚明. 采菽堂古诗选:卷二十九 [M]. 李金松点校. 上海:上海古籍出版社,2008:951.

萧绎的角度，用一系列景喻写出萧绎对李桃儿的怀念和深情，词语清丽，言简义丰，洵为佳作。

《广陵岸送北使》诗除了首尾两联，中间五联有四联写江上景物，分别从江浪、水路，岸上的马、船上的向风乌，海上春云、天际晚帆，离舟零雨、别渚飞凫等写离情别意，对仗工整，景象明丽，句句有离情，字字有别意。"汀洲浪已息，邗江路不纡"，是祝福朋友一路顺风顺水；"亭嘶背枥马，樯转向风乌"，是渲染送行人的马和离去友人的船即将分离的愁绪；"海上春云杂，天际晚帆孤"，是想象友人船只离去的远景；"离舟对零雨，别渚望飞凫"，是表达对友人离去的伤感。"海上春云杂，天际晚帆孤"并且直接影响到李白，他的《送孟浩然之广陵》有句"孤帆远影碧空尽，唯见长江天际流"便从此联化出。此诗中多联为后人所称道。明陆时雍《古诗镜》评曰："'海上春云杂'，此最佳句。问春云何杂？此偶然兴致语，诗人感兴，不必定理定情。景逐意生，境由心造，所以指有异趣，物无成轨。若必然否，究归便是痴人说梦矣！春云激滟，易灭易生，故下一'杂'字。谢朓亦云：'处处春云生'"。①

《罢故鄣县》诗前三联写景，后三联写人。前三联秉承阴铿诗一贯的风格，语言清丽，景物形象生动；后三联则充分展现了阴铿驾驭事典的能力，用典故叙事，言约而义丰。

"秩满三秋暮"，点出离开故鄣的时令在晚秋；"舟虚一水滨"，景中有含义，"虚"字可两解：舟虚位以待；舟是空舟，并无长物，见出主人的廉洁。"漫漫遵归道，凄凄对别津"，上句写归途之漫长，下句写别离之伤感，"漫漫""凄凄"，"归道""别津"，对仗工整而贴切。"晨风下散叶，歧路起飞尘"，扣住秋天的时令特点渲染"凄凄"之情，"歧路飞尘"又有前途渺茫之慨。

后三联调用五个典故写自己的为官之道，既显示出亲民爱吏、廉洁

---

① 陆时雍. 古诗镜：卷二十五 [M] // 清四库全书集部：7.

自守的良吏形象,又展示了博通文史的才华。"长岑旧知远",用东汉崔骃不就长岑长之职的故事。《后汉书·崔骃传》载:"崔骃字亭伯,涿郡安平人也。……年十三能通《诗》《易》《春秋》,博学有伟才,尽通古今训诂百家之言,善属文。少游太学,与班固、傅毅同时齐名。"窦宪专权,召崔骃为掾。窦宪府掾属三十人皆为以前的刺史、三千石,只有崔骃是年少的处士。因崔骃多次劝谏窦宪,窦宪渐渐地疏远了他。后窦宪任命他为长岑长,(长岑县,西汉置,在辽东乐浪郡,今朝鲜黄海南道松禾或长渊)实际上是远放。崔骃认为这是疏远他,遂不赴任。①由此可以推断,阴铿任故鄣县令,是被萧绎远放僻县。崔骃可以不赴任,阴铿却不得不赴任。

"莱芜本自贫"用《后汉书》范冉故事。《后汉书·范冉传》:"恒帝时,以冉为莱芜长。遭母忧,不到官。……遭党人禁锢,遂推鹿车,载妻子,捃拾自资。或寓息客庐,或依宿树荫。如此十余年,乃结草庐而居焉。所止单陋,有时粮粒尽,穷居自若,言貌无改。闾里歌之曰:'甑中生尘范史云,釜中生鱼范莱芜。'"②由此可推测,由于故鄣是个贫穷的僻县,阴铿又廉洁自守,他的三年县令生活是非常清苦的,但他安贫乐道,仍为县事尽一己之力。

"被里恒容吏",《晋书·光逸传》:"光逸字孟祖,乐安人也。初为博昌小吏。县令使逸送客,冒寒举体冻湿,还。遇令不在,逸解衣炙之,入令被中卧。令还,大怒,将加严罚。逸曰:'家贫衣单,沾湿无可代。若不暂温,势必冻死。奈何惜一被而杀一人乎!君子仁爱,必不尔也。故寝而不疑。'令奇而释之。"③阴铿任故鄣县令不见得也有下属跑到他的被窝里取暖,不过以此典故说明他对下属很亲和,不可拘泥。"正朝不系民",用张华原释囚典。正朝,正月初一。《北史·张华原传》:华

---

① 范晔.后汉书:卷五十二[M].北京:中华书局,1973:1721-1722.
② 范晔.后汉书:卷八十一[M].北京:中华书局,1973:2689.
③ 房玄龄,等.晋书:卷四十九[M].北京:中华书局,1974:1384.

原"为兖州刺史。……州狱先有系囚千余人。华原科简轻重，随事决遣，至年暮，唯有重罪者数十人。华原各给假五日，曰：'期尽速还也。'囚等曰：'有君如是，何忍背之。'依期毕至。"①此处也不可拘泥。阴铿不见得一定有正月初一释囚的做法，但是由此可推断他为政是宽容的，对老百姓也是宽刑薄敛的。

"惟当有一犊，留持赠后人"，有人解为劝民农耕，不全面。此处用三国魏时苗典。《三国志·魏书·常林传》注引鱼豢《魏略》曰，东汉"时苗字德胄，钜鹿人也。……建安中，出为寿春令。……乘薄軬车，黄牸牛，布被囊。居官岁余，牛生一犊。及其去，留其犊，谓主簿曰：'令来时无此犊，犊是淮南所生有也。'群吏曰：'六畜不识父，自当随母。'不听。"②（軬，fàn，车篷。牸 zì，雌性牲畜）阴铿用此典，重在说明他离任不仅未取故郡一物，还尽其所能地留下了一些劝民农耕的政策和物资。这后三联重在说明自己三年任期还是有所作为的。清宋长白《柳亭诗话》评此诗曰："凄婉典雅。"③

南开大学古籍研究所刘国珺在《阴铿诗注》前言中总结阴铿诗的特点，概括为气韵清美，诗格健拔，语言隽丽，意境清新。从上引各诗看来是很准确的。

---

① 李延寿. 北史: 卷八十六 [M]. 北京: 中华书局, 1974: 2873.
② 陈寿. 三国志. 魏书: 卷二十三 [M]. 北京: 中华书局, 1974: 662.
③ 宋长白. 柳亭诗话: 卷三 // 四库全书存目丛书: 集部第421册 [M]. 济南: 齐鲁书社, 1997: 352.

第五节 用典宏富,超过同时代诗人

阴铿博学多才,诗中用典甚多,他人多有不及。其 35 首诗中,不用典的很少,只占 22.9%,平均每首诗用典 3.2 件,甚至有的诗句句用典,而且不同诗中重复用的典很少,从下表可窥见一斑。

表 2-1 阴铿诗用典统计表

诗 题	所用典故	用典数
新成安乐宫	贺燕 梁花	2
班婕妤怨	柏梁 长信 秋扇 合欢扇	4
蜀道难	王尊 灵关 阴栈 九折坂 七星桥	5
和登百花亭怀荆楚	阳台	1
广陵岸送北使	杨朱下泪	1
渡青草湖	沅水桃花 湘流杜若 茅山 巫峡 滔滔 一苇	6

续表

诗　题	所用典故	用典数
渡岸桥	牵牛	1
游始兴道馆	经乘鹤 被控鱼 斧柯烂	3
开善寺	鹫岭 古石 枯树	3
罢故郡县	长岑旧知 莱芜自贲 被里容吏 正朝不系民 一犊	5
闲居对雨其一	三径 一高士	2
闲居对雨其二	苹藻 聪明 触石 从星 纷纶学 持竿	6
行经古墓	表柱堪烛 碑书有金 悬剑	3
和樊晋陵伤妾	千金笑 返生香	2
登武昌岸望	巴水萦非字 楚山断类书	2
晚出新亭	九十方称半	1
赋咏得神仙	罗浮 瀛洲 朝游 夕饵 履成燕 石为羊 洪崖 赤松子 周王	9
游巴陵空寺	日宫 月殿 双树 七灯	4

续表

诗 题	所用典故	用典数
南征闺怨	湘水深 解佩 夜鹊	3
侯司空宅咏妓	阳台 洛水	2
经丰城剑池	清池神剑 莲花萼	2
西游咸阳中	咸阳游侠 城斗 桥星	3
观钓	濯缨	1
咏石	天汉支机 仙岭博棋 零陵燕 昆池鱼 衡山锦石 谷城兵书	6
侍宴赋得夹池竹	宜城酒 薛县冠 湘川别泪 衡岭仙坛 菟苑	5
咏鹤	轩墀步	1
赋得山中翠竹	云生龙未止 花落凤将移 嶰谷 伶伦	4
27 首	平均每首诗用典 3.2 件	87

阴铿诗用典可分为三种情况。一是酬唱之作用典多，这一方面是因为要在诗友间逞才斗胜，多用典显示才学渊博；一方面是有的诗题需要多用典故来铺陈，如《咏石》《赋咏得神仙》《侍宴赋得夹池竹》等。二

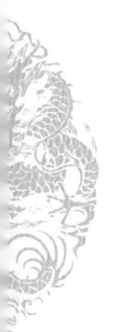

是用典以达到言简义丰的效果，如《渡青草湖》《罢故郡县》《蜀道难》《班婕妤怨》等皆是。三是为了隐藏真意，如《经丰城剑池》用莲花萼典。而在那些自吟自唱的诗中用典相对就少甚至不用，如《晚出新亭》《闲居对雨其一》《五洲夜发》等。

第六节 对仗工整,切于所述

对仗是我国古典诗词独有的美学形式。它与用韵、平仄交替、粘对共同构成了近体诗的格律要素,尤为唐以后诗人重视。诗经、楚辞中即有对仗,如"喓喓草虫,趯趯阜螽"(《诗经·草虫》)、"风雨凄凄,鸡鸣喈喈"(《诗经·风雨》)、"朝搴阰之木兰兮,夕揽洲之宿莽"(《离骚》)等。汉代诗歌中对仗渐多,如"长裾连理带,广袖合欢襦""头上蓝田玉,耳后大秦珠""男儿爱后妇,女子重前夫"(辛延年《羽林郎》),"秋时自零落,春月复芬芳"(宋子侯《董娇饶》),"高山峨峨,河水泱泱"(王嫱《怨旷思惟歌》)等。到晋代,陆机率先刻意追求诗歌的匀称华丽之美,在诗歌中大量使用对仗,其《赠弟士龙》全篇对仗,且十分工整:[①]

> 行矣怨路长,怒焉伤别促。
> 指途悲有余,临觞欢不足。
> 我若西流水,子为东峙岳。
> 慷慨逝言感,徘徊居情育。
> 安得携手俱,契阔成骓服。

东晋至刘宋时期,诗人谢灵运、谢朓、颜延之、张华等在诗中大量

---

① 逯钦立.先秦汉魏晋南北朝诗:晋诗卷五[M].北京:中华书局,1983:680.

运用对仗,使用双声、叠韵词,使用色彩、数字词,注意避免同字相对,基本形成了后来唐诗对仗的雏形。到了齐梁之际,周颙、沈约对四声的发明更促进了五言诗中对仗声律规则的发展,阴铿的诗就是在这种背景下精于声律、巧于炼字,形成了独特的艺术风格,不仅为唐诗在格律上,更在技巧上贡献了典型。他的对仗后人多有模仿。

阴铿35首诗共160联,除多数诗首联、尾联不对仗外,均为对仗联,对仗联占72.5%。列表如次:

表2-2 阴铿35首诗对仗情况

诗 题	联 数	对仗联数
新成安乐宫	5	3
班婕妤怨	5	4
蜀道难	4	3
和登百花亭怀荆楚	5	4
奉送始兴王	6	5
广陵岸送北使	7	6
江津送刘光禄不及	5	4
和傅郎岁暮还湘州	5	4
渡青草湖	6	5
渡岸桥	5	3

续表

诗　题	联　数	对仗联数
游始兴道馆	5	3
开善寺	6	5
罢故郫县	6	5
闲居对雨其一	5	4
闲居对雨其二	6	4
行经古墓	5	4
和樊晋陵伤妾	5	4
和侯司空登楼望乡	4	4
登武昌岸望	4	2
晚出新亭	4	2
晚泊五洲	4	3
赋咏得神仙	4	3
游巴陵空寺	4	3
秋闺怨	4	1
南征闺怨	4	2
侯司空宅咏妓	4	3
经丰城剑池	4	3
西游咸阳中	4	3
观钓	4	3
咏石	4	3

续表

诗 题	联 数	对仗联数
侍宴赋得夹池竹	4	2
雪里梅花	4	3
五洲夜发	3	3
咏鹤	2	1
赋得山中翠竹	4	2
合 计	160	116

统计徐陵、庾信、沈约、江淹、何逊、谢朓、庾肩吾、范云、萧纲等人的五言平韵诗，对仗句比例最高的是庾信（78.1%），其次是庾肩吾（76.3%），其余均低于阴铿，江淹只占45.8%。（见表2-3"阴铿、沈约等人五言平韵诗律句、对仗比较"）

阴铿诗中对仗格律严谨，对偶精工，属词精准，切于所述。如《班婕妤怨》，首联"柏梁新宠盛，长信昔恩倾"，以长信宫对柏梁台，不仅是宫殿名相对十分工整，而且长信，平仄；柏梁，仄平；声律也十分和谐。尤其是用西汉武帝刘彻抛弃皇后陈阿娇的故事，一为宠信时的柏梁台，一为失宠后的长信宫，一盛，一倾，构成鲜明对比，一落笔就先声夺人，实为高妙。接下来颔联"谁谓诗书巧，翻为歌舞轻"，将笔触转向班婕妤，上联言其诗文书翰水平高超。班婕妤，班固的祖姑，西汉女文学家，名字不详，工于诗赋。汉成帝刘骜时选入宫，初为少使，不久立为婕妤。后来成帝宠幸赵飞燕，班婕妤失宠，自请侍养皇太后于长信宫，后病逝。此联"谁谓""翻为"开后世律诗散文笔法，以"歌舞轻"对"诗书巧"，感叹班婕妤的诗书高超比不过赵飞燕的舞姿轻妙，颇有愤懑不平之意。而且此联还是流水对，即上下两句意思上是相联系的，不能割断。《广陵岸送北使》中"即是观涛处，仍为郊赠衢"，《闲居对雨其二》中"嘉禾方合颖,秀麦已分歧"也是流水对。颈联"花月分窗进,苔草共阶生"写班婕妤独居生活,只有花月陪伴,庭前石阶苔草蔓生,见出无人来访,衬托主人的孤寂。"分窗""共阶",一正一反,刘勰《文心雕龙》谓"反对为优"者。接下来一联仍写班婕妤独居生活:"接泪衫前满,单瞑梦里惊","接泪",接连不断的泪水;"单瞑"即独眠;二者画出孤苦的生活。"衫前""梦里",只在自家胸前脑海徘徊。一"满"一"惊",便是深宫独居的全部。

　　《蜀道难》中间二联"高岷长有雪,阴栈屡经烧。轮摧九折路,骑阻七星桥。"对仗均十分工整,尤其"七星桥"对"九折路",数字对仗更显其精巧。阴铿诗中数字对还有多处。《和登百花亭怀荆楚》首联"江陵一柱观,浔阳千里潮","浔阳""江陵",地名相对;"一柱观""千里潮",数量词相对;尤见其工巧。他如《罢故郸县》首联"秩满三秋暮,舟虚一水滨",《闲居对雨其一》首联"四溟飞旦雨,三径绝来游",《和樊晋陵伤妾》"忽以千金笑,长作九泉悲""户余双入燕,床有一空帷",《晚泊五洲》"遥怜一柱观,欲轻千里风",《游巴陵空寺》"网交双树叶,轮断七灯辉"等,数字在对仗中起到了画龙点睛的作用,更加突出了对仗的工整和精巧,有力地衬托了主题。这几处对仗,《罢故郸县》的"虚"对"满",《和樊晋陵伤妾》的"悲"对"笑",均为反对,均在诗中起到了强烈对比的作用,进一步突出了主题。

　　身为梁陈文坛盟主的徐陵,其五言诗的对仗就不如阴铿精工。试举几例。

　　《和简文帝赛汉高帝庙》诗:[①]

[①] 逯钦立.先秦汉魏晋南北朝诗:陈诗卷五[M].北京:中华书局,1983:2529.

> 山宫类牛首，汉寝若龙川。
> 玉碗无秋酎，金灯灭夜烟。
> 丹帷迎灵岳，绀席下群仙。
> 堂虚沛筑响，钗低戚舞妍。
> 何殊后庙里，子建作华篇。

奉和皇帝的诗当竭尽全力，奉献自己最好的才华。然而这首诗不过是词语的堆砌。全诗五联，前四联皆对仗。"玉碗""金灯"，"丹帷""绀席"，色彩鲜明，对仗工稳，"迎""下"用字也很精准。"堂虚沛筑响，钗低戚舞妍"，写祭祀活动上乐舞也很生动。然而通篇不见反对，更无数字对。徐陵现存 23 首五言诗，无一首用反对和数字对，更不用说流水对了。由此可见，在对仗上徐陵不如阴铿。徐陵很有名的一首五言诗《内园逐凉》：①

> 昔有北山北，今余东海东。
> 纳凉高树下，直坐落花中。
> 狭径长无迹，茅斋本自空。
> 提琴就竹筱，酌酒劝梧桐。

全诗均为对仗。首联"北山北""东海东"对得非常巧妙，历来为人称颂。而颔联的"纳凉""直坐"对仗就欠工整了。他的《秋日别庾正员》也很有名：②

---

① 逯钦立.先秦汉魏晋南北朝诗：陈诗卷五[M].北京：中华书局，1983：2533.
② 逯钦立.先秦汉魏晋南北朝诗：陈诗卷五[M].北京：中华书局，1983：2531.

> 征途愁转旆，连骑惨停镳。
> 朔气凌疏木，江风送上潮。
> 青雀离帆远，朱鸢别路遥。
> 唯有当秋月，夜夜上河桥。

前三联对仗，然而各联均为正对。"连骑"与"征途"相关，"愁""惨"意近，均为正对；"朔气""江风"，"青雀""朱鸢"，均为同类事物正对。"离""别"，"远""遥"，"朔气""江风"，"青雀""朱鸢"，四组词均为同义或近义，有合掌之嫌（诗文对偶中意义相同或相近的词句），也许那时的诗人还不大避忌合掌，而这在阴铿的诗里是看不到的。

阴铿五言诗的对仗是其格律之外应当充分重视的部分，其对仗的技巧超过了他的同辈诗人，为唐诗的对仗作出了示范。前人充分肯定了他在律诗格律定型方面的贡献，却忽略了他在对仗方面的努力，或者说没有对他在律诗对仗方面的探索进行认真的总结。

第七节　格律规整，奠定了唐诗格律的基本规则

这一点前人已有较为充分的论述，此处只将阴铿诗的格律与其同时几位著名诗人的诗作作一比较，以见其在律诗格律上的先建之功。

沈约精于声律，与周颙创"四声八病"之说。"四声"即平上去入四声，在诗的写作中应遵循"若前有浮声，则后须切响"的规则。浮声，浮而扬起，即平声；切响，切而下沉，即仄声；也就是说在诗句中须平声仄声交替出现，方可达到"一简之内，音韵尽殊；两句之中，轻重悉异"的音乐美效果。刘婕从逯钦立《先秦汉魏晋南北朝诗》中选取沈约五言平韵诗90首，共910句，其中合律的诗句767句，占84.3%。而阴铿的34首诗，312句，合律的诗句308句，占98.7%。[①]该文还比较了江淹、范云、谢朓、何逊、徐陵、庾信、庾肩吾、萧纲等人的平韵五言诗，诗句合律比例仍以阴铿最高。见表2-3：

表2-3　阴铿、沈约等人五言平韵诗律句、对仗比较

诗人（生活时期）	五言平韵诗			律句占诗句%	对仗句		对仗句占诗句%
	首	句	律句		联	句	

---

① 刘婕.阴铿诗格律与对仗研究[J].文学教育，2013，5：103.

续表

庾肩吾（梁 487—553）	81	802	776	96.8	306	612	76.3
庾信（梁、魏 513—581）	244	2622	2533	96.6	1024	2048	78.1
徐陵（梁、陈 507—583）	33	278	173	95.1	91	182	65.5
沈约（宋、齐、梁 441—513）	90	910	767	84.3	254	508	55.8
萧纲（梁 503—551）	202	1846	1713	92.8	622	1244	67.4
何逊（齐、梁 约466—518）	64	784	694	88.5	208	416	53.1
谢朓（齐 464—499）	71	752	632	84.0	232	464	61.7
范云（齐、梁 451—503）	30	216	164	75.9	66	132	61.1
江淹（宋、齐、梁 444—505）	66	951	585	61.5	231	462	45.8

注：转引自刘婕《阴铿诗格律与对仗研究》

阴铿35首诗中，完全符合唐律的，除了《新成安乐宫》外，还有《侍宴赋得夹池竹》《赋得山中翠竹》两首，这三首都是阴铿晚年的作品。就是说，他直到晚年才形成了律诗格律的自觉。其余32首诗，虽然合律的诗句很多，但是诗句之间的平仄关系还没有严格地按照律诗相对、相粘的要求贴合，试举几例说明：

南征闺怨

湘水旧言深，征客理难寻。独愁无处道，长悲不自禁。
平仄仄平平　平仄仄平平　仄平平仄仄　平平仄仄平

逢人憎解佩，从来懒听音。唯当有夜鹊，南飞似妾心。
平平平仄仄　平平仄仄平　平平仄仄仄　平平仄仄平

此诗各联的出句与对句均未按照平仄相反的要求形成相对（即同一位置上平仄相反）。如第一句（平）仄仄平平，对句应该是平平仄仄平，却写成了平仄仄平平；第三句（仄）平平仄仄，对句应该是（仄）仄仄平平，却写成了平平仄仄平；第五句平平平仄仄，对句应该是（仄）仄仄平平，却写成了平平仄仄平；若第六句为（仄）仄仄平平，则第七句应为（仄）仄平平仄，可是却是平平仄仄仄。（括号内字表示可平可仄）另外一个原因就是联与联之间失粘。所谓粘，就是上联的下句与下联的上句平仄格式应该相似，即为相粘，而不是相对。譬如上诗《南征闺怨》首联下句的平仄是仄仄仄平平，那么下联的上句就应该是仄仄平平仄，如此就是相粘。这首诗写于梁代阴铿南下投萧勃时，还是比较早期的作品。又如《闲居对雨其一》：

四溟飞旦雨，三径绝来游。震位雷声发，离宫电影浮。
仄平平仄仄　平仄仄平平　仄仄平平仄　平平仄仄平

山云遥似带，庭叶近成舟。茅檐下乱滴，石窦引环流。
平平平仄仄　平仄仄平平　平仄仄仄仄　仄仄仄平平

寄言一高士，如何麦不收。
仄平仄仄仄　平平仄仄平

此诗也作于梁代。全诗只有第三联和第四联失粘，即第四联若为仄仄平平仄，平平仄仄平，全诗就完全合律了。下面这首《侯司空宅咏妓》作于陈代，就比较接近唐律了。

佳人遍绮席，妙曲动鹍弦。楼似阳台上，池如洛水边。
平平仄仄仄　仄仄仄平平　仄仄平平仄　平平仄仄平

莺啼歌扇后，花落舞衫前。翠柳将斜日，俱照晚妆鲜。
平平平仄仄　平仄仄平平　仄仄平平仄　仄仄仄平平

前7句均符合五律格律，相对相粘亦无错误。根据律诗一联之上下两句平仄应该相对，尾联"翠柳将斜日，俱照晚妆鲜"，上句的平仄是仄仄平平仄，下句应该是平平仄仄平。但是"俱照晚妆鲜"却是仄仄仄平平，就失对了，否则便是一首完全合律的五律了。

阴铿诗也存在不足，最主要的是题材比较狭窄。因为他一生大多数时间都在诸王幕府，两次外任地方官时间均很短暂，任故鄣令仅三年，任晋陵太守可能不到一年，接触底层老百姓的生活很少，故诗中很难看到广阔的社会生活，多为文人间的应酬唱和或应帝王之命所作，品味不高。35首诗，除了山水，只在书卷文史中徘徊。那些逞才斗巧的作品，如《咏石》《赋咏得神仙》等，没有什么社会意义和现实意义。这是阴铿诗最大的缺陷。其次，他身历丧父之痛、侯景之乱，在社会背景下发生的这些重大事件，他的诗中却少有踪迹，除了诗作佚失，当亦与思想、情趣格调不高有关。其三，阴铿诗佳句妙辞虽多，而动人心魄者少，无怪乎明人梁潜在《跋阴何诗后》曰："夫诗之变，至二家词益绮丽，而格调之卑弱，亦极矣。"[①] 阴何诗虽不能称为绮丽，而诗气之弱，殆未过言。如唐诗之动人心魄、摇人心旌之感发力量者，鲜矣！另外，诗中用典有利有弊。好处前已论及，弊病就是容易导致晦涩难懂，尤其是僻典极难使人明白。当然，这其中也可能有阴铿有意为之，以便将自己的真实思想深藏起来，如前述《经丰城剑池》之莲花萼故事。

附：古人学、论阴铿诗

阴铿诗当时即为人所重。然隋唐以后主张复古的文人学士因鄙视南朝绮丽侈靡的文风，忽略了阴铿等人清丽省约的诗篇，一时挞伐之声甚嚣尘上，阴诗亦经蒙尘。而杜甫对阴铿、何逊的推重引起了后世对阴铿诗的注意。杜甫不止一次地称赞阴何诗。其《解闷十二首》之七曰："孰知二谢将能事，颇学阴何苦用心。"对晋末至南朝的诗给予了肯定，他在《秋日夔府咏怀奉寄郑监李宾客一百韵》中评价阴铿、何逊诗"阴何尚清省"，而非绮靡。他的《与李十二白同寻范十隐居》诗开头就说："李侯有佳句，往往似阴铿。"以见李白之学阴铿也。人谓李白不止学阴，且将阴铿诗句"柳色黄金嫩，梨花白雪香"一字不易录入诗中。元稹亦在其诗《酬孝甫见赠十首各酬本意次用旧韵》中写道："宋玉秋来续楚词，阴铿官漫足闲诗。"唐殷尧藩《酬雍秀才二首》其二曰："兴来聊赋咏，清婉逼阴何。"以"清婉"评阴何诗。唐澧州诗人李群玉也在诗中说："如君气力波澜地，留取阴何沈范名。"将阴铿、何逊与沈约、范云并举。唐人尊阴何，开后世学阴何、论阴何之先声。

唐人对阴诗的肯定影响及于后世，宋人诗中写阴何渐多，说明他们读阴何越来越多了。东坡诗曰："寒炉余几火？灰里拨阴何。"（或作

[①] 梁潜.泊庵集：卷一六.跋阴何诗后//杨晓斌.阴铿诗集.附录四[M].北京：中华书局，2019：158.以下评论阴诗之语均转引自杨晓斌《阴铿诗集》附录四，不再一一加注。

黄庭坚诗）严冬御寒之暇，细读阴何诗，探究其高妙之处。"灰里拨阴何"，以拨灰喻细细寻觅，后人多有踵武。宋邓深《次韵答周公美》："岁晚忘言除习气，寒灰试共拨阴何。"宋赵番《帖耆英》："急送饼芽并致炭，助君灰里拨阴何。"元陈樵《书房》："书在终难招李杜，灰寒无处觅阴何。"元初许月卿《次韵程愿二首》其二："晓径焰间追李杜，夜窗灰里拨阴何。"均以"阴何"与"李杜"对举。明祁顺《题黔阳宝山书院》："仰高久切吟边思，拨尽阴何几许灰。"明程敏政《限韵一首》："诗成却恐阴何笑，拨尽纷纷石鼎灰。"又《喜晴》："独拥寒炉成底事，定从灰里拨阴何。"清末陈曾寿《和王符武》："新诗能挽大风回，刻意阴何拨烬灰。"可谓"翕然尚之"。

王安石曾两颂阴何："拂尘书所见，因得拟阴何。""复道谏书尝满箧，不唯诗句似阴何。"黄庭坚称赞友人诗"文章落落映晁董，诗句往往妙阴何"，更谓"诗才清壮近阴何"，予阴何诗"清壮"的评价，可谓独一无二。秦观《过六合水亭怀裴博士次韵三首》其二："诵言成绝语，亶亶迫阴何。"亶亶，平坦貌。"亶亶迫阴何"，直追阴何。李之仪《次韵东坡梅花十绝》其一："长笛未须论旧恨，且留幽思待阴何。"杨万里《书王右丞诗后》："忽梦少陵谈句法，劝参庾信与阴何。"陈师道《赠魏衍三首》其二："崔蔡论文不足过，新诗平处到阴何。"平，平坦，不病，语平舒也。此处引申为诗舒徐平缓，谓新作诗舒徐平缓处与阴何诗相当。晁补之《次韵范翰林淳夫送秦主簿觏》："高词自班马，短句亦阴何。"意谓大篇得自班固、司马迁，短章与阴何相类。释惠洪《次韵资钦提举二首》其二："小楼新得句，清绝似阴何。"以"清绝"评阴何诗。谢薖《次韵季智伯寄茶报酒三解》其三："君如张籍学古淡，丽处往往凌阴何。"《梅花》其四："收拾余芳无处惜，只传佳句似阴何。"以诗与阴何相当而自傲。李复《再和叔弼暑饮》："别裁伪体亲风雅，若比阴铿岂敢膺？"表达了对阴何诗的景仰。

宋人对阴铿诗评价很高。黄伯思在《跋何水曹集后》说："阴铿风格流丽，与孝穆、子山相长雄，乃沈、宋近体之椎轮也。"不仅肯定了阴铿诗风格流丽，可与同时的徐陵、庾信相颉颃，而且指出其诗已经是沈佺期、宋之问近体诗之滥觞，明确了阴铿诗在近体诗史上的地位。杨万里《诚斋集》录《历官告辞·赠光禄大夫告辞》，是杨万里迁光禄大夫时皇上的敕书，其中提到杨万里的文学成就时说："文规尧姒，盖一百三十卷之多；诗到阴何，积四千二百首之富。"见出阴何诗不仅是诗人们个人的喜爱，并且是朝廷上下的公认。王楙《野客丛书·省中画壁》载："《集贤注记》云：'集贤院南壁画阴铿诗图，北壁画丛竹双鹤，四库当门画夫子坐于玄帐，左右诸弟子执经问道。'"[①]将阴铿诗与孔子授业图并置，足见阴铿当时在文人士子心目中的地位。这些都说明，宋人对阴铿诗已经十分重视，且非常推崇。

  元人对阴铿诗在格律上的成就已有明确认识，对阴何诗的成就多为肯定，然亦有承前人遗绪，谓阴何诗卑弱者。方回《〈文选〉颜鲍谢诗评》卷四评谢玄晖《和王主簿怨情》说："齐永明体自沈约立为声韵之说，诗渐以卑，而玄晖诗徇俗太甚，太工、太巧，阴、何、徐、庾继作，遂成唐人律诗。"虽论阴何诗渐卑，但不得不承认其在五言诗格律发展上的地位。陈绎曾《诗谱·律体》曰："沈约、吴均、何逊、王筠、任昉、阴铿、徐陵、薛道衡、江总，右诸家，律诗之源，而尤近古者，视唐律虽宽，而风度远矣。"马祖常《石田文集》卷二录辛良史《披沙集》诗："吟边变余发，萧飒是阴何。"以"萧飒"评论阴何诗，可谓独具只眼。然"萧飒"可能在何逊诗中更多一些。许有壬《金口驿和董仲达壁间韵》："一天风物苦阴何"，似对阴铿、何逊之人生寄予无限同情，阴何二人也的确一生困顿，二人诗中也多有表现。赵汸在其《郭子章〈望云集〉序》中说："汸游临川时，尝以此说质于雍郡虞公，且问所以为合作者。公曰，三百篇而后有汉魏六朝，朱子尝有取焉。然其为体不一，大抵世有治乱，人品风俗不同，极才情则淫伤而无节，尚辞藻则绮靡而失真，善学者慎之可也。余独爱阴、何、徐、庾氏作者，和而有庄，思而有止，华

[①] 王楙.全宋笔记：第六编.六.卷二十七[M].上海师范大学古籍整理研究所.郑州：大象出版社，2013：358.

不至靡，约不至陋，浅而不浮，深而能著，其音清以醇，其节舒以亮，有承平之遗风焉。"其中"和而有庄，思而有止，华不至靡，约不至陋，浅而不浮，深而能著，其音清以醇，其节舒以亮"，实乃的评。姜晋《新编阴何诗·叙》："阴铿、何逊，以诗并称，当时翕然尚之。后之说者，乃以为绮丽靡弱而不取。丽靡固有之，然遂不取，无乃甚乎！正所谓夺奚田之牛者也[①]。昔子美有云：李侯有佳句，往往似阴铿。又云：'东阁观梅动诗兴，还如何逊在扬州。'李侯，谓白也；东阁，指裴迪也。迪乃唐之才士，而白又甫所畏服者。乃或以其佳句似阴铿，或以其诗兴如逊，盖以其似之如之为美也。在唐之大家，如子美而犹景仰若此，况后世浅学而可轻议易视之哉！今之学诗者，所尚惟唐人。至唐人之所尚，反抵弃排黜之，以为不足法。吾于此惑焉。"姜晋批评了一味讽阴何诗绮丽靡弱者，认为丝毫不取，亦太过也。后世学诗宗唐，须知唐人推崇阴何，而后人以阴何不足法，实在令人糊涂。姜晋名气不大，此言不为后人重视，明清仍有视阴何诗为靡弱者。

　　明清人对阴铿诗的研究进一步深入，有认为阴铿不及何逊者。明陈谟《郭生诗序》"称诗之轨范者"无所乎陶、韦、李、杜、苏、柳、韩，讽爱阴何诗者只能为短章，"其于大篇，则缩手汗颜，不敢发一喙，甚而黄茅白苇中时插一葩，曰：'吾此体阴铿、何逊也。'嗟乎！诗道一至此靡耶！"讽刺阴何诸家只能为短章，不能为大篇。梁潜《泊庵集》卷一六《题跋·跋阴何诗后》曰："右阴常侍鑑（铿）、何水曹逊二家诗共若干首，予即录为一秩。又宋秘校黄君伯思所为水部跋尾一首，录附其后。观跋尾所称，二家诗初尚多。即今所录，十失其八九，所存者特零落之余，而世又少得其本，亦可惜也！夫诗之变，至二家词亦绮丽，而格调之卑弱，亦极矣。故选古者于此辄弃而不录，非无意也。虽然，唐之始音实权舆于此。故以李杜之豪，亦爱赏称慕之，不置其语，至往往有甚相似者，则又何可以其卑弱之极而遂少之耶？特其音调于古则已远

[①] 夺奚田之牛，奚，当作蹊。《左传·宣公十一年》："牵牛以蹊人之田，而夺之牛。牵牛以蹊者，信有罪矣。而夺之牛，罚已重矣。"谓罪轻罚重。蹊，名词动用，谓牵牛过田以取捷径也。

于唐，又未尽纯，此所以为二家之作也。近世盖有慕而效之者，因择其所作之似者，得若干首附其后，亦足以见作者之心也。"梁潜是基本同意阴何诗"体格卑弱"的，但认为二家诗仍有可取之处，李白、杜甫尚且爱赏称慕，何可少选或不选呢？颇有点抱不平之意，与前述姜晋的观点同。胡应麟《诗薮外编》中曰："阴何并称旧矣。何㧟写情愫，冲淡处往往颜、谢遗韵。阴铿惟解作丽语，当时以并仲言，后世以方太白，亦太过。然近体之合，实阴肇端。"胡应麟认为阴铿诗不如何逊，但承认近体之合是阴铿的开创之功。许学夷也这样认为："铿五言声尽入律，语尽绮靡。声调既卑于逊，而累语复多，以全集观自见。"阴铿集三卷隋已失其二，何得全集？以目前所存诗观之，未见"累语复多"。许氏所言亦稍偏颇。张溥称："子坚长于近体，《安乐宫》诗尤称，除八病，协五音，然风格远不逮仲言《铜雀妓》《宿南洲浦》诸诗，又不知何以比肩同声也。"亦认为阴诗不如何诗。贝琼《郑本初诗集序》曰："本初之诗，有曹、刘之气而不肆也，有阴、何之趣而不迫也。物之妙，浓秀千态，可谓工矣。"无名氏《竹林诗评》曰："阴铿之作，体用兼优，神采融彻，辞精意切，名之弗浮也。"给予阴铿诗很高评价。都穆《南濠诗话》曰："阴常侍、何水部以诗并称，时谓之阴何。……予观阴诗，佳句尤多。如《泛青草湖》云：'行舟逗远树，度鸟息危樯。'《晚泊五洲》云：'水随云度黑，山带日归红。'《广陵岸送北使》云：'海上春云杂，天际晚帆孤。'《巴陵空寺》云：'香尽簏犹馥，幡陈画渐微。'《雪里梅花》云：'从风还共落，照日不俱消。'《晚出新亭》云：'远戍惟闻鼓，寒山但见松。'皆风格流丽，不减于何，惜未有拈出之者。"对前人未能深入研究阴诗颇感遗憾。宋绪《元诗体要》卷八"阴何体"曰："梁阴铿子坚与何逊仲言以能诗齐名。其诗清深秾丽，号阴何体。今得四家之作，其词致婉约，音声合比，亦仿佛二贤之体裁。以句语较之，终不若本体之圆美云。"认为元诗尚未达到阴何诗之圆融清美程度。杨士奇在《跋·录阴何诗》中透露："余数录阴何诗，皆为学者持去。"可见明人对阴铿诗的爱好程度。

阴铿其人其诗

清人研究阴铿诗者特多。影响最大的当属陈祚明《采菽堂古诗选》中对阴铿诗的评价。该书卷二九"阴铿"下有小序："阴子坚诗，声调既亮，无齐、梁晦涩之习，而琢句抽丝，务极新隽。寻常景物亦必摇曳出之，务使穷态极妍，不肯直率。此种清思更能运以亮笔，一洗《玉台》之陋，顿开沈、宋之风。且觉比《玉台》则特妍，较沈、宋则尤媚。六朝不沦于晚唐者，全赖有此大雅君子振起而维挽之。宜乎太白仰钻，少陵推许，此功不小也。"给予阴铿诗有史以来的最高评价。其谓阴铿诗"琢句抽丝，务极新隽。寻常景物亦必摇曳出之，务使穷态极妍，不肯直率"，尤为的评，常为今人引用。又曰："阴子坚诗如春风披扇，时花弄色，好鸟斗声，娟秀鲜柔，一景百媚，无非和气之所布。娱目接耳，使人神情洋洋，不觉自乐。"称其诗景色鲜亮有如春风染色，音声悦耳有如莺燕婉转，几乎将阴诗置于极品。他批评那些认为阴诗绮丽卑弱者不知"时各有体，体各有妙"，即今人所谓一代有一代之文学之说，的确是超出前人之论。他肯定六朝诗有六朝诗的特点，不可一概排斥于风雅之外。尤其提出"梁、陈之诗不可不读。读梁、陈之诗，尤当识其正宗，则子坚集其称首也。"是为真知灼见。他说："后人评览古诗，不详时代，妄欲一切相绳。如读六朝体，漫曰：'此是五古。'遂欲以汉魏望之，此即不合。及见其渐类唐调，又欲以初盛律拟之，彼又不伦。因妄曰：'六朝无诗否？'亦曰：'六朝之诗，自成一体可尔？'概以为是卑靡者，未足与于风雅之列。不知时各有体，体各有妙。况六朝介于古近体之间，风格相承，神爽变换，中有至理。不尽心于此，则作律不由古诗而入，自多俚率凡近，乏于温厚之音。故梁、陈之诗不可不读。读梁、陈之诗，尤当识其正宗，则子坚集其称首也。更且无论前古后律，脱换所由，就此一体亦有妙境，乌容不详？今俊逸如子坚，高亮如子坚，诗至是可以止矣！"颇有叹为观止之意。

沈德潜在《古诗源》中说："诗至于陈专工琢句，古诗一线绝矣！少陵绝句云：颇学阴何苦用心。又赠太白云：李侯有佳句，往往似阴铿。此特赏其句，非取其格也。"认为阴铿诗格调不高，李杜推崇，不过赏其句佳尔。又在《说诗晬语》中说："萧梁之代，君臣赠答，亦工艳情，风格日卑矣。……陈之视梁，亦又降焉。子坚阴铿，孝穆徐陵，略具体裁，专求佳句，差强人意云尔。"对阴铿、徐陵诗评价并不很高。黄子云《野鸿诗的》则云："子坚承齐梁颓靡之习，而能独运匠心，扶持正始，浣花近体，以及咏物都从此脱化。"认为阴铿诗已脱齐梁之陋习，而上承魏晋正始之风，下开初唐近体之格，是比较公允的。李调元《雨村诗话》论各代之诗曰："诗之绮丽，盛于六朝。而就各代分之，亦有首屈一指之人。如梁(刘宋)则以鲍照明远为第一，其乐府如五丁开山，得未曾有，谢瞻辈所不及也。齐则以谢朓玄晖为第一，名句络绎，俱清俊秀逸，武帝、简文帝所不及也。梁则以江淹文通为第一，悲壮激昂，何逊犹足比肩，任昉辈瞠乎其后矣。陈则以阴铿为第一，琢句之工，开杜子美一派，徐陵、江总不及也。"虽六朝绮靡，而能于各代慧眼独具，识其精妙，难能可贵。

民国时期，郝立权（字昺衡）成《阴常侍诗注》一编，开后世注阴诗之端。段凌辰为其序曰："论诗宗唐，论之常也；因唐及宋，论之变也。宗汉魏，论之常也；因汉魏及晋宋，论之变也。其梁简文以下迄于唐初，论者率以为诗道之靡，动见呵斥，一若绝无足称者。然宫体托喻深婉，直至近兹未尝废绝。律诗至沈宋始备，通其邮者，实为梁陈用端。舍中端将焉附？源委弗属，沿泝靡从？故王湘绮甄录八代，独著齐后新体，不可谓非卓识也。"从文学史的角度给予南朝诗歌以应有的地位，实为卓识。又曰："昺衡先生既注谢朓、沈约、何逊诸家诗，复以余力为《阴常侍诗注》，发覆抉奇，无滞弗释。稿将杀青，嘱以数言为序。予惟太白、子美为唐世大家，李之佳句往往似阴。杜自称于二谢外，颇学阴之用心，其诗之美已可想见。况其集自隋时已弗完具，今所存者才三十余首。审其音辞，实居古、律之间。若任其湮放，不加董理，吾恐为诗史者于此际蜕变之迹，行将失其据依。是则子坚之诗，实有俟于显扬，而此书彰微烛隐之功为不可没矣。"笔者读段氏之言，遂有显扬阴诗之意也。

第三章 阴铿诗系年及其他有关问题

一、《和登百花亭怀荆楚》写作时间及本事

阴铿《和登百花亭怀荆楚》诗，是和梁湘东王萧绎《登百花亭怀荆楚》的，萧绎这首诗写于他在江州刺史任上。萧绎首任荆州刺史在普通七年（526），时年19岁（虚岁，下同）。大同五年（539），领石头戍军事，是年32岁。大同六年（540），出为江州刺史，时年33岁。太清元年（547），又出任荆州刺史，时年40岁。《梁书·元帝纪》相应的记载分别为："普通七年，出为使持节、都督荆湘郢益宁南梁六州诸军事、西中郎将、荆州刺史"；"大同……五年，入为安右将军、护军将军，领石头戍军事"；"大同……六年，出为使持节、都督江州诸军事、镇南将军、江州刺史"；"太清元年，徙为使持节、都督荆雍湘司郢宁梁南北秦九州诸军事、镇西将军、荆州刺史"。[1]萧绎成年后先出任荆州刺史，都督六州诸军事，荆州是重镇，可见萧绎地位很重要。接着又于大同五年领石头戍军事，石头即建康，石头戍在今南京清凉山，是保卫建康的重任。然而不到一年，萧绎就出为江州刺史，只都督江州一州的军事，地位明显下降。什么原因呢？

《南史·庐陵威王续》载："始元帝母阮修容得幸，由丁贵嫔之力，故元帝与简文相得，而与庐陵王少相狎，长相谤。元帝之临荆州，有

---

[1] 姚思廉. 梁书: 卷五 [M]. 北京: 中华书局, 1973: 113.

宫人李桃儿者，以才慧得进，及还，以李氏行。时行宫户禁重，续具状以闻。元帝泣对使诉于简文，简文和之得止（百衲本《南史》"得止"作"不得"）。元帝犹惧，送李氏还荆州，世所谓西归内人者。自是二王书问不通。及续薨，元帝时为江州，闻问，入阁而跃，屦为之破。"[1]庐陵王萧续死于太清元年正月。不久，萧绎接任荆州刺史。丁贵嫔，萧续之母。因为丁贵嫔的帮助，萧绎的母亲阮修容得宠于梁武帝萧衍，所以小时候萧绎、萧续两家关系很好，萧绎与萧纲关系也很好（相得），但与萧续关系尤为亲昵，然而长大后二人互相攻击，犹如寇仇。普通七年，萧绎初任荆州刺史，位重。普通七年至大同元年，萧续不过先后任雍州刺史、江州刺史，肯定心生嫉妒。大同五年，萧绎"入为安右将军、护军将军，领石头戍军事"，从荆州回建康，把他在荆州的宫人李桃儿私自带回京城，尚在京城领石头戍军事的萧续发现了，告诉了武帝萧衍。皇帝的儿子娶妻纳妃是要经过皇帝同意的。萧绎不仅私自纳妾，而且还带回了京城，是为忤逆。虽然萧绎请萧纲出面说了情，并未追究，但萧绎还是怕生事端，只好将李桃儿送回荆州，并写了一首诗《送西归内人》："秋气苍茫结孟津，复送巫山荐枕神。昔时慊慊愁应去，今日劳劳长别人"，显得非常不舍，事在大同五年秋。估计因为此事，加上萧续的活动，次年，萧绎就出为江州刺史，而萧续在前一年就出任荆州刺史了，两人刚好换了一个位置。在江州，萧绎思念李桃儿，不仅因为两人情意绵长，更因为对李桃儿处在萧续治下的担心和忧虑。萧绎的《登百花亭怀荆楚》诗[2]写道：

极目才千里，何由望楚津。

---

[1] 李延寿.南史.卷五十三 [M].北京：中华书局，1975：1321-1322.
[2] 逯钦立.先秦汉魏晋南北朝诗：梁诗卷二十五 [M].北京：中华书局，1983：2048-2049.

落花洒行路，垂杨拂砌尘。
柳絮飘春雪，荷珠漾水银。
试酌新清酒，遥劝阳台人。

"阳台人"用楚襄王巫山之典。宋玉《高唐赋》写巫山神女对楚襄王说："妾在巫山之阳，高丘之阻，旦为朝云，暮为行雨。朝朝暮暮，阳台之下。""阳台人"即指李桃儿。阴铿《和登百花亭怀荆楚》诗当在萧绎任江州刺史之时。不仅因为前述之时间节点，也因为百花亭在江州。《方舆胜览》卷二二"江州·亭轩"："百花亭，在都统司，梁刺史邵陵王伦建。"①萧绎写此诗应该在他赴任江州不久，因为新别，怀念之情尚深。时日一久，作为王侯的萧绎身边不会缺乏美人，兴许就逐渐淡忘了。所以，将萧绎写《登百花亭怀荆楚》系于初到江陵时是合情合理的。那么，阴铿的诗也就写于同时，即大同六年（540）。《文苑英华》将阴铿这首诗的诗题加了"追"字，意谓后来所和。中华书局1986年影印《永乐大典》第三册卷六六九七"十八阳·碑碣"载（2691页）："梁百花亭诗。大同三年梁元帝作，朱超道和，阴铿追和。熙宁（宋神宗年号）初，黄庭坚再书。"恐为后人添加"追"字所本。该卷2709页又载："宝觉广福院，在都统司左，本梁百花亭旧址，唐初置寿圣院。大和二年有梁元帝、朱超道、阴铿三诗。崇宁（宋徽宗年号）初黄庭坚书刻石。"大和，南梁无此年号，为唐文宗李昂年号（一作太和）。可能是说唐大和二年仍有梁元帝、朱超道、阴铿三首百花亭诗的碑刻在。大同三年，萧绎尚在荆州，李桃儿尚在他的身旁，而且他也不可能跑到江州去登百花亭。所以可肯定《永乐大典》记载"大同三年"有误。又，黄庭坚两次

---

① 祝穆，祝洙．方舆胜览：卷二二[M]．施和金点校．北京：中华书局，2003：394．

书碑，熙宁在前，崇宁在后，"熙宁初，黄庭坚再书"就错了，应该是崇宁初黄庭坚再书。由此可见，至少这一段文字的撰写人于时间概念是有点糊涂，或者粗枝大叶的，因此不足为信。

二、《罢故郫县》作于大宝元年（550）秋

阴铿随萧绎在江州七年。太清元年（547），萧绎复为荆州刺史，阴铿未随至荆州，而是得了朝廷任命，去故郫县任县令。从《罢故郫县》首句"秩满三秋暮"看，他赴任故郫县令也在秋天。以此推定他离任故郫县令在大宝元年秋，诗即写于此时。前有推定，不赘。

三、《晚出新亭》《晚泊五洲》《五洲夜发》写于西赴江陵途中

阴铿自故郫回京，侯景叛军已占据台城，简文帝萧纲被侯景控制，京城一片混乱。阴铿一入京城即为乱军所拘，幸亏当年宴饮时阴铿回酒炙者也在乱军中，经他帮助，阴铿得脱，遂连夜乘船自新亭渡口出发，西上赶赴江陵。船离岸后写《晚出新亭》。后至今湖北省浠水县西之江中五洲，趁夜色停泊江中五洲，写《晚泊五洲》。次日日落后，在月色中起锚向江陵进发，写《五洲夜发》诗。这段时间应在大宝元年冬。

四、《登武昌岸望》《游巴陵空寺》作于奉父柩回作唐途中

大宝二年三月，徐文盛、阴子春败于侯景，逃归江陵，不久徐文盛即死于狱中，阴子春不久亦死去。应该是在这一年秋或冬，正在江陵的阴铿奉父柩回归家乡作唐。因为徐文盛、阴子春兵败逃归江陵在这一年的闰四月，阴子春卒于江陵，很可能已是秋天。而且夏天天气炎热，不适合灵柩长途运输。只有深秋或冬季才适宜。阴铿自江陵（荆州）以船

载父亲灵柩顺流而下，至武昌（今湖北鄂州）停船登岸，站在江边上瞭望武昌城，作《登武昌岸望》诗。随后，继续顺流而下，至巴陵进入洞庭湖，在巴陵停靠时，登岸就近游览了一座废弃的空寺，写《游巴陵空寺》诗。两诗情绪都非常低沉，既有时局的因素，也因为父亲新死，且是兵败而死，对于家庭无疑是沉重的打击。这样情绪低沉的诗，不大可能是写于自岭南返回建康，将去始兴王府任中录事参军之时。赵以武先生认为，《游巴陵空寺》是经丰城再折回巴陵所写，这不大合情理。阴铿受命返回建康去始兴王府中任职，因为是朝廷召唤，需尽快到职，又有个人急切地回京任职的心情所驱使，不会无缘无故特地去巴陵一趟。因为由赣水过鄱阳湖入长江之后，再溯流而上，然后返回，船行至少要耽搁七八天。并且心情也大不相同，写的诗不会是那么情绪低沉的。

五、《闲居对雨》二首于守父丧期间作于家乡作唐

阴铿一生赋闲时间最长的是大宝二年父亲死后回乡守制期间，这段时间将近三年。另外就是侯景乱中逃归江陵后有一年多时间可能无任职，也是比较空闲的时候。查光绪《荆州府志》，自汉至陈，江陵多水灾，仅梁武帝天监十五年有一次旱灾。萧绎在江陵多年，未见有旱灾记录。而这两首诗之二透露曾有祈雨之事，当地当有大旱，所以最可能是在作唐守制期间，时在承圣元年至三年间。

六、《观钓》可能作于作唐守制时

《观钓》所写情景与清安乡知县张绰所写安乡八景中"兰浦渔舟"之景尤为契合。康熙二十六年王基巩修《安乡县志》卷二载："兰浦：旧志云：其地多兰，故名。罟舟钓艇多聚其中，渔歌互答，此乐何极，亦

佳景也。入景。"①明代安乡曾三修县志，均佚。明隆安《岳州府志》卷十二载，安乡有"兰陂，县北六十里，长百六十丈，阔三百二十丈，溉田六百亩。""县北六十里"，即在今安乡县安全乡境内，约当南平郡故城附近。当是后人所称兰浦。明弘治《湖广岳州府志·安乡县》载兰陂堰，撰者疑为今津市境内兰江，误，因其地距安乡县城已远超六十里。清安乡知县张绰诗《兰浦渔舟》曰："兰浦风和日，渔舟集水湄。垂纶芦荻畔，撒网夕阳时。酣酒宁辞醉，狂歌不择词。人生行乐处，若辈亦堪师。"与阴铿的《观钓》诗何其相似！故暂将此诗系于阴铿作唐守制时。

七、《渡青草湖》《南征闺怨》作于南投萧勃途中

在前面阴铿生平考述中已经述及阴铿在作唐守制三年后南下投萧勃，动身之时在梁敬帝绍泰元年春。作唐即今湖南安乡县。笔者自小在安乡长大，幼年时，安乡陆路交通很不发达，出行他乡主要靠乘船，古时应该更是如此。据北魏郦道元《水经注》，南北朝时湘水自南北流，先于清水口左会资水，所谓益阳江，即经过益阳县的江水；然后于横房口，沅水左注之，其来自临沅，即今常德市；然后澧水左注之。凡此四水，同注洞庭，北会大江。其中澧水下游经过作唐县南，涔水左来（即北来），于澹口会于澧水。《水经注》记述湘水自汨罗口西北经磊石山西，而北对青草湖。②换句话说，湘水入洞庭之前，身后即是青草湖。因青草、洞庭二湖，水落则分为二，水涨则合为一。阴铿去岭南，必定先乘船自作唐南入澧水，然后经过青草湖，转入湘水向南。阴铿《渡青草

---

① 王基巩.康熙安乡县志：卷二[M].梁颂成，何忠东校注.北京：大众文艺出版社，2008：21.
② 郦道元.水经注疏：卷三十八[M].杨守敬，等疏，段熙仲点校，陈桥驿复校.南京：江苏古籍出版社，1989：3156.

湖》诗中首句即说："洞庭春溜满"，即他出发时正值春水大涨之时，青草、洞庭二湖合二为一，船行可以很顺利地由青草湖经洞庭湖转入湘水。江南春水盛时多在三月，此诗可以系于绍泰元年三月。若阴铿家乡在江安，即今湖北公安县城西，则应顺长江下岳阳直入洞庭，不会经由青草湖入洞庭，此可侧证当时南平郡治在作唐而非江安。《南征闺怨》诗当写于此后，即出洞庭、青草二湖，进入湘水以后，最可能是在船近临湘（今长沙市）之时。船在湘水中溯流而上，船速较慢，加之天气的影响，当在离开洞庭、青草至少半月以后。此时离开家乡妻小时间已经较长，且沿途孤寂无依，自然会思念亲人，于是以思妇的口吻写下这首诗。

八、《游始兴道馆》作于南下广州途经始兴时，约在绍泰元年年中

始兴道馆在始兴县，县属广州始兴郡，今属韶关市，在韶关市东。三国吴黄武五年（226），分交州置广州，治所在广信县（今广西梧州市），不久废。吴永安七年（264）复置，治所在番禺县（今广州市东南番禺区）。《南齐书·州郡志》："广州，镇南海。"南海郡治番禺，广州刺史部治所亦在番禺。阴铿去广州，乘船自湘水而上，湘水在发源地始安县阳海山与漓水会。《水经注》云："漓水与湘水，出一山而分源也。"二水均出阳海山，一北流，一南流。"漓水南与泒水合"，"漓水又南迳始兴县东"。[①]知阴铿乘船经湘水入漓水需经过始兴县。始兴县是始兴郡治所，始兴郡为大郡。阴铿于是停船上岸游览始兴，其中就游览了始兴道馆。阴铿乘船自湘水逆流而上，船行较慢，加上沿途可能游览山水名胜，会耽误一些时间，估计需两三个月才能过岭入漓水，然后顺流而下，船速

[①] 郦道元. 水经注疏：卷三十八 [M]. 杨守敬，等疏，段熙仲点校，陈桥驿复校. 南京：江苏古籍出版社，1989：3120-3121，3165.

就较快了。抵达始兴可能在夏末六月或初秋七月，诗即作于此时。然后很快到达广州治所番禺，投入萧勃府中。

九、《经丰城剑池》于陈武帝永定三年冬作于返回建康途中

梁敬帝太平二年（557）三月，萧勃死，阴铿遂入欧阳頠府中，仍为镇南将军府司马，在广州。永定三年（559）八月，继位后的陈蒨封次子陈伯茂为始兴王，可能随即诏阴铿回京任始兴王府中录事参军。何德章《六朝建康的水陆交通——读〈宋书州郡志〉札记之二》曰："六朝从建康至交、广，所取道路主要还是溯江经赣江、湘江以达。""广州与建康间，通过始兴（韶关）以远一段岭路，联络赣江与珠江支流形成水道，应是广州'去京都水五千二百'的依据。"[①]"始兴（韶关）以远一段岭路"实际上不必走，因为自广州珠江水系可至始兴，始兴有浈水（又称始兴水）与赣江上游通。阴铿于是从广州番禺动身，经始兴县入浈水，然后转入南康郡南康县（今江西信丰县）入赣水，顺流而下至丰城县。因为那里有著名的剑池，因舍舟登岸，游览剑池，写下《经丰城剑池》诗。考虑诏书的发出、阴铿动身的耽搁、沿途游览流连所需时间，非两三月不可抵达丰城，因此此诗写作时间至少是永定三年冬，或在十一月。

十、《和傅郎岁暮还湘州》写作时间及地点

据诗题，当有傅姓青年男子写的《岁暮还湘州》诗。赵以武先生肯定"傅郎"即傅縡。《陈书》有《傅縡传》。傅縡字宜事，北地灵州人。"梁

---

① 姚德章.六朝建康的水陆交通——读《宋书·州郡志》札记之二[J].魏晋南北朝隋唐史料.2002：68-69.

太清末,携母南奔避难,俄丁母忧,在兵乱之中,居丧尽礼,哀毁骨立,士友以此称之。后依湘州刺史萧循。循颇好士,广集坟籍,縡矢志寻阅,因博通群书。王琳闻其名,引为府记室。琳败,随琳将孙瑒还都。时世祖使颜晃赐瑒杂物,瑒托縡启谢,词理优洽,文无加点,晃还言之世祖,寻召为撰史学士。除司空府记室参军,迁骠骑安成王中记室,撰史如故。""后主即位,迁秘书监、右卫将军,兼中书通事舍人,掌诏诰。""縡为文典丽,性又敏速,虽军国大事,下笔辄成,未尝起草,沉思者亦无以加焉,甚为后主所重。然性木强,不持检操,负才使气,陵侮人物,朝士多衔之。会施文庆、沈客卿以便佞亲幸,专制横轴,而縡益疏。文庆等因共谮縡受高丽使金,后主收縡下狱。"傅縡下狱后,陈后主有心宽宥,"遣使谓縡曰:'我欲赦卿,卿能改过不?'縡对曰:'臣心如面,臣面可改,则臣心可改。'""遂赐死狱中,时年五十五。"①据《陈书·后主纪》,至德三年(585)十二月"癸卯,高丽国遣使献方物",②则傅縡被诬事在至德三年十二月癸卯以后。查林道心《中国古代万年历》(河北人民出版社 2003),至德三年十二月癸卯为公元 586 年 1 月 16 日,则傅縡狱中赐死当在更后,因此其死期在公元 586 年。以此倒推,傅縡生于中大通三年(531),比阴铿小 21 岁,阴铿是可以称其为郎的。

根据《傅縡传》,"梁太清末,携母南奔避难,俄丁母忧"。梁太清末,傅縡携母南奔避难,随后依湘州刺史萧循,遂家于湘州。太清只有三年,太清末当在太清三年(549)。据《梁书·元帝纪》:"承圣元年冬十一月丙子,世祖即皇帝位于江陵。丁丑,以平北将军、开府仪同三司萧循为骠骑将军、湘州刺史,余如故。"③则萧循在萧绎即位的承圣元年冬十一月才为湘州刺史。④则傅縡南奔在前,依于萧循在后。太

---

① 姚思廉.陈书:卷三十[M].北京:中华书局,1972:400-406.
② 姚思廉.陈书:卷六[M].北京:中华书局,1972:112.
③ 姚思廉.梁书:卷五[M].北京:中华书局,1973:131.
④ 李延寿.南史:卷五十二[M].北京:中华书局,1975:1300.

清末，傅縡南奔。其母去世当在承圣元年。傅縡须守制三年（古时以九个月为守制一年），方可再任萧循府新职，就到了承圣三年（554）了。萧循任湘州刺史后，绍泰元年（555），敬帝即位后遥授其为太尉，迁太保，说明萧循仍在湘州。不久，萧循因发背呕血而薨。（发背即背疽，今称背痈，西医称蜂窝组织炎）傅縡依萧循就在这段时间，即大宝元年（550）至绍泰元年或二年（556—557）。

王琳败后，傅縡才从湘州入京。王琳入陈后有三败。第一次在陈霸先嗣位后不久，与傅縡无关。[①]因为上引《傅縡传》"琳败，随琳将孙瑒还都。时世祖使颜晃赐瑒杂物，瑒托縡启谢，……"云云，已在世祖即陈文帝陈蒨时。王琳二败在天嘉元年二月，侯瑱大败王琳于芜湖。[②]王琳三败在陈宣帝太建五年冬十月，吴明彻克寿阳城，斩王琳，[③]也与傅縡此行无关了。则傅縡入京在天嘉元年二月后，方得与阴铿相识，此时，阴铿已50余岁，傅縡为晚辈。傅縡回京，家小尚在湘州，思念甚切，故回湘州探亲，写下《岁暮还湘州》诗。阴铿送行，遂写《和傅郎岁暮还湘州》。诗题中阴铿不称傅縡职位而径称郎，说明此时二人关系已很密切，应该相处已久。傅縡到建康后不会马上回湘州，因此当不在天嘉元年，而应该在傅縡回建康较长时间后，约在天嘉二年、三年。傅縡和阴铿的诗均写于建康。傅縡临行写《岁暮还湘州》诗，前去送行的阴铿当即和作《和傅郎岁暮还湘州》。

十一、《江津送刘光禄不及》之刘光禄辨

阴铿《江津送刘光禄不及》诗，有人认为诗题中刘光禄为刘孺。赵义武先生驳斥了这种观点，认为据《梁书·刘孺传》，刘孺任湘东王府

[①] 李延寿.南史：卷六十四[M].北京：中华书局，1975：1562.
[②] 姚思廉.陈书：卷三[M].北京：中华书局，1972：48.
[③] 姚思廉.陈书：卷五[M].北京：中华书局，1972：85.

长史在萧绎开府置吏的天监十八年（519），兼光禄卿在大通二年（528）以前，即刘孺兼光禄卿在519—528年之间，此时阴铿年不满16岁，尚未释褐，所以不可能与刘孺有交集。《刘孺传》记述刘孺任职较多："起家中军法曹行参军,时镇军沈约闻其名,引为主簿,……累迁太子舍人、中军临川王主簿、太子洗马、尚书殿中郎。出为太末令，……还除晋安王友，转太子中舍人。""转中书郎，兼中书通事舍人。顷之迁太子家令，余如故。出为宣惠晋安王长史，领丹阳尹丞，迁太子中庶子、尚书吏部郎。出为轻车湘东王长史，领会稽郡丞，公事免。顷之，起为王府记室，散骑侍郎，兼光禄卿。累迁少府卿、司徒左长史，御史中丞，号为称职。大通二年，迁散骑常侍。三年，迁左民尚书，领步兵校尉。中大通四年，出为仁威临川王长史，江夏太守，加贞威将军。五年，为宁远将军、司徒左长史，未拜。改为都官尚书、领右军将军。大同五年，守吏部尚书。其年，出为明威将军、晋陵太守。……七年，入为侍中，领右军。其年，复为吏部尚书，以母忧去职。居丧未期，以毁卒，时年五十九。"[1]大同五年，刘孺已为吏部尚书，而阴铿大同六年才释褐湘东王法曹行参军，且在江州。大同七年，阴铿31岁，年近六旬的刘孺已经是侍中,官居三品。刘孺以母忧去职，前去送行的官员一定很多，阴铿职务卑微，根本没有资格去送行，何况阴铿此时还在江州，并不在京城。而且刘孺家在彭城，今江苏徐州，并非诗中所言江汉。所以完全可以否定"刘光禄"为刘孺之说。

赵以武先生认为"刘光禄"是刘师知。其理由一是刘师知"家族地位不高，虽有士族之名，实居寒人之列"，因此与阴铿容易有较深的友情；二是刘师知"陈文帝继位后，寻迁鸿胪卿"。"鸿胪卿，梁代规定与光禄卿、大舟卿同为'冬卿'之一，三卿中以光禄为首。阴铿位低，不能循常例称刘师知为'刘舍人'，而尊称为光禄卿"[2]。这就很勉强了。如

---

[1] 姚思廉.梁书：卷四十一[M].北京：中华书局，1973：591-592.
[2] 赵以武.阴铿与近体诗：第三章[M].哈尔滨：黑龙江教育出版社,1998:100-103.

-155-

果不能举出古代同样的例子，这第二点是站不住脚的。

　　据《陈书·刘师知传》，"刘师知，沛国相人也，家世素族。"梁绍泰初，陈霸先在进位相国后，以师知为中书舍人，掌诏诰。陈霸先嗣位后，仍为舍人，"虽仕宦不迁，而委任甚重"。①掌诏告者一是必须文笔相当好，二是必须是皇帝很信任的人。《陈书·沈恪传》载："武帝受禅，时恪自吴兴入朝，武帝使中书舍人刘师知引恪，令勒兵入，因围敬帝如别宫。"②陈霸先逼萧方智禅位这样的大事，刘师知都参与其中，足见其在陈霸先幕僚中的地位。陈文帝即位，"寻迁鸿胪卿，舍人如故。天嘉元年，坐事免。"③天嘉元年以后，刘师知就不是鸿胪卿了。按赵以武先生的考证，刘师知可能是在天嘉二年使周以迎陈顼，则阴铿不应以刘师知被罢免的职务称呼他。其实，刘师知是在天嘉二年与江德藻使北齐，迎陈武帝子陈昙朗丧柩，事见《陈书·南康愍王昙朗传》。《陈书·江德藻传》记此事，称刘师知为中书郎，即中书侍郎的省称，则阴铿所送人若为刘师知，当称刘中书，不当称刘光禄。中书侍郎，宋五品，梁九班，陈四品。阴铿天嘉二年为始兴王府中录事参军，从六品，不仅位低于刘师知，更重要的是远不在权力中心。很难想象他与刘师知会有很深的交情。而《江津送刘光禄不及》显示阴铿与这位刘光禄交情很深。

　　刘师知以素族入仕，释褐当在30岁以后。《陈书·宗元饶传》："宗元饶，南郡江陵人也。少好学，以孝敬闻。仕梁世，解褐本州主簿，迁征南府行参军，仍转外兵参军。及司徒王僧辩幕府初建，元饶与沛国刘师知同为主簿。"以此推测，刘师知释褐在王僧辩"幕府初建"时，也即王僧辩刚刚有开府置吏的权力时。据《梁书·世祖纪》，"大宝元年……九月辛酉，以……左卫将军王僧辩为领军将军。"左卫将军、领军将军

---

① 姚思廉．陈书：卷十六 [M]．北京：中华书局，1972：229．
② 姚思廉．陈书：卷十二 [M]．北京：中华书局，1972：193-194．
③ 姚思廉．陈书：卷十六 [M]．北京：中华书局，1972：232．

均为三品，已有开府置吏的权力。由此推测，刘师知可能于大宝元年释褐于王僧辩府为主簿。若刘师知大宝元年以前已有30岁，则比阴铿年长五六岁。刘师知以素族入仕，在陈霸先时已得重用。陈文帝陈蒨继位，刘师知"寻迁鸿胪卿，舍人如故。天嘉元年，坐事免。"《陈书·世祖沈皇后传》载：废帝即位，"时高宗与仆射到仲举、舍人刘师知等并受遗辅政。"① 刘师知与陈顼、到仲举三人共受文帝临终之托辅佐废帝陈伯宗，可见地位不一般。如果不是在这关键时刻，刘师知与到仲举、殷不佞等矫诏要时为尚书令的陈顼"还东府"而被害，应该会成为新主的重臣。他会与阴铿有很深的交情吗？所以，刘师知也不是这位"刘光禄"。

"光禄"，古代官职名有多种。秦有中大夫，为郎中令属官。汉改郎中令为光禄勋，改中大夫为光禄大夫，秩为比二千石，员额无定，掌论议应对，多以饱学之士任之，在诸大夫中地位最尊。三国魏齐王曹芳正始元年，置左右光禄大夫。晋以后，又有银青光禄大夫、金紫光禄大夫之名，仍三品，秩中二千石。南朝梁天监七年改光禄勋为光禄卿，十一班，位列十二卿，掌宫殿门户及一部分宫廷供御事务。陈因之，三品、中二千石。同时有左右光禄大夫，位低于光禄卿，为皇帝谘议应对之官。光禄丞，西汉为光禄勋副职，梁、陈为光禄卿副职，梁三班，陈八品。魏晋南北朝有光禄寺主簿，为光禄勋、光禄卿属官，梁武帝天监七年定其班为七班中之三班，陈因之。这些职务都可能在人际交往中被简称为光禄，而光禄丞、光禄寺主簿品位与阴铿相当，与阴铿可以有比较密切的关系。遍查梁、陈两朝刘姓官员，再未见有既与阴铿同时，又曾任上述光禄之职者。"刘光禄"是谁，殊难断定。光禄卿为九卿之一，品位仅次于三公，为二品，史传一般均会提及。南梁任光禄卿者，先后有陆杲（天监六年）、萧子恪（天监中）、褚球（天监中）、刘孺（天监末或普通初）、韦棱（普通至大通间？）、傅映（中大通年间？）、陆罩（陆

---

① 姚思廉. 陈书：卷七 [M]. 北京：中华书局，1972：127.

呆子)、萧子范(萧子恪弟),南陈先后有沈洙(永定初)、沈不害(太建中)、萧允(太建六年)、顾野王(太建末)、陆瑜(至德二年追赠);刘姓者仅有刘孺。即便是品位低于光禄卿的光禄大夫也多有所载。阴铿诗中"刘光禄"者,更多可能是在梁、陈光禄寺中任职的某一下级官员。究为何人,无考。其写作时间只可能在阴铿任始兴王府中录事参军至任晋陵太守之前。因为萧绎首任荆州和次任石头戍军事,阴铿尚未释褐。阴铿随萧绎在江州或复为荆州,都不可能去送在朝廷任职的光禄寺官员。江州以后,阴铿迭次任故鄣令、作唐守制、南投萧勃,都不在建康。因所送何人不确定,具体时间也无法确定,只能推测在天嘉元年至天嘉五年之间。

十二、《开善寺》于陈文帝天嘉二年春作于建康

阴铿在梁朝先后在萧绎任职江州时为法曹行参军,然后去故鄣县任县令,随后守父丧三年,然后离开家乡作唐南下投萧勃,后随欧阳頠入陈为官,很少在建康逗留,可能没有时间,也没有心情去游览钟山开善寺。所以推测这首诗写在入陈以后,最可能在任职始兴王府中录事参军和在侯安都府为宾客期间,与众文友同游开善寺所写,当在天嘉元年至天嘉三年之间,因为侯安都天嘉四年就被赐死了,侯府宾客已作鸟兽散。

侯安都府中文士有徐伯阳,也写有《游钟山开善寺》诗(见前第二章所引)。诗不如阴铿,但已近唐律。有可能是二人与众文友同游开善寺所作。《陈书·徐伯阳传》:徐伯阳字隐忍,东海人。"年十五,以文笔称。""家有史书,所读者三千余卷。""试册高第。尚书板补梁河东王国右常侍、东宫学士、临川嗣王府墨曹参军。大同中,出为侯官令,甚得人和。侯景之乱,伯阳浮海南至广州,依于萧勃,勃平还朝,将家属之吴郡。天嘉二年,诏侍晋安王读,寻除司空侯安都府记室参军

事。安都素闻其名，见之，降席为礼。甘露降乐游苑，诏赐安都，令伯阳为谢表，世祖览而奇之。"太建"十三年，闻姊丧，发疾而卒，时年六十六。"[1] 可以看得出，徐伯阳文才甲于阴铿，其祖、父分别在齐梁为官，其父并是梁东宫通事舍人、领秘书，故徐伯阳虽年弱于阴铿，释褐却早于阴铿，在侯府的地位也高于阴铿。其卒于太建十三年（581），终年六十六，则生于515年（梁天监十四年），比阴铿小5岁。徐伯阳亦曾于侯景乱中南投萧勃，二人同在萧勃府中，可能同归入欧阳頠府中，并一同入陈。《陈书·侯安都传》载，侯府中文士宾客有"褚玠、马枢、阴铿、张正见、徐伯阳、刘删、祖孙登"。[2] 因此，两人应该非常熟悉。徐伯阳《游钟山开善寺》首句"聊追邺城友"，（建康古名建邺，故诗中称"邺城"）当指这一帮文士，也说明游开善寺的还有这一帮文友。天嘉元年二月，王琳败后，侯安都权势达于巅顶，正是这帮文人在侯府聚会最热闹的时候。而徐伯阳是在"天嘉二年，诏侍晋安王读，寻除司空侯安都府记室参军事。"因此，可以推测阴、徐二诗写于此时，即天嘉二年。根据诗中所写景致，在春天。

十三、《和侯司空登楼望乡》作于天嘉元年四五月间，《侯司空宅咏妓》可能写于天嘉二、三年

据诗题，侯安都有《登楼望乡》诗，原诗已佚。侯安都家乡在始兴（今广东始兴县）。据《陈书·侯安都传》，侯父为始兴内史（内史即县令。凡为诸王封地，县令称内史，不称令长。南陈，始兴郡先后封给陈武帝兄陈道谈和陈文帝子陈伯茂），约于侯安都迎衡阳献王陈昌前

---

[1] 姚思廉. 陈书：卷三十四 [M]. 北京：中华书局，1972：468-469.
[2] 姚思廉. 陈书：卷八 [M]. 北京：中华书局，1973：147.

后卒于任所，时在天嘉元年（560）四至五月。①

　　古人父母亡故均需守丧三年。侯安都父亲亡故，为什么不能回始兴奔丧守制？这就要从陈武帝儿子陈昌说起。陈昌是陈武帝最喜欢的儿子，陈武帝即位后即立为太子。梁敬帝萧方智绍泰元年，陈霸先为相，总揽朝政，为与西魏通好，遣其子陈昌与其兄道谈子陈顼入魏为质。《陈书·衡阳献王昌传》载："荆州陷，又与高宗俱迁关右。西魏以高祖故，甚礼之。高祖即位，频遣使请高宗及昌，周人许之而未遣。及高祖崩，乃遣之。"②高宗即后来的宣帝陈顼。西魏入于北周，陈霸先禅位，多次派使者入周请送回陈昌、陈顼，北周允而未遣。直到陈霸先死后，陈蒨继位，北周才送还陈昌。陈昌将还，致书陈蒨，言语傲慢。"世祖不怿，乃召安都而从容言曰：'太子将至，须别求一蕃，吾其老焉。'安都对曰：'自古岂有被代天子？臣愚不敢奉诏。'因请自迎昌，昌济汉而薨。"③很显然，侯安都这时最重要的是要为陈蒨除掉陈昌，以免对他的皇位造成威胁。因为陈昌是太子，而陈顼不过是陈霸先侄子，若非陈昌质于西魏，陈顼是没资格继承皇位的。加上陈昌在给陈顼的信中言语傲慢，陈顼自然担心陈昌会威胁他的皇位。《南史·衡阳献王昌传》载："天嘉元年二月，昌发自安陆，由鲁山济江。……三月甲戌入境，诏令主书舍人缘道迎接。丙子济江，于中流殒之，使以溺告。"④《南史·侯安都传》则径直记曰："（侯安都）因自迎昌，中流而杀之。"⑤很明显，侯安都亲自率军至汉水迎接陈昌，而暗中使人凿穿陈昌所乘船只，陈昌淹死。然后，陈蒨假意大恸，为其举丧。在这紧要关头，陈蒨当然不能让侯安都离开。于是，侯安都只好"登楼望乡"了。因此，侯安都《登楼望乡》

---

① 姚思廉. 陈书：卷八 [M]. 北京：中华书局，1973：146.
② 姚思廉. 陈书：卷十四 [M]. 北京：中华书局，1972：207.
③ 李延寿. 南史：卷六十六 [M]. 北京：中华书局，1975：1611.
④ 李延寿. 南史：卷六十五 [M]. 北京：中华书局，1975：1574.
⑤ 姚思廉. 陈书：卷十四 [M]. 北京：中华书局，1972：207.

诗当作于此事之前，约在天嘉元年四五月间，阴铿的和作也就在同时。

　　王琳既平，陈昌已死，陈蒨可以安心做皇帝了，侯安都也因此位愈高，权愈重。"以功进爵清远郡公，自是威名甚重，群臣无出其右。"(《南史·侯安都传》)"天嘉三年，……以功加侍中、征北大将军，增邑并前五千户。……其年，吏民诣阙表请立碑，颂美安都功绩，诏许之。""自王琳平后，安都勋庸转大，又自以功安社稷，渐用骄矜。数招聚文武之士，或射驭驰骋，或命以诗赋，第其高下，以差次赏赐之。文士则褚玠、马枢、阴铿、张正见、徐伯阳、刘删、祖孙登，武士则萧摩诃、裴子烈等，并为之宾客，斋内动至千人。部下将帅，多不遵法度，检问收摄，则奔归安都。世祖性严察，深衔之。安都弗之改，日益骄横。……尝陪乐游禊饮，乃白帝曰：'何如作临川王时？'帝不应。安都再三言之，帝曰：'此虽天命，抑亦明公之力。'宴讫，又启便借供帐水饰，将载妻妾于御堂欢会，世祖虽许其请，甚不怿。明日，安都坐于御坐，宾客居群臣位，称觞上寿。"(《南史·侯安都传》)侯安都居然坐上了皇帝的御座，接受群臣祝寿，陈蒨安得不嫉恨？在侯安都权势巅顶之时，阴铿与一帮文人徐伯阳、张正见、刘删等被招入侯府为宾客，时相写诗唱和，就有了《侯司空宅咏妓》等诗作。这个时期的诗肯定不止一首，可惜多未流传下来，其他人的也大多不存，很可能因为侯安都被诛，这些人纷纷销毁了诗作。阴铿的《侯司空宅咏妓》与刘删的同题诗作是硕果仅存者。这首诗当作于天嘉元年以后，最可能在天嘉二年、三年，因为天嘉四年六月，侯安都就被陈蒨以谋反罪赐死了。

　　刘删，生平不详，《陈书·徐伯阳传》称"长史刘删"，侯景平后，与徐伯阳、张正见、阴铿等同为侯安都府宾客。阴铿赋《侯司空宅咏妓》诗，刘删同赋。刘删的同题诗如下：

　　　　石家金谷妓，妆罢出兰闺。
　　　　看花只欲笑，闻瑟不胜啼。
　　　　山边歌落日，池上舞前溪。
　　　　将人当桃李，何处不成蹊。

以侯安都家妓比东晋石崇金谷妓，尾联用"桃李不言下自成蹊"之典，有点谄媚的味道。阴铿诗只写妓女歌声之美妙、舞姿之妙曼，以及宴会之丰盛，自然高出一筹。虽然都是应景之作，然阴诗极写侯府一场歌舞盛宴的奢华，便有存史的意义，而在刘删的同题诗中就看不到。

十四、《广陵岸送北使》之北使及写作时间考

题中"北使"当指北齐使者。北齐存在于公元550—577年，时当梁简文帝大宝元年至陈宣帝太建九年。阴铿大同六年才释褐湘东王法曹行参军，不会参与外事活动。后来守父丧，南下投萧勃，都不在京城。其任始兴王府中录事参军是最可能与外使打交道的。陈天嘉五年末出任晋陵太守，已不在京城，故其"送北使"只可能在始兴王府中录事参军任上，这段时间为陈蒨继位（永定三年六月）至天嘉五年年底。查《陈书·世祖纪》，天嘉三年至五年，北齐、北周共有5次"遣使来聘"，其中北齐3次、北周2次：天嘉三年夏四月乙巳，齐遣使来聘；天嘉五年夏四月庚子，周遣使来聘；五月，周、齐并遣使来聘；十二月癸未，齐遣使来聘。①《北齐书·武成帝纪》记载遣陈使有4次：河清元年（梁天嘉三年）二月，诏散骑常侍崔瞻聘于陈；二年（梁天嘉四年）六月，诏兼散骑常侍崔子武使于陈；三年（梁天嘉五年）夏四月，诏兼散骑常侍皇甫亮使于陈；冬十一月，诏兼散骑常侍刘逖使于陈。②《周书·武帝纪》只载两次陈遣使来聘，无遣使赴陈的记载。《资治通鉴》卷一百六十八"陈纪二"载，天嘉三年有两次齐使来聘：夏四月乙巳，齐遣使来聘，当即《北齐书·武成帝纪》所载"河清元年（梁天嘉三年）二月，诏散骑常侍崔瞻聘于陈"。《资治通鉴》载："齐主……迁散骑常侍崔瞻来

---

① 姚思廉.陈书：卷三[M].北京：中华书局，1972：54-57.
② 李百药.北齐书：卷七[M].北京：中华书局，1972：89-93.

聘，且归南康愍王昙朗之丧。"另一次在"冬十一月，齐遣兼散骑常侍封孝琰来聘。"①也就是说，天嘉三年、天嘉五年，北齐共有5次遣使聘陈，聘陈使依次是崔瞻、封孝琰、崔子武、皇甫亮、刘逖。崔瞻、封孝琰、崔子武、刘逖，《北齐书》有传，皇甫亮《北史》有传。崔子武，父崔巨伦，其他无载。此四人中，阴铿《广陵岸送北使》诗之北使最有可能是崔瞻，其次可能是刘逖。因二人均博通文史，擅于诗咏。

崔瞻，字彦通，北齐左光禄大夫崔㥄子，聪朗强学，有文情，善容止。魏孝静帝以人日登云龙门，其父㥄侍宴，又敕（崔）瞻令近御坐，亦有应诏诗，问邢邵等曰："此诗何如其父？"咸云："㥄博雅弘丽，瞻气调清新，并诗人之冠。"大（太）宁元年（561），除卫尉少卿，寻兼散骑常侍，聘陈使主。崔瞻词韵温雅，南人大相钦服。天统（565—569）末，加骠骑大将军，就拜银青光禄大夫。武平三年（572）卒，时年五十四。②比阴铿小七八岁。南北朝时期，一般认为南方文人文学水平高于北方，于是有徐陵使北被扣留不还的故事。而崔瞻使陈，其词韵温雅令"南人大相钦服"，于是要考虑选一文才旗鼓相当之人陪侍，阴铿虽不在朝中（时在始兴王府中），但诗名重于当时，遂被选派为陪侍崔瞻者，这也可能是为什么始兴王陈伯茂天嘉三年六月丙辰（十八）赴任东扬州刺史，阴铿未能随行的原因。阴铿陪侍崔瞻还有另一层原因。阴铿父亲阴子春与荀济有交往，荀济曾赠诗阴子春《赠阴梁州》，是一首五言长诗，前已述及。后来荀济投奔北齐，在崔瞻家为崔瞻的塾师，阴铿因此与崔瞻又多了一份世交之情。崔瞻使陈抵达建康在天嘉三年夏四月乙巳（初六），因为负有"归南康愍王昙朗之丧"的重任，除参与丧礼外，还有与陈谈判的任务，可能耽搁的时间较长。崔瞻这次使陈逗留了两个多月，可能在当年六月稍迟时候离开建康回北齐，则阴铿《广陵

---

① 司马光，等.资治通鉴：卷一六八[M].北京：中华书局，1976：5223、5226.
② 李百药.北齐书：卷二十三[M].北京：中华书局，1972：335-337.

-163-

岸送北使》作于天嘉三年六月。

《北齐书·文苑·刘逖传》载：刘逖，字子长，彭城丛亭里人。少而聪敏，好弋猎骑射，以行乐为事，爱交游，善戏谑。游宴之中，卷不离手，值有文籍所未见者，则终日讽诵，或通夜不归。亦留心文藻，文辞可观，颇工诗咏。兼散骑常侍，聘陈使主，还，除通直散骑常侍。[①]刘逖也是一位文才颇高、工于诗咏之人，以阴铿陪侍刘逖，也很自然。但刘逖使陈已在天嘉五年冬十一月，阴铿很可能已任晋陵太守，不在京城了。即使阴铿还在京城，以刘逖文名不及崔瞻，也可能并未安排阴铿陪侍。故认为阴铿陪侍的北使以崔瞻可能性最大。

《北齐书·封孝琰传》载：封孝琰字士光。魏侍中封隆之侄。少修饰学尚，有风仪。皇建初，司空掾、秘书丞。散骑常侍，聘陈使主，已发道途，遥授中书侍郎。还，坐事除名。孝琰文笔不高，但以风流自立，善于谈谑。[②]封孝琰文笔不高，阴铿即使陪侍，可能也没兴趣为他写诗。

《北史·皇甫亮传》载，皇甫亮，字君翼。率性任真，不乐剧职，除司徒东阁祭酒。性质朴纯厚，终无片言矫饰。属有敕下司，各列勤惰。亮三日不上省，文宣亲诘其故。亮曰："一日雨，一日醉，一日病酒。"以兼散骑常侍，聘陈使主，以不称免官。后除任城太守，病不之官，卒于邺。[③]这么一位居官萧散之人，阴铿大约也不会为他写诗。

题中"广陵"，注者多不加辨识，皆谓指今江苏省扬州市，误。今扬州市在长江北，距离长江还有约15公里，折合汉时里程约36里。从今扬州之地至南京，古代经邗沟至长江边瓜洲，再逆水而上至南京，阴铿送北使不可能跑这么远。今人有称"北齐的使者返回，阴铿陪送到广陵（今江苏扬州）"，乃未明梁陈时之扬州不同于隋以后之扬州故。今扬州之地，南北朝时并不名扬州，而称吴州。隋以前的扬州并非一地之

---

① 李百药. 北齐书：卷四十五 [M]. 北京：中华书局，1972：615-616.
② 李百药. 北齐书：卷二十一 [M]. 北京：中华书局，1972：307-309.
③ 李延寿. 北史：卷三十八 [M]. 北京：中华书局，1974：1395.

名，而是比较广大的区域，东汉扬州刺史部甚至包括了今安徽省大部、浙江省、江苏省、江西省、福建省的广大地域，其治所曾经先后在历阳（今安徽和县）、寿春（今安徽寿县）、合肥（今安徽合肥市西北）、建业（即建康，今南京），三国时魏、吴各立扬州，治所分别在寿春和建业。南宋《景定建康志》卷五"地理图序·辨扬州"："自汉以来扬州无常治，或徙寿春，或徙曲阿，或徙历阳，皆暂尔，而治建邺之时独多。汉末，扬州之地南属吴者十四郡，而扬州治建邺；合肥以北属魏，而扬州治寿春。晋平吴以后，徙寿春之扬州合治建邺。至元帝渡江，都扬州，统丹阳等郡。宋以扬州为王畿，六朝都建邺时，若扬州牧、若刺史，皆以大臣诸王兼领，治所皆在建邺。"[1]《宋书·州郡志汇释》"扬州刺史"条："前汉刺史未有所治，后汉治历阳，魏、晋治寿春，晋平吴治建业。"下"集释"引唐李吉甫《元和郡县志》云："孙策定江东，置扬州于建业，后孙权徙都之，刺史治此，并为京尹矣。晋、宋、齐、梁、陈皆因之也。"[2]则梁、陈之际，建业（建康）既为梁、陈之都城，又为扬州州治，故阴铿诗中广陵即指建康。

十五、《奉送始兴王》诗作于陈伯茂赴任东扬州刺史时

阴铿《奉送始兴王》诗之始兴王即陈文帝次子陈伯茂，阴铿在其府中任中录事参军。陈蒨于永定三年六月继位，八月，封原始兴王陈顼为安成王，而将始兴王封给了陈伯茂，并加宁远将军，置佐使。时陈伯茂年仅九岁，未出京。天嘉二年，陈伯茂进号宣惠将军、扬州刺史，也才十一岁。扬州治所就在建康，陈伯茂仍不需离京。但是，天嘉三年六月，"以会稽、东阳、临海、永嘉、新安、新宁、晋安、建安八郡置东扬州"，陈

---

[1] 周应合.景定建康志：卷五[M].台北：成文出版社有限公司，1983：745.
[2] 胡阿祥.宋书州郡志汇释：卷三十五州郡一[M].合肥：安徽教育出版社，2006：6.

伯茂出任东扬州刺史，东扬州治所在会稽，陈伯茂就要离京赴任了。[①]根据诗中"桂晚花方白，莲秋叶始轻"句，陈伯茂动身时间在夏末秋初。据其任命时间六月丙辰（六月十八），陈伯茂离京时间可能在七月至八月，则阴铿此诗也写于此时。

十六、《侍宴赋得夹池竹》作于天嘉五年冬

前已述及，根据《金陵通纪》记载，阴铿《新成安乐宫》作于陈天嘉五年冬十一月。之后，阴铿可能就经常被召去侍宴赋诗了。这首《侍宴赋得夹池竹》应该是写于《新成安乐宫》后。从他一落笔就写"夹池一丛竹，垂翠不惊寒"来看，诗当作于冬天，可能还是隆冬时节。由此可以推测，《侍宴赋得夹池竹》写于《新成安乐宫》之后不久。

十七、《行经古墓》诗墓主及写作时间

阴铿《行经古墓》诗之古墓是谁的墓，诸家注释多未确定，赵以武先生认为是春秋时吴国公子季札墓，纯由诗中"悬剑"而推测。如果是季札墓，阴铿为何不径直写《行经季子墓》？与其同时的张正见就写的是《行经季子庙》，则当时季子庙尚存，阴铿若游，当称庙，不称墓，虽然庙旁或许有墓。因此可肯定这是一座无名墓。那为什么又与季札联系起来了呢？

古时晋陵即后来的常州。季札，春秋时吴国公子，封于延陵（后称晋陵）。季札贤，《史记·吴太伯世家》载其三让王位和徐君墓挂剑故事。阴铿诗曰"悬剑今何在"，即用季札挂剑故事："季札之初使北，过徐君。徐君好季札剑，口弗敢言。季札心知之，为使上国，未献。还，至

[①] 姚思廉. 陈书：卷二十八 [M]. 北京：中华书局，1972：357-359.

徐，徐君已死。于是乃解其宝剑，系之徐君冢树而去。从者曰：'徐君已死，尚谁予乎？' 季子曰：'不然。始吾心已许之，岂以死倍吾心哉！'"季札使北指其赴鲁齐郑卫晋等国，这个徐君即春秋时徐国的国君。《史记·正义》在这里注云："《括地志》云：徐君庙在泗州徐城县西南一里（今江苏泗洪县南大徐台子），即延陵季子挂剑之徐君也。"①泗州，南陈时在北周境内，则真正的徐君庙并不在陈晋陵。查《康熙常州府志》，常州府江阴县有吴季札墓，武进县有人称是徐君墓者。该志卷十九"陵墓"序曰："……孔子之墓周无寸棘，徐君之墓草成挂剑之形……申港有季子之垄焉。""草成挂剑之形"，隐含季札挂剑故事。又载："徐君墓，在丁崦，以为即季札所友之徐君，非。以古文测之，或徐偃王后嗣之冢也。"②也就是说，这座位于武进县丁崦的古墓不过是传说中的徐君墓，并非真的徐君墓，可能是西周时徐国国君后人的墓，因称徐君墓。可见，该墓在阴铿时已经不知是谁的墓，只传说为徐君墓，所以阴铿不写作徐君墓，而只写作古墓，但他由此念及吴国季札之守信诚挚，不慕君权，于是写下这首诗。徐国立国于夏，辖今淮水、泗水一带，传四十四代，于周敬王八年（前512）为吴国所灭。第三十二代君主为徐偃王，为周穆王时人。周穆王约在公元前1026年至前922年，故季札所访徐君当为其后人。季札约当公元前586年至前514年，相当于徐国第43代君主时期。

此诗当写于阴铿为晋陵太守后。阴铿迁晋陵太守在预陈文帝诗筵之后。则其任晋陵太守应在当年末或天嘉六年初。据此推测，阴铿作此诗可能就在天嘉六年初。作此诗后不久，阴铿就去世了。

---

① 司马迁. 史记：卷三十一 [M]. 北京：中华书局，1963：1449，1459.
② 陈玉璂. 康熙常州府志：卷十九//中国地方志集成 [M]. 南京：江苏古籍出版社，1991：386.

十八、《和樊晋陵伤妾》作于天嘉六年

如前阴铿生平考述所述,阴铿任晋陵太守时间不长,但他留下的诗却有两首,另一首即《和樊晋陵伤妾》。诗题中樊晋陵当为晋陵县令。之前在考述阴铿任晋陵太守时间时已经一一列出阴铿任晋陵太守前后之晋陵太守人名,时间上已经基本没有遗漏,其中并无樊姓者。《宋书·州郡志》晋陵太守下有晋陵令。晋陵郡治所在晋陵县,阴铿与晋陵令当有密切来往。樊晋陵妾故去,作《伤妾》诗,阴铿和之,时在天嘉六年上半年。《和樊晋陵伤妾》与《行经古墓》孰先孰后,已经无从考稽。

十九、天嘉五年,与张正见、贺循步韵和诗,作《赋得山中翠竹》诗

目前所见古代诗集各本阴铿名下均不收《赋得山中翠竹》诗,独《文苑英华》卷三百二十五"诗"载阴铿《侍宴赋得夹池竹》诗之后有《赋得山中翠竹》诗,但《初学记》作张正见诗。此诗与张正见《赋得风生翠竹里应教》用韵相类,所写情景亦多耦合,末句均言"伶伦吹",令人颇生疑。兹录如下:

张正见:赋得风生翠竹里应教

金风起燕观,翠竹夹凉池。
翻花疑凤下,飏水觉龙移。
带露依深叶,飘寒入劲枝。
聊因万籁响,讵待伶伦吹。

《文苑英华》阴铿：赋得山中翠竹

> 修竹映岩隈，乘风异夹池。
> 复涧藏高节，重林隐劲枝。
> 云生龙未止，花落凤将移。
> 莫言栖嶰谷，伶伦不复吹。

更有意思的是，与阴铿、张正见同时的贺循也有一首《赋得夹池修竹》诗：

> 绿竹影参差，葳蕤带曲池。
> 逢秋叶不落，经寒色讵移。
> 来风韵晚径，集凤动春枝。
> 所欣高蹈客，未待伶伦吹。

三首均咏夹池竹，实为同题诗。如果将阴铿（或谓张正见）的《赋得山中翠竹》诗第二联与第三联交换位置，则与张正见、贺循的诗用韵完全相同，且完全合律，如下：

> 修竹映岩隈，乘风异夹池。
> 云生龙未止，花落凤将移。
> 复涧藏高节，重林隐劲枝。
> 莫言栖嶰谷，伶伦不复吹。

三首诗纯为步韵和作。然而，一般认为，步韵和诗在唐以前是没有的。宋张表臣《珊瑚钩诗话》卷一曰："前人作诗，未始和韵。自唐白乐天为杭州刺史，元微之为浙东观察，往来自邮筒倡和，始依韵而多至千言，少或百数十言，篇章甚富。"（转引自傅璇琮等《中国诗学大辞典》)宋赵与时撰《宾退录》引杨亿《谈苑》云:"元稹作《春深》题二十篇,并用家、花、车、斜四字为韵,白居易、刘禹锡和之,亦同此韵。次韵起于此。"南宋严羽《沧浪诗话》也说:"古人酬唱不次韵。此风始盛于元、白、皮、陆,而本朝诸贤乃以此而斗工,遂至往复有八九和者。"均认为和诗步韵自中唐白居易、元稹始。然而赵林涛、何东、高新文在《次韵唱和探源》一文中指出:"《四库全书总目》卷一二七《禅寄笔谈》(明陈师撰)提要评价该书说:'惟论次韵倡和始于卢纶、李端,举端《野寺病居卢纶见访》诗为证,则前人所未言也。'"卢纶、李端次韵和诗早于元、白。该文还指出,卢纶、李益也有次韵之作。李益有《赠内兄卢纶》,卢纶有和作《酬李益端公夜宴见赠》,二诗均以同、翁为韵。该文进一步发现,北魏杨炫之《洛阳伽蓝记》卷三载:"(王)肃在江南之日,聘谢氏女为妻。及至京师,复尚公主。其后谢氏入道为尼,亦来奔肃。见肃尚主,谢作五言诗以赠之。其诗曰:'本为箔上蚕,今作机上丝。得路逐胜去,颇忆缠绵时。'公主代肃答谢云:'针是贯线物,目中恒任丝。得帛缝新去,何能衲故时。'"该文据《北史·王肃传》推定,二诗当作于北魏太和十七年至景明二年(493—500)之间。[①]则张正见、贺循、阴铿三人步韵和诗在王肃二妻步韵诗之后十余年。只是南北朝时步韵和诗尚未成为风气。

赵以武先生《"和意不和韵":试论中唐以前唱和诗的特点与体制》一文指出,中唐以前的唱和诗不和韵的特点很突出,"所谓'彼此宫商',就是强调唱和之间要避韵不犯",即不能用原作相同的韵,更加使得步韵不可能了。但也不尽然。赵以武先生又指出:"同用韵的情形虽然偶然可见,但那是在特殊背景下出现的",包括以僻韵竞胜和限韵赋诗,并举出萧衍命王筠和诗限"同所用十韵"。那么梁朝就已经有步韵诗了,虽

[①] 赵林涛,何东,高新文. 次韵唱和探源[J]. 河北大学学报(哲学社会科学版)2009,34(5):139-141.

然是被动的。阴铿的《赋得山中翠竹》诗虽然韵字次序略有不同，按唐以后形成的认识，仍可认为是步韵。若将中间二联颠倒次序，就与张正见、贺循诗用韵亦步亦趋了。由此可以推测，这次步韵和诗可能是张正见先作，然后阴铿、贺循步韵。与王肃二妻步韵诗一样，当时并未引起人们的注意，以致后人认为唐以前无步韵和诗。

张正见曾经在陈霸先禅位后任职鄱阳王府墨曹行参军，兼衡阳王府长史，因此他的诗中有很多"应教"诗。古时，应皇帝命和诗称"应诏"，应太子命和诗称"应令"，应诸王命和诗称"应教"。他这首《赋得风生翠竹里应教》可能就是鄱阳王或衡阳王作了同题诗后的和作，然后阴铿、贺循读到了这首诗，遂分别步韵以和。由于他俩不是应王命所作，故不称"应教"。

贺循，仅在《陈书·徐伯阳传》中知道他太建中为比部郎。比部郎，四品，秩六百石。与徐伯阳等为文会之友，应与阴铿同在侯安都府中为宾客。其《赋得夹池修竹》诗，《文苑英华》作贺修，然第二句"葳蕤"作"嫙娟"，末句"未待"作"来待"，后者可能是形近而误。嫙娟，美貌意。还是葳蕤比较合适。贺修，梁、陈均未查得此人，疑《文苑英华》有误。三首诗比较无相高下，但是阴铿诗的格律已合唐律（以二三联调整后论），当作于《新成安乐宫》之前后。

二十、《蜀道难》的写作当在阴铿历尽宦途之后

《蜀道难》，乐府旧题。古人常以乐府旧题为题作诗，如《塞上曲》《关山月》《战城南》《饮马长城窟行》《雉子斑》等。阴铿在南梁时，梁简文帝萧纲作有《蜀道难》二首："建平督邮道，鱼复永安宫。若奏巴渝曲，时当君思中。""巫山七百里，巴水三回曲。笛声下复高，猿啼断还续。"是否萧纲的诗传到了江州，阴铿和作？还是其他人写了《蜀道难》，阴铿和作？或者阴铿自己以乐府旧题写了《蜀道难》？都有可能。但是，从诗中反映出的对宦途的厌倦和灰心，似应在阴铿历尽宦途

艰险之后。而此诗格律尚不很严整，似乎不是阴铿晚期的作品。在陈文帝时期，内乱初平，阴铿任始兴王中录事参军，得到了一定的器重，如安排他陪送北齐使者崔瞻。这时，又在侯安都府中为宾客，以诗文之才行走于陈伯茂和侯安都两府，应该是心情比较愉悦的，不大可能写出"功名讵可要"的诗句。根据这两点推测，很可能作于自岭南返回建康之后。此时，阴铿先后经历了在萧绎府中任法曹行参军、在故鄣任县令、在广州任镇南府司马，仕途的坎坷不顺，壮志不申，都会使他产生畏难情绪。故暂时系于自岭南回建康不久或将回建康途中，约在永定三年年末至天嘉元年年初。

二十一、其他诗多作于天嘉元年至天嘉五年

《班婕妤怨》《秋闺怨》《西游咸阳中》《雪里梅花》《咏石》《咏鹤》诗所咏之题均为梁陈诗人常咏之对象，这些诗作最可能是阴铿在建康期间（永定三年八月至天嘉五年冬）与诗友们唱和之作。班婕妤是自古至今常为诗人吟咏的题目，蜀道难从汉至唐屡见于诗题之中，闺怨则更是古人最爱的题材，不仅写闺中怨情，更借此托言君臣遇合之不得。梅、石、鹤也是古人常咏题材。《西游咸阳中》则取阮籍《咏怀》诗"西游咸阳中，赵李相经过"之成句为题，乃古人相互酬唱、逞才斗胜之常见作法，亦"赋得"体。《赋咏得神仙》一作《赋得咏神仙》；《渡岸桥》，《艺文类聚》又作《赋得度岸桥》。"赋得"，古人分题赋诗，以成句为题，称"赋得某某"。故此诗亦可能为阴铿与文友酬唱之作。阴铿在建康的几年，生活比较安定，仕途比较顺畅，又有众多文友常相聚会，以这些古今常咏之题目斗诗以较高下，是大概率事件。为阴铿文会之友的张正见有《山家闺怨》《神仙篇》《明君辞》等，刘删有《赋得独鹤凌云去》，贺循有《赋得夹池修竹》，李爽有《山家闺怨》，何楫有《班婕妤怨》等，都是佐证。

二十二、《昭君怨》不大可能为阴铿所作

　　此诗为《阴常侍诗集》最末一篇，诗题下原注："按：此诗《乐府》作陈昭。《艺文类聚》作陈明，而子坚本集载之。"《艺文类聚》(中华书局上海编辑所汪绍楹校本)卷四十二作陈明诗，"昭"字下注曰："《乐府诗集》二十九作陈昭。按：晋讳昭作明，当是陈昭。沿旧称作明君辞，后人误倒。"《文苑英华》卷二〇四作阴铿诗，于阴铿名下注曰："一作陈昭。"《古乐苑》卷一五作陈昭诗，题作《王昭君》，注曰："《艺文》作陈明。阴铿集载，云《昭君怨》。郭本（指宋郭茂倩《乐府诗集》）作唐，误。"《古诗纪》卷一一六陈昭《昭君怨》下注曰："阴铿集亦载此诗。今从《乐府》作陈昭。《艺文类聚》又作陈明，疑即昭也。"《乐府诗集》卷二九、《石仓历代诗选》卷一〇、《古诗镜》卷二七作陈昭诗。《古俪府》卷三作阴铿诗，无诗题。《六朝诗集》作阴铿诗。

　　综上所述，《阴常侍诗集》《文苑英华》《古俪府》《六朝诗集》均作阴铿诗，《乐府诗集》《古乐苑》《石仓历代诗选》《古诗镜》作陈昭诗，《艺文类聚》作陈明诗，亦等于陈昭诗。似乎多数人认为《昭君辞》（《昭君怨》）为陈昭作。然而，这些诗集，除了《艺文类聚》是初唐欧阳询等所编，其余均为宋、明辑本。唐本当比宋、明本可靠。后人将这首诗归于陈昭，当因《艺文类聚》谓陈明《昭君辞》，而宋郭茂倩编《乐府诗集》又作陈昭《明君辞》。汪绍楹先生为这首诗出校，谓"陈明昭君辞"应为"陈昭明君辞"，乃后人因避晋讳将"昭"改"明"，也是符合逻辑的。值得注意的是，南陈徐陵所编《玉台新咏》不收此诗，既不见于阴铿名下，诗人中也未见有陈昭、陈明。《昭君辞》若为阴铿诗，《玉台新咏》应该收录，然该书并无此诗。收阴铿诗5首，为《侯司空宅咏妓》《和樊晋陵伤妾》《南征闺怨》《班婕妤怨》《侍宴赋得（夹池）竹》，无《昭君怨》，亦无陈昭《昭君辞》。《侍宴赋得竹》并非写女性，但其中有"湘川染别泪"用娥皇女英故事，乃收入。《玉台新咏》为梁时所编，但后来多有增补，若《昭君怨》为阴铿诗，焉得不收？若

《昭君辞》为梁陈时诗,焉得不收?看来此诗为阴铿所作可能性不大,甚至陈昭或陈明《昭君辞》为梁陈时作品亦存疑。陈昭为陈朝人,陈明为何时人?得非入隋以后人?值得怀疑。此外,《昭君怨》完全合律,也可能是隋以后人的作品混入。《阴常侍诗集》乃清人张澍所编。张澍为武威人,有可能偏爱家乡名人而尽量收录,故不足为据。

表 3-1 阴铿诗写作时间与写作地点

诗 题	写作时间	写作地点	诗本事
和登百花亭怀荆楚	大同六年(540)	江州	初至江州,萧绎作《登百花亭怀荆楚》
罢故鄣县	大宝元年(549)秋	故鄣	离任故鄣县,时侯景叛军占据京城
晚出新亭	大宝元年冬	新亭	得昔行觞者助,逃离京城
晚泊五洲	大宝元年冬	五洲	船泊江中五洲
五洲夜发	大宝元年冬	船上	趁夜离开五洲,船上写
登武昌岸望	大宝二年秋或冬	武昌	自江陵奉父柩回作唐
游巴陵空寺	大宝二年秋或冬	巴陵	自江陵奉父柩回作唐
闲居对雨其一	承圣元年至三年间	作唐	作唐大旱,祈雨后暴雨至

续表

诗 题	写作时间	写作地点	诗本事
闲居对雨其二	承圣元年至三年间	作唐	作唐大旱,祈雨后暴雨至
观 钓	作唐守制期间	作唐	观钓处可能在作唐县治近郊兰陂
渡青草湖	绍泰元年春三月	洞庭湖	由作唐经青草、洞庭湖南下广州
南征闺怨	绍泰元年四月	湘江船上	经洞庭湖入湘水,至临湘
游始兴道馆	绍泰元年年中	始兴县	由湘水过岭,经始兴县向广州
经丰城剑池	永定三年冬	丰城县	应诏回京任始兴王中录事参军
蜀道难	永定三年末或天嘉元年初	回京途中	历法曹行参军、故鄣令、镇南府司马后感慨仕途艰难
和侯司空登楼望乡	天嘉元年四五月间	建康	侯安都父亡故,因故不得回乡
开善寺	天嘉二年春	钟山	与侯安都府文士徐伯阳等游钟山
侯司空宅咏妓	天嘉二年至三年间	建康	为侯安都召为宾客
赋得山中翠竹	天嘉元年至三年间	建康	在侯安都府与张正见、贺循和作
和傅郎岁暮还湘州	天嘉二年或三年	建康	傅縡回湘州探亲,阴铿送行

续表

诗　题	写作时间	写作地点	诗本事
奉送始兴王	天嘉三年六月	建康	陈伯茂任东扬州刺史，阴铿送行
广陵岸送北使	天嘉三年六月	建康	北齐使者崔瞻回国，阴铿送行
江津送刘光禄不及	天嘉元年至五年间	建康	刘光禄应为光禄寺中低级官员
班婕妤怨	天嘉元年至五年间？	建康	诗友唱和之作
秋闺怨	天嘉元年至五年间？	建康	诗友唱和之作
西游咸阳中	天嘉元年至五年间？	建康	诗友唱和之作
雪里梅花	天嘉元年至五年间？	建康	诗友唱和之作
赋咏得神仙	天嘉元年至五年间？	建康	诗友唱和之作
渡岸桥	天嘉元年至五年间？	建康	诗友唱和之作
咏　石	天嘉元年至五年间？	建康	诗友唱和之作
咏　鹤	天嘉元年至五年间？	建康	诗友唱和之作

续表

诗　题	写作时间	写作地点	诗本事
新成安乐宫	天嘉五年冬十一月	建康	安乐宫新成，阴铿预筵赋诗
侍宴赋得夹池竹	天嘉五年冬	建康	预陈文帝宴
行经古墓	天嘉六年初	晋陵郡	赴晋陵任经无名古墓
和樊晋陵伤妾	天嘉六年	晋陵郡	樊姓晋陵令妾亡故，和诗以悼

第四章 阴铿诗校注与解读

阴铿诗的排序，《阴常侍诗集》大体依每首诗句数的多寡由多到少排列，今人各注本亦基本如此。本书对阴铿35首诗的创作时间进行了研究，其中26首诗确定了比较确切的时间，另外9首也有大致的时间范围。此处即以这些研究所定时间为序进行排列，以便读者可以看出各诗之间的关系。另有两残句和一首存疑诗《昭君怨》附后。其中，前已在"阴铿诗概说"中详细解读了的，此处则相对简省。各首诗写作时间的厘定前已有述，不赘。

和登百花亭怀荆楚

江陵一柱观，浔阳千里潮[①]。
风烟望似接[②]，川路恨成遥[③]。
落花轻未下，飞丝断易飘[④]。
藤长还依格[⑤]，荷生不避桥[⑥]。
阳台可忆处，唯有暮将朝[⑦]。

[题解]

《六朝诗集》《诗渊》无"和"字，《文苑英华》题作《追和登百花亭怀荆楚》，他本均无"追"字，恐不可信。百花亭，指江州浔阳（今江西九江市）百花亭。《方舆胜览》卷二二"江州·亭轩"："百花亭，在都统司，梁刺史邵陵王伦建。"荆楚，"荆"是春秋时楚国的旧称。《春

秋·庄公十年》："秋九月，荆败蔡师于莘。"杜预注："荆，楚本号，后改为楚。"故荆、楚连称。此处指荆州治所江陵。东晋、南朝时荆州治江陵（今湖北荆州市）。阴铿曾任湘东王萧绎法曹行参军。湘东王出任江州刺史，阴铿随至江州，期间（540—546年）随萧绎登临百花亭。萧绎作《登百花亭怀荆楚》诗，阴铿、朱超道等人和作，阴铿所作诗题中当有"和"字。

[异文]

①浔，《艺文类聚》作"寻"，《文苑英华》同。潮，《文苑英华》作"湖"。②似，《阴常侍诗集》（下简称《本集》）《六朝诗集》作"相"。③恨，《本集》《六朝诗集》作"限"。④飞，《文苑英华》注：石本作浮。易，《文苑英华》作"亦"。⑤依格，《本集》《六朝诗集》作"格树"。《文苑英华》注：石本作"格岭"。⑥荷，《诗渊》作"花"。⑦暮，《本集》作"莫"，莫为暮之古字。

[注释]

1. 一柱观：南朝宋临川王刘义庆在镇，于罗公洲立观，宏大而唯一柱，故名。在今湖北省松滋县东北。松滋古属荆州，荆州治所在江陵。
2. 浔阳：在今江西九江市西南，曾为江州郡治。
3. 风烟望似接：接，连续意，即一眼望去风烟绵绵不绝。风烟，薄雾。
4. 川路：此指水路，与前面"浔阳千里潮"呼应。川，河流，所谓名山大川。

[解读]

此诗涉及萧绎的一件故事，前已述及，此处从略。

诗从江陵即荆州的一柱观引出李桃儿所居之地，续以江州治所浔阳与江陵相隔千里江潮引发思绪。接下来的三联写景并非可有可无。"风烟望似接，川路恨成遥"，从萧绎的角度遥望江陵，只见绵绵不绝的风烟、迢递不断的水路，使得江陵、浔阳关山阻隔、长路迢迢。"恨"字画龙点睛，一写离愁；"落花轻未下，飞丝断易飘"，隐喻李桃儿的孤苦无依，侧面抒发萧绎的怜爱之情，二写离愁；格，树枝的长条。"藤长还依格，荷生不避桥"，借藤、树，荷、桥的相依相随，反衬萧绎、李桃儿的不能相依相随，三写离愁。一再抒发愁绪之后，结到阳台可忆，暮暮朝朝，含不尽思念在余韵袅袅之中。"阳台可忆处，唯有暮将朝"，"阳台"用典。宋玉《高唐赋》写巫山神女对楚襄王说："妾在巫山之阳，高丘之阻，旦为朝云，暮为行雨。朝朝暮暮，阳台之下。""唯有暮将朝"，因为不得相聚，只能朝朝暮暮地思念了。诗中"阳台可忆处"指李桃儿所居之处。与萧绎的诗两相对比，阴铿的和作情致婉转，深情绵邈，自是高出许多。这首诗多句为后人效仿。如稍晚于阴铿的南朝陈诗人江总《三日侍宴宣猷堂曲水诗》有一联："落花悬度影，飞丝不碍枝。"唐杜甫《题省中院壁》有句："落花游丝白日静"，又《江亭王阆州筵饯萧遂州》："川路风烟接"，皆是仿效阴铿此诗之句。当代学者彭勋《诗人阴铿的独特心境和艺术特征》评此诗颈联曰："'落花轻未下，飞丝断易飘'，写出了一种微妙的感觉，似是写景，实是写情。通过描写落花和飞丝那种轻柔残弱的状态，蕴含了一种细腻缠绵的深情，写得很是精妙。"

[集评]

唐李颀《送皇甫曾游襄阳山水兼谒韦太守》："百花亭漫漫，一柱观苍苍。"

唐释皎然《诗式》卷四《有事无事第四格齐梁诗》："评曰：夫五言之道，惟工惟精。论者虽欲降杀齐梁，未知其旨。……阴铿《登百花亭怀荆楚》：'江陵一柱观，浔阳千里潮。风烟望似接，城阙限相遥。'"

南宋蔡梦弼《杜工部草堂诗笺》卷一二《题省中院壁》"落花游丝白日静"，注：阴铿《百花亭诗》："落花轻未下，飞丝断易飘。"

《杜工部草堂诗笺》卷二一《江亭王阆州筵饯萧遂州》："川路风

烟接"，注：蜀道阆与遂接壤也。阴铿《百花诗》："江陵一柱观，浔阳千里潮。风烟望似接，川路恨成遥。"

清陈祚明《采菽堂古诗选》卷二九收录此诗，末评曰："落花二句，诗情亦复游扬。"

罢故鄣县

秩满三秋暮，舟虚一水滨。
漫漫遵归道①，凄凄对别津②。
晨风下散叶，歧路起飞尘。
长岑旧知远，莱芜本自贫。
被里恒容吏③，正朝不系民④。
惟当有一犊⑤，留持赠后人⑥。

[题解]

罢，解除职务，结束任期。故鄣县，又作故章县。西汉元狩二年改鄣县置，属丹阳郡。治所在今浙江省安吉县西北安城镇古城。清同治《安吉县志》卷四"区里·长区晏子乡"："里五：龙山、故鄣、府城、孝行、孝德"，其时犹有故鄣里。南朝陈属陈留郡。此诗为阴铿任故鄣县令期满，离任时所作。

[异文]

①归，《本集》《六朝诗集》作"路"。②凄凄，《艺文类聚》作"悽悽"。③里，《本集》《六朝诗集》作"服"。容，《六朝诗集》《艺文类聚》作"客"。被里恒容，《职官分纪》作"橐橐憎俗"。④正朝不系，《职官分纪》作"征徭不累"。⑤当有，《职官分纪》作"有留"。⑥留，《职官分纪》作"相"。

[注释]

1.秩满三秋暮：秩，官吏的职位或品级、俸禄。秩满，官吏的任期期满，也称俸满。三秋：秋季三个月分别称为初秋、仲秋、季秋，故合称为"三秋"。三秋暮，即秋季最后一个月九月。

2.舟虚一水滨：舟虚，船空着。滨，水边。意谓空船在水边等着。

3.遵：沿着。《诗经·郑风·遵大路》："遵大路兮，掺执子之袪兮"。

4.凄凄对别津：凄凄，伤感的样子。别津，分别的渡口。

5.散叶：落叶。

6.歧路：分叉的道路。此处谓分手的道路。

7.长岑：岑，小而高的山。长岑，连绵不断的小山。此处用东汉崔骃不就长岑长之职的故事，长岑指长岑县。详见本书第二章第四节。这里阴铿是以崔骃的被疏远比自己的被疏远。

8.莱芜：用《后汉书》范冉故事。详见本书第二章第四节。

9.被里恒容吏：恒，常。此句用典，详见本书第二章第四节。

10.正朝不系民：正、朝，均读阴平。正朝，正月初一。用张华原释囚典。详见本书第二章第四节。

11.惟当有一犊：犊，牛犊，小牛。此句用典，详见本书第二章第四节。

[解读]

任故郸县令三年期满，阴铿乘船离开之际写下这首诗，写得颇有些感伤。清宋长白《柳亭诗话》谓"此诗凄婉典雅"。在暮秋时节离开故郸县，正是落叶凋零，万花纷谢之时，本身就带有几分萧瑟。而归去的道路如此漫长，站在即将离去的渡口，心中充溢着凄楚的情绪，为全诗定下基调。"晨风下散叶，歧路起飞尘"，描写萧索的秋景，进一步渲染心中愁怀。为什么愁？因为"长岑旧知远，莱芜本自贫"，因为被萧绎疏远而外放，这三年县令生涯孤独而清贫。这故郸县就像那东汉崔骃任县令的长岑县，偏远而贫苦。故交旧知被连绵不断的山岭隔断，没有

-185-

知心人可以倾诉心中苦楚，又过着像后汉范冉那样居而简陋、食而清苦的生活。从这里可以看出，他在故鄣县过得并不怎么如意。但是阴铿还是尽量恪尽职守，以"被里恒容吏，正朝不系民"一联写自己对下属的宽厚，对前人良吏的效仿，对人民的宽容，意谓自己尽到了责任。"惟当有一犊，留持赠后人"，用三国魏常林携车留犊的故事，表明自己身无长物，只留一犊以利后人。李鼎文先生认为是用西汉龚遂典："民有带持刀剑者，使卖剑买牛，卖刀买犊，曰：'何为带牛佩犊？'"然此典乃劝农，并无赠牛之意，不若常林携车留犊事恰如其分。因为句中后人当指继任者，留犊，继任者可用以驭车。

[集评]

清宋长白《柳亭诗话》卷三：惟故鄣二字创于先秦，至陈阴铿有《罢故鄣县》诗一首，而旧志亦不之载。诗曰："秩满三秋暮，舟虚一水滨。漫漫遵归道，凄凄对别津。晨风下散叶，歧路起飞尘。长岑旧知远，莱芜本自贫。被里恒容吏，正朝不系民。惟当有一鹿，留持赠后人。"此诗凄婉典雅，亟宜载之。（按：一鹿当作一犊。误作鹿，不谙其典也）

晚出新亭

大江一浩荡，离悲足几重。
潮落犹如盖①，云昏不作峰。
远戍唯闻鼓，寒山但见松。
九十方称半，归途讵有踪。

[题解]

新亭，在今南京市江宁区南的长江边，三国时孙吴所建。《景定建康志》卷二二：新亭，亦曰中兴亭，去城西南十五里，近江渚。东晋名士们常于此游宴，并怀念故土。《世说新语·言语》："过江诸人，每至美日，辄相邀新亭，藉卉饮宴。周侯坐而叹曰：'风景不殊，正自有山河之异！'皆相视流涕。唯王丞相愀然变色曰：'当共戮力王室，克复神州，何至作楚囚相对！'"《六朝事迹编类》卷上"新亭"：宋孝武帝即位于新亭，仆射王僧达改为"中兴亭"。城南十五里，俯近江渚。杨修有诗云："满目江山异洛阳，北人怀土泪千行。不如亡国中书令，归老新亭是故乡。"

这首诗与后面的《晚泊五洲》《五洲夜发》均属于阴铿罢故鄣县令回到京城建康后，因侯景乱，京城内"城关荒圮"，阴铿又被乱军所执，得人救后，趁夜逃离京城，赶赴江陵途中所写。梁简文帝大宝元年（550）秋九月，阴铿罢故鄣县令，然后回到京城建康，估计已在初冬。侯景于梁太清三年三月攻占建康。阴铿返回建康时侯景叛军已控制了京城，朝政为侯景把持，简文帝萧纲不过是一傀儡。阴铿不仅没有得到安排，反而为乱军所囚。幸亏当年阴铿宴饮时所礼敬过的一位行觞者正好负责看守，就悄悄释放了他。于是阴铿连夜离开京城，从江边的新亭乘船出发，前往江陵投奔萧绎。此诗即写出发时及出发后江上景色与自己的感受。

阴铿赶赴江陵时，侯景正调兵遣将征讨萧氏各路藩王，三吴之地已尽为侯景所得。史载，简文帝萧纲大宝元年（550）二月，"侯景遣任约、于庆等帅众二万攻诸藩"；七月，任约所部至郢州（今武汉市），则郢州以东的五洲一带已为任约军占领。阴铿写此诗及后《晚泊五洲》《五洲夜发》时，形势十分危急，阴铿的心情是非常沉重和恐慌的。所以这三首诗都有一种惴惴不安的情绪，尤以后两首为甚。

[异文]

①落，《本集》作"长"。误，当注于"犹"下。犹，《六朝诗集》作"长"，注云：一作犹。

[注释]

1.一：在古代诗文中，"一"可以作形容词用，表示全部、充满

的意思。如"长烟一空""欢动一城"。也可看作语气助词，以增强语气。鲁迅《无题》诗"大野多钩棘"有句："风波一浩荡"，就主要是加强语气。

　　2.离悲足几重：这里的离悲当指离开都城建康的悲凉心境。"足几重"，非常沉重。

　　3.潮落犹如盖：潮水涌高而落下时犹如车盖。枚乘《七发》："波涌而涛起"，"其少进也，浩浩溰溰，如素车白马，帷盖之张。"

　　4.云昏不作峰：山头云雾重重，峰峦的轮廓也不清晰。

　　5.远戍惟闻鼓：因为云重雾厚，只能听见远处戍守的军营报时的鼓声。

　　6.寒山但见松：苍茫的群山上，只能看见苍松的身影。

　　7.九十方称半：行百里者半九十的概写。《战国策·秦策五》："《诗》云，行百里者，半于九十。"谓此行路途遥远，即便是快到江陵了，也说不定会有什么意外出现，是对此行安全的担忧。

　　8.归途讵有踪：归途指重回建康，意谓何时能够再回建康呢？

[解读]

　　这首诗写得忧心忡忡。首联"大江一浩荡，离悲足几重"突兀而起，与谢朓的《夜发新林》诗首联"大江流日夜，客心悲未央"同一机杼，而因为用了"一""足"二字，比谢朓的诗句显得更有气势。明谢榛《四溟诗话》评这两联说："二作突然而起，造语雄深，六朝亦不多见。"接下来两联写阴铿在舟中所见所闻。"离悲"，主要是离开京城建康的悲伤。建康此时已在叛军侯景的控制之下，几时能够收复？几时能够返回？是阴铿此时最为担心的问题。接下来两联以景喻情。高涌而起的江潮落下时仿佛要盖过人的头顶，极写江流的汹涌不定，暗喻此行前途凶险。黄昏时厚重的云层淹没了重峦叠翠的山峦，暗喻此去吉凶叵测。远处戍守的军营报时的鼓声隐隐可闻，那是谁的守军呢？充满寒气的山岭只能看见高大的松柏，那里面是否伏有杀机？这都是阴铿不无担心之处。尾联活用成语"行百里者半九十"，再次道出对此行的担忧。百里旅程行至九十尚只能称半。我现在一半的路程都不到，何时能够到达江陵？尤为使人焦虑的是，不知何时才能再返京城，也就是期望能早日平定侯景之乱。阴铿此诗形象地反映了身处乱世的文人士子普遍的忧虑心情，具有代表意义。这首诗与后面两首诗是阴铿诗中侧面反映侯景之乱的作品，十分难得。

[集评]

明谢榛《四溟诗话》卷三：谢宣城《夜发新林》诗："大江流日夜，客心悲未央。"阴常侍《晓发新亭》诗："大江一浩荡，离悲足几重。"二作突然而起，造语雄深，六朝亦不多见。（按：《晓发新亭》当作《晚出新亭》）

清仇兆鳌《杜诗详注》卷二《前出塞九首（其四）》："送徒既有长，远戍亦有身。"注：阴铿诗："远戍惟闻鼓，寒山但见松。"

《杜诗详注》卷五《北征》："前登寒山重，屡得饮马窟。"注：阴铿诗："寒山但见松"。

《杜诗详注》卷八《龙门镇》："嗟尔远戍人，山寒夜中泣。"注：阴铿诗："远戍惟闻鼓"。

晚泊五洲

客行逢日暮，结缆晚洲中①。
戍楼因崄险②，村路入江穷。
水随云度黑③，山带日归红。
遥怜一柱观④，欲轻千里风。

[题解]

五洲，在今湖北省浠水县西四十里兰溪西大江中。《水经注·江水》在写江水过华容县（隋以前华容在今湖北监利县，或云在潜江市）南之后有一段记述："又东过邾县南、鄂县北"，其下有注："江中有五洲

相接，故以五洲为名。"此诗上承《晚出新亭》。至此，阴铿所乘船离开建康已有数百里之遥。诗写傍晚停船江中五洲所见所感，表达了急欲赶到江陵的迫切心情。

[异文]

①洲，《本集》作"舟"，误。②嶬，《艺文类聚》《文苑英华》《六朝诗集》作"碛"，误。碛即砧的异体字。③度，《艺文类聚》作"渡"。④怜，《艺文类聚》《文苑英华》作"然"。不通。

[注释]

1.客行逢日暮，结缆晚洲中：客，阴铿自指。阴铿所乘船只于傍晚来到武昌郡治鄂县西大江中的五洲，于是停靠在这里。结缆，系住船的缆绳。

2.戍楼：士兵戍守瞭望的碉楼。因嶬险：戍楼建筑在江边悬崖之上，十分险要。

3.村路入江穷：村落的道路一直通向江边。穷，达到极点。

4.水随云度黑：度，越过，这里指云移动。因为日暮，重云渐合，江面变得昏黑。

5.山带日归红：太阳落向西山，山巅被落霞染红。

6.一柱观：在江陵，见《和登百花亭怀荆楚》注释1。

7.欲轻千里风：千里风，一日可行千里的风。轻，使动用法，使船驶轻快。意谓想借助风的迅疾快点到达江陵。

[解读]

这首诗表面上并未流露出风险四伏、吉凶莫测的氛围，但是细味字里行间，还是可以看出此行并不平静。首句"客行逢日暮"呼应前首《晚出新亭》。次句"结缆晚洲中"，船到湖北浠水县，不停靠在大江两岸，而停泊江中洲渚，显然有不得已之处。因为侯景派出的任约军正嚚嚚西来，为避免危险，只得停靠在人迹罕至的江中陆地。"戍楼因嶬险"，江边断崖上的戍楼中定有虎视眈眈的士兵，岂不令人心惊？"村路入江穷"，入江穷的"穷"字兼有二意：一是道路到江边就终止了，二是路上空空荡荡，见不到行人。侧面写出当地人民对战争的恐慌，显示出一派紧张气氛。这就给人一种不祥的预感。"水随云度黑，山带日归红"，江面上阴云密布，水面一片昏黑，只有远处西山的落日为山巅泛上一片残红。境由心造。这时在阴铿的眼里，万物都带上凄凉的色彩，处处都浸染着忡忡忧心。闽南师范大学檀二姓在他的硕士学位论文《〈陈书·文学传〉研究》里评论此二句说："'水随云度黑'中的'随'字和'度'字将时间的流逝以一种动态的形式展现出来，'山带日归红'则带有另一种静态的美，动静相宜。傍晚时分，水天相映，水色随着暮云的渐渐浓重一点点变黑，高耸的山峰上却还残留着夕阳的红色余光，冷暖色调、动静景象的对比生动精炼，可见琢炼功夫。""遥怜一柱观"，是诗人对当年随萧绎在江陵平静日子的追忆，于是恨不得乘上一日千里的疾风飞到江陵！此诗中间二联字斟句酌，"因岖险""入江穷"，不仅对仗工整，而且有言外之意。"水随云度黑，山带日归红"，用字清丽，对比鲜明，极符合诗人此时忐忑不安的心理，洵为千古名句。

[集评]

宋郭知达《九家集注杜诗》卷二八《暮春》："楚天不断四时雨，巫峡长吹千里风。"注：巫峡多风。赵（彦材）[1]云：陈阴铿《晚泊五洲》诗："遥然一柱观，欲轻千里风。"（按："然"当作"怜"）

《九家集注杜诗》卷三二《雨四首》："微雨不滑道，断云疏复行。紫崖奔处黑，白鸟去边明。"注：赵（彦材）云："紫崖奔处黑，白鸟去边明"，不劳雕刻而雨意自见。阴铿诗有云："水随云度黑，山带日归红。"今公诗可与之敌也。（按：侧面言阴铿诗佳）

---

[1] 赵次公，字彦材，两宋间蜀人，著有《杜诗先后解》59卷，已佚，今人有辑佚本，所引文字当出于此书。

宋龚颐正《芥隐笔记》"杜诗用前人意"条：老杜"寒日出雾迟，清江转山急"，亦用阴铿"野日烧中昏""山路入江穷"意。《说郛》卷一一下亦引录《芥隐笔记》此条。

清陈祚明《采菽堂古诗选》卷二九收录此诗，末评曰：凡写景写色，能令极鲜浓乃佳。五、六得此妙秘。

清仇兆鳌《杜诗详注》卷一一《早发射洪县南途中作》："寒日出雾迟，清江转山急"，注：宋龚介隐《笔记》：阴铿诗"野日烧中昏""山路入江穷"。此"寒日""清江"二句所本。（按："野日烧中昏"见阴铿《和侯司空登楼望乡》）；"山路入江穷"，各本均作"村路入江穷"。

五洲夜发

夜江雾里阔，新月迥中明。
溜船惟识火①，惊凫但听声。
劳者时歌榜，愁人数问更。

[题解]
见前《晚泊五洲》题解。此诗当为船泊江心五洲一天后，再于夜色降临后解缆出发。《艺文类聚》卷二七作夜发。此诗当写于《晚泊五洲》诗的第二天。

[异文]
① 船，《六朝诗集》作"痕"。

[注释]
1. 溜船：顺流而下的船。
2. 歌榜：榜，船桨，亦代指船。歌榜，击榜而歌，敲打船桨为拍而歌唱。

3. 更：古代夜间计时单位，分为五更：黄昏为一更，人定（人安静下来，亦即入睡）为二更，夜半为三更，鸡鸣为四更，天明为五更。又称"五鼓"，以定时击鼓而名。

[解读]

阴铿赶赴江陵的船只在长江中五洲这个地方停泊一天后，在这天夜色降临后再度出发，是为"夜发"。白天不敢行船，要趁夜色掩护出行，当然是因为兵乱，唯恐途中遇上侯景军队而被擒。这首短诗可用一个"愁"字概括。首联、二联写"愁人"即阴铿夜间船上所见所闻。"夜江雾里阔，新月迥中明"，对仗工整，景色清泠雅丽。"夜江""新月"点出"夜发"。夜间宽阔的大江上雾霭重重，刚刚升起的新月在遥远的天际映照着夜空。两句画出一片空旷、孤寂、清冷的境况，侧面衬托出"愁人"的凄凉心境。"溜船惟识火"，顺流而下的船只疾驶而过，只有通过船上灯火才知道有船经过。可见夜行船者非但阴铿一人，而且都保持着静谧，侧面见出当时局势的紧张。"惊凫但听声"，船只驶过惊起了夜宿的水鸟，听到那扑啦啦飞起的声音才知道水鸟被惊起。此外就只有驾船之人击打着船桨唱出的歌声在夜空中悠荡。满腹愁绪的阴铿却没有船夫的好心情，不时地询问到了几更天？到了什么地方？急于赶到江陵的心情不言而明。整首诗写得清空辽远，画面简洁生动，"数问更"三字如灵丹一点，激活了前面五句所写景象背后的愁情怅绪。

[集评]

明陆时雍《古诗镜》卷二五："劳者时歌榜，愁人数问更。"旅绪淹淹，描写如画。

清仇兆鳌《杜诗详注》卷六《春宿左省》"明朝有封事，数问夜如何。"注：阴铿诗："愁人数问更"。诗："夜如何其？夜未央，庭燎之光。君子至止，鸾声锵锵。"此诗下半截全用其意。（按：指杜甫诗《春宿左省》）

阴铿其人其诗

登武昌岸望

游人试历览，旧迹已丘墟[①]。
巴水萦非字，楚山断类书。
荒城高仞落，古柳细条疏。
烟芜遂若此，当不为能居。

[题解]

武昌，指当时的武昌郡，治所在鄂（湖北鄂城，今称鄂州市鄂城区，非今武汉市武昌区），位于长江南岸。三国吴孙权时期，都城数更替。《水经注·江水》在写江水过华容县南之后有一段记述："又东过邾县南、鄂县北"，其下有注："鄂，今武昌也。孙权以魏黄初元年自公安徙此，改曰武昌县。……又以其年立为江夏郡，分建业之民千家以益之。至黄龙元年，权迁都建业，以陆逊辅太子镇武昌。孙皓亦都之。皓还都，令滕牧守之。晋惠帝永平中，始治江州，傅综为刺史，治此城，后太尉庾亮之所镇也，今武昌郡治。"《隋书·地理志》：武昌，旧治武昌郡。辖武昌、下雉、寻阳、阳新、柴桑、沙羡六县。可见，历史上的武昌是重镇，应该是很繁华的。（隋开皇九年）平陈，郡废。南朝陈时为武昌郡。但这时的武昌郡已不复往日风光。

阴铿此诗可能作于梁大宝二年（551）冬。是年三月，徐文盛、阴子春败于侯景，逃归江陵，之后，徐文盛被下狱，不久就死在狱中，阴子春亦死于当年。应该是在这一年秋末或冬初，正在江陵的阴铿奉父柩回归家乡作唐。自江陵（今湖北荆州市）以船载父亲灵柩顺流而下，至武昌（今湖北鄂州）停船登岸，站在江边上瞭望武昌城，作《登武昌岸望》诗。

-194-

[异文]

①已,《艺文类聚》作"但",亦通。

[注释]

1.历览:遍览,逐一地看。

2.旧迹已丘墟:旧迹,指历史陈迹。丘墟,废墟,荒地。《文选·班彪·北征赋》:"旧室灭以丘墟兮,曾不得乎少留。"

3.巴水萦非字:国内巴水有多处。此当指今湖北省东北部巴水,为长江支流。源出湖北罗田县北,西南流为黄州市和浠水县界河,南流入长江。《水经注·江水》在"又东过邾县南、鄂县北"下注曰:"江水左侧巴水注之,水出零娄县之下灵山,即大别山也。……又南迳巴水戍,南流注于江,谓之巴口。"巴水戍在今湖北省浠水县西七十里巴河镇。四川境内巴水又称"巴字水"。《太平御览》卷六十五引《三巴记》:"阆、白二水合流,自汉中至始宁城下入武陵,曲折三回,有如巴字。"此处阴铿不过因二水同名而说,非称武昌巴水为巴字水。萦,回旋缭绕。此处写水波萦回流动。

4.楚山断类书:楚山,楚地的山。春秋时武昌属楚地,故称。类书,类似书写的文字。今鄂州市西有樊山、郎亭山。《土编记》:"郎山、樊山相接而中断,江上望之如八字。"此谓樊山、郎亭山断开后像是书写的"八"字。

5.荒城高仞落:荒城,指武昌城。高仞,八尺为仞。古人诗文中常以"仞"述山、墙之高,江河之深,随之以"仞"代指高山、高墙。如唐齐己《送周秀游峡》:"滟滪分高仞",高仞即指滟滪堆两岸的高山。宋李曾伯《水调歌头》:"整顿金城千仞",即指修整高高的城墙。此处指武昌城的高墙。

6.细条:此指柳枝。

7.烟芜:芜,乱草丛生之处。烟芜之烟,指广阔草地地面上朦胧的雾气,尤见其荒芜。

[解读]

　　游人，阴铿自指。阴铿舍舟登岸，来到武昌城外，登高纵目，发现东吴在此建都留下的历史遗迹都已成了废墟。流过城西的巴水虽然还是在江中萦回流动，但是已经看不出有"巴"字的痕迹。唐王维《送崔五太守》有"天际澄江巴字回"句。《元和郡县志》："渝州，古巴国，阆、白二水曲折如巴字，故谓之巴。"城西的樊山、郎亭山还是像以前那样中截，类似大写的"八"字。《汉武帝内传》载，西王母向汉武帝说明《五岳真形图》绘制之前，三天太上道君曾俯视大地，但见"陵回阜转，山高陇长，周旋委蛇，形似书字。"这两句不过借两件事典写江山兴废，有点"原来姹紫嫣红开遍，似这般都付与断井颓垣"（元汤显祖《牡丹亭》句）的感喟。亘古不易的山水都已经改变了模样，那些容易摧毁的宫墙殿宇就更不在话下了。阴铿诗好用典。其用典不外乎事典和语典。在阴铿的三十五首诗中，不用典的寥寥无几，或用事典，或用语典，不仅使诗语言典雅，而且大大丰富了诗的内容。但这首诗的颔联所用事典为僻典，似乎有炫耀学问的味道，是不足取的。而阴铿的大多数诗用典都用得弥合无痕，不着痕迹。如《和樊晋陵伤妾》："忽以千金笑"，读来毫无滞碍，而熟悉历史典故的读者自然会想到褒姒的那一笑，深为作者顺手拈来所折服。又如《行经古墓》："表柱应堪烛，碑书欲有金"，读者明知用典，但不觉生涩，只觉切合主题，有弦外之音，能体会出十个字以外的深沉内涵。

　　写了城外，再写城内。"荒城高仞落"，写荒废的城墙已经多处坍圮，"落"字传神。"古柳细条疏"，借柳条的稀疏零落写昔日美丽的风光已经凋零，画出一幅荒寂寥落的景象。尾联感叹道：昔日都城如今荒凉到如此程度，怎么还能住人呢？这一联写得过于直接，也许为韵所限，不得已而为之。同样是兴废的感慨，那首《行经古墓》的结句"悬剑今何在？风杨空自吟"便有袅袅余音、不尽幽思。正因为这一首诗在阴铿的诗中并非佳构，故后人评述几无提及，亦未见有踵武者。

游巴陵空寺

日宫朝绝磬，月殿夕无扉。
网交双树叶，轮断七灯辉①。
香尽奁犹馥，幡尘画渐微②。
借问将何见，风气动天衣。

[题解]

巴陵，即巴陵郡，今湖南省岳阳市。南朝宋元嘉十六年（439）分长沙郡置，先属湘州，后属郢州。治所在巴陵县，今湖南省岳阳县。梁时，巴陵郡称"巴州"。此巴陵空寺当在巴陵县。空寺，指空无人迹的寺庙，亦即荒废的寺庙。此诗当作于由江陵奉父柩回家乡作唐途经巴陵时，时在大宝二年秋或冬。

[异文]

①灯，《本集》作"镫"，误。②尘，明都穆《南濠诗话》引阴铿诗句，此句作"陈"。陈，陈旧。从上句"香尽"看，按对仗规则，"陈"更好。然而，"幡尘"，名词动用，亦佳。

[注释]

1. 日宫：日天子的宫殿。下文月殿指月天子的宫殿。见佛典《起世经》。此处指佛寺各处殿堂，亦可理解为僧众朝课、晚课之处。绝，断绝。绝磬，磬声已经断绝。磬，佛寺中使用的一种钵状物，用铜铁铸成，既可作念经时的打击乐器，亦可敲响集合寺众。

2. 网交双树叶：网交，蛛网交织。双树，即娑罗双树。传说世尊释迦牟尼当年在拘尸那城娑罗双树之间入灭（逝世），其地东西南北各有双树，每一方的两株树均为一荣一枯，称之为"四枯四荣"。此处泛指寺院周围的树木。

3. 轮断七灯辉：七灯，《佛说灌顶经》谓，重病之人，应"劝燃七层之灯，……七层之灯一层七灯，灯如车轮"。此指佛寺灯烛均灭。

4. 香尽奁犹馥：奁（lián），古时盛放器物的匣子，此处指盛香的盒子。香已用尽，但放香的盒子还留有馥郁的香气。

5. 幡尘画渐微：幡(fān)，以竹、木竿等挑起来或悬挂着的长条形旗子，此处指佛寺中经幡。微，隐约，不分明。此谓经幡已经蒙尘，上面的彩色图案因而不很清楚。若作"幡陈"，则曰经幡已经陈旧，似不如经幡蒙尘更甚其寥落。

6. 借问：请问。

7. 风气动天衣：风气，即风。《淮南子》："夫户牖者，风气之所从往来。"天衣：仙佛所穿衣服。《法苑珠林》卷五："问曰：诸天衣服云何？答曰：如经说，六欲界六天中皆服天衣，飞行自在。看之似衣，光色具足，不可以世间缯彩比之。色界诸天衣服虽号天衣，衣如非衣。"

[解读]

梁大宝二年秋，阴铿自江陵奉父柩回作唐，途中由长江经巴陵转入洞庭湖时，他登岸巴陵，来到了一处荒废的佛寺。南北朝时期，帝王大多崇佛，梁武帝就曾四次舍身佛寺，因而佛道兴盛，寺庙道观香火鼎盛。而此时处在交通要道上的这座佛寺却十分寂寞冷清，不仅空无一人，而且十分残破。这首诗就从寺庙的各处写出它的荒凉破败，折射出当时社会环境的萧条。阴铿自建康奔赴江陵，沿途亲眼见到了侯景之乱带来的民生凋敝，人们逃生唯恐不及，寺庙里的僧人可能也避难去了。这座本来应该非常热闹繁荣的寺庙空旷残败，便促使他拿起诗笔，写下自己深沉的感慨。

从诗中所写景象看，这座寺庙规模宏大，但是已然完全残破不堪。诗依浏览的次序而迤逦写来。还没有走进寺庙，诗人就感受到了寺庙的冷

寂。平时在寺庙外远处就可听到朗朗的诵经声，今天走近这座寺庙却是寂静无声，所以诗人落笔就写下了"日宫朝绝磬"的句子；一大早起这里就没有了敲磬诵经的声音。是僧众们懒起吗？不是。因为走进去发现"月殿夕无扉"，平时僧众做晚课的地方连门窗都没有了，说明这里荒废已久。寺庙周围的树木居然布满了蜘蛛网，见出已经很久没有人打理。走进庙堂，祈祷病人康复的七层轮转灯已经熄灭很久，虽然存放香烛的盒子还有馥郁的香气，但是悬挂着的经幡却蒙上了厚厚的灰尘，上面的彩色图案已经无法看清楚了。"借问将何见？"那么还有什么呢？诗人自问自答："风气动天衣"，只有穿堂而过的寒风吹动了佛像身上的衣裾。菩萨，你的威仪还在哪里？诗人悲不自禁，用末句宣泄着无尽的悲凉。境由心生。寺庙的苍凉寥落，与诗人自己心情的凄清失落相互冲击，催生了这千古佳句。

[集评]

清陈祚明《采菽堂古诗选》卷二九收录此诗，末评曰："尘"字作虚字用，妙。（按：作虚字用，误。当为名词动用）

清仇兆鳌《杜诗详注》卷一三《伤春五首（其三）》："烟尘昏御道，耆旧把天衣。"注：顾炎武曰：《南齐·舆服志》："衮衣，汉世出陈留襄邑所织，宋末用绣及织成。齐建武中，乃彩画为之，加饰金银薄时，亦谓为天衣。……陈后主诗：风气动天衣。"（按：注中陈后主当为阴铿）

闲居对雨其一（原其二）

苹藻降灵祇①，聪明谅在斯。
触石朝云起，从星夜月离。
八川奔巨壑，万顷溢澄陂。
绿野含膏润，青山带濯枝。

嘉禾方合颖，秀麦已分歧。
寄语纷纶学，持竿讵必知②。

[题解]

　　《闲居对雨》两首是阴铿丁父忧在家乡作唐期间写的，约在梁元帝萧绎承圣元年（552）夏，即阴铿自江陵奉父柩回乡的次年夏。按古人守孝三年之制，承圣元年夏，阴铿仍在守制中。据"嘉禾方合颖，秀麦已分歧"，时为仲夏。此为《闲居对雨》诗原其二，今置于第一。从首联、二联看，应是第一首。首联写神仙降下灵祇，则此前应有祭神祈雨之事。二联写雨云初起，星月隐去，然后第三联才开始写雨。从事情发生顺序看，此诗当为第一首。

[异文]

　　①降，《本集》作"荐"。祇，《本集》作"祗"。②竿，《本集》作笔，《六朝诗集》《艺文类聚》《采菽堂古诗选》作"竿"。必，《本集》作"难"。

[注释]

　　1.苹藻：苹与藻皆水草名，古人常采作祭祀之用。《左传·隐公三年》："苹蘩蕴藻之菜……可荐于鬼神，可羞（馐）于王公。"灵祇：当为灵祇（qí），天地之神。古时祇、祗常混用。按律诗格律，此处当用祇。

　　2.聪明：听觉灵敏曰聪，视觉灵敏曰明。《尚书·皋陶谟》："天聪明，自我民聪明。"此处意谓天神聪察、明智，从民所请。三国魏陈琳《柳赋》："穆穆天子，亶听聪兮。德音允塞，民所望兮。"《说文》：谅，信也，诚也。《尔雅·释诂》："斯，此也。"聪明谅在斯，犹言天神就这样守信。

　　3.触石：《公羊传·僖公三十一年》："触石而出，肤寸而合，不崇朝而遍雨乎天下者，唯泰山尔。"此处用其意，谓山头的云层低压在

山顶,是大雨将来之景象。

4.从星:从地球上望去,月亮常与箕、毕二星在一起。《尚书·洪范》:"月之从星,则以风雨。"《孔传》云:"月经于箕则多风,离于毕则多雨。"此句亦谓大雨将来。此二句写大雨将来之前的景象。

5.八川奔巨壑:古代关中地区长安附近有灞、浐、泾、渭、沣、滈、潦、潏八水。此处"八",言其多。川,河流。壑,山谷、深沟。

6.万顷溢澄陂:万顷,万顷波涛。陂,池塘。澄陂,水质澄清的池塘。意谓大雨使原本澄清的水塘里的水都溢出来了。与上一句同写水势浩大的景象。

7.绿野含膏润:绿野,植物生长茂盛的原野。膏润,指雨,意谓雨水膏润着万物。《左传·襄公十九年》:"如百谷之仰膏雨焉。"

8.濯枝:濯,洗涤。濯枝,被雨水洗净了的树枝。

9.嘉禾方合颖:嘉禾,生长奇异的禾,古人以为吉祥的征兆。亦泛指生长苗壮的禾稻。合颖,谓禾苗一茎生二穗,古人视为祥瑞。此处借指禾苗分蘖。

10.秀麦已分歧:秀,指禾类植物开花。秀麦,正在开花的麦苗。分歧,亦指小麦分蘖抽穗。

11.寄语纷纶学:寄语,传话,转告。纷纶,浩博。《后汉书·井丹传》:井丹,字大春,东汉扶风郿县人,"通五经,善谈论,故京师为之语曰:五经纷纶井大春。"这里泛指满腹经纶的学者。

12.持笔讵必知:这句《六朝诗集》《艺文类聚》《采菽堂古诗选》均作"持竿讵必知",比"持笔讵必知"更合平仄格律。持竿,用下一首高凤持竿驱鸡故事,意谓虽然满腹经纶的学者上通天文,下懂地理,但是对于农事还是一窍不通的。

[解读]

此诗应写于当地祭雨成功之后,大雨如期而至,滂沛竟日。阴铿作为朝中官员、文人士子,大约也参加了祭雨,所以开头即写祭雨,并且祭雨成功。二联写大雨将临之景象，触石、从星，朝云、夜月，对仗十分工整，用语典雅有致。"八川奔巨壑，万顷溢澄陂"，写大雨已至，写得非常有气势，仿佛一幅万川奔流图。古人有云阴铿诗纤弱，其实并不尽然。绿野、青山两句移目于高山、垄亩，膏润、濯枝，寄予无限欣慰，似与农人共同分享久旱甘霖的喜悦。更为令人喜悦的是，嘉禾、秀麦均在分蘖抽穗，金秋的丰收已可企望。从这里可以看出，阴铿与底层人民的心还是贴近的。尾联寄语饱学之士，稼穑农事中亦有学问，不是只知读书，连驱鸡护谷都做不好的秀才所能明白的。闲适之中有对读书人的几分调侃，也带有自嘲的意味。

[集评]

清陈祚明《采菽堂古诗选》卷二九收录此诗，末评曰："触石"二句雅，对句押"难"字尤隽。典雅语更以新隽为佳。

闲居对雨其二（原其一）

四溟飞旦雨①，三径绝来游②。
震位雷声发，离宫电影浮。
山云遥似带，庭叶近成舟③。
茅檐下乱滴，石窦引环流④。
寄言一高士，如何麦不收。

[题解]

见上首题解。此诗原为第一首，现作第二首。

[异文]

①溟，《六朝诗集》作"暝"，《初学记》《文苑英华》作"宾"，《文苑英华》注：一作冥。旦，《初学记》《文苑英华》作"早"，又注云：一

-202-

作旦。②径，《六朝诗集》《古诗纪》作"迳"。游，《本集》《六朝诗集》作"由"。③叶，《文苑英华》《锦绣万花谷》作"芥"，《文苑英华》注云：一作叶。④环，《初学记》《文苑》作"潨"（cóng）。

[注释]

1.四溟：溟，海。四溟即四海，此处指四方。旦雨：早晨的雨。

2.三径：径，小路。晋赵岐《三辅决录·逃名》："蒋栩归乡里，荆棘塞门，舍中有三径，不出，惟求仲、羊仲从之游。"后因以三径指归隐者的家园。

3.震位：震，《易》卦名。朱熹注："其象为雷"。《易·说卦》："万物出乎震。震，东方也。"

4.离宫：离，《易》卦名。《易·说卦》："离为火，为日，为电。""离也者，明也。……南方之卦也"。震位、离宫两句互文见义，谓东南方电闪雷鸣。

5.山云：山头的云雾。

6.庭叶：院子里飘落的树叶。

7.石窦：石洞。环流：旋涡。

8.高士：谓志行高洁之人，多指隐士。此处指东汉高凤。《后汉书·高凤传》："高凤字通，南阳叶人也。少为书生，家以农亩为业，而专精诵读，昼夜不息。妻尝之田，曝麦于庭，令凤护鸡。时天暴雨，凤持竿诵经，不觉潦水流麦。妻还怪问，凤方悟之。"

[解读]

此诗借写夏日暴雨，抒发一份闲适自得的怡悦心情。阴铿诗写景，既大声镗鞳，也细致幽微。这首诗中，大声镗鞳如"四溟飞旦雨，三径绝来游。震位雷声发，离宫电影浮"，"飞"字高扬，"绝"字沉郁，"发"字放散，"浮"字漂游，好一幅雷电破空、骤雨闭路、天地混沌、行人罕至的夏日暴雨景象。"三径"又暗暗道出隐居乡间的怡适。接下来通过"山云遥似带"过渡,远远望去,云层像长带一样萦绕在山头。转而写庭院中雨景,细致幽微,引人入胜。"茅檐下乱滴","下"字、"乱"字尤为传神,可以使人想象出茅屋屋檐不断滴下的雨帘。"石窦引环流","引"字用得精准,石洞将周围的流水不断吸入。末用东汉高凤故事,委婉地道出读书人不谙农事,颇有"百无一用是书生"的感慨。"如何麦不收",是如何不收麦的倒装,意谓你只知道读书,下雨了连麦子都不知道赶紧收拢来。李章甫先生评这首诗说:"诗人有一双发现美的眼睛,飞雨、闪电、山云、树叶、雨滴、石窦,这些极为常见的东西,都能作为美的艺术形象入诗入画,炼出千古名句。"(李章甫《阴铿诗解读》,戏剧出版社,2009.4)

观 钓

澄江息晚浪①,钓侣枻轻舟②。
丝垂遥溅水③,饵下暗通流。
歌声时断续④,楫影乍横浮⑤。
寄言濯缨者,沧浪终滞游⑥。

[题解]

此诗写傍晚江边观人钓鱼,抒发向往优闲自适生活的情绪。最可能作于作唐守制时。

[异文]

①江,《初学记》作"空"。②枻,《初学记》作"拽"。③丝垂,《艺文类聚》作"垂丝"。遥,《初学记》作"解",按:宋本作鲜。④续,《本集》注:一作"听"。《六朝诗集》作听。⑤楫,《初学记》作楫。乍横,《本集》作"下空"。⑥游,《本集》注:一作"流"。《六朝诗集》作流。

[注释]

1. 枻：yì。短桨。此处名词用如动词，划桨。枻轻舟，用短桨划着小船。

2. 丝垂遥溅水：钓丝远远地甩出去溅落在水面。

3. 饵下暗通流：钓饵下面水流涌动，那是因为鱼儿在游动。

4. 楫影乍横浮：楫，船桨。乍，忽然，暂且。船桨的影子时而横在江面上，时而没入江面中。为押韵用"浮"字。浮，《唐韵》缚牟切，读fóu，不读fú。与舟、流、游押韵。

5. 濯缨者：屈原《渔父》："屈原既放，游于江潭，行吟泽畔，颜色憔悴，形容枯槁。渔父见而问之曰：子非三闾大夫与？何故至于斯？屈原曰：举世皆浊我独清，众人皆醉我独醒，是以见放。""渔父莞尔而笑，鼓枻而去，乃歌曰：沧浪之水清兮，可以濯吾缨；沧浪之水浊兮，可以濯吾足。遂去，不复与言。"濯缨者，指隐居山林湖海间之志向高洁者。

6. 沧浪：上所言屈原见渔父之地。今湖南省汉寿县沧港镇有沧水、浪水，并有沧浪亭。滞游，久游未归。意谓可以在沧浪之水间长久地流连。

[解读]

宦游之余，阴铿也会去放松一下自己。不知什么时候，他在江边观看了一次渔夫们的垂钓活动，似乎对他颇有打动，于是写了这首诗。也可能是在作唐守制期间，闲暇间旁观了一次水上垂钓活动。这是一个傍晚，澄明的江水风浪已经平息，正是垂钓的好时机。傍晚，明澈的江水平静无波，钓友们驾着小船在江面上垂钓。"丝垂遥溅水，饵下暗通流"，"遥溅水""暗通流"，写活了钓鱼的场景。那丝纶远远地甩出去，在江面上溅起水花，钓饵的下面鱼儿在游动，渔夫们静等着鱼儿上钩。"歌声时断续，楫影乍横浮"，对仗工整贴切，"横浮"二字下得尤为精准，桨影横、浮在水面上，并未时时划动，是钓鱼船只最准确的描述，因为老是移动就钓不着鱼了，偶尔划动桨叶以免船被水流流走，所

-205-

以"乍横浮"。阴铿诗写景精微如此。江面上愉悦的歌声时断时续，船桨的影子横在水面，只偶尔没入水中划动几下以免船只流走。多么悠游自在的生活！尾联阴铿对希望隐居的高洁之士说：到这里来吧，沧浪之水是可以久游不归的地方啊！这话似乎正是对阴铿自己说的。可惜他始终只是一位观钓者，从来没有真正加入其中。

[集评]

清陈祚明《采菽堂古诗选》卷二九收录此诗，末评曰：三、四清俊。楫影横浮，画不能尽。横字佳。

渡青草湖

洞庭春溜满①，平湖锦帆张。
沅水桃花色②，湘流杜若香。
穴去茅山近③，江连巫峡长④。
带天澄迥碧⑤，映日动浮光。
行舟逗远树，度鸟息危樯⑥。
滔滔不可测，一苇讵能航。

[题解]

渡，《初学记》作"度"。青草湖，亦名巴丘湖，在今洞庭湖西南。盛弘之《荆州记》："巴陵南有青草湖，周回数百里，日月出没其中。湖南有青草山，因以为名。"宋范致《岳阳风土记》："青草湖在磊石山，与洞庭相通。"洞庭、青草两湖相连，水涨则合二为一，故名重湖。清沈德潜《古诗源》卷十四阴铿诗题下注云："亦作庾信诗。"

[异文]

①满，《锦绣万花谷》作"薄"。②沅，《艺文类聚》《初学记》《文

苑英华》作"源"。沅水，《锦绣万花谷》作"源泛"。③穴，《锦绣万花谷》作"地"。近，《文苑英华》《古今事文类聚》作"远"，《文苑英华》注：《初学记》作"近"。④江，《六朝诗集》作"海"。⑤带，《锦绣万花谷》作"布"。迥，《锦绣万花谷》作"远"。⑥度，《艺文类聚》作"渡"。息，《六朝诗集》作"宿"。樯，《初学记》作"墙"。

[注释]

1.春溜：溜，读去声，大而急的水流。春天雨水多，河沟流水满溢而急速流动，故称"春溜"。

2.平湖：平展如镜的湖面。唐张说《和尹从事懋泛洞庭》："平湖一望上连天"。锦帆：帆的美称。

3.沅水桃花色：沅水，湘资沅澧四水之一，在湖南省西北境。发源于贵州省东南部，有南北二源：南源马尾河，又称龙头江，源出贵州省都匀县之云雾山鸡冠岭；北源重安江，又称诸梁江，源出贵州省麻江县平越间大山；以南源为主干。两源汇合后称清水江，流经黔东南、黔中西沅陵县，至黔城以下始称沅江，在常德市汉寿县注入洞庭湖。全长1022公里，流贯21县市，流域面积8.91万平方公里。桃花色：沅水流经桃源县，有陶渊明《桃花源记》所写桃花源，桃花源有桃林。故古人诗文中常将沅水与桃花联系起来，隐含人间理想社会桃花源。

4.杜若：香草名，一称杜衡。多年生草本，高一二尺。叶广披针形，味辛香，可入药。屈原《九歌·湘君》："采芳洲兮杜若，将以遗兮下女。"《离骚》云："杂杜衡与芳芷。"

5.穴：洞穴、地穴。"穴去茅山近"，详见本书第二章第三节。

6.巫峡：长江三峡之一，在长江上游。长江三峡西起重庆市奉节县的白帝城，东至湖北省宜昌市的南津关，全长193公里，自上而下依次为瞿塘峡、巫峡和西陵峡。

7.带天澄迥碧：带天，江水像一条长带直连天际。澄，澄澈，形容水的清澈见底。迥，辽远。碧，江水的颜色。

8. 浮光：水面或物体表面反射的光。动浮光，水面波光潋滟的样子。

9. 逗：惹，弄。《正韵》：物相投合也。唐杜甫诗："远逗锦江波"。唐常建诗："圆月逗前浦。"

10. 度鸟：飞鸟，或谓飞越水面的鸟。息：停止，歇息。危樯：船上高耸的桅杆。唐杜甫《旅夜书怀》："细草微风岸，危樯独夜舟。"

11. 滔滔：《论语·微子》曰："滔滔者，天下皆是也，而谁以易之？"意谓世间人事有如深不可测之滔滔江海，潜藏着无尽的风险，且人力无法改变。

12. 苇：苇叶，比喻小船。《诗经·河广》："谁谓河广？一苇杭之。""杭"通"航"。

[解读]

　　这首诗是阴铿写得最好的诗之一，佳句颇多。阴铿家在作唐，对洞庭湖非常熟悉，所以这首写青草湖的诗就写得生动而贴切。他渡青草湖是在春天，在家乡居父丧期满而再次踏上求职的路途。"洞庭春溜满"，写洞庭湖水势浩大，为尾联预留伏笔。在这浩瀚的青草湖上，一片风帆被春风鼓满，正驶向远方。诗便从此处铺开，描写洞庭、青草二湖浩渺壮美的景致。那带着桃花芬芳而来的沅水，那沾染了杜若辛香而来的湘流，汇聚成盛大的水势。随着四通八达的湖水，阴铿把目光投向吴越的茅山和三峡的绮丽风光。两句既有鲜艳的色，也有芬芳的香，予读者以感官的极度充实。"巫峡长"，郦道元《水经注·三峡》载："每至晴初霜旦，林寒涧肃，常有高猿长啸，属引凄异，空谷传响，哀转久绝。故渔者歌曰：巴东三峡巫峡长，猿鸣三声泪沾裳。"接下来两联写得生动而壮丽，尤为后人称道。"澄迥碧""动浮光"，画出了湖面、江面瑰丽的景象；"逗远树""息危樯"，写尽了湖面、江面的辽远阔大，为尾联张目。最后感叹如此浩瀚渺远、深不可测的湖水，岂可是一叶扁舟所能远航？联想到他此次南投萧勃，似乎对宦途充满了畏惧，对今后的前程充满了迷茫。诗中提及君山的地穴，不说通苞山，而说通茅山，似乎有皈依道教的意向。"平湖锦帆张"，后人多有借用。五代温庭筠《春江花月夜》有句："百幅锦帆风力满"，与"锦帆张"同意。元杨维桢《送史才叟迁上饶吏代冯元赠》有句："金缕唱，锦帆张。""带天澄迥碧"，唐储光羲《秦中初霁献给事二首》有句："云林带天碧"。"沅水桃花色，湘流杜若香"，后无来者也。"逗"字开后人用此字先例，杜甫最喜用。唐韦应物《夕次盱眙县》："落帆逗淮镇"，唐常建《西山》："圆月逗前浦"，宋贺铸《临江仙》："深竹逗流萤"，宋史浩《满庭芳》："笙歌逗晓"，等等。北宋黄庭坚诗《廖袁州次韵见答并寄黄靖国再生传次韵寄之》则谓："诗才清壮近阴何"。以"清壮"二字评价此诗，当再合适不过。湖南著名学者李元洛先生称"中国诗歌史上最早歌咏洞庭完整而且完美的篇章，还是应首推南朝梁、陈之际的阴铿的《渡青草湖》。"

[集评]

宋郭知达《九家集注杜诗》卷二《渼陂行》："主人锦帆相为开，舟子喜甚无氛埃。"注：赵（彦材）云："主人，指言岑参也。陈阴铿《渡青草湖》诗：平湖锦帆张。《楚辞》：阒氛埃而清凉。"

《九家集注杜诗》卷七《古柏行》："云来气接巫峡长，月出寒通雪山白。"注：赵（彦材）云：盛弘之《荆州记》载："古歌曰：巴东三峡巫峡长，猿鸣三声泪沾裳。"又陈阴铿《渡青草湖》诗曰："穴去茅山近，江连巫峡长。"

宋黄希原本、黄鹤补注《补注杜诗》卷二《渼陂行》："主人锦帆相为开"，注曰：（杜）修可曰：陈阴铿诗曰："平湖锦帆张"。

明胡震亨《唐音癸签》卷一一"评汇七"：老杜诗好用"逗"字。如"残生逗江汉""远逗锦江波"。阴铿诗有"行舟逗远树"，其所本也。

清陈祚明《采菽堂古诗选》卷二九收录此诗，末评曰："带天"二句浑阔，"行舟"二句细曲，妙在并极生动。"带天澄迥碧，映日动浮光"，岂不工切于"乾坤日夜浮"？

清仇兆鳌《杜诗详注》卷三《渼陂行》："主人锦帆相为开，舟子喜甚无氛埃。"注：此泛舟佳景，时已风恬浪静矣。……阴铿诗："平湖锦帆张"。

《杜诗详注》：卷一八"即事"："暮春三月巫峡长，晶晶行云浮日光。"注：阴铿诗"映日动浮光"。

《杜诗详注》卷二一《将别巫峡赠南卿兄瀼西果园四十亩》："残生逗江汉，何处狎樵渔。"注：《洛阳伽蓝记》："山情野行之士，游以忘归。"《说文》：逗，投合也。阴铿诗："行舟逗远树"。

清王琦《李太白集注》卷一一：《江上赠窦长史》："闻道青云贵公子，锦帆游戏西江水。"注：阴铿诗："平湖锦帆张"。

南征闺怨

湘水旧言深，征客理难寻①。
独愁无处道②，长悲不自禁③。
逢人憎解佩④，从来懒听音⑤。
唯当有夜鹊，南飞似妾心。

[题解]

南征，南行。《楚辞·离骚》："济沅湘以南征兮，就重华而陈词。"王逸注：征，行也。家中丈夫南行，独守空闺的女子幽怨不禁，此题本意。阴铿守父制期满后南下投萧勃，是为南征。家中妻怨其远行，是为闺怨。

[异文]

①难，清吴兆宜《玉台新咏笺注》注曰：一作"南"。②愁，《六朝诗集》作"怨"。③悲，《本集》《六朝诗集》《艺文类聚》作"啼"。④逢，《本集》《六朝诗集》《艺文类聚》作"作"。佩，《六朝诗集》作"珮"。⑤从来，《古乐苑》作"来鸿"，并注：一作"从来"。

[注释]

1.湘水旧言深：湘水，即湘江，湖南省湘资沅澧四水最长的一条。发源于广西壮族自治区兴安县阳海山，东北流入湘南，再北流至长沙，在湘阴县入洞庭湖。旧言，以前说。深，汉张衡《四愁诗》："我所思兮在桂林，欲往从之湘水深。"

2.征客理难寻：征客，远行之人，此处指思妇远行的丈夫。理难寻，理当难寻。意指难以寻得远行人的踪迹。

3.逢人憎解佩：《列仙传·卷上·江妃二女》载郑交甫在江汉之湄遇二仙女，仙女解其所佩为赠。"交甫悦受，而怀之中当心。趋去数十步，视佩，空怀无佩。顾二女，忽然不见。"此其所本。谓解佩之后人却失去，故不愿再解佩。"佩"作"珮"，亦通。

4.从来懒听音：音，指音乐。或仅从字面义谓懒听人说话，误。

5.夜鹊：鹊，乌鹊，指乌鸦。曹操《短歌行》："月明星稀，乌鹊南飞。绕树三匝，无枝可依。"古诗中常以乌鹊喻失侣。

[解读]

此诗阴铿拟家中妻子的口吻抒写离别之愁绪。首句扣题，谓南行之人所去之地为湘水流域，言湘水深，即言其地颇有风险。东汉马援《武溪深行》："滔滔武溪一何深，鸟飞不度，兽不敢临。嗟哉！武溪兮多毒淫！"在这样一个水深难测、危险蛰伏的地方，想要寻得南行之人的踪迹是很困难的，体现了思妇对征客的思念和担心。"独愁""长悲"，既是写思妇，也是写征客自己，各自的离愁无人可诉说，各自的悲伤自己无法控制住，以至于遇见友人不愿意解佩相赠，因为怕想起解佩赠人而人一去不返；很久很久不愿意听音乐了，因为毫无兴致。这首诗与《秋闺怨》不同之处在于，《秋闺怨》主要通过景物和外在的形象间接描写思妇的痛苦，而这首则直接写思妇的情绪，及人而不及物，也写得深沉悲切。尾联思妇将自己的思念和痛苦寄托在能够南飞的乌鹊身上，乌鹊

不辞劳苦的南飞，便是思妇恨不得能够飞到征客身边的心情之体现。其情如此，人何以堪！阴铿三十多首诗中，涉及他家庭的仅此一首，非常难得。

游始兴道馆

紫台高不极①，清谿千仞余②。
坛边逢药铫，洞里阅仙书。
庭舞经乘鹤，池游被控鱼③。
稍昏蕙叶敛④，欲暝槿花疏。
徒教斧柯烂⑤，会自不凌虚。

[题解]

始兴，三国吴永安六年（263）置始兴县，以境内有始兴水而名，治所在今广东省始兴县西北。甘露元年（265）分桂阳郡南部都尉置始兴郡，属荆州。南齐属湘州。齐、陈时治所在曲江县（今广东省韶关市东南莲花岭下），辖境相当于今广东清远、佛冈、翁源以北地区。始兴道馆当在始兴县。道馆，道教人士修道的场所，后亦称"道观"。此诗盖作于阴铿南下投萧勃途中。见前《渡青草湖》题解。

[异文]

①不，《本集》《六朝诗集》作"下"。②谿，《艺文类聚》《六朝诗集》《初学记》《文苑英华》《锦绣万花谷》《诗渊》《山堂肆考》《石仓历代诗选》作"溪"。③控，《文苑英华》《诗渊》作"擢"，《文苑英华》注云：一作"控"。④蕙，《文苑英华》《锦绣万花谷》《初学记》作"蘋"，明本同。⑤教，《艺文类聚》作"交"。

[注释]

1. 紫台高不极：紫台，道家称"神仙所居"。元王旭《木兰花慢·扬州寿瓜而夹士常》："悠悠紫台归路，……何如平地神仙。"又指帝王居处。唐钱起《送张中丞赴桂州》："紫台初下诏"。极，最高处、顶点。不极，不能达到顶巅，极言其高。

2. 清谿：《广雅》：谿，谷也。亦通"溪"。有谓"仞"亦可言深，指此处言溪深，则与"高不极"相违也。李鼎文先生谓当作青溪，山名。晋郭璞《游仙诗》："青溪千仞余，中有一道士。"是。

3. 仞：古代计量单位，周时七尺或八尺为一仞。

4. 坛边逢药铫：坛：古代祭天的高台，僧道进行宗教活动的场所。铫，古代煎药或烧水用的器具，形状像比较高的壶，口大有盖，旁边有柄。此处指道教炼丹所用器具。

5. 经乘鹤：用王子乔得道乘鹤事。汉刘向《列仙传·王子乔》："王子乔者，周灵王太子晋也。好吹笙，作凤凰鸣。游伊洛之间。道士浮丘公接以上嵩高山。三十余年后求之于山上，见恒良，曰：'告我家，七月七日待我于缑氏山巅。'至时，果乘白鹤驻山头，望之不得到，举手谢时人，数日而去"。

6. 被控鱼：用琴高乘赤色鲤鱼事。《列仙传·琴高》："琴高者，赵人也。以鼓琴为宋康王舍人行涓彭（涓子、彭祖，均时谓仙人）之术。浮游冀州涿郡之间二百余年，后辞入涿水中。取龙子与诸弟子期曰：'皆洁斋待于水旁设祠。'果乘赤鲤来，出坐祠中，旦有万人观之。留一月余，复入水去。"

7. 蕙叶：蕙，一种香草，兰科多年生草本，今称佩兰。《屈原·离骚》："予既滋兰之九畹兮，又树蕙之百亩。"蕙质，比喻女子高洁的品德。槿花：木槿花。锦葵科木槿属植物木槿的花，颜色鲜艳。

8. 徒教：徒，徒然，白白地。如徒劳无益。徒教，白白地让。斧柯烂：用晋王质入山伐木观棋事。南朝梁任昉《述异记》云："信安郡有石室山，晋时王质伐木，至，见童子数人棋而歌，质因听之。童子以一物与质含之，不

-213-

觉饥。俄顷,童子谓曰:'何不去?'质起视,斧柯烂尽。既归,无复时人。"斧柯,斧子的木柄。

9. 会自:此处作"自然会"解。见下文。

10. 凌虚:凌,上升;虚,虚空,即天空。此处指升仙。晋葛洪《抱朴子·君道》:"剔腹背无益之毛,揽六翮凌虚之用。"

[解读]

　　这是一首记游诗。首联先从大处落笔,写道馆坐落在高高的山巅之上,道宫也就显得那么高不可及。这么高的地方,诗人仍然要登山游览,足见其对道馆的喜爱。"清谿千仞余","清谿"或作"清溪",谓高山上有溪流下淌,但这清溪深万仞(仞亦可计深)就不可解了。山间溪水多较浅,可涉而过。李鼎文先生认为"清蹊"当作"青溪",为山名。亦通。随着作者进入道馆,诗笔渐次展开。祭祀神仙的高台旁有道士在用药铫炼丹,在阅读记载道家故事的仙书,这些对诗人是那么富有吸引力。他由此生发对道家生活的向往。当年王子乔乘鹤升仙是多么自由!琴高驾鱼入水是多么惬意!作者在这道馆里流连不去,直到天色"稍昏""欲暝",他才恋恋不舍地离去。临了还感叹当年入山伐木的王质,徒然在仙界中呆到斧柄腐烂,却又回到家乡,自然不能凌虚成仙了。通过对王质失去成仙机会的惋惜,委婉地显示出阴铿身处乱世,前途未卜,思欲归隐佛道的内心世界。

　　"会自"一词,张帆、宋书麟《阴铿诗校注》说:"会,应当;自,本来。"则此句应解为"本来应当不凌虚",似乎王质已经成仙,显然是错误的。但作者随后说:"此二句说,由于不能得道升天,枉在此境中修炼了一生",就不是"本来应当不凌虚"的意思。刘国珺则说:"会自,定自。"将"会"解为"确定",并解释这两句说:"自己在道馆白白地逗留,而没有可能飞升成仙。"(刘畅、刘国珺《何逊集注阴铿集注》219页)然而"徒教斧柯烂"分明是说王质,而非阴铿自己。寒长春、王会绍、余贤杰在《傅玄阴铿诗注》中未对"会自"作出解释,只说:"自己与仙道无缘,枉自在山上盘桓多时,并不能让自己得道升天。"其意思与刘国珺的解读相同,均解作阴铿感叹自己不能成仙。这里,关键是如何理解"会自"。

《古汉语大辞典》(上海辞书出版社,2000.1)和《古代汉语辞典》(商务印书馆,2012.1)均未收"会自"。清张相《诗词曲语辞汇释》(中华书局,1977.4)、《古代汉语虚词辞典》(中国社会科学院语言研究所古代汉语研究室.商务印书馆,1999)、《古书虚词通解》(中华书局,2008.5)亦只收"会当""会须"。网络辞典《汉典》:"会自,犹应当"。但是,"会自"解作"应当"并不适合古人诗文中"会自"一词的全部语境。试看古人诗中如何使用"会自":

"会自"在古人诗词中用得很少,南北朝诗仅查得阴铿《游始兴道馆》、徐陵《出自蓟北门行》、温子升《结袜子》三首用到"会自"。徐陵《出自蓟北门行》尾联"平生燕颔相,会自得封侯。"下句承上句而来,无转折语气。"燕颔"指相貌威武,"会自"作当然解,平生相貌威武,当然会封侯。温子升《结袜子》首联"谁能访故剑,会自逐前鱼。""故剑"用汉宣帝故事。《汉书·孝宣许皇后》载,汉宣帝即位前,曾娶许广汉之女君平,及即位,封为婕妤。时公卿议立霍光之女为皇后,宣帝乃"诏求微时故剑"。"微时",尚未显赫之时。群臣知其意,乃议立许氏为皇后。这是一个丈夫显赫后不忘发妻的故事。"前鱼",典出《战国策》卷二十五《魏策四》。"魏王与龙阳君共船而钓,龙阳君得十余鱼而涕下。"魏王问他为什么哭?龙阳君说,我钓了十几条鱼,前面钓的小,后面钓的大,就想丢掉小的,只要大的。我虽然长得丑,但也能侍奉在大王身边。然而天下美人很多,有朝一日我也会像这些小鱼一样被大王抛弃,所以想起来就哭。"谁能访故剑,会自逐前鱼。"上言谁能像汉宣帝那样思念原配?下言恐怕会像龙阳君所言抛弃前面钓的鱼。"会自"若作"当然"解,前后语意就不顺。后句不同于前句的"访故剑",语意发生了转折,不可作"当然"解。

隋杜淹《咏寒食斗鸡应秦王教》尾联"虽然百战胜,会自不论功",亦

有转折。"会自",这里就不能作当然解,否则,虽然百战百胜,当然不予论功就说不通,只能作虽然百战百胜,但是也不予论功。这是就斗鸡而言。鸡斗胜了,无非给点食物,自然无须论功。

唐宋之问《经梧州》(一作《题梧州陈司马山斋》,又作孟浩然诗):"南国无霜霰,连年见物华。青林暗换叶,红蕊续开花。春去闻山鸟,秋来见海槎。流芳虽可悦,会自泣长沙。"这里"会自"亦有转折。宋之问被贬岭南,途经梧州时感受到南方惟春夏而无秋冬的气候景象,感叹终年"流芳"的景色虽美,但是自己是被贬之身,有如贾谊贬作长沙王太傅,所以这尾联若解为:景色虽然美好,当然要哭贾长沙,就于理不通。只能解作:景色虽然美好,而我这戴罪之身只能为贾长沙一掬同情之泪。

阴铿此诗的尾联"徒教斧柯烂,会自不凌虚",语气亦有转折。"徒教斧柯烂"是说王质白白地在仙境待了几十年,"会自不凌虚"是说他居然跑回了家,没能成仙,表达的是惋惜之意。那么"会自"究当何解?

"会"的本意是相遇、会合。《助字辨略》曰:"《广韵》云:合也。"著者刘淇说:"本是会合之会,转为应合耳。""应合",即"应当"。这里,刘淇跳过了一步:会合、遇合之义转为"恰巧",即适当会合之时。陈霞村《古汉语虚词类解》(山西教育出版社,1992)说:"'会'表示'恰巧',相当于'正好''正好赶上',可用在主语之前。"并举例说:"会暮,大风起,汉兵纵左右翼围单于。(《史记·匈奴列传》)"正好天色晚了,又起了大风,汉兵借着暮色和大风从左右两翼包围了单于。"会"成了表时间的副词。因为"会"与时间搭上了关系,进一步"会"表"将会"。《诗词曲语辞汇释》:"会,犹当也,应也。有时含有将然语气。杜甫《寄彭州高适虢州岑参》诗:'会待妖纷静,论文暂裹粮。'李白《行路难》:'长风破浪会有时,直挂云帆济沧海。'"这两处的"会"都是"将会"的意思。"会"从时间上表述事情终会发生,语气是肯定的。

"自",《说文》:"自,鼻也。"这是本义。由"鼻"而引申为"自

指",即后起义自己、自身。由"自己""自身"引申出不须外力干涉而自己发生,便有了"自然"的意思。《古汉语虚词类解》说:"'自',表示'必定如此',相当于'自然''当然''一定'。"并举例说:"我无为而民自化,我好静而民自正。"(《老子》)意思是我不加干预,人民自然受到教化;我爱好清静,人民自然遵循正道。

这样,将"会""自"合在一起的"会自",就是"自然将会""自然会"的意思。

唐贾岛《夕思》:"秋宵已难曙,漏向二更分。我忆山水坐,虫当寂寞闻。洞庭风落木,天姥月离云。会自东浮去,将何欲致君。""会自东浮去",隐含孔子"乘桴浮于海"典。这里的"会自"解作"自然会"就顺理成章。前面三联写夜晚独坐的所见所感,然后说自己将要"乘桴浮于海",下句意思有转折:我浮于东海了,将以什么呈献给"君"呢?

宋杨万里《闷歌行十二首》其一:"风力掀天浪打头,只须一笑不须愁。近看两日远三月,气力穷时会自休。""会自休",自然会休歇。风再大也会有力尽之时,到时候自然会停下来。

宋刘攽《杂讽》:"阳武旧恩惟丙吉,中兴同学有严遵。封侯会自酬阴德,物色终应访故人。可在介推怀怨望,深疑岑犯亦逡巡。刚肠独有屠羊说,称义孤高无与邻。""封侯会自酬阴德","会自"作"应当"或"自然会"解,均通。

由上可见,阴铿"徒教斧柯烂,会自不凌虚","会自"作"自然会""自将"就合乎情理。因为后有"不",结合起来解作"自然不会"。

由此我们说,"会自"除了"应当""当然"之意外,还有"自然会""自将"的意思,具体要根据语境确定。

[集评]

唐陆龟蒙《笠泽丛书》卷五《幽居赋》:"阴铿药铫,披晓幌以皆来;徐邈酒枪,拥寒炉而必出。"

明陆时雍《古诗镜》卷二五:"亭舞经乘鹤,池游被控鱼",天然

色相。（按：色相，佛家语。谓一切事物之特征。天然色相，事物特征鲜明可感）

清陈祚明《采菽堂古诗选》卷二九收录此诗，末评曰：语必作致（按：致，通至，最、极、尽也。作致，达到极致）。犹是鱼鹤加"被控""经乘"字，自有致，结亦警。

经丰城剑池

清池自湛澹①，神剑久迁移。
无复连星气，空余似月池。
夹篠澄深渌②，含风结细漪。
唯有莲花萼③，还想匣中雌。

[题解]

丰城，西晋太康年间在豫章郡置丰城县（今江西省丰城市南）。剑池，明《一统志》卷四十九"南昌府·山川"载：剑池"池前有石函，长逾六尺，广半之，土塞其半，俗呼曰石门。"晋张华与豫章人雷焕谋，在丰城县狱掘地得龙泉、太阿二剑。一剑送张华，一剑雷焕自佩。后张华被害，雷焕子所佩该剑跳入水中，自此二剑不知所在。此诗背景，本书第三章有详载，此处不赘。

[异文]

①澹，《艺文类聚》《文苑英华》作"淡"。②澄，《本集》作"澂"，澄古字。渌，《本集》原注：一作"绿"。《六朝诗集》作"绿"。《文苑英华》作"谷"。③花，《艺文类聚》作"华"。

[注释]

1.湛澹：水深而清澈澹荡。

2.神剑久迁移：神剑迁移久的倒装，谓龙泉、太阿二剑早就不在此处了。

3.无复连星气，空余似月池：宝剑取走后斗、牛二星之间不再有剑气，只留下了似月亮一样圆圆的水池。

4.夹篠：篠（xiǎo），小竹子。南朝梁沈约《休沐寄怀》："紫箨开绿篠，白鸟映青畴。"渌，水清。此处形容词作名词用，意指深深的清水。

5.含风结细漪：含风，水面被微风吹动。结细漪，形成细细的波纹。漪，涟漪，水面上细微的波纹。

6.莲花萼：花的最外一轮叶状构造称为花萼，起保护花的作用。莲花萼，即莲萼，以萼与花紧紧相依喻兄弟关系密切。又作"莲锷"，缀有莲花花纹的剑刃，代指锋利的宝剑。唐齐己《古剑歌》："古人手中铸神物，百炼百淬始提出。今人不要强砑磨，莲锷星文未曾没。一弹一抚闻铮铮，老龙影夺秋灯明。何时得遇英雄主，用尔平治天下去。"五代顾敻《虞美人》词："帐前草草军情变，月下旗旌乱。褪衣推枕惜离情。远风吹下楚歌声，正三更。　抚鞍欲上重相顾，艳态花无主。手中莲萼凛秋霜。九泉归路是仙乡，恨茫茫。"周笃文主编《全宋词评注》于此词后注曰："莲萼，宝剑。"（周笃文主编《全宋词评注》第八卷.学苑出版社，2011：717）

7.匣中雌：谓雌雄二剑之雌剑。晋干宝《搜神记》卷十一载，春秋时，"楚干将、莫邪为楚王造剑，三年乃成……其妻重身当产。夫语妻曰：'吾为王作剑，三年乃成。王怒，往，必杀我。汝若生子，是男，大，告之曰：出户，望南山，松生石上，剑在其背。'于是即将雌剑往见楚王。王大怒，使相之。剑有二，一雄一雌，雌来雄不来。王怒，即杀之。"后其子长大，人名眉间尺。遇一壮士，遂自刭，以头与雄剑付壮士。壮士携头见楚王，杀之。后人遂以干将、莫邪名雌雄双剑。此处将龙泉、太阿二剑比作雌雄二剑，雌剑即指雌雄二剑，因押韵需要只用"雌"。

[解读]

　　阴铿这首诗借歌颂神剑，表达了欲廓清寰宇、安定天下的雄心壮志，是难得一见的"偶尔露峥嵘"的作品。这在一直小心谨慎、低调为官的阴铿，是难得一见的风景。诗的开头先从剑池落笔，"清池自湛澹"，把一汪清澈澄净、微波荡漾的池水托出在读者面前。接着慨叹神奇的宝剑已经逸出，预伏尾联线索。因为宝剑已经离去，天上斗、牛二星之间的剑气也就消失了，只留下这空荡荡的一池碧水，颇有惋惜、失落之意。颈联用他那生花妙笔细描剑池，它的周边有修竹夹岸，映照着这一池澄渌；微风拂过，水面上荡起微微的涟漪。"含"字用得新隽，诗人觉得不是风吹拂水面，而是池水主动地吞含微风，于是"结"成了细细的波纹。妙句！"深渌"又为后面的"莲花萼"预留线索。这剑池边的众多物事中，大多忘记了这里曾经沉睡过龙泉、太阿双剑，只有"莲花萼"还在想念龙泉、太阿。这"莲花萼"真的是莲花的花萼吗？非也！"莲花萼"本指剑刃上的莲花纹路，引申为指剑。梁吴均《和萧洗马子显古意六首》之六写道："匈奴数欲尽，仆在玉门关。莲花穿剑锷，秋月掩刀环。春机思窈窕，夏鸟鸣绵蛮。中人坐相望，狂夫终未还。"剑锷，剑刃。清毛奇龄《古今通韵》卷十二："锷，剑端。又莲锷，剑也。""莲花穿剑锷"，即剑身上缀有莲花花纹。宋顾卞《虞美人》词有句："手中莲萼凛秋霜"，与唐贾岛"十年磨一剑，霜刃未曾试"有异曲同工之妙。明欧大任《从军行》有句："剑挥莲萼行间照，笛散梅花戍后听。"而唐齐己《古剑歌》则作"莲锷"："古人手中铸神物，百炼百淬始提出。今人不要强硎磨，莲锷星文未曾没。一弹一抚闻铮铮，老龙影夺秋灯明。何时得遇英雄主，用尔平治天下去。""莲花萼"，清何焯《御定分类字锦》即作"莲花锷"。莲花萼剑想念石匣中龙泉、太阿，是欲一同"平治天下去"。是则想念宝剑的并非莲花萼，而是诗人自己。然而，阴铿以"萼"易"锷"，就将这种峥嵘之意深深地藏在了典故后面。不解此典，就不能明了阴铿此诗之深意。

[集评]

宋祝穆《方舆胜览》卷一九《江西路·隆兴府·山川》"剑池"条：曹续《庙记》：在丰城县之故址。阴铿诗："清池自湛淡，神剑久迁移。无复连星气，空余似月池。"

和侯司空登楼望乡

怀土临霞观，思归想石门。
瞻云望鸟道，对柳忆家园。
寒田获里静①，野日烧中昏②。
信美今何益，伤心自有源。

[题解]

侯司空，陈文帝时司空侯安都，字成师，始兴曲江（今广东省韶关市曲江区）人。此诗背景详见本书第三章该诗论述。

[异文]

①获，《文苑英华》作"渊"。静，《文苑英华》作"净"。②烧，《文苑英华》作"晓"。

[注释]

1. 怀土：怀念故土。霞观：高耸的楼阁。以云霞漂浮于楼阁顶而形容其高耸。

2. 石门：中国大陆有多处名石门或石门山。此当指广东省番禺市西北三十里之石门，其地两山对峙，夹石如门，高四十余丈。"石门返照"为羊城八景之一。

3. 瞻云望鸟道：瞻，仰望。鸟道，只有飞鸟才能经过的小路，比喻

险绝的狭隘山道。此句承上句石门，意谓通往家乡的道路崎岖艰险。

4. 对柳忆家园：杨柳，古代亲友分别时往往折柳送别，故诗文中每每用来代指离别。此句谓面对江岸边的柳树，想起了离开家乡的时候。

5. 寒：《说文》：冻也。引申为冷清。获：打猎所得，泛指一切收获物。《说文》：获，刈谷也。此处指收获的谷物。此句意谓收割后的田野间显得冷冷清清。

6. 烧：读去声，野火。亦解为彩霞。唐司空曙《送李嘉祐正字括图书兼往扬州觐省》："晓烧平芜外，朝阳叠浪来。"此处应指烧畲，即烧荒肥田。

7. 信美：《白虎通·情性》："信者，诚也。专一不移也。"信美，确实很美。王粲《登楼赋》："虽信美而非吾土兮，曾何足以少留。"意谓建康的风光虽然美丽，但终究不是故乡，再美又有何益呢！

[解读]

和诗不易写好。这首和作倒也写得有声有色，章法娴熟。起句从侯安都怀念家乡落笔。因为怀念家乡，于是登上高楼遥望南方，切合侯安都《登楼望乡》诗题，思绪飞向那有着"石门返照"美丽风光的家乡。国内以石门作地名者很多。有注者因而将石门作多种附会，甚而因之附会成阴铿乃某地人，大谬矣！1987年出版，蹇长春、王会绍、余贤杰注解的《傅玄、阴铿诗注》中就清楚明白地说："石门，在今广东省广州市西北江中。汉时南越吕嘉拒汉，积石江中以为门，称'石门'。侯司空家在石门附近，故因思归而念及家乡胜迹石门。"然而积石而作的江中石门可能年久坍圮。1988年出版，张帆、宋书麟校注的《阴铿诗校注》则说："石门，在广东省番禺县西北三十里，与南海县交界，两山对峙，夹石如门，高四十余丈。""石门返照为羊城八景之一。"此说最确。从建康到始兴，要越过重峦叠嶂，走过那高高山上的崎岖小道。家乡这么遥远，路途这么艰险，看见江边的杨柳，益发逗起思乡的愁情。这是阴铿代为侯安都发思乡之幽情。接着一联写侯安都家乡的田园风光。"寒

田获里静",收割后的田野显得那么宁静安谧;"野日烧中昏",烧畲的烟火昏暗了西斜的太阳。阴铿前此在岭南呆了数年,结合自己在岭南所见,写侯安都家乡之宁静安谧,并透出几分清丽苍茫之美。清陈祚明《采菽堂古诗选》曾评论这首诗说:"五、六(句)景活,又以朴见妙。景活而语朴,定是高于唐人。"尾联感叹,家乡虽然美好,但自己却不能回乡,于是更添几分伤心的愁怀。这不能回乡的原因诗里是不好说的。"伤心自有源",那是因为此时侯安都正为清除陈文帝的隐患而忙碌,那就是即将归来的太子、衡阳王陈昌。不久,侯安都就在迎接陈昌的路上凿沉其船,陈昌淹死,除掉了陈蒨的心头大患。

[集评]

宋龚颐正《芥隐笔记》"杜诗用前人意条":老杜"寒日出雾迟,清江转山急",亦用阴铿"野日烧中昏""山路入江穷"意。《说郛》卷一一下亦引录《芥隐笔记》此条。

明陆时雍《古诗镜》卷二五:"瞻云望鸟道,对柳忆家园",语到合情,不烦而至。

清陈祚明《采菽堂古诗选》卷二九收录此诗,末评曰:五、六景活,又以朴见妙。景活而语朴,定是高于唐人。

清仇兆鳌《杜诗详注》卷一〇《漫成二首》:"野日荒荒白,春流泯泯清。"注:江淹诗:"野日烧中昏"。(按:注中江淹当为阴铿)

《杜诗详注》卷一一《早发射洪县南途中作》:"寒日出雾迟,清江转山急。"注:宋龚介隐《笔记》:阴铿诗:"野日烧中昏""山路入江穷",此"寒日""清江"二句所本。

侯司空宅咏妓

佳人遍绮席①,妙曲动鹍弦。
楼似阳台上,池如洛水边②。
莺啼歌扇后,花落舞衫前。

翠柳将斜日，俱照晚妆鲜③。

[题解]

　　《艺文类聚》卷四十二题作《侯司空第小园咏妓》。诗题下原注：刘删同赋。刘删，仕陈为长史。侯安都为侍中、大将军，引为宾客，与记室参军徐伯阳、中记室李爽、记室张正见、左户郎贺彻、学士阮卓、黄门郎萧铨、三公郎王由礼、处士马枢、记室祖孙登、比部郎贺循等为文会之友，故与阴铿有交集。刘删《侯司空宅咏妓》："石家金谷妓，妆罢出兰闺。看花只欲笑，闻瑟不胜啼。山边歌落日，池上舞前溪。将人当桃李，何处不成蹊。"

[异文]

　　①遍，《艺文类聚》《玉台新咏》作"徧"，"遍"的古字。②水，《初学记》《文苑英华》《锦绣万花谷》《玉台新咏》作"浦"。③俱，《玉台新咏》作"偏"。俱照，《初学记》《文苑英华》《锦绣万花谷》作"偏是"。

[注释]

　　1.佳人遍绮席：佳人，美人。此指侯安都府中歌妓。绮席，华丽的席具或盛美的宴席。

　　2.妙曲动鹍弦：妙曲，美妙的音乐。鹍弦，用鹍鸡筋做的琵琶弦。此代指精美的乐器。唐段成式《酉阳杂俎》卷六"乐"："琵琶弦用鹍鸡筋"。

　　3.楼似阳台上：阳台，用楚襄王巫山之典，见《和登百花亭怀荆楚》注释5。将侯安都府中楼阁比作楚襄王巫山会神女之阳台。

　　4.池如洛水边：洛水，用三国魏曹植《洛神赋》故事。《洛神赋》谓，洛水有女神名宓妃，"其形也，翩若惊鸿，婉若游龙。荣曜秋菊，华茂春松。仿佛兮若轻云之蔽月，飘飖兮若流风之回雪。远而望之，皎若

太阳升朝霞；迫而察之，灼若芙蕖出渌波。秾纤得衷，修短合度。肩若削成，腰如约素。延颈秀项，皓质呈露。芳泽无加，铅华弗御。云髻峨峨，修眉联娟。丹唇外朗，皓齿内鲜，明眸善睐，靥辅承权。瑰姿艳逸，仪静体闲。"此二句用典故极写侯安都府歌妓的美貌动人。

5.莺啼歌扇后：歌扇后莺啼的倒装，谓歌妓从手持的歌扇（歌舞时所持扇）后发出的歌声仿佛如莺啼燕鸣，娇娆婉转。

6.花落舞衫前：可以理解为歌妓的花样头饰坠落在舞衣上。形容歌妓的舞姿美妙动人。

7.翠柳将斜日：将，从也，随也。翠柳随着落日西斜。也可理解为"斜日将翠柳"，西落的太阳斜挂翠柳，言将至傍晚。

8.俱照晚妆鲜：俱，全，都。意谓夕阳的余晖照在歌妓晚间的妆容上，显得更加美丽鲜艳，楚楚动人。

[解读]

首联从大处落笔，一个"遍"字写侯府歌妓之多，一个"妙"字写歌姬歌声之美。"妙曲动鹍弦"，是鹍弦动妙曲的倒装，谓弹奏起精美的乐器以助美妙的歌声。颔联不直接写歌妓的美丽动人，而使用两个写美妙女子的典故来比喻，以一胜十，见其手法高明。因为在诗中要用非常有限的几个字写出女子的美貌是很困难的，而用典故，只要读过典故的读者，马上就能意会出比字面丰富得多的内容。"阳台"用巫山神女典，"洛水"用伏羲女儿宓妃典。二者均为传说中的美女。同为咏侯府歌妓，刘删的那首用了"看花只欲笑，闻瑟不胜啼。山边歌落日，池上舞前溪"两联写歌妓的美，都不能与这两句相比。而"莺啼歌扇后，花落舞衫前"又比"山边歌落日，池上舞前溪"要精彩得多。清陈祚明赞其可比盛唐佳句，流丽自然。这一联还直接影响到了北宋婉约派名家晏几道的《鹧鸪天》，其中有"舞低杨柳楼心月，歌尽桃花扇底风"一联，便有"莺啼歌扇后，花落舞衫前"的影子。难怪当时号称文坛领袖的徐陵都要向陈文帝推荐阴铿。尾联写歌舞直到日暮，通过"日照晚妆鲜"再

次写侯府歌妓的美貌，呼应首句，突出歌舞盛宴的奢华，似乎又有言外之意，沉迷其中的人自然不能读出。这也是梁陈之际，达官贵人纸醉金迷、醉生梦死之荒淫生活的写照。从这个角度看，此诗自有其历史意义。

[集评]

　　宋吴开（jiān）《优古堂诗话》"咏妇人多以歌舞为称"条：古今诗人咏妇人者，多以歌舞为称。……陈阴铿《侯司空宅咏妓》诗云："莺啼歌扇后，花落舞衫前。"陈刘删亦云："山边歌落日，池上舞前溪。"……刘希夷《春日闺人》诗云："池月怜歌扇，山云爱舞衣。"以"歌"对"舞"者七，以"歌扇"对"舞衣"者亦七。虽相沿以起，然详味之，自有工拙也。杜子美取以为《艳曲》云："江清歌扇底，野旷舞衣前。"

　　宋吴曾《能改斋漫录》卷八"沿袭"也录《优古堂诗话》"咏妇人多以歌舞为称"此条此段文字。

　　宋阮阅《诗话总龟·后集》卷四一也录上段文字，末注出处为《复斋漫录》。

　　宋胡仔《苕溪渔隐丛话·后集》卷四〇"丽人杂记"条亦由《复斋漫录》引此条。

　　明冯惟纳《古诗纪》卷一五二《别集第八·品藻六·通论》亦录上文，云出《复斋漫录》。

　　明周婴《卮林》卷四"歌扇舞衣"条：梁陈习尚妖淫，词篇多以取俪。阴铿《咏妓》诗曰："莺啼歌扇后，花落舞衫前。"……卢思道《后园宴》曰："媚眼临歌扇，娇香出舞衣。"盖六代绪风，唐人皆效之。然韩愈陈言务去，而《春雪》诗："已讶陵歌扇，还来伴舞腰。"玄宗发言如丝，《兴庆宫》诗："舞衣云曳影，歌扇月开轮。"亦不脱脂粉之习，佳丽之移人久矣。宋春国公主薨，神宗赐輓词曰："帐深开翡翠，珮冷失珠玑。明月留歌扇，残霞散舞衣。"胡元瑞《诗薮》谓"有唐味。"未知其拾六朝余瀋也。（按：瀋，今简作"渖"。《说文》：渖，汁也。从水，审声。李恩江等主编《说文解字译述》：《左传·哀公三年》："无备而官办者，犹拾渖也。"）

清吴景旭《历代诗话》卷一九"赋·歌扇舞衣"条：王勃《春思赋》："敛态调歌扇，迴身正舞衣。"吴旦生曰：……老杜亦云："江清歌扇底，野旷舞衣前。"则唐人已用之。余观子安赋，则唐初亦作此语。且考子安之前，陈阴铿诗"莺啼歌扇后，花落舞衫前。"……则此语之起亦久矣。

清陈祚明《采菽堂古诗选》卷二九收录此诗，末评曰：五、六盛唐佳句，流丽自然。

清仇兆鳌《杜诗详注》卷一《题张氏隐居二首》："涧道余寒历冰雪，石门斜日到林丘。"注：谢灵运诗："披云卧石门"，阴铿诗："翠柳将斜日"。

《杜诗详注》卷三《城西陂泛舟》："鱼吹细浪摇歌扇，燕蹴飞花落舞筵。"注：阴铿诗："莺呼歌扇后，花落舞衫前。"歌扇，歌者以扇障面也。

《杜诗详注》卷一二《数陪李梓州泛江有女乐在诸舫戏为艳曲二首赠李》："江清歌扇底，野旷舞衣前。"仇兆鳌注引录《复斋漫录》"古今诗人咏妇人者，多以歌舞为称。……"见前条。

清吴兆宜《庾开府集笺注》卷一《春赋》："影来池里，花落衫中。"注：阴铿诗："莺啼歌扇后，花落舞衫前。"

清宋长白《柳亭诗话》卷六"俪句"：骈俪之起在汉，《八变歌》《君子行》，微露其机。《艳歌》二首，始作叠句。至蔡伯喈、郦文胜，萌芽渐盛。潘、陆以降，斯蔓衍矣。然生成古调，风骨犹存。……阴铿……"莺啼歌扇后，花落舞衫前。"

江津送刘光禄不及

依然临送渚①，长望倚河津②。
鼓声随听绝，帆势与云邻。
泊处空余鸟，离亭已散人。
林寒正下叶，钓晚欲收纶③。

-227-

如何相背远，江汉与城闉。

[题解]

　　江津，江边渡口。有人说是四川江津，不确，因阴铿终其一生未入蜀。诗所写内容在水边。送行不及，即前去送行时，所送之人已经走了。刘光禄，不详。一说为刘孺，字孝稚，曾为湘东王萧绎长史，后为王府记事、散骑侍郎，兼光禄卿。《梁书》卷四、《南史》卷三九有传。一说为刘师知，《陈书》卷一六有传。此二人均不可能为阴铿此诗中"刘光禄"。此处之"刘光禄"很可能是南陈光禄寺中某一低级官员，见本书第三章"阴铿诗系年及其他有关问题"《江津送刘光禄不及》考述。

[异文]

　　①送，《本集》作"江"。②河，《蜀中广记》作"江"。③钓，《艺文类聚》作"钩"。

[注释]

　　1.依然：留恋不舍的样子。《文选·江淹·别赋》："唯世间兮重别，谢主人兮依然。"
　　2.渚：水中小块陆地。送渚，水边送行的地方。
　　3.绝：断，穷尽。此处指送行的鼓声已经消失。
　　4.帆势：帆船行进之势。
　　5.纶：lún。此处指钓鱼用的线。
　　6.城闉：城内的重门。《文选·谢庄·宋孝武宣贵妃诔》："崇徽章而出褒甸，照殊策而去城闉。"

[解读]

　　古来送行诗多写送行时场景，或离亭饯别，或折柳送行，此诗只写送行不及，在行人已去之现场徘徊瞻望之景之情。送行不及难免会有，而送行不及并写成诗，还写得这么情致婉转，恐怕是千古一送了。今人左本琼称其为"一首独特的送别诗",是为的言。(《一首独特的送别诗——阴铿〈江津送刘光禄不及〉诗欣赏》,《学语文》2002.5)此诗起笔即写阴铿急忙赶赴江边,却发现去江汉的船只已经离开,而他留恋不舍地伫立江边,长久地遥望着远去的帆影不忍离开。由此可见,阴铿与离去的人感情很深。接着写开船的鼓声已经消失,远去的船帆已与天际的云彩连在一起,表达出非常失望的愁绪。唐李白《送孟浩然之广陵》:"孤帆远影碧空尽,惟见长江天际流",可能就受了这一联的启发。接下来两联均描写江边、江面空无一人的景象,透露出无限怅惘的情愫。这六句常为后人称道。"泊处空余鸟,离亭已散人",其他送行的人也都走了,只剩下几只水鸟在江边低飞。明陆时雍《古诗镜》评此联曰:"趣韵天成",真天成之韵也。"林寒正下叶,钓晚欲收纶",寒林落叶,凄清有如阴铿此时的心境;钓者收线,而愁人犹未离去,更增离愁别绪。清陈祚明《采菽堂古诗选》评此诗中间三联曰:"中六句语语有致,是惆怅不及意。"足见诗人"琢句抽丝,务极新隽"之功。尾联以问作结,似乎质疑友人为什么要这么急急忙忙地离开京城建康,远赴江汉之地。唐郑谷《淮上与友人别》有句:"数声风笛离亭晚,君向潇湘我向秦",正与此联暗合。此诗并未直抒送别不及的遗憾与惆怅,只用一组组画面描出空空落落的"送渚",诗人的遗憾与惆怅就在这一幅幅画面中向读者倾诉,直到尾联才将一腔幽怨倾泻而出,诗到此便戛然而止,让人久久回味。

[集评]

明曹学佺《蜀中广记》卷一〇一:阴铿《江津送刘光禄不及》诗:"依然临送渚,长望倚河津。鼓声随听绝,帆势与云邻。泊处空余鸟,离亭已散人。林寒正下叶,钓晚欲收纶。如何相背远,江汉与城闉。"旧志未及收之,或以"江津"二字汎汎,未必为蜀之江津也。然此诗语意明系蜀中,而江汉正蜀地耳。(按:江津县地宋齐属益州,南齐永明五年〔487〕建县,名江州县。西魏改为江阳县,隋开皇十八年〔598〕

改江阳为江津。阴铿时尚无江津地名。曹说误）

明陆时雍《古诗镜》卷二五："帆势与云邻"，势字当家，风格最老。"泊处空余鸟，离亭已散人"，趣韵天成。"钓晚欲收纶"，语极自在可爱。

清陈祚明《采菽堂古诗选》卷二九收录此诗，末评曰：中六句语语有致，是惆怅不及意。

清仇兆鳌《杜诗详注》卷一三《江亭王阆州筵饯萧遂州》："离亭非旧国，春色是他乡。"注：离亭，离别此亭也。卢注：长安东都门外有祖道离亭，今饯于阆州，则非故国矣。阴铿诗："泊处空余鸟，离亭已散人。"

和傅郎岁暮还湘州

苍茫岁欲晚，辛苦客方行①。
大江静犹浪，扁舟独且征。
棠枯绛叶尽②，芦冻白花轻。
戍人寒不望，沙禽迥未惊③。
湘波各深浅④，空轸念归情⑤。

[题解]

郎，古代青年男子的通称。傅郎可能即傅縡。赵以武先生对此有详细考证，本书同意他的意见，见本书第三章"阴铿诗系年及其他有关问题"，然在有些时间问题上，本书有新的论定。傅縡南奔避难，依湘州刺史萧循，遂家于湘州，于是才有到京城后"还湘州"之举。傅縡本来居住在湘州，因为朝廷召为撰史学士、司空府记室参军，于是来到京城建康。到京城建康是天嘉元年二月后，遂与阴铿相识。二人均具文采，惺惺相惜，地位相当，于是关系益密。傅縡入京后不会马上还湘州探亲，应该过一段时间才合情理。

梁陈时湘州，为今湖南和广东北部、广西东部地区，州治临湘（今湖南长沙市）。此处湘州即指临湘。隆冬之际，傅縡千里迢迢赴湘州探亲，写下《岁暮还湘州》诗，已佚。阴铿作诗和之。

[异文]

①辛，《文苑英华》作"愁"，注云：一作"辛"。②尽，《文苑英华》作"落"，注云：一作"尽"。③迥，《艺文类聚》作"廻"，《文苑英华》作"回"，并注：一作"迥"。④各深，《文苑英华》作"若空"，并注：一作"各深"。⑤空轸，《文苑英华》作"轻棹"，并注：一作"空轸"。

[注释]

1. 苍茫：旷远迷茫的样子。唐王维《山居即事》："寂寞掩柴扉，苍茫对落晖。"唐高适《燕歌行》："边庭飘飖那可度，绝域苍茫更何有。"岁欲晚：将至年末。

2. 辛苦：自建康（今南京）至临湘（今长沙），古时须自建康经长江上溯至洞庭湖，然后转入湘江水路。湘州"去京都水三千三百"（《宋书·州郡志》），旅途遥长而辛苦。

3. 大江静犹浪：长江虽然还平静，但仍有层层浪涛。

4. 扁舟：扁，读piān，小。扁舟，小船。

5. 棠：一种落叶乔木，其叶凋零后变为绛紫色，故说"绛叶尽"。

6. 芦：芦苇，生长在水边湿地的多年生高大草本，其穗状花絮为黄白色。

7. 戍人：戍，武装防守；戍人，戍守的人。寒不望：因为天气寒冷都躲进房子里取暖去了，不再在外面瞭望。

8. 沙禽：沙滩上的水鸟。迥：读jiǒng，辽远。

9. 空轸：轸，读如"枕"，古代指车厢底部四周的横木。此处代指车，即傅郎所乘之车。因傅郎已乘船，车便空了。详见下文解释。

[解读]

　　诗从傅郎出行时的时令写起,其时在岁末隆冬时节,突出傅郎此行的辛苦,全诗皆以此落笔。纵然辛苦,仍要千里迢迢赴湘州探亲,彰显傅郎的孝亲美德。次写大江虽然平静,但仍有层层波浪,一叶扁舟孤独地长驱南下,衬托傅郎此行的凄苦落寞。接着两联写景。以落尽枯叶的棠树和芦花凝冻的芦苇、躲进房屋的戍守士兵和远处沙滩的宿禽极写天气寒冷,进一步衬托傅郎此行的辛苦。尾联感叹此去湘水虽然有深有浅,然而傅郎的思归之情是如此深切,即使江边空无一人的车驾也能感觉到他迫切的思归之情。无情之物什都能感觉到傅郎思归之切,其归心之切之深之浓烈,恐怕再也无法形容了!中间三联均通过写景突出"辛苦客方行",历来为人称道。阴铿诗长于写景。在他的笔下,无论是高山大川还是楼台亭阁、道馆寺庙,都能抓住景物的特点,或大笔勾画,或工笔细描,均能与诗的主题切合无间,这首诗在这方面是比较突出的。杜甫《晚登瀼上堂》有句:"江流静犹涌",与此诗"大江静犹浪"如出一辙。武汉大学李霄鹍硕士学位论文《"阴何"诗歌研究》评此诗曰:"江面的清寒、冻红的棠叶、飘荡的芦花则营造出一种清冷、空旷的意境来,有一种清迥的美感。"末句"空軨念归情",千古独步。有注者因"軨"有一义伤痛,即将此处解作空自悲伤,虽亦可通,然"空軨",《文苑英华》作"轻棹",似乎是阴铿另一稿,即表明阴铿原意并非以"軨"为伤痛。傅郎思念家乡,现在已经登船启程,似乎不应该那么伤感。本书前已在几个时间点上考证,傅郎此次还湘州并非祭母,故不应有明显的伤痛。且从阴铿各诗多以景写情手法,少直抒胸臆来看,此处"空軨"解作空空的车似乎更合情理。即傅郎来时所乘车(傅郎此时已登船,车自然空了)亦深深悯念傅郎的归乡之情,更凸显傅郎思乡之切。

　　"空軨"之"軨",本意是车厢底部四面的横木。《古汉语大辞典》(上海辞书出版社,2000)有7义项:①軨,车厢底部四面的横木。《考工记·总叙》:"车軨四尺。"郑玄注:"軨,舆后横木也。"戴震《考

工记图》："舆下四面材合而收舆谓之轸,亦谓之收,独以为舆后横者,失其传也。"②车的代称。《后汉书·左雄周举黄琼传论》："往车虽折,而来轸方遒。"③方形,见轸石。④多盛貌。《淮南子·兵略训》："士卒殷轸。"⑤通"紾"。扭转,弯曲。常谓心如扭揿,痛切,如轸悼、轸怀。也指弦乐器上的轴转动弦线。《魏书·乐志》："以轸调声。"⑥通"畛",指田间小路。谢灵运《登临海峤初发疆中作》诗："含酸赴修畛。"⑦星宿名,二十八宿之一。朱雀七宿中的末一宿,有星四颗。轸石,方石。《楚辞·九章·抽思》："轸石崴嵬,蹇吾愿兮。"王逸注："轸,痛也;怀,思也。"

上引7义项,①②义项均指车,③④⑥⑦义项与诗中"空轸"无关,不必讨论。⑤义项通"紾",指乐器上转动弦线的轴,即"轸"有转动义,也因车轮可转动而与"紾"义通。屈原《九章·哀郢》："出国门而轸怀兮。""轸怀",如车轮、琴轴般转动之伤痛情怀。屈原《九章·惜诵》："背膺牉以交痛兮,心郁结而纡轸。""纡轸",纡曲转动,极写心情之伤痛。"轸怀",以"轸"修饰"怀",言如扭揿般伤痛之心。"纡轸",纡曲扭转。"心郁结而纡轸","纡轸"的主语是"心"。"空轸",只能解为空车。若解作"空自伤痛",则"空自伤痛"是"念归情"的主语,不通。

阴铿此诗尾联之"空轸",李鼎文《阴铿诗笺》谓"二句言,湘水有深浅之别,而思归之情则甚,令人感伤不已。"刘国珺《阴铿集注》释曰:"意谓傅郎能归去,而自己却不能,空自悲伤自己念归的心情"。张帆、宋书麟《阴铿诗校注》曰:"此二句说,湘水有浅处深处之别,而思归之情则甚深,令人感伤不已。"蹇长春、王会绍、余贤杰《傅玄、阴铿诗校注》曰:"这两句是说,湘江各处自有深浅,徒然伤于思归之情。"均因"轸"有伤怀义而解为或傅郎或诗人自己伤怀。然而前面已经论及,傅縡母亲早在太清末南投萧循后不久已经去世,他这次回湘州并不是奔母丧,而是探望妻子。他至于这么伤怀吗?

古人诗中未见有以"空轸"形容悲痛之情的。搜索古诗,除阴铿这首诗外，仅梁刘峻《自江州还入石头》诗用到"空轸"。

刘峻，字孝标，《世说新语》的作者，写有《自江州还入石头》诗：

> 鼓枻浮大川，延睇洛城观。
> 洛城何郁郁，杳与云霄半。
> 前望苍龙门，斜瞻白鹤馆。
> 槐垂御沟道，柳缀金堤岸。
> 迅马晨风趋，轻舆流水散。
> 高歌梁尘下，缅瑟荆禽乱。
> 我思江海游，曾无朝市玩。
> 忽寄灵台宿，空轸及关叹。
> 仲子入南楚，伯鸾出东汉。
> 何能栖树枝，取毙王孙弹。

诗写从江州出发进入建康，诗中以北方都城洛阳指代建康，写将入建康城时所见所感。从第二联至第六联均写京城景象，诗人心情是愉悦的。下文"我思江海游，曾无朝市玩。"意为诗人长期在江海泛游，不曾有都市争名夺利之玩。"忽寄灵台宿"，借东汉第五颉（人名，第五为复姓）为谏议大夫时，因洛阳城中无居所，只得寄住城外的灵台（天文台）之典故，表明与"朝市"格格不入。"空轸及关叹"，"空轸"即空车，身无长物之谓也，并无伤痛之意。车至关前不由得感叹起来。感叹什么呢？下用二典。"仲子入南楚"，楚王以重金聘齐国高士陈仲子，仲子携妻逃去，为人灌园。"伯鸾出东汉"，东汉梁鸿（字伯鸾）因作《五噫歌》得罪汉章帝，逃入吴地为人佣工。均有不愿为官，只愿归隐江湖之意趣。尾联曰，不愿意像战国庄辛说楚襄王故事中的黄雀那样栖息在高高的树枝上，被公子王孙用弹弓打下来烹熟了吃。

据《梁书·刘峻传》，刘峻幼贫，刻苦读书，人谓之"书淫"。及长，"时竟陵王子良博召学士，峻因人求为子良国职，吏部尚书徐孝嗣抑而不许，用为南海王侍郎，不就。至明帝时，萧遥欣为豫州，为府刑狱，礼遇甚厚。遥欣寻卒，久之不调。天监初，召入西省，与学士贺纵典校秘书。峻兄孝庆时为青州刺史，峻请假省之，坐私载禁物，为有司所奏，免官。安成王秀好峻学，及迁荆州，引为户曹参军，给其书籍，使抄录事类，名曰《类苑》。未及成，复以疾去，因游东阳紫岩山，为《山栖志》，其文甚美。高祖召文学之士，有高才者多被引进，擢以不次。峻率性而动，不能随众沉浮，高祖颇嫌之，故不任用。"可见，刘峻虽有才，但"率性而动"，由着自己的性子行事。初用为南海王侍郎，不合其意则不就；为安成王著《类苑》，书未成而离去；省视兄长私带禁物；是一位落拓不羁的才子。他在《自序》中自比冯敬通。冯敬通，名衍，东汉初期的辞赋家。京兆杜陵人。自幼有才，博览群书，新莽末入更始政权，后投刘秀。因遭人谗毁，怀才不遇，被废于家，闭门自保。一生著述赋、诔、铭、说、策等50篇。著名者为《显志赋》，赋中多用典故，骈偶对仗。此用前代名人的遭际，抒发自己失官的感慨和愤懑。可见，刘峻并不真的是不愿为官，而是为官期间屡遭不测，因此心灰意冷，闲居著述以自遣。所以他在这首诗中一方面因为进入京城而感到高兴，一方面又因畏惧宦途而心存忧惧。所以他在诗中的"空轸"显然不是伤痛的意思，而解为身无长物，无奉礼贡献之资比较适合。"空轸及关叹"，意谓我坐着空车来到城门前，不由得感叹起来。阴铿此诗"空轸念归情"之"空轸"当近此意，即此去湘水尚有深流浅滩，照应首联"辛苦客方行"。而空着的车子也深深悯念傅郎的思归之情，以此凸显诗人自己对傅郎思乡之情的同情。

[集评]

宋龚颐正《芥隐笔记》"作诗祖述有自"条：谢灵运有"云中辨烟树，天际识归舟。"王僧孺有"岸际树难辨，云中鸟易识。"梁元帝有"远村云里出，遥船天际归。"阴铿诗有"天际晚帆孤"，"天边看远树"，"大江静犹浪"。老杜所以有"江流静犹涌"，"云中辨烟树"。铿

有"薄云岩际出,初月波中上。"(按:实为何逊《入西塞示南府同僚》中句)杜诗有"薄云岩际出,孤月浪中翻。"铿有"中川闻棹讴",杜有"中流闻棹讴"。铿有"花逐下山风",杜有"云逐渡溪风"。祖述有自,青出于蓝也。明陶宗仪等编《说郛》卷一一下亦收录有《芥隐笔记》此条。(按:"中川闻棹讴"乃何逊《春夕早泊和刘谘议落日望水》诗中句)

明胡震亨《唐音癸签》卷一一"评汇七":又,杜"山青花欲燃",出沈约"山樱花欲然","江流静犹涌"出阴铿"大江静犹浪"。

广陵岸送北使

行人引去节,送客舣归舻。
即是观涛处,仍为郊赠衢。
汀洲浪已息①,邗江路不纡②。
亭嘶背枥马,樯转向风乌③。
海上春云杂,天际晚帆孤。
离舟对零雨,别渚望飞凫。
定知能下泪,非但一杨朱。

[题解]

原注:一本"北"在"送"字上。《六朝诗集》作《广陵岸北送使》。北,《文苑英华》注:一作"远"。北使,北方的使者,此处指北齐的使者。本书第三章"阴铿诗系年及其他有关问题"查阴铿任始兴王府中录事参军期间,北齐共有4次遣使聘陈,其中崔瞻最符合阴铿所送之人的条件,则此次送别北使当在天嘉三年(562),当时阴铿为始兴王陈伯茂府中录事参军。题中"广陵"指京城建康。本书第三章已有考辨,此处从略。广陵之名,最早始于楚怀王十年(前319)"城广陵"(《史记·六国年表》),故址在今江苏省扬州市西北蜀冈上。秦于此置广陵县,治所即

-236-

在广陵城。西汉置广陵国，治所亦在此。东汉改为广陵郡，治所未变。隋开皇十八年，改为邗江县。广陵之名遂为过去。后世扬州称古名广陵本此。陈时，扬州治所在建康，故亦称建康为"广陵"。

[异文]

①汀，《文苑》作"贵"，并注：《艺文类聚》作"汉"，又作"汀"。②邗，《艺文类聚》作"邦"。③转，《本集》《古诗纪》《古诗镜》《采菽堂古诗选》作"啭"。《六朝诗集》本《阴常侍集》《艺文类聚》《文苑英华》《石仓历代诗选》作"转"。

[注释]

1. 去节：节，古代出使外国所持的凭证。西汉张骞使匈奴月氏，月氏"留骞十余岁，予妻，有子，然骞持汉节不失。"所持节即此。

2. 舣：yì，船靠岸。归舻，归去的船只。郊赠衢：赠，此处作"送走"解；郊赠衢，郊外送行的道路。

3. 汀洲：汀，水边平地；洲，水中陆地。

4. 邗江：邗，hán，又称"邗沟""邗溟沟"，江苏境内自扬州市西北至淮安市北入淮的运河。时北齐京城在邺城（在今河北省临漳县西南邺镇，曹魏、后赵、冉魏、前燕、东魏和北齐均都于此），北使回邺城须从扬州经邗沟即淮阳运河，故阴铿有此说。

5. 纡：弯曲。

6. 亭嘶背枥马：枥，马厩。背枥马即离开了马厩的马。亭，离亭，送别时休息的亭子。

7. 樯转向风乌：樯，船上张挂风帆的桅杆。向风乌，古代铜制的鸟形风向器，安装在建筑物高处或桅杆顶端，随风向而转动。又作"相风乌"，相当于今风向标。

8. 零雨：零星小雨。

9. 飞凫：飞翔的水鸟。

10. 杨朱：战国时期思想家、哲学家，创立了杨朱学派，主张"贵己"，即看重个人，看重生命，并说："古之人，损一毫利天下，不与也；悉天下奉一身，不取也。人人不损一毫，人人不利天下，天下治矣。"意思是人人治内贵己，互不侵损，人人自重自爱，不就各安其所，天下治理了吗？他的学说是对当时重君轻民、视人命如草芥的反动，有资本主义个人主义思想的萌芽，但也不无破绽。这里用了他的一个哭歧路的故事。《列子·说符》："杨子之邻人亡羊，既率其党，义请杨子之竖（仆人）追之。杨子曰：'嘻！亡一羊何追者之众？'邻人曰：'多歧路。'既反，问：'获羊乎？'曰：'亡之矣。'曰：'奚亡之？'曰：'歧路之中又有歧焉，吾不知所之，所以反焉。'杨子戚然变容，不言者移时，不笑者竟日。"《淮南子·说林训》："杨子见逵路而哭之，为其可以南，可以北。"（逵路，四通八达的道路。《尔雅·释宫》："九达谓之逵。"）《说郛》卷六十八宋无名氏《释常谈》"杨朱泣"："高诱曰：嗟其别易而会难也。"

[解读]

首句扣题，点明被送者（行人）的身份，次句言及自己（送客），行人归去的船就停靠在长江岸边。三、四两句随兴而发，这长江岸边既是观涛的好地方，又是送人的通衢，言外之意北使可以好好看看长江的广陵涛吧。"观涛处"，枚乘《七发》曰："将以八月之望，与诸侯远方交游兄弟，并往观涛乎广陵之曲江。"广陵观涛之处在曲江，即长江广陵一段弯曲曲折，因名"曲江"，后亦名"浙江"。南宋《景定建康志》卷十六"津渡"载："五马渡：在上元县西北二十三里幕府山之前。晋元帝与彭城等五王渡江处。"此当即阴铿送北使之地。幕府山在长江南岸，西起南京上元门，东至燕子矶，因东晋元帝渡江后，王导设幕府于此，因名。"汀州""邗江"两句欣慰地说江上风平浪静，前行的道路也没有激流险滩，正好回程。"亭嘶背枥马，樯转向风乌"，枥，马槽。曹操《龟虽寿》："老骥伏枥"。"背枥马"，离开马槽的马。"向

风乌",船桅顶上安装的测风向的鸟形物,古人已辨,今仍有人解作乌鸦,误。两句渲染出即将启程的气氛。接下来两联四句想象船行江中的景象,蕴含着淡淡的离愁别绪。"海上春云杂,天际晚帆孤","春云杂"犹言春云乱,隐含双方此刻纷乱的心情。"天际晚帆孤","天际"言友人此去长路迢迢,着一"孤"字,就把双方彼此怜惜不舍的心情写得颇为伤感。此联多为后人称道和效仿。尾联借用杨朱哭歧路之典,既表达了与北使此一别不知何时能再相逢的感伤,更以北使与自己面临歧路隐喻齐、陈两国面临歧路,暗含着对两国孰战孰和的担忧。言外之意,令人长思。此诗颇多佳句,常为后人所用。如"天际晚帆孤",唐刘长卿《送李七之筦水谒张相公》诗有"斜日片帆孤",唐·江为《岳阳楼》诗有"天末片帆孤",皆承阴铿此句遗绪。

[集评]

宋高似孙《八景楼记》:"帝子降兮北渚,目眇眇兮愁予。袅袅兮秋风,洞庭波兮木叶下。"此潇湘风景,屈宋情思,笔力不可控,书不可惮。……然如阴铿诗"海上春雪(云)杂,天际晚帆孤"。诗家者流,隽赏固不一,可景名尤不一也。

宋郭知达《九家集注杜诗》卷一八《杜位宅守岁》:"守岁阿戎家,椒盘已颂花。盍簪喧枥马,列炬散林鸦。"注:陈阴铿诗云:"亭嘶背枥马"。《易》:"勿疑,朋盍簪"。(按:盍,聚也;簪,疾也。孔颖达疏:"群朋合聚而疾来也。"后以指士人聚会)

《九家集注杜诗》卷三一《夜宿西阁晓呈元二十一曹长》:"门鹊晨光起,樯乌宿处飞。"注:赵(彦材)云:此篇为义本明,特公使字有三可疑,而寻绎其义则明矣。……樯而系之以乌,公屡使矣。此乌非真是屋上乌之乌也。特樯竿上刻为鸟形,以占风耳。……船之樯竿,其上刻乌,乃相风之义。陈阴铿《广陵殿(岸)送北使》诗云:"亭嘶背枥马,樯转向风乌。"于义尤明。故公有云:"樯乌相背发""危樯逐夜乌"。而今云:"樯乌宿处飞"。杜时可不省,乃云:"樯挂帆木而

-239-

乌泊其上。"假使真乌泊樯上，何至背发与夜相逐，而于宿处飞乎？况公诗又有曰："燕子逐樯乌"，逐樯上之刻乌而飞也。

《九家集注杜诗》卷三五《过南岳入洞庭湖》："莫怪啼痕数，危樯逐夜乌。"注：樯挂帆木也。……赵（彦材）云：夜乌，言樯上之乌夜宿也。谓之逐，则相逐同行之船矣。樯上为刻乌以占风，乃天子驾前相风之义。阴铿《广陵岸送北使》诗："亭嘶背枥马，樯转向风乌。"

宋黄希原本、黄鹤补注《补注杜诗》卷三五《过南岳入洞庭湖》："莫怪啼痕数，危樯逐夜乌。"注：洙曰：樯，挂帆木也。赵（彦材）曰：樯上刻乌以候风。阴铿诗："樯转向风乌"。

明陆时雍《古诗镜》卷二五："海上春云杂"，此最佳句。问春云何杂？此偶然兴致语，诗人感兴，不必定理定情。景逐意生，境由心造，所以指有异趣，物无成轨。若必然否究归，便是痴人说梦矣！春云潋滟，易灭易生，故下一"杂"字。谢朓亦云："处处春云生"。

清陈祚明《采菽堂古诗选》卷二九收录此诗，末评曰："亭嘶"二句生动。

清仇兆鳌《杜诗详注》卷二《杜位宅守岁》："守岁阿戎家，椒盘已颂花。盍簪喧枥马，列炬散林鸦。"注：阴铿诗："亭嘶背枥马"。

《杜诗详注》卷二一《大历三年春白帝城放船出瞿塘峡久居夔府将适江陵漂泊有诗凡四十韵》："雁儿争水马，燕子逐樯乌。"注：阴铿诗："亭嘶背枥马，樯转向风乌。"赵（彦材）曰：樯乌，船樯上刻为乌形，以占风者。朱云：此处樯乌，当从旧注，与《西阁》诗不同。（按：所谓《西阁》诗，应指杜甫《夜宿西阁，晓呈元二十一曹长》："城暗更筹急，楼高雨雪微。稍通绡幕霁，远带玉绳稀。门鹊晨光起，墙乌宿处飞。寒江流甚细，有意待人归。""墙乌"，他本又作"樯乌"，误。因全诗无一处写船，何来樯乌？首句写城，则有城墙，墙上之乌，是为墙乌。所以赵彦材说与《西阁》诗不同。）

《杜诗详注》卷二二《公安送李二十九弟晋肃入蜀余下沔鄂》："樯乌相背发，塞雁一行鸣。"注：樯乌，樯上向风乌。

清宋长白《柳亭诗话》卷六"俪句":骈俪之起在汉,《八变歌》《君子行》,微露其机。《艳歌》一首,始作叠句。至蔡伯喈、郦文胜,萌芽渐盛。潘、陆以降,斯蔓衍矣。然生成古调,风骨犹存。……阴铿……"亭嘶背枥马,樯转向风乌。"

奉送始兴王

良守别承明,枉道暂逢迎①。
去帆收锦绋②,归骑指兰城。
纷纠连山暗③,潺湲派水清④。
桂晚花方白,莲秋叶始轻。
背飞伤客念,临歧悯圣情⑤。
分风不得远,何由送上征⑥。

[题解]

《艺文类聚》题作《送始兴王》。奉送,恭送,送行。奉,敬辞。始兴王,指陈伯茂,陈文帝陈蒨第二子。《陈书·世祖九王·陈伯茂传》载,陈永定三年(559)八月陈文帝下诏封陈伯茂为始兴王,天嘉二年进为宣惠将军、扬州刺史,天嘉三年除镇东将军、开府仪同三司、东扬州刺史。此诗即作于陈文帝天嘉三年(562),时阴铿为始兴王陈伯茂府中录事参军。始兴王出任东扬州刺史,阴铿因陪北齐使者崔瞻而未能随行,作诗以赠别,表达惜别之情。

[异文]

①暂,《本集》作"难"。②绋,原注:一作"缆"。《诗纪》《采菽堂古诗选》注同。《六朝诗集》作"缆"。③纠,《六朝诗集》作"斜"。④派,《六朝诗集》作"沠"。⑤歧,《六朝诗集》《艺文类聚》《古诗纪》《采菽堂古诗选》作"岐"。⑥征,原注:一作"程"。《六朝诗

集》作"程"。

[注释]

1. 良守：守，一地的行政长官，如太守。古人谓作为地方行政长官，应守土有责，故地方行政长官称"守"。良守，贤能的地方长官。

2. 承明：古代天子所居左右正厅称"承明"，因承接天子议事的明堂之后，故称。此处以居处代指皇帝，良守指始兴王，承明指陈文帝。

3. 枉道：此处意为绕道。

4. 锦絾：絾，zuò，粗绳子。锦絾，编织精美的粗绳，此指船帆的缆绳。

5. 兰城：城市的美称。此处指始兴王将去上任的东扬州治所会稽。会稽即东晋王羲之曲水流觞之兰亭所在，故以此称会稽郡城为"兰城"。南朝宋孝建元年（454），分扬州之会稽、东阳、新安、永嘉、临海五郡为东扬州。前废帝永光元年（465），省东扬州并扬州。梁普通五年（524），又分扬州、江州置东扬州。陈文帝天嘉三年（562）六月，以会稽、东阳、临海、永嘉、新安、新宁、晋安、建安八郡置东扬州，以始兴王陈伯茂为东扬州刺史。

6. 纷纠：交错杂乱貌。

7. 潺湲：水流动缓慢的样子。派：水的支流。此联描写始兴王上任途中山水情貌。

8. 背飞：向相反的方向飞去。

9. 临歧：面对分岔的道路，意谓行人、送行者走上不同的道路。

10. 分风：分风劈流的省写，意谓分走不同的路。

11. 上征：指溯流而上，比喻上进、升职，意谓始兴王今后还会不断升职。

[解读]

此诗落笔先写始兴王拜别陈文帝，登上赴任东扬州刺史的征途，作者特地绕道前来送行。为什么要绕道？因为阴铿此时正陪着北齐使者崔瞻，有要务在身。"去帆收锦絾，归骑指兰城"，写得颇有气势，十分符合始兴王的身份。然后以两联四句的篇幅描写始兴王赴任途中风景,音律和谐,对仗工整,甚是为人称道。"纷纠连山暗,潺湲派水清",从大处落笔写沿途山水景致,犹如一张大幅的山水画。"桂晚花方白,莲秋叶始轻",从小处着眼写秋天的桂花开放正盛,莲叶经秋始凋,一盛一衰,既衬托始兴王一行的盛状,又带上一点萧瑟之意,为下面的"临歧""分风"作情绪的铺垫。虽然分手使送行人倍觉感伤,但是这毕竟是圣上的重托,所以用一个"悯"字呼应首句。尾联上句"分风不得远",是说东扬州去京城虽然不很远;下句"何由送上征"则感叹分手虽然不会是很久,然而始兴王将有无限广大的前途,今后我这个送行人恐难跟上了,"何由送上征"即暗含此意。此诗系阴铿晚年之作,诗法老练,语言清丽,堪为上乘。然而诗中连用背飞、临歧、分风三词,均指分别,重复用语,是为瑕疵。

[集评]

宋黄希原本、黄鹤补注《补注杜诗》卷二五《送梓州李使君之任》"不作临岐恨",注:"(王)洙曰:陈阴铿《送始兴王》诗:背飞伤客念,临歧悯圣情。"

明颜文选注《骆丞集》卷四《冒雨寻菊序》"坠白花于湿桂,落紫蒂于疎藤",注:桂花白,见《员半千书》"寒花"注。又,……陈阴铿《送始兴王》诗:"纷纠连山暗,潺湲派水清。桂晚花方白,莲秋叶始轻。"

清仇兆鳌《杜诗详注》卷六《送李校书二十六韵》"临歧意颇切",注:阴铿诗:"临歧悯圣情"。

《杜诗详注》卷一一《送梓州李使君之任》:"不作临岐恨,惟听举最先。"注:此叙送别情景。阴铿诗:"背飞伤客念,临歧悯圣情。"

阴铿其人其诗

开善寺

鹫岭春光遍，王城野望通①。
登临情不极，萧散趣无穷。
莺随入户树②，花逐下山风。
栋里归云白，窗外落晖红。
古石何年卧，枯树几春空。
淹留惜未及③，幽桂在芳丛④。

[题解]

原注：开，一作"闻"。以形近误。开善寺，在建康（今南京）钟山（三国吴名蒋山）上。宋张敦颐《六朝事迹编类》卷四"寺院门·蒋山太平兴国禅寺"载："梁武帝天监十三年（514），以钱二十万易定林寺前冈独龙阜以葬誌公（释宝志）。公主以汤沐之资造浮图五级于其上。十四年即塔前建开善寺。"北宋太平兴国五年，改名为"太平兴国禅寺"。阴铿写此诗约在陈文帝天嘉二年（561）春。同游者有徐伯阳，他有《游钟山开善寺》诗。

[异文]

①野，《本集》作"夜"。②莺，《六朝诗集》作"鹫"。③留，《本集》作"流"。惜，《本集》《古诗纪》作"昔"。④在，《艺文类聚》作"有"。

[注释]

1.鹫岭：山名。在古印度摩揭陀国王舍城之东北，山中多鹫，故名。或云山形像鹫头而得名。如来曾在此讲《法华》等经，故佛教以为圣地。又简称"灵山"或"鹫峰"。诗文中每以鹫岭称有佛寺的山，此处即以鹫

-244-

岭称"钟山"。唐樊忱《奉和九月九日登慈恩寺浮图应制》:"插萸登鹫岭,把菊坐蜂台。"国内以鹫山、灵鹫山为名的山有多处,均非此处所言者。

2. 王城:指此时陈都城建康,开善寺在建康钟山上。野望通:从钟山上可一直望到建康城内。

3. 不极:不尽。

4. 萧散:犹萧洒。形容举止、神情、风格等自然,不拘束。

5. 莺随入户树:树枝伸入户内,莺鸟随之飞入。

6. 花逐下山风:野花随山风往下飘落。

7. 栋里归云白:栋,房屋顶上的横梁,引申为房屋。归云,犹行云,漂浮的云彩。

8. 落晖:夕阳的余晖。

9. 古石:开善寺东之山巅有定心石,下临峭壁。

10. 枯树:用高僧宝志生于古木事。《六朝事迹编类·蒋山太平兴国禅寺》引《高僧传》《宝公实录》曰:"公讳宝誌,宋元嘉中现形于东阳郡古木鹰巢中。朱氏妇闻巢中儿啼,遂收育之。因以朱为姓,乃施宅为寺焉。"

11. 淹留:长期逗留,羁留。惜未及:可惜终于没能寻觅到。

12. 幽桂:幽静山谷里的桂树。汉刘安《淮南子·招隐士》有诗:"桂树丛生兮山之幽,偃蹇连蜷兮枝相缭。山气巃嵸兮石嵯峨,溪谷崭岩兮水曾波。猿狖群啸兮虎豹嗥,攀援桂枝兮聊淹留。王孙游兮不归,春草生兮萋萋。"此处用此诗意。

[解读]

在这首诗中,阴铿再次表达了他心仪佛道,不如归去的心境。首联大写钟山风光,正是春盛之时,钟山春光遍野,建康城一望可通。在这春景娱人之时登上钟山游览开善寺,顿觉心旷神怡,萧散洒脱,趣味无穷。暂时离开了纷乱杂沓的官场,抛开了扰攘倾侧的红尘,阴铿心情十分愉悦。"莺随入户树,花逐下山风"从小处落笔,这种细致入微的观

察正是阴铿写景诗的一大特色。武汉大学李霄鹍硕士学位论文《"阴何"诗歌研究》评论此联说："诗中'莺随入户树，花逐下山风'一联，尤见诗人'寻常事物，亦必摇曳出之，务使穷态极妍，不肯直率'的诗歌特色。其中的'随''逐'二字可谓点睛之笔，是诗人把观景后的内心感受投诸景物，从而使莺和花都具备了人的性格，达到物我相通的境地，格外生动传神。""栋里归云白，窗外落晖红"，将目光落到佛寺，一写高处白云，一写远处落霞，色彩对比鲜明，为此诗增色不少。清陈祚明《采菽堂古诗选》称赞此二联"写景高迥"。然后看到寺旁不知何年躺卧在此的定心石，和不知度过了几多春秋的高僧宝志现身的枯树，不禁感叹时光易逝、人生易老。尾联感叹说，我长久地徘徊此地，最终未能寻到心中的仙境，那就是桂树丛生的山之幽谷，见出阴铿欲出世而又依恋尘世的矛盾心情。

[集评]

宋杨万里《诚斋诗话》：句有偶似古人者，亦有述之者。……阴铿云："莺随入户树，花逐下山风。"杜云："月明垂叶露，云逐渡溪风。"又云："水流行地日，江入度山云。"此一联胜。

宋龚颐正《芥隐笔记》："作诗祖述有自"条：阴（铿）有"花逐下山风"，杜（甫）有"云逐渡溪风"。祖述有自，青出于蓝也。

清陈祚明《采菽堂古诗选》卷二九收录此诗，末评曰："莺随"二句，致在"入户""下山"；"栋里"二句，致在"栋里""窗外"；写意高迥。树入户见地幽，风下山知地据山上。

《杜诗详注》卷八"野望"。诗题下注：阴铿诗："山逐下溪风"（按：当为"花逐下山风"）。

清宋长白《柳亭诗话》卷六"俪句"：骈俪之起在汉，《八变歌》《君子行》，微露其机。《艳歌》一首，始作叠句。至蔡伯喈、郦文胜，萌芽渐盛。潘、陆以降，斯蔓衍矣。然生成古调，风骨犹存。……阴铿……"登临情不极，萧散趣无穷。"

清沈德潜《说诗晬语》卷上：梁、陈、隋间，专尚琢句。庾肩吾云："雁与云俱阵，沙将蓬共惊"，"残红收宿雨，缺岸上新流"，"水光悬荡壁，山翠下添流"。阴铿云："莺随入户树，花逐下山风。"江总云："露洗山扉月，云开石路烟。"……若渊明"采菊东篱下，悠然见南山"，"平畴交远风，良苗亦怀新"。中有元化（按：即造化，谓天地也。此处谓最自然的本源）自在流出，乌可以道里计？

沈德潜《古诗源》卷十四于本诗后曰：诗至于陈专工琢句，古诗一线绝矣。少陵绝句云：颇学阴何苦用心。又赠太白云：李侯有佳句，往往似阴铿。此特赏其句，非取其格也。

赋咏得神仙

罗浮银是殿，瀛洲玉作堂。
朝游云暂起，夕饵菊恒香。
聊持履成燕，戏以石为羊。
洪崖与松子[①]，乘羽就周王。

[题解]

《本集》《六朝诗集》作"咏得神仙"，《艺文类聚》作"赋咏得神仙"。得神仙，指道家修道成仙。或谓诗题当作"赋得咏神仙"，亦可。陈阮卓有《赋得咏风》诗，江总有《赋咏得琴》诗，似后有"得"则省前者。赋得，凡摘取古人成句为诗题，题首多冠以"赋得"二字。如南朝梁元帝有《赋得兰泽多芳草》一诗。"兰泽多芳草"句出自汉乐府《涉江采芙蓉》。科举时代的试帖诗，因试题多取成句，故题前均有"赋得"二字，如唐白居易《赋得古原草送别》。亦应用于应制之作及诗人集会分题。后遂将"赋得"视为一种诗体。即景赋诗者也往往以"赋得"为题。

[异文]

①崖，《六朝诗集》《古诗纪》作"厓"，崖古字。

[注释]

1.罗浮：山名。在广东省东江北岸，增城、博罗、河源等县之间。风景优美，为粤中游览胜地。晋葛洪曾在此山修道，道教称为"第七洞天"。"银是殿"，即以白银为宫殿。

2.瀛洲：东海中的仙山。《史记·秦始皇本纪》："徐市言海中有三神山，名曰蓬莱、方丈、瀛洲。仙人居之。"《汉书·郊祀志》云："此三神山者，其传在渤海中，去人不远。……其物禽兽尽白，而黄金白银为宫阙。"此二句本此。"玉作堂"，美玉筑成的殿堂。

3.朝游云暂起，夕饵菊恒香：谓神仙们早晨驾云游览，晚上以菊花为食。

4.聊持履成燕：聊，姑且。履，鞋。《古今图书集成·神异典》卷二百三十五引《香案牍》："鲍靓与葛稚川善，每来，门无车马，独双燕往还。或怪而网之，则双履也。"

5.戏以石为羊：戏，游戏而为之。晋葛洪撰《神仙传》卷二"皇初平"：年十五而使牧羊。有道士见其良谨，使将至金华山石室中，四十余年忽然，不复念家。其兄初起入山索初平，历年不能得见。后在市中，有道士善卜，乃问之曰："吾有弟名初平，因令牧羊失之，今四十余年，不知生死所在，愿道君为占之。"道士曰："金华山中有一牧羊儿，姓皇名初平，是卿弟非耶？"初起闻之，惊喜，即随道士去寻求，果得相见，兄弟悲喜。因问弟曰："羊皆何在？"初平曰："羊近在山东。"初起往视，了不见羊，但见白石无数，还谓初平曰："山东无羊也。"初平曰："羊在耳，但兄自不见之。"初平便乃俱往看之。乃叱曰："羊起！"于是白石皆变为羊，数万头。

6.洪崖、松子：俱为古时仙人。《说郛》卷三十收宋张淏《云谷杂记》，其"二洪崖先生"：洪崖先生有二。其一，三皇时伶伦（传说为黄帝管音乐的大臣）得仙者，号洪崖。《神仙传》：卫叔卿与数人博戏

于华山石上,其子度世曰:不审与父并坐者谁也?卿曰:洪崖先生,许由巢父耳。郭璞诗"左挹浮丘袖,右拍洪崖肩"即此是也。其一,唐有张氲,亦号"洪崖先生"。按本传及豫章职方乘云,氲,晋州神山县人,隐姑射山。开元七年,召至长安,见玄宗于湛露殿。十六年,洪州大疫,氲至施药,病者立愈。……豫章有洪崖庵。又有"二赤松":赤松子有二。其一神农时为雨师,服水玉,能入火不烧。即张子房愿从之游者也。其一则晋之黄初平。尝牧羊,忽为一道士将至金华山石室中,后服松脂、茯苓成仙。易姓为赤,曰赤松子,即叱石为羊者。

  7. 乘羽就周王:羽,代指有羽毛的鸟类。古代传说中仙人多乘鹤。就周王,见周王。周王指周穆王,名姬满,西周第五位君主。他曾乘八匹骏马会西王母,常遨游八极,与仙人游。

[解读]

  此诗句句用典,足见其"博涉史传"绝非浪得虚名。尤其在"赋得"这种临场作诗的情况下,若非平素博闻强记不能如此。首联"罗浮银是殿,瀛洲玉作堂",仅通过仙界殿堂建筑的奢华就引起人们的向往。对照现实中人民流离失所、饿殍遍野、生死难测,更激起人们对仙境的憧憬。古代仙界故事繁多,当与社会现实密不可分。颔联写仙人不同于一般的生活,自由而飘逸,逗人心向往之,无意之中把屈原幻想的悠游自在的生活联系了起来。"驾八龙之婉婉兮,载云旗之委蛇。""朝饮木兰之坠露兮,夕餐秋菊之落英。"(《离骚》)那是多么随心、萧散的境界!颈联"聊持履成燕,戏以石为羊",写仙人无所不能的神力,寄托人们对自由掌握自己生活的期望。现实中无奈之处太多,何日能像仙人们这样随心所欲呢?尾联想象上古洪崖先生和赤松子乘鹤见周穆王,面对当下战乱四起,民不聊生的时代,表达对周穆王时期天下太平,人民安居乐业生活的歆羡与向往。史载,周穆王在位五十五年,是西周在位时间最长的君王。其统治时期,"民有所养,四夷宾服",是难得的盛世。古代仙界传说是社会现实的曲折反映。现实生活中不能得到的,只

好通过幻想实现。从这个角度讲，此诗自有一定社会意义。与阴铿同在侯安都府中为宾客的张正见也有两首《神仙篇》，与阴铿这首一比较，简直就是霄壤之别。

渡岸桥

画桥长且曲，傍险复凭流①。
写虹晴尚饮，图星昼不收。
跨波连断岸，接路上危楼。
栏高荷不及，池清影自浮。
何必横南渡，方复似牵牛。

[题解]

渡岸桥，一作"度岸桥"，跨越两岸的桥。渡，横过水面。《艺文类聚》作"赋得度岸桥"。此诗盖阴铿入陈后在建康所作，约在陈文帝天嘉一年（560）至天嘉三年（562）间。据南宋《景定建康志》，建康上元县有"饮虹桥：一名新桥，在凤台坊。《建康实录》：南临淮有新桥，本名万岁桥，后改名饮虹桥。新桥乃吴时所名。"可能即此诗所写之桥。

[异文]

①险，《艺文类聚》作"崄"。

[注释]

1.画桥：有精美雕饰的桥梁。
2.凭流：凭，依托。凭流，依托流水。
3.写虹晴尚饮：写虹，画出彩虹。因为彩虹总是在雨后初晴时出现，所以着一"晴"字。尚饮，尚在饮水，因彩虹一头在水上，故将其比喻为饮水。南朝宋刘敬叔《异苑》："晋义熙初，晋陵薛愿有虹饮其釜澳，须臾翕响便竭。"

4. 图星昼不收：阳光照射在水面，映射在桥身上显出斑斑点点的光斑，比喻为星星。而星星是太阳一出就隐没了的，这种星星却出现在太阳映照的白昼，故说"昼不收"。图，名词动用，在桥身上图画星星。有说星桥即银河之桥，误。银河星系白天是看不见的，不能说"昼不收"。

5. 断岸：水边绝壁。庾信《咏画屏风诗二十五首》其六："小桥飞断岸，高花出迥楼。"

6. 接路：连接道路。

7. 方复似牵牛：方复，犹言正如，言此桥犹如牵牛织女相会之鹊桥也。牵牛，牵牛星，用牵牛星、织女星的故事。

[解读]

　　这首诗写得很美。从诗里所写景致来看，这桥可能是一座跨越一条山间溪河的桥。但诗人运用他的七彩神笔把这座桥写得美轮美奂，且富有诗意。在险峻的山崖边、湍急的流水上有这么一座雕饰精美的桥。它长悬而隆曲，傍险而临清流，姿态很美。"写虹晴尚饮"，雨霁后画出的彩虹一端落入溪流，似乎正在溪流中痛饮，又以比喻这美丽的虹桥。"图星昼不收"，阳光映射在水面，在桥身上留下了点点星光。多么细致入微的描写！它跨过波涛连接着两岸的绝壁，沿着长长的道路通向远方的高楼。这就把读者的视野扩张到了远方，于是便有下联："栏高荷不及，池清影自浮。"明显不再是写断壁上的小桥，而是转到高楼附近的园林了。因为溪水湍急，不适合莲荷生长。园林里有荷池。尽管莲荷生长茂盛，但它触不到那里高高的桥栏，而只把自己清朗的身影浮现在池面上。接下来由景及人。那高楼上思念远方征人的女子不必惆怅，有这样美丽的画桥，何必涉江而渡？也不必似牛郎织女苦苦等待着一年一度的七夕鹊桥了。"跨波连断岸"，唐骆宾王《晚憩田家》："悬梁接断岸"。"写虹晴尚饮，图星昼不收"，造景宏阔，空前绝后。

[集评]

清陈祚明《采菽堂古诗选》卷二九收录此诗,末评曰:"写虹"二句作致。

班婕妤怨

柏梁新宠盛,长信昔恩倾。
谁谓诗书巧①,翻为歌舞轻。
花月分窗进②,苔草共阶生。
接泪衫前满③,单瞑梦里惊④。
可惜逢秋扇,何用合欢名。

[题解]

婕妤:或作倢伃,古代宫中女官名,汉武帝时置。其位相当于上卿,位比列侯。班婕妤,班固的祖姑,西汉女文学家,名字不详,工于诗赋。汉成帝刘骜时选入宫,初为少使,不久立为婕妤。后来成帝宠幸赵飞燕,班婕妤失宠,自请侍养皇太后于长信宫,后病逝。诗题《班婕妤》,原作《班婕妤怨》,题下注:一本无怨字。《班婕妤》为乐府古题,其题解曰:一曰《婕妤怨》。

[异文]

①谓,《乐府》《文苑英华》《古俪府》作"为"。诗书巧,《文苑英华》《古俪府》作"诸人巧",《文苑英华》又注云:一作"诗书重"。②进,《本集》《六朝诗集》作"近"。③接,《艺文类聚》作"忆",《文苑英华》作"睫",又注:一作"妾",一作"忆"。《乐府诗集》作"妾"。④瞑,各书作"眠"。《古俪府》注:一作"瞑",瞑与眠通。梦,《文苑英华》《古俪府》作"魂",《文苑英华》注云:一作"梦"。

[注释]

1. 柏梁：汉代柏梁台，汉武帝元鼎二年春筑，在长安城中北关内，以香柏为梁。武帝尝置酒其上，诏群臣和诗，能七言诗者乃得上。故后用为宫廷文人宴饮赋诗之典。此处代指皇帝。

2. 长信：汉长信宫，为皇太后所居之处。班婕妤失宠后，自请侍养皇太后于长信宫。

3. 诗书巧：指班婕妤工于诗赋。

4. 歌舞轻：指汉成帝宠妃赵飞燕能作掌上舞。

5. 花月分窗进：分窗进，花影、月影透过窗格泻入房内。

6. 接泪：接，连续意。如接响即连续不断的声响，接泪即接连不断的眼泪。

7. 单瞑：瞑，闭目，与"眠"通。单瞑即独眠。

8. 秋扇、合欢：入秋后合欢扇即被弃置不用。此处用班婕妤《团扇》诗意，见下[解读]。

[解读]

此诗虽仍属五言古诗，但是各句均遵循了平仄交替的规则，有的上下句遵循了平仄互对的要求，除尾联外各联均对仗，然各联之间失粘，应是阴铿比较早期的作品，或成于梁代。诗从班婕妤失宠落笔，将柏梁台的"新宠"与长信宫的"昔恩"对举，颔联再次指出班婕妤工于诗赋敌不过赵飞燕舞姿曼妙，字里行间对班婕妤寄予莫大的同情。三、四两联形象地描写班婕妤独居的孤寂生活。"花月分窗进"，镇日只有花、月与班婕妤相伴，凸显其孤独。明陆时雍谓"花月分窗进"，"思巧而幽"。幽，幽独也。"苔草共阶生"，庭前石阶苔藓、杂草丛生，显示无人来访，进一步凸显孤独。"接泪衫前满"，"满"字写出无尽的悲伤；"单瞑梦里惊"，"惊"字透出长夜的难捱。此处若用"独瞑"，独为入声，则犯孤平，说明古人很早就注意避孤平。尾联用典，"可惜逢秋扇，何用合欢名"，源自班婕妤《怨歌行》："新裂齐纨素，皎洁如

-253-

霜雪。裁为合欢扇，团团似明月。出入君怀袖，动摇微风发。常恐秋节至，凉飙夺炎热。弃捐箧笥中，恩情中道绝。""秋扇"即"秋节至"而"凉飙夺炎热"后被弃之不用的扇子。于是"合欢"不再，"恩情中道绝"。"何用"二字抒发了一种愤懑的情愫，但是缺少余韵。

[集评]

明钟惺《古诗归》卷一五：贵歌舞，贱诗书。"分窗进"妙于"共阶生"。从扇中生出，清澹得妙。

明陆时雍《古诗镜》卷二五："花月分窗进"，思巧而幽。

清陈祚明《采菽堂古诗选》卷二九收录此诗，末评曰："花月分窗进"句新妍。

秋闺怨

独眠虽已惯[①]，秋来只自愁。
火笼恒暖脚，行障镇床头。
眉含黛俱敛[②]，啼将粉共流。
谁能无别恨[③]，唯守一空楼[④]。

[题解]

闺怨诗是古诗歌中一个十分常见又十分重要的题材。上至《诗经》《汉乐府》，下至唐宋明清，都产生了大量的闺怨诗。南北朝时期闺怨诗也很多。粗略统计逯钦立《先秦汉魏晋南北朝诗》中陈诗538首，其中闺怨诗（题为闺怨和内容为闺怨者）41首，分量已自不轻。阴铿34首诗中，闺怨诗就有3首（《班婕妤怨》《南征闺怨》和本首）。陈代闺怨诗这么多，与战乱频仍是有密切关系的。

[异文]

①眠，《六朝诗集》作"暝"，误。②俱，《本集》作"欲"。③别恨，《艺文类聚》作"限别"。④唯，《本集》作"虽"。

[注释]

1. 行障：可以移动的屏风。镇，安置，镇挡。屏风置于床头以挡风。

2. 含黛：黛，青黑色的颜料，古代女子用来画眉。含黛，眉上有黛粉。敛，收拢，聚集。此指眉皱。

3. 啼将粉共流：啼，哭泣，此处代指泪。将，义同前《侯司空宅咏妓》注7。粉，此处指涂抹在面部的脂粉。

[解读]

此诗题作秋闺怨，其秋可有二指：一则秋天，天气转凉，万木萧疏，常人亦萧疏无奈，何况离人？二则闺中女子年岁已秋，韶华已逝，红颜已衰，而征夫不知何时归来。秋且又秋，复何秋矣！作者将闺怨放在这样一个特定的环境，自有其深意。秋天，更易引起对远方亲人的思念，尤当中秋节将来之际，倍觉凄清。秋风萧瑟，天气渐凉，便思远征之人寒衣备未？孤眠可冷？故写此时的闺怨，其怨更深。诗开头就写"独眠虽已惯"，见出没有夫君的独眠已经很久了，怨尤已现。"秋来只自愁"，秋天一到，这种离愁更深，而又无法排解，只能默默地独自承受。怨尤更进一层。"火笼恒暖脚，行障镇床头"，孤独的凄冷只有靠烤火来冲淡，然而能够冲淡吗？行障挡在床头，也还是为了在睡眠时挡住那袭人的秋风，但是能够挡住吗？怨尤之意不言而明。写环境是为了衬托人。颈联将关注点从环境转移到思妇，只见她青黛描画过的双眉紧蹙，眼泪流过施粉的面庞，冲走了傅粉，可见眼泪之多，怨尤之深。尾联发一反问："谁能无别恨？"这种深深的怨尤终于爆发，须知她已经是长时期地独守空楼啊！"唯守一空楼"，全诗到此戛然而止，其余的留给读者去想象。"啼将粉共流"句，以"啼"代"泪"是为了格律的需要。若用"泪"字，"泪"仄声，则"泪将粉"两仄夹一平，是为孤平矣。"啼"

-255-

为平声,符合本句平平仄仄平的格律要求。律诗定型近千年后,清人方对孤平有所论述。然而据王力先生考证,唐诗已经非常严格地遵守"避孤平"这一原则了。从阴铿此诗可见,南朝梁陈时诗人们可能就在有意识地避免孤平,虽然那时还没有"孤平"这一概念。

西游咸阳中

上林春色满,咸阳游侠多。
城斗疑连汉,桥星象跨河①。
影里看飞毂②,尘前听远珂。
还家何意晚,无处不经过。

[题解]

《本集》诗题下原注:阮籍《咏怀》诗曰:"西游咸阳中,赵李相经过。"《古诗纪》《古诗镜》《采菽堂古诗选》此诗题下亦有同注。此诗当亦为赋得体。咸阳,曾为秦都城。故址在今陕西省咸阳市东、渭河西北,渭河东南即为秦上林苑和阿房宫。阮籍《咏怀》诗八十二首,此为其五:"平生少年时,轻薄好弦歌。西游咸阳中,赵李相经过。娱乐未终极,白日忽蹉跎。驱马复来归,反顾望三河。黄金百镒尽,资用常苦多。北临太行道,失路将如何。"阴铿并未到过咸阳,此为想象之作。何时所作,不明,推测是在与众诗友唱和时所作,则在入陈以后为侯安都府宾客时可能性最大。

[异文]

①象,《艺文类聚》《文苑英华》作"像"。②看,《文苑英华》作"着",形近而误。"影里看飞毂",毂,逯钦立《先秦汉魏晋南北朝诗》误作"穀"(稻谷)。

[注释]

1. 上林：即上林苑，在秦都城咸阳东南，为帝王游猎之地。秦惠文王时开始修建，至秦始皇时，先后在上林苑中修建朝宫、阿房宫前殿和大量的离宫别馆，西汉初荒废。

2. 游侠：古代称豪爽、好交游、轻生重义、勇于排难解纷的人。《汉书·宣帝纪》："高材好学，然亦喜游侠，斗鸡走马。"

3. 城斗：古时都城因布局似星斗而名斗城。《三辅黄图》卷一：咸阳"引渭水灌都，以象天河；横桥南渡，以法牵牛。"又《三辅黄图》：汉"长安故城，城南为南斗形，城北为北斗形，至今人呼京城为斗城。"汉，星汉，古称"银河"。曹操《观沧海》："日月之行，若出其中；星汉灿烂，若出其里。"

4. 桥星：即星桥，上言法牵牛、织女之星的咸阳桥。

5. 影里看飞毂：影里，影影绰绰地，言天河中的事物只能朦朦胧胧地看到。飞毂，飞驰的车辆。毂，车轮中心的圆木，周围与车辐的一端相接，中有圆孔，可以插轴。古诗文中经常代指车辆。

6. 远珂：珂，美玉，又指马笼头上的玉饰，马行走时叮当作响。远珂，即远处马行走时玉饰的碰撞声。

7. 何意晚：没有料到会这么晚。

[解读]

阴铿一生都在江南，不曾到过咸阳，这首诗可能是同仁以阮籍《咏怀》诗中成句"西游咸阳中"为题的命题之作，亦属赋得体。既是命题作诗，又不曾到过咸阳，只好凭书本知识来展开想象了。这首诗语言优美，形象生动，字里行间似乎有所寄托。

首句"上林春色满"，把西游咸阳放在美丽的春天，但下文似乎并没有在春色上着笔，而是接一句"咸阳游侠多"，微露出对游侠的景仰，然而下文又不从游侠生发，转而写咸阳城，这才落笔到"游"，似乎上言

游侠只在一"游"而不在"侠"。"城斗""桥星"二句概写咸阳城,以其上连星汉,像跨天河赞美其非同凡响的气势。颈联写在咸阳城里所见所闻,那就是众多飞驰而过的车辆和修饰华美的骏马,显示出咸阳城的繁华。毕竟并未亲到咸阳,所以阴铿只得匆匆收笔,以迷恋咸阳城的景色,游兴方浓,至晚始归来侧面烘托咸阳城的引人入胜,末尾一句"无处不经过",既说明了晚归的原因是没有什么地方没有游览,又扣住了命题的诗句"赵李相经过",从命题诗的写作来看是非常老练的。"赵李",谓秦时大臣赵高、李斯。"城斗疑连汉,桥星象跨河",为什么不直接写作"斗城连星汉,桥星跨天河"?因为这里有格律的需要。按律诗平仄格律,若斗城连星汉,则为仄平平平仄,不合律,需仄仄平平仄,所以斗城变城斗。若桥星跨天河,则为平平仄平平,也不合律,须为平平仄仄平,故跨天河改象跨河。说明平仄格律已经是阴铿写诗的自觉意识。"影里看飞毂,尘前听远珂"是佳句。如果作者在原句"西游咸阳中"的下句"赵李相经过"之"赵"(赵高)、"李"(李斯)再发挥一下,此诗就有了历史的喟叹,就显得更为厚重。然而阴铿谨慎为官,若如此发挥,必然牵涉政局,易招祸。

李章甫先生认为此诗对秦朝都城咸阳的仰慕,侧面反映出阴铿对国家统一的渴慕,聊备一说。(李章甫《阴铿诗解读》,中国戏剧出版社,2009)

[集评]

宋龚颐正《芥隐笔记》"老杜秦城字"条载:《三辅黄图》:"长安故城,城南为南斗形,城北为北斗形,至今人呼京城为斗城。"何逊《咸阳》诗云:"城斗疑连汉。"老杜"秦城近斗杓""秦城北斗边""北斗故临秦",而《秦中诗》"春城依北斗,郢树发南枝",乃秦城耳。明陶宗仪所编《说郛》卷一一下、明胡震亨《唐音癸签》卷一六录《芥隐笔记》此段文字。(按:《芥隐笔记》此段文字中何逊当为阴铿,《秦中诗》当为杜甫《元日寄韦氏妹》。明焦竑《焦氏笔乘》卷四"秦城"亦承《芥隐笔记》,将阴铿误作何逊。)

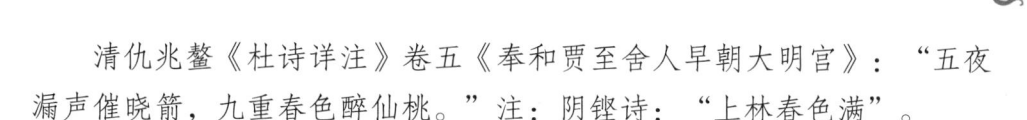

清仇兆鳌《杜诗详注》卷五《奉和贾至舍人早朝大明宫》："五夜漏声催晓箭，九重春色醉仙桃。"注：阴铿诗："上林春色满"。

《杜诗详注》卷七《归燕》："春色岂相访，众雏还识机。"注：阴铿："上林春色满。"

蜀道难

王尊奉汉朝，灵关不惮遥。
高岷长有雪，阴栈屡经烧。
轮摧九折路，骑阻七星桥。
蜀道难如此，功名讵可要。

[题解]

《蜀道难》为乐府古题，今存以梁简文帝所作为最早。《乐府诗集》卷四〇《相和歌辞·瑟调曲》收《蜀道难》，其题解：《古今乐录》曰："王僧虔《技录》有《蜀道难》，今不歌。"《乐府解题》曰："《蜀道难》，备言铜梁玉垒之阻，与《蜀国弦》颇同。"

阴铿一生未曾入蜀。此诗盖为应题之作，用乐府旧题，借汉代王尊入蜀之事典开篇，描写蜀道之艰险，藉此抒发求取功名之难的感慨。

[注释]

1.王尊：西汉涿郡高阳人，字子赣。少孤贫，为人牧羊。能史书。年十三，求为狱小吏。数年后，给事太守府，问诏书行事，尊无不对。治《尚书》《论语》，略通大义。以令举幽州刺史从事，太守察尊廉，补辽西盐官长。迁虢县令，以高第擢为安定太守。汉元帝、成帝时，历任县令、郡太守、部刺史、王相国、京兆尹。以廉洁奉公、诛恶不畏豪强，致多次被诬免官。曾任益州刺史。先前琅琊王阳为益州刺史，行部至邛崃九折坂，叹曰："奉先人遗体，奈何数乘此险！"后以病去。及尊为刺

史，至其坂，问吏曰："此非王阳所畏道耶？"吏对曰："是。"尊叱其驭曰："驱之！王阳为孝子，王尊为忠臣。"此诗即用此王尊入蜀之事。

2. 灵关：今四川宝兴县南有山名灵关。此处指险要的关隘。左思《蜀都赋》："廓灵关而为门，包玉垒而为宇。"

3. 高岷：高高的岷山，在今甘肃省西南、四川省北部。

4. 阴栈：阴平的栈道。汉武帝开西南夷，置阴平道，故城在今甘肃省文县西北。此处指蜿蜒曲折、悬于山之北面的栈道。四川境内古栈道有多处。

5. 七星桥：战国蜀太守李冰建，在今四川省成都市旧城西部、南部，共有七桥。《华阳国志·蜀志》："西南两江（郫江、检江）有七桥……长老传言：李冰造桥，上应七星"，故名。

6. 讵：读如"巨"，岂。

7. 要：读阴平，求取。

[解读]

此诗可能为阴铿和诗友之作，也可能是自己有感而发，借乐府旧题写成。诗从汉代王尊不惧蜀道之险落笔，连用四川境内多处险阻之地灵关、岷山、栈道、九折坂、七星桥来极写蜀道之难之险，最后以蜀道之险喻人生求取功名之路的艰难曲折，慨叹立功成名之不易，隐隐有归隐之意。八句诗，后六句完全合律，后二联完全符合律诗粘对的规则，且对仗工整，说明阴铿诗正在逐渐向律诗过渡。"王尊奉汉朝"，一个"奉"字写王尊对汉朝的忠贞不贰，似乎有自诩之意。"灵关不惮遥"，灵关道，公元前135年，汉武帝令司马相如经略西南，开凿灵关道，"相如使略定西南夷，邛、筰、冄、駹、斯榆之君皆请为臣妾，除边关，边关益斥，西至沫、若水，南至牂牁为徼，通灵山道，桥孙水，以通邛、筰。"（《汉书·司马相如传》）这条道路由贯通四川和云南的灵关道、五尺道、博南道、永昌道和缅印道连接而成，崎岖艰险，当时人又称其为"孔明鸟道"。"高岷长有雪，阴栈屡经烧"写路途的艰险，"轮摧九折路，骑阻七星桥"写跋涉的艰难，而王尊依然不折不挠。这首诗用王尊典是有深意的。《汉书·王尊传》载："王尊字子赣，涿郡高阳人也。少孤，归诸父，使牧羊泽中。"与阴铿一样也是家贫而苦读，曾多地为官，颇有政绩，自县令官至益州刺史、徐州刺史、京兆尹等，秩中二千石。为官清正廉洁，不惧艰险，不畏豪强，然每为高门豪族所诬，屡贬屡起。王尊为安定太守，到任后因掾吏张辅贪污且不守法治，一郡的钱财都入了他家，遂将其下狱，官府没收了他的百万家财。但张辅下狱后不久就死了，王尊威震郡中，盗贼纷纷逃散，豪强多被诛杀刑伤。然而朝廷却说他残害盗贼而免了他的职。不久，王尊又出任护军将军手下的校尉，负责军粮运送。羌人反叛，断绝粮道，数万兵围困王尊。王尊以千余骑突破重围。事后不仅没有为他报功，却反以擅离部署获罪，免官还家。后来涿郡太守徐明举荐王尊，皇上任命他为郿县令，迁益州刺史。于是有王尊叱驭过九折坂的故事（见上注释1）。两年后，王尊升任东平相。（郡若为王之封地，则郡之太守改称"相"。相，读去声）而东平王以自己为皇室至亲，骄横不守法度，前任傅相因此接连获罪。王尊到任后，劝诫东平王的手下要叩头劝谏东平王遵守法度，对东平王加以约束。东平王想杀王尊，又畏惧他的不惧豪强。结果太后对皇帝说不能让王尊在东平王身边，甚至以死相逼，于是王尊又被免为庶人。而大将军王凤又上书请求补王尊为军中司马，升为司隶校尉。时中书谒者令石显贵幸，专权为奸邪。丞相匡衡、御史大夫张谭都阿附他。汉元帝去世，石显大权旁落，匡衡、张谭就弹劾石显。王尊上奏皇帝说先帝时匡、张二人不纠正石显的罪恶，现在举报他，却不检讨自己的罪名，是不道德的，而且揭发了匡、张私下的逾礼行为。结果，王尊被诬以"妄诋欺非谤赦前事，猥历奏大臣，无正法，饰成小过，以涂污宰相，摧辱公卿，轻薄国家，奉使不敬"，贬为高陵县令，几个月后又以病免职。可巧京兆南山群盗数百人为害官民，地方官派出一千多人去搜捕，历时一年多也没有结果。于是王凤又推荐王尊为京辅都尉，行京兆尹事。仅一个月盗贼就被清除，于是迁光禄大夫，京兆尹转正。任职三年后又因对待使者无礼而获罪，并被诬为"暴虐不改,外为大言,倨嫚姗上""不宜备位九卿",于是又被免职。幸亏京兆湖县三老公乘兴(公乘为复姓,兴为名)等上书为王尊辩白伸冤,王尊又迁徐州刺史、东郡太守。在东郡任上,黄河水暴涨,老弱均逃走,王尊建草屋坚守堤上,"吏民数千万人争叩头救止尊,尊终不肯去。及水盛堤坏,吏民皆奔走。唯一主簿泣在尊旁,立不动。而水波稍却回还。吏民嘉壮尊之勇节,白马三老朱英等奏其状。下有司考,皆如言。"遂升秩中二千石,加赐黄金二十斤。这样一位廉洁奉公、勇于受命、不惧豪强、不怕诬陷而又不畏艰险的名臣,肯定是阴铿心中的偶像。遍观古人《蜀道难》诗,有阴铿如此襟怀的寥寥无几。李章甫先生称赞这首诗为"一曲耐人寻味的仕途悲歌",的具只眼。评论此诗,若止步于九折坂故事,则不能得其真谛。

[集评]

明江源《桂轩续稿》卷三七《九盘山》:始知蜀道难如此,不是王阳亦拟回。

明焦周《焦氏说楛》卷六:蜀有七桥:一冲里桥,二市桥,三江桥,四万里桥,五夷里桥,六笮桥,七长生桥。李冰沿水造桥,上应七宿。光武谓吴汉曰:"安军宜在七星桥间也。"阴铿诗:"轮摧九折坂,骑阻七星桥。"

清宋长白《柳亭诗话》卷六"俪句":"骈俪之起在汉,《八变歌》《君子行》,微露其机。《艳歌》一首,始作叠句。至蔡伯喈、郦文胜,萌芽渐盛。潘、陆以降,斯蔓衍矣。然生成古调,风骨犹存。……阴铿:轮摧九折路,骑阻七星桥。"

咏 石

天汉支机罢[①],仙岭博棋余。
零陵旧是燕[②],昆池本学鱼。

云移莲势出③，苔驳锦纹疏④。
还当谷城下，别自解兵书⑤。

[题解]

此诗连用七典写石，属于逞才使典之作，可能是阴铿与同仁赛诗的作品，作于何时，不明，最有可能是与《赋咏得神仙》诗同在侯安都府中时。

[异文]

①汉，《锦绣万花谷》作"潢"。②是，《本集》作"石"，非。下句第三字为学，"石"与"学"不成对。③莲，《本集》作"连"。④纹，《艺文类聚》《初学记》《锦绣万花谷》作"文"。疏，《初学记》《文苑英华》作"疎"。⑤自，《锦绣万花谷》作"月"，形近而误。

[注释]

1.天汉支机：天汉，即星汉、银汉，指银河。支机，《太平御览》卷八引《集林》：昔有一人寻河源，见妇人浣纱，以问之，曰："此天河也。"乃与一石而归。问严君平，曰："此织女支机石也。"是谓织女织布机的垫脚石。

2.仙岭博棋：《神仙传》载，中山卫叔卿服云母得仙，汉武帝使其子度世往华山求之，度世望见其父与数人博戏于石上，紫云在上，白玉为床。度世问父所与博者是谁？答曰：洪崖先生，许由、巢父也。见前《赋咏得神仙》诗注释6。

3.零陵旧是燕：《初学记》卷一引庾仲雍《湘州记》："零陵山有石燕，遇雨则飞，雨止，还化为石也。"

4.昆池本学鱼：《西京杂记》卷一："昆明池刻玉石为鱼，每至雷雨，常鸣吼，鳍尾皆动。"

5.云移莲势出：古人以莲花命峰名者较多，庐山、华山、黄山均有

-263-

莲花峰。此句谓云雾散去则显出山峰的莲花之姿。

6.苔驳锦纹疏：《太平御览》卷三十九引《郡国志》：《南岳记》曰：衡山有锦石，斐然成文。锦石，有彩色花纹的石头。此句谓因为生了苍苔，锦石上的彩色花纹也变得稀疏了。

7.谷城：《史记·留侯世家》：老夫出一编书，曰："读此则为王者师矣。后十年兴。十三年孺子见我济北，谷城山下黄石即我矣。"遂去，无他言，不复见。旦日视其书，乃《太公兵法》也。谷城，山名，在山东省东阿县东北。

[解读]

一连用七典说石，而无贯穿始终的情绪和思想，虽然对仗精工，格律严整，语言典雅，却无涵蕴，是此诗的不足，也没有给后世留下什么名句。星汉边织女支垫织机的石头，化为了华山顶上仙人弈棋的棋子。到了零陵，这石头又化为燕子，遇雨则飞，雨停又化为石。在汉武帝的昆明池，这石头又变成鱼。莲花峰上的石头，随着云雾的散去而呈现出莲花的姿容，衡山的锦石因为苍苔遍生而失去了美丽的花纹。还是去汉张良获得《太公兵法》的谷城山吧，在那里自会明白那部兵书里的诀窍。阴铿是否会因为这些典故，引起对仙人生活的向往？对西汉文武之治的憧憬？我们不得而知。若是，一仙隐遁世，一用世立功，也是互相矛盾的。也许阴铿就是这样一个矛盾体。

[集评]

宋阮阅《诗话总龟》卷二一"咏物门"：阴铿《石诗》云："天汉支机罢，仙人捧膊余。零陵旧是燕，昆明本学鱼。还当谷城别，自下解兵书。"（《续本事诗》。按："捧膊"应为"博棋"）

清陈祚明《采菽堂古诗选》卷二九收录此诗，末评曰：通首是李峤、董思恭咏物，但对仗精工，彼已不及。若五、六好句，则二家百篇中无此一语。

清仇兆鳌《杜诗详注》卷一七《秋兴八首》其五："云移雉尾开宫扇，日绕龙鳞识圣颜。"注：阴铿诗："云移莲势出"。

雪里梅花

春近寒虽转①，梅舒雪尚飘。
从风还共落，照日不俱销②。
叶开随足影，花多助重条。
今来渐异昨③，向晚判胜朝。

[题解]

《艺文类聚》作"咏雪里梅"。写作时间不明，从第三联明显不合格律看，可能是阴铿稍早期的作品，试系于天嘉元年至三年。

[异文]

①虽转，《本集》注：一作"犹薄"。②照日，《本集》作"日照"，他本均作"照日"。③异，《本集》注：一作"非"。《六朝诗集》作"非"。

[注释]

1.春近寒虽转：或作春近寒犹薄。二者均言春天虽已临近，但寒气仍然明显，即春寒料峭之意。

2.梅舒雪尚飘：梅花舒展开了她的花瓣，即梅花开了，雪花仍在飘。

3.从风还共落：寒风吹来，梅花与雪花一同飘落。从风，随风。

4.照日不俱销：梅花映照着冬日，不与雪花同消。

5.叶开随足影：梅花是先开花后生叶，叶片生出时梅花显得更加茂盛，此处以"足"写之。

6.花多助重条：重字可两读。一读去声，指枝条因花多叶密而沉重；一读阳平，谓花枝多，重重叠叠。皆花繁叶茂之景。依格律当读去声。

7. 向晚判胜朝：判，断定，肯定。朝，早晨。到傍晚肯定又胜过早晨。

[解读]

　　梅以其不惧风雪，凌寒独开的高傲品质深得自古以来文人士子的崇爱。阴铿这首《雪里梅花》诗描写梅在欲暖还寒的初春凌寒怒放，与雪花同舞，与冬日同辉的超凡脱俗的形象，凸现出梅的勃勃生机，是一首深沉的梅的赞歌。首句点出梅花开放的环境是欲暖还寒、大雪纷飞的时节，此时还是"万花纷谢一时稀"（毛泽东《七律·冬云》句）的时候，梅就率先怒放了。她不惧严寒，即使朔风怒号，吹落几片花瓣，仍然凌寒独立。当太阳升起时，她与冬阳的光芒同辉，与洁白的雪花共舞，相映成趣，装点得大自然无比美丽。在阳光的哺育下，她的叶片茁壮生长，伸展在寒风中的枝条焕发出勃勃生机。最后诗人欣喜地说：我今天来看到的梅花又比昨天更加繁盛，相信到傍晚会比早晨更加艳丽。中间二联用语奇崛，对仗工整，实为佳句，后人多有效仿。在阴铿的三十五首诗中，这首诗完全不用典，语言清丽简省，是杜甫所谓"清省"的代表之作。

[集评]

　　唐释皎然《诗式》卷四"有事无事第四格·齐梁诗"，评曰：夫五言之道，惟工惟精。论者虽欲降杀齐梁，未知其旨。……阴铿《咏雪里梅》："从风还共落，照日不俱销。"

　　宋杨万里《洮湖和梅诗序》：梅之名，肇于炎帝之经，著于《说命》之书、《召南》之诗。然以滋不以象，以实不以华也。岂古之人皆质而不尚其华欤？然华如桃李，颜如舜华，不尚华哉而独遗梅之华，何也？至楚之骚人，饮芳而食菲，佩芳馨而服葩藻，尽掇天下之香草佳木，以苾芬其四体，而金玉其言语，文章盖远取于江蓠、杜若，而近舍梅，岂偶遗之欤？亦抑梅之未遭欤？南北诸子如阴铿、何逊、苏子卿，诗人之风流，至此极矣！……吾友洮湖陈晞颜，盖造次必于梅，颠沛必于梅者也。嘉爱之不足而吟咏之，吟咏之不足，则尽取古今诗人赋梅之作而赓和之。寄

-266-

一编以遗予曰："从古此诗,已八百篇矣。不盈千篇,吾未止也。"予读之而惊曰:"一何丰耶?丰而不奇,则亦长耳,一何奇耶?"予尝爱阴铿诗云:"花舒雪尚飘"(按:"花"当作"梅")"照日不俱销"。苏子卿云:"只言花是雪,不悟有香来。"唐人崔道融云:"香中别有韵,清极不知寒。"是三家者,岂畏"疏影横斜"之句哉!今晞颜之诗,同梅而清,清在梅前。同梅而馨,馨在梅外。其于三家者,所谓未闻以千里畏人者也。明彭大翼《山堂肆考》卷一九八"晞颜和诗"条、清吴宝芝《花木鸟兽集类》卷上亦引录此段文字。

咏 鹤

依池屡独舞[1],对影或孤鸣。
乍动轩墀步[2],时转入琴声[3]。

[题解]

对鹤鸣琴是古代文人的雅俗。阴铿此诗或于对鹤鸣琴后或观人对鹤鸣琴后所写,作于何时,不明。

[异文]

[1]依,《古诗纪》作"休",误。[2]墀,《初学记》《锦绣万花谷》作"迟",误。[3]琴,《古诗纪》作"林",误。

[注释]

1.依池屡独舞:依池,依傍着池塘。鹤常栖息水边。屡,多次。
2.对影或孤鸣:有时对着自己的影子孤独地鸣叫。或,有时。
3.乍动轩墀步:乍,忽然。轩,古代车辆四周的围栏,也代指车。墀,宫殿前面的台阶。轩墀步,登车上阶的脚步。《左传·闵公二年》:"卫懿公好鹤,鹤有乘轩者。"意谓鹤的舞步都是合乎礼仪的,儒雅的。

4. 时转入琴声：转，啭的借代字。谓鹤鸣。入琴声，合着琴声的节奏。

[解读]

在中国古代文人的眼里，鹤是清高的，孤芳自赏的。阴铿的这首诗就表达了这样一种情怀。他携琴来到池水边，面对孤独地鸣唱起舞的仙鹤，奏起了悠扬的古琴曲。孤鸣独舞的仙鹤似乎遇到了知音，于是迈开优雅从容的舞步，合着琴声的节奏跳起了轻盈优美的舞蹈。于是人与鹤、琴沉浸在高远辽阔、雍容自在的幻境之中，阴铿似乎脱离了纷繁杂绕的尘世，来到了清远飘逸、超凡脱俗的仙境，暂时忘却了一切烦恼，获得了心神的无比宁静。阴铿在他的多首诗中都表达了这种出尘脱俗的希冀。此诗虽短小，然诗中有诗人的情绪在。品味诗人此诗中的情绪，须留意那"孤""独"二字。鹤是孤鹤，舞是独舞，人也是孤独之人，琴则是连系孤鹤与孤人的纽带，其他均不在诗人的心中。与其时侯安都府中"动则千人"的情景比，更凸显出诗人的傲岸孤独。读此诗，不可不察也。"依池屡独舞"，苏轼《中秋词》"起舞弄清影，何似在人间"也许受其影响；"对影"，李白"对影成三人"应亦受此启发。

[集评]

清徐文靖《管城硕记》卷二五：杜诗"轩墀曾宠鹤"。《邵氏见闻录》曰：鹤乘轩，指轩车言，非轩墀之轩。按：……老杜"轩墀曾宠鹤"句，盖本阴铿《咏鹤》诗"依池屡独舞，对影或孤鸣。乍动轩墀步，鹤转入琴声。"岂鹤乘轩之谓哉！

新成安乐宫

新宫实壮哉，云里望楼台。
迢递翔鸥仰，连翩贺燕来①。
重榴寒雾宿②，丹井夏莲开③，

砌石披新锦，梁花画早梅④。
欲知安乐盛，歌管杂尘埃。

[题解]

《本集》)《艺文类聚》六十二、《初学记》二十四作"新成长安宫"，《六朝诗集》《文苑英华》《乐府诗集》《诗渊》作"新城安乐宫"，《古诗纪》《古诗镜》作"新成安乐宫"，诗题下均注：《历代吟谱》曰：铿赋"新成安乐宫"，援笔便就。杨晓斌整理的《阴铿诗集》曰：《新成安乐宫》为乐府古题，古辞不存，今存以梁简文帝萧纲所作为最早。《乐府诗集》卷三八《相和歌辞·瑟调曲》收《新成安乐宫》，其题解：《古今乐录》曰，王僧虔《技录》有《新城安乐宫行》，今不歌。《乐府解题》曰，《新城安乐宫行》，备言雕饰刻斲之美也。该题下依次收录梁简文帝、阴铿、唐陈子良诗各一首。"新成""新城"孰是？《文选》卷一七傅毅《舞赋》"眄般鼓则腾清眸，吐哇咬则发皓齿"下李善注：古《新城安乐宫辞》曰：般鼓钟声，尽为铿锵。古《新城安乐宫辞》当指古辞《新成安乐宫》。《陈书·文学·阮卓传》附《阴铿传》载：天嘉中，为始兴王府中录事参军。世祖尝宴群臣赋诗，徐陵言之于世祖，即日召铿预宴，使赋新成安乐宫，铿援笔便就，世祖甚叹赏之。以此推断，此诗题当作《新成安乐宫》。

魏晋至南北朝，长安、洛阳、武昌、建业均有安乐宫。武昌安乐宫为三国吴黄武二年筑，赤乌十三年，因取武昌悬村瓦缮修建业，遂停建，后废。梁陈间建业有安乐宫，西魏亦于洛阳筑安乐宫。阴铿此诗为应题之作，事在陈文帝天嘉五年（564）冬。

[异文]

①连，《文苑英华》《乐府诗集》《诗渊》《古乐苑》作"联"。《文苑英华》注：一作"连"。燕，《艺文类聚》《初学记》《锦绣万花谷》作"雀"。《文苑英华》注：一作"雀"。②榴，《艺文类聚》《文苑英华》作"簷"；寒雾，《本集》《艺文类聚》《文苑英华》《诗渊》

作"露",《文苑英华》注:一作"雾"。《乐府》作"重寒露簪宿"。③丹井,《乐府》《乐府诗集》《文苑英华》《诗渊》《古乐苑》作"返景",《锦绣万花谷》作"反井",《文苑英华》又注,一作"反井",一作"丹井"。夏,《本集》作"夜",《古诗纪》《古乐苑》并云:一作"夜"。④梁花,《文苑英华》《乐府诗集》并作"花梁"。《诗薮·内编》卷四作"雕梁"。

[注释]

1. 鹍:鹍鸡,古代指像天鹅的一种大鸟。

2. 贺燕:《淮南子·说林训》:"汤沐具,而虮虱相吊;大厦成,而燕雀相贺,忧乐别也。"后以"贺燕"祝贺新居落成。

3. 重榴:榴,即檐。重檐即层叠之屋檐。

4. 丹井:《康熙字典》:"绮井:《左思·魏都赋》:'绮井列疏以悬蒂'。"注:屋板为井形,饰以丹青如绮也。屋板指天花板。《故训汇纂》:"井,藻井也。李贺《谢秀才有妾缟练》:'栖乌上井梁。'"可证。天花板成井字形结构,故称"井"。丹井夏莲开,指天花板上绘有夏莲盛开的图画。

5. 砌石,石砌的台阶。梁花,房梁上的花纹。宋张敦颐《六朝事迹编类》卷一"六朝宫殿·新宫":晋谢安作"新宫",造太极殿,缺一梁。忽有梅木流至石头城下,因取为梁。殿成,乃画梅花于其上,以表嘉瑞。类似事件又见陈武帝时。

6. 歌管杂尘埃:歌吹乐舞卷起了地上的尘埃。

[解读]

这是一首五言排律,格律规整,对仗精严,是阴铿诗成熟期的代表作。语言清丽而俊朗,形象饱满而生动,难怪陈文帝陈蒨格外称赏。首句以赋的手法开头,盛赞安乐宫威严壮丽。接着以夸张的语言"云里望楼台"形容新宫高大巍峨。梁简文帝萧纲《新成安乐宫》诗:"遥看云雾中,刻桷映丹红。"看来安乐宫地势很高。随后一组对仗通过连翩而

至的鹍鸡、燕子表达对新宫的祝贺，同时进一步渲染新宫的高耸入云。鹍鸡、燕子均为吉祥之鸟，由此表达对新宫落成的美好祝福。重檐、丹井，砌石、梁花两组对仗极写新宫雕饰的华美，因为用典，颇多言外之意。"重檐"画楼阁飞甍翘檐，"寒雾"写楼阁奇高，寒露凝结，"梁花""早梅"绘宫殿装饰华美；丹井、夏莲、新锦、早梅，色彩艳丽。这样，一座新落成的新宫从外表到内饰就清晰地矗立在读者面前。最后以新宫庆典歌舞的繁华热闹作结，衬托出新宫建成的欢乐盛况。建业安乐宫，诸史无载，故此诗有存史的价值。在艺术水平方面没有太多值得称道的，其主要价值在于它是诗史中第一首完全合律的律诗，并且是排律，所谓"百代近体之祖"也。

诗中丹井，多位注者谓其乃真实之井，甚至言井中生夏莲。井水阴凉，安得生莲？大谬。丹井，一谓道士炼丹取水之井。炼丹之井大概率不会在宫殿之中。何况安乐宫如此之高，凿井须凿多深？又左思《魏都赋》句："绮井列疏以悬蒂，花莲重葩而倒披。"李贺有句："栖乌上井梁。"栖乌，夜宿的乌鸦。乌鸦夜宿当然不会在井台上。其中"井"均指天花板。绮井，彩绘的天花板，"丹井"同意。张帆、宋书麟二先生注"丹井"即曰："古指天花板，亦称藻井、承尘"，是。

安乐宫，魏晋南北朝时期，多国都城有安乐宫。最早的是三国吴，孙权立都武昌，筑安乐宫，未成，徙都建业，遂以材瓦缮建业宫邸，在建业是否建安乐宫，未详。洛阳亦有安乐宫。陈代安乐宫始建于梁代，可能侯景乱中被毁，陈文帝时修复。有注者不加细究，以为此安乐宫即武昌安乐宫，误。阴铿诗《登武昌岸望》已经写明"旧迹已丘墟"，何来安乐宫？陈文帝在建康即位，又何能在武昌建安乐宫？

[集评]

宋吴曾《能改斋漫录》卷七"事实·花梁画早梅"：前辈诗不苟作也，如崔橹《梅》诗云："初开已入雕梁画，未落先愁玉笛吹。"人徒知下句取古乐府有《落梅花》曲。殊不知亦用阴铿，其《新成安乐宫》

诗云："砌石披新锦，花梁画早梅。"

元方回《瀛奎律髓》卷二〇"梅花类"收录崔鲁《岸梅》："含情含态一枝枝，斜压渔家短短篱。惹袖尚怜香半日，向人如诉雨多时。初开偏称雕梁画，未落先愁玉笛吹。行客见来无去意，解帆烟浦为题诗。"方回评："五六善用事，'雕梁画早梅'，阴铿诗。乐府有《落梅曲》：'黄鹤楼中吹玉笛，江城五月落梅花。'"

明胡应麟《诗薮·内编》卷四：阴铿《安乐宫》诗：……右五言十句律诗，气象庄严，格调鸿整，平头上尾，八病咸除；切响浮声，五音并协，实百代近体之祖。考之陈后主、张正见、庾信、江总辈，虽五言八句，时合唐规，皆出此后。则近体之有阴生，尤五言之始苏李，而杨用修未及援引，曷在其好古耶！……若《安乐》则通篇唐人气韵矣。

明胡应麟《诗薮·杂编》卷三"遗逸下"：萧悫"又《临高台》诗云：'崇台高百尺，迥出望仙宫。画栱浮朝气，飞梁照晚虹。小衫飘雾縠，艳粉拂轻红。笙吹汶阳篠，琴奏峄山桐。舞逐飞龙引，花随少女风。临春今若此，极宴岂无穷。'此篇整峭特甚，惟第三联失粘，且与上下联句法相犯。余欲为除去此十字，则上下粘带，音节格调，亡不完美，足与阴铿《安乐宫》竞爽，入唐初皆为第一"。

明胡应麟《少室山房集》卷四六《效阴铿安乐宫体十首》诗序：梁阴铿《安乐宫新成》诗云：……右五言律十句为篇者，齐梁以还，时有此体。独是作格调精严，音节圆氅，古今五言律鼻祖也。前而鲍谢诸子，律既未纯，后而江徐以迄卢骆，尚多四声八病之犯。律家正始，无出是篇。（按：鲍谢，鲍照、谢灵运；江徐，江总、徐陵；卢骆，唐卢照邻、骆宾王）

清陈祚明《采菽堂古诗选》卷二九收录此诗，末评曰：鲜丽。之后引录"胡元瑞《诗薮》曰：此诗气象庄严，格调鸿整，平头、上尾，八病咸除；切响、浮声，五音并协。实百代近体之祖。"

清宋长白《柳亭诗话》卷三"排偶"：潘陆颜谢，排偶之始，上变汉魏，下沿唐宋，固气运所至，有不知其然而然者。迨贞观、开元之际，英

杰辈出，稳顺声势，而号之为律，千百年来尊为矩矱。然六朝名手已见一斑矣。……若阴铿《安乐宫》一首，则又排律之嚆矢（比喻事物的开始）矣。……《诗薮》称为"百代近体之祖"，洵为至论。

侍宴赋得夹池竹

夹池一丛竹，垂翠不惊寒①。
叶酿宜城酒，皮裁薛县冠②。
湘川染别泪③，衡岭拂仙坛④。
欲见葳蕤色⑤，当来菟苑看⑥。

[题解]

《本集》注曰：一本无上四字。《玉台新咏》《初学记》作"侍宴赋得竹"。《六朝诗集》作"夹池竹"。《艺文类聚》作"赋得夹池竹"。侍宴，陪从皇帝或君王宴享。夹池竹，指夹池而生之竹，即池的周边长着竹子。庾信《谢滕王集序启》："修竹夹池，始作睢阳之苑。"诗可能作于陈文帝天嘉五年（564）冬，阴铿等侍宴陈文帝时作。阴铿作《新成安乐宫》之前尚无预筵机会，此诗当在其后。

[异文]

①垂，《本集》注：一作"青"。《玉台新咏》《初学记》《文苑英华》《锦绣万花谷》《诗渊》《古诗镜》《古俪府》作"青"。②裁，《本集》注：一作"治"。《六朝诗集》《艺文类聚》作"治"。③染，《锦绣万花谷》作"留"。④衡，《六朝诗集》作"衔"，形近而误。⑤《艺文类聚》末二句作"欲见凌冬质，当为雪中看"。《本集》注：雪中一作"雪后"。⑥来，《锦绣万花谷》作"为"。菟，《初学记》《文苑英华》作"兔"。

[注释]

1. 垂翠不惊寒：垂翠，下垂的竹叶。惊寒，为寒气所惊扰。不惊寒，即不怕严寒。

2. 叶酝宜城酒：竹叶酿成的宜城酒。酝，酿也。《太平寰宇记》："山南东道襄州宜城出美酒，俗号为竹叶杯。"晋张华《轻薄篇》："苍梧竹叶青，宜城九酝醝。"意谓出自苍梧的竹叶可酿成宜城酒。

3. 皮裁薛县冠：《史记·高祖本纪》：汉"高祖（刘邦）为亭长，乃以竹皮为冠，令求盗之薛治之，时时冠之。及贵常冠，所谓刘氏冠是也。"薛，春秋时鲁国县名，在今山东省滕县东南之薛城。求盗，旧时亭有两卒，其一为亭父，掌开闭扫除；一为求盗，掌逐捕盗贼。

4. 湘川染别泪：用娥皇、女英泪下沾竹故事。《述异记》："舜南巡，葬于苍梧。尧二女娥皇、女英泪下沾竹，文悉为之斑。"今称"斑竹"。毛泽东《答友人》："斑竹一枝千滴泪"。

5. 衡岭拂仙坛：衡岭，南岳衡山。拂仙坛，《太平御览》卷九百六十二引《永嘉记》："阳屿仙山有平石方十余丈，名仙坛。有一筯竹垂坛旁，风来辄扫拂坛上。"地在永嘉（今温州市）。今温州市鳌江镇有阳屿村。

6. 葳蕤：草木枝叶繁密茂盛的样子。此指竹生茂密，枝繁叶翠。

7. 菟苑：即兔园，亦称菟园、菟苑、梁园、东园，汉文帝儿子刘武（梁孝王）的园囿。在今河南省商丘县东南。南宋谢惠连假托梁孝王游于菟园，召枚乘、邹阳、司马相如，写有《雪赋》，辞章华美，其中有句："岐昌发咏于来思，姬满申歌于黄竹。"

[解读]

梅、兰、竹、菊历来为士人们所称颂，因为它们同样具有高洁的品质，傲寒凌霜的德行，竹又以其青翠挺拔、虚心凌节之姿态而为人所欣赏、陶醉。这首诗运用阴铿一贯的手法，通过有关竹的5个事典，将竹的故事娓娓道来，虽引人入胜，而少有涵蕴，是又一首逞才使典之作。开头"夹池一丛竹"，突兀而起，颇有孤傲之姿。"垂翠不惊寒"，"垂"字杰出，"惊"字新隽，写竹傲寒凌霜，少有人及此。"叶酽宜城酒"，叶之青翠，酒之醇香，醒人感官，与下句同赞竹之有益于人。"皮裁薛县冠"，因刘邦爱着此冠而更富传奇色彩，无形中抬高了竹的地位。"湘川染别泪"，指娥皇、女英二妃追寻南巡的舜来到洞庭湖边的君山，听说了舜已死于苍梧，葬于九嶷，悲哭不已，泪染斑竹，染上一丝悲切的色彩。"衡岭拂仙坛"，将竹与神仙道家联系起来，进一步神化了竹。据尾联可以推测，阴铿等人赋夹池竹，很可能是与陈文帝陈蒨一起在某处皇家园林赏竹，因竹赋诗，所以说要想亲眼见到竹的葳蕤之姿，应该要到陈文帝的皇家园林来欣赏，就又把陈文帝的园林比作了东汉梁孝王刘武的菟苑了，陈文帝一定会很高兴的。这一类诗多文采而少涵蕴，并非阴铿诗中的佳品。

[**集评**]

宋释赞宁《笋谱》：陈阴铿《侍宴赋得竹》诗曰："夹池一丛竹，青翠不惊寒。叶酽宜城酒，皮裁薛县冠。"今详阴铿用汉高祖往薛县治笋壳冠也。《说郛》卷一〇六上亦收录《笋谱》此段文字。

宋郭知达《九家集注杜诗》卷三六《闻惠子过东溪》："崖蜜松花熟，山杯竹叶春。"注：杜田云：陈阴铿《竹》诗："叶酽宜城酒"。

宋黄希原本、黄鹤补注《补注杜诗》卷三六《闻惠子过东溪》："崖蜜松花熟，山杯竹叶春。"原注：竹叶春，修可曰：《吴地志》曰：吴兴乌程酒有名。张华《轻薄篇》曰："苍梧竹叶青，宜城九酝酒。"故张景阳（？-307年，名协，西晋文学家）《七命》云："弗南乌程，豫北竹叶。"田（按：前文杜田）曰：陈阴铿《竹》诗："叶酽宜城酒"。

明胡应麟《诗薮·内编》卷四：阴又有《夹池竹》四韵云："夹池一丛竹，垂翠不惊寒。叶醒宜城酒，皮裁薛县冠。湘川染别泪，衡岭拂仙坛。欲见葳蕤色，当来菟苑看。"于沈法亦皆偕合（按：沈法指沈约等所创律诗四声八病之法则)。惟起句及五句拗二字,而非唐律所忌,第调与六朝徐、庾(徐陵、庾信)同。

明陆时雍《古诗镜》卷二六录张正见《折杨柳》:"杨柳半垂空,袅袅上春中。枝疏董泽箭,叶碎楚臣弓。"评:阴铿《赋竹》:"叶酽宜城酒,皮裁薛县冠。"张正见:"枝疏董泽箭,叶碎楚臣弓。"典则流丽,不雕绘而自工。唐人避实击虚,弃常求异,往往气韵不全,事迹不显,所以去古益远。云"疏"云"碎",于"折"字意密而近。

清陈祚明《采菽堂古诗选》卷二九收录此诗,末评曰:结句雅,韵。(按:结句雅而有韵味)

清吴兆宜《庾开府集笺注》卷五《春日离合二首》:"三春竹叶酒",注:阴铿《侍宴赋得竹》诗:"叶酽宜城酒"。

清赵殿成《王右丞集笺注》卷一一《沈十四拾遗新竹生读经处同诸公之作》:"何如道门里,青翠拂仙坛。"注:仙坛,《永嘉记》:"阳屿有仙石山,顶上有平石,方十余丈,名仙坛。坛畔辄有一觚竹,凡有四竹,葳蕤青翠,风来动音,自成宫商。石上净洁,初无麤箨(麤,cū,粗大。箨,tuò,竹笋一层一层的皮)。相传云:曾有却粒(绝食)者于此羽化,故谓之仙石。阴铿诗:"夹池一丛竹,青翠不惊寒。湘川染别泪,衡岭拂仙坛。"

赋得山中翠竹

修竹映岩隈①,乘风异夹池②。
复涧藏高节,重林隐劲枝。
云生龙未止③,花落凤将移。
莫言栖嶰谷,伶伦不复吹。

[题解]

《文苑英华》卷三百二十五"诗"一百七十五载阴铿《侍宴赋得夹

池竹》诗之后有《赋得山中翠竹》诗，即此诗。《初学记》《古诗镜》作张正见诗。然《文苑英华》卷一五六有张正见《赋得风生翠竹里应教》诗，题注云："集无此篇，见《初学记》。"然《初学记》所载与阴铿上诗同，而《文苑英华》所载诗如后："金风起燕观，翠竹夹凉池。翻花疑凤下，飏水觉龙移。带露依深叶，飘寒入劲枝。聊因万籁响，讵待伶伦吹。"用韵与上诗如出一辙，且用词、意境颇相类似。疑为张正见、阴铿、贺循相互步韵唱和诗。逯钦立《先秦汉魏晋南北朝诗》将二诗均收在张正见名下。而蹇长春、王会绍、余贤杰《傅玄、阴铿诗注》将此诗放在阴铿名下。本书认为此诗当作阴铿诗。因同时还有贺循《赋得夹池修竹》诗，用韵与张正见诗完全相同。阴铿诗若将二、三联互倒，用韵亦与张正见、贺循诗完全相同，故推测为阴铿、贺循步韵张正见诗。见本书第三章"阴铿诗系年及其他有关问题"。

[异文]

①隈，《初学记》《古诗镜》《锦绣万花谷》《古诗纪》作"垂"。②乘，《初学记》《古诗镜》《锦绣万花谷》《古诗纪》作"来"。③止，《初学记》《古诗镜》《锦绣万花谷》《古诗纪》作"上"。

[注释]

1. 修：长。隈：山、水转弯的地方。

2. 乘风异夹池：山中翠竹常年为凛冽的山风吹拂，不同于园林中竹。

3. 复涧：多条溪涧。高节：指竹。竹修长而谓高，其有节，故称"高节"，又谐音"高洁"。《古诗十九首·冉冉孤生竹》："君亮执高节，贱妾亦何为？"

4. 重林：树木之多而谓重。重读如崇。南朝江淹《望荆山》："悲风绕重林"。劲枝：生长茁壮而遒劲的树枝，此指竹枝。

5. 云生龙未止：《易·乾·文言》："云从龙，风从虎，圣人作而万物睹。"谓龙起生云，虎啸生风，同类事物相互感应，古代用以比喻

君臣遇合。

6. 花落凤将移：竹不常开花，或曰竹开花则死。故"花落"犹言竹将凋零。凤，凤凰，古代传说中的神鸟。《孔演图》："凤为火精，生丹穴。非梧桐不栖，非竹实不食，非醴泉不饮。"故凤因竹花落而迁徙。

7. 嶰谷：昆仑山之北谷，亦称"解谷"。《汉书·律历志》："黄帝使泠伦自昆仑之阴，取竹之解谷，断两节间而吹之。"泠伦即伶伦，黄帝乐师。

[解读]

　　此诗以山中翠竹不同于皇宫贵族园林中的夹池竹为喻，抒发民间高风亮节之士不为朝廷重视，用不得其所的感慨。"修竹映岩隈，乘风异夹池"，首联点出修竹生在山野之间，迥异于园林宫闱之中的夹池竹，它要承受更严重的风霜雨雪的打击。颔联"复涧藏高节，重林隐劲枝"，写修竹生长在条条溪涧之间、重重林薮之内，其身自高，其节自坚。一"藏"，一"隐"，暗喻隐居高士，也有重重溪涧、层层林薮护佑着翠竹之意，意谓高士是得到老百姓爱戴保护的。颈联"云生龙未止，花落凤将移"，以云生而龙未在此停留、花落而凤将自此迁移比喻山中修竹不为世人所重，隐喻君臣不得遇合的感慨。"未止"，止，止息。尾联"莫言栖嶰谷，伶伦不复吹"，用嶰谷之竹不能为黄帝的乐师伶伦采竹制笛作比，感叹修竹不得其用，发出高风亮节之士不能为朝廷重用的悲慨。这首诗似乎是诗人写下《侍宴赋得夹池竹》后有感而发，字里行间亦透露出诗人怀才不遇的郁闷。

　　张正见同时有《赋得风生翠竹里应教》诗：

　　　　　　金风起燕观，翠竹夹梁池。
　　　　　　翻花疑凤下，飏水觉龙移。
　　　　　　带露依深叶，飘寒入劲枝。
　　　　　　聊因万籁响，讵待伶伦吹。

张正见诗"金风起燕观"说明，他的翠竹是生在亭台楼阁之下，养在富贵雍容之境的，它不过"带露""飘寒"而已，不曾遭受寒风暴雨的打击。于是凤凰来集，神龙来止，迥然有别于阴铿诗中的翠竹之境遇。尾联"聊因万籁响，讵待伶伦吹"，意谓翠竹加入了万籁俱响的大合唱，何必非要等伶伦制成笛子来吹呢？言外之意颇为自得。张正见一生仕途比较顺利，这也是他自身的写照。阴诗、张诗两相对比，其心态、意境大相径庭，意趣也高下立判。

贺循的同韵诗也咏夹池竹：

绿竹影参差，葳蕤带曲池。
逢秋叶不落，经寒色讵移。
来风韵晚径，集凤动春枝。
所欣高蹈客，未待伶伦吹。

生长在园林小池畔的竹注定与生长在山谷中溪涧旁的竹不同，虽然同样"逢秋叶不落，经寒色讵移"，但是夹池竹有轻风经过晚径拂来，迥异于山间翠竹为寒风袭击而花落；众多凤凰齐集竹林，竹枝微微颤动，似乎也激动起来。尤为令人欣喜的是高蹈之客无须等伶伦来赏识，就已经制作竹笛吹唱了起来。这也是一幅士有所用的得意图画。唯独阴铿所作不同，自然是与人生经历密切相关的。

行经古墓

偃松将古墓，年代理当深。
表柱应堪烛[1]，碑书欲有金。
迥坟由路毁[2]，荒隧受田侵。
霏霏野雾合[3]，昏昏陇日沉[4]。
悬剑今何在，风杨空自吟。

[题解]

见第二章本诗所述。

[异文]

①表,《初学记》作"哀"。②迥,《古今事文类聚》《初学记》《文苑英华》作"迴",当因形近而误。③雾,《初学记》作"田",《文苑英华》作"露"。④陇,《古今事文类聚》《初学记》作"垄"。

[注释]

1.偃松将古墓:偃,倒下,倒伏。《论语》:"草上之风必偃。"将,《正韵》:"扶持也。"又从也,随也。《前汉书·郊祀歌》:"九夷宾将。"宾,归服;将,跟从。此处谓倒伏的松树偃护着古墓。

2.表柱应堪烛:表柱,古代设在宫殿、桥梁、城垣、陵墓等地作为标志和装饰用的大柱,以石或木制成。烛,名词用作动词,以烛照亮。此用晋张华燃燕昭王墓前华表木照狐精故事。干宝《搜神记》载,晋惠帝时,张华为司空。时燕昭王墓前有一斑狐,化为书生,见张华,讲经论道,无所不晓。华怪之,疑为狐魅,乃取燕昭王墓前华表燃之以照,化为斑狐。用此典以见表柱千年之久。

3.碑书欲有金:碑书,碑上的字。王隐《晋书》曰:"永嘉初,陈国项县贾逵石碑中生金。人盗凿取卖,卖已复生。此江东之瑞也。"贾逵石碑年代久远,故生金。《升庵诗话》卷十二云:"考水经注,魏受禅,碑六字生金,论者以为司马金行,故曹氏六世而晋代之也。"又《符子》曰:"'木生蝎,石生金。'又贾逵祠前碑石生金,干宝以为晋中兴之瑞。《郭璞传》:'碑生金,庾氏祸至矣。'阴所用,盖出此。"阴铿写此诗后20多年,陈为隋所灭。

4.迥坟由路毁:迥,辽远。迥坟,远处的坟,可能指野坟。远处那些野坟逐渐变成了道路。由路毁,逯钦立《先秦汉魏南北朝诗》作山路

毁，《本集》《六朝诗集》《文苑英华》《初学记》等均作由路毁。从上下句对仗关系看，"由路毁"对"受田侵"为工对，是。南北朝时，诗人们于对仗甚为熟稔，当不出"山路毁"以失工对之趣。

5.荒隧受田侵：隧本义：墓道。荒废的墓道已经被田亩侵占。

6.陇日：陇，田间土埂。代指田亩。陇日，田野上的太阳。

7.悬剑：见第二章所述。

[解读]

阴铿这首诗写于他任晋陵太守之时。他凭吊古人，看到偃伏的古松荫护着古墓，感叹古墓经历了千百年的风霜，虽然已经坍圮，而表柱还可以用来烛照，碑上的文字隐隐还显出金色。"碑生金"有朝代更替之喻。前一个典故隐含着洞烛世事的深沉感慨，后一个典故则隐隐露出身处乱世，深感世事沧桑、变生莫测的忡忡忧心，冥冥中似乎预感到世代更替将要到来。这一联，后人多有称道。古墓这时在他的眼里是：人们踏出的道路夷平了不知名的野坟，农民开垦的荒地侵占了废弃的墓道。霏霏野雾笼罩着墓地，昏昏陇日沉下了西山。在这一片肃杀的气氛中，他更加思念季札。季札是春秋时期吴王寿梦第四子，封地即在延陵，也就是晋陵。季札仁德宽厚，知书达理，吴王非常喜欢他，想把王位让给他。而季札三次让王，为了让王两次出走，躲到山野耕作。季札的高行亮节与当时各国氏族诸侯为争夺皇位互相残杀的局面形成巨大的反差，特别能逗起后人尤其是像阴铿这样的士人由衷的敬佩。可是季子的时代已经一去不复返了！季子悬挂在徐君坟上的宝剑今安在？可叹只剩下衰杨在风中空自悲吟！随着诗意的层层展开，阴铿的情绪也低落到了极点，这与张正见那首《行经季子庙》判然有别。张正见凭吊季札不过感叹"地绝遗金路，松悲悬剑枝。"而"野藤侵沸井，山雨湿苔碑"尚有几分野趣，"别有观风处，乐奏无人知"，不过是说人们都到他处游览去了，这里即使有人奏乐也没有人知道，只是衬托出季札墓的孤寂苍凉。心情不同，流露在诗中的情绪也就大不相同。张正见的诗不过是小悲之什，阴铿的诗则是大悲之作。阴铿死后不过二十多年，隋文帝杨坚就灭了陈国，统一

了中国。

此诗中多句为后人所步履。"年代理当深",唐曹松《古冢》:"代远已难问";"荒隧受田侵",唐曹松《古冢》:"民田侵不尽"。"昏昏陇日沉",唐张说《崔司业挽歌二首》:"干旌陇日悬"。

[集评]

明杨慎《升庵诗话》卷一二"碑生金":阴铿诗曰:"表柱应堪烛,碑书欲有金。"上句用张华燃烛化狐事。下句碑生金事,人鲜知之。考《水经注》:"魏受禅,碑六字生金,论者以为司马金行,故曹氏六世而晋代之也。"又《符子》曰:"'木生蝎,石生金。'又贾逵祠前碑石生金,干宝以为晋中兴之瑞。《郭璞传》:'碑生金,庾氏祸至矣。'阴所用,盖出此。"杨慎《丹铅余录》卷一亦收录此段文字。明冯惟纳《古诗纪》卷一五三"碑生金"条亦录此段文字,末注出处为《丹铅余录》。

明陆时雍《古诗镜》卷二五:"表柱应堪烛,碑书欲有金。"用古如出本色。

清陈祚明《采菽堂古诗选》卷二九收录此诗,末评曰:"表柱"二句,何其古雅!"受"字亦佳。

清仇兆鳌《杜诗详注》卷九《建都十二韵》:"衣冠空穰穰,关辅久昏昏。愿柱长安日,光辉照北原。"注:此讽当时君相之谋国者。"衣冠"二句,概刺朝臣,应"上议在云台"二句。……朱注:衣冠虽多,未救关辅之难。今中原沦陷,天子当迴阳光以照之,奈何汲汲建都之举耶?……阴铿诗:"昏昏陇日沉",昏昏,言日,故下接以长安日。

和樊晋陵伤妾

画梁朝日尽,芳树落花辞①。
忽以千金笑,长作九泉悲②。
镜前尘剧粉,机上网多丝。

户余双入燕③,床有一空帷④。
名香不可得,何见返魂时⑤。

[题解]

《文苑英华》《古俪府》作《和悼亡》。《文苑英华》并注:樊晋阳伤妾,《艺文类聚》阳作"陵"。樊晋陵,指姓樊的晋陵令,即县令。阴铿为晋陵太守,樊晋陵为其下属。樊晋陵亡妾,写下《伤妾》诗。其人史无载,其诗已佚。阴铿和作。

[异文]

①落,《文苑英华》《古俪府》作"晚"。②泉,《本集》《六朝诗集》作"原"。③燕,《艺文类聚》作"莺"。④帷,《文苑英华》作"惟",形近而误。⑤何,《文苑英华》《古俪府》作"讵"。返,《艺文类聚》《文苑英华》《古俪府》作"反",通假。

[注释]

1.画梁:绘有彩色图案的房梁。

2.芳树落花辞:芳树,花草树木,或曰"开花的树"。辞,辞谢,此指花谢。

3.千金笑:千金一笑的省写。周幽王宠妃褒姒极难一笑。周幽王发出重赏,谁能引发褒姒一笑,赏以千金。此句极写樊晋陵妾所受宠爱。

4.九泉:地下最深处。古人认为人死后住在地底下,故人死称"赴九泉"。又称"黄泉"。

5.尘剧粉:剧,甚也。尘剧粉,尘粉甚多。

6.名香:指返生香。汉托名东方朔的《海内十洲记·聚窟洲》载:"洲有大山。……山多大树,与枫木相类,而花叶香闻数百里,名为反(返)魂树。……伐其木根心,於玉釜中煮,取汁,更微火煎,如黑饧状,令可丸之。名曰惊精香,或名之为震灵丸,或名之为反生香,或名之为震

檀香，或名之为人鸟精，或名之为却死香。……香气闻数百里，死者在地，闻香气乃却活，不复亡也。"

[解读]

　　诗用两个比喻开头。"画梁朝日尽，芳树落花辞"，并非写实景，而是将樊晋陵妾的亡故比作日落与花谢，表达惋惜的意思。日落后，彩绘的房梁就变得黯淡了；花谢后，蓬勃的草木就失去了生机。此二语暗喻樊晋陵在妾亡之后精神伤感颓废。第二联转入正题。以"九泉悲"对"千金笑"，"千"对"九"，"悲"对"笑"，不仅十分工整，而且大笑大悲对比强烈，衬托出无尽的哀伤，实为名对。接下来一联睹物思人。"镜前尘剧粉，机上网多丝"，剧，甚也，多也。为调平仄，也为了避复，用"剧"不再用"多"。爱妾每日临照的铜镜落满了灰尘，平日织布的机梭布满了蛛丝。这是摹写樊晋陵的感受，似设身处地，颇为动人。下面更有一联："户余双入燕，床有一空帷"，乃阴铿想象之词、对比之景。孤寂之人见双宿双飞的燕子，又见空无人影的床帐，禁不住悲从中来，将伤妾之情写到极致。尾联既伤返魂香不可得，哀叹不可再有返魂之时。全诗写得凄恻委婉，令人怆然泪下。为人伤妾写得如此多情，一足见阴铿与樊晋陵关系之密切，二足见其才情之逸飞。阴铿与下属关系密切，《罢故鄣县》已透露玄机，此诗乃又一佐证，与其在朋友宴饮时赐行觞者酒肉可相互印证。

[集评]

　　清陈祚明《采菽堂古诗选》卷二九收录此诗，末评曰：荒凉悲切。

残　句

柳色黄金嫩，梨花白雪香。

宋姚宽《西溪丛话》卷下：如"柳色黄金嫩，梨花白雪香"，乃阴铿诗也，今阴诗无之。宋阮阅《诗话总龟》、明冯惟纳《古诗纪》、清吴景旭《历代诗话》、清郑方坤《五代诗话》亦各载之。

宋孙奕《示儿编》卷九：阴铿云："柳色黄金嫩，梨花白雪香。"太白《行乐词》亦全用之。

宋王清明《挥麈余话》："柳色黄金嫩，梨花白雪香。"阴铿诗也。李太白取用之。

水田飞白鹭，夏木啭黄鹂。

宋张三吴《云谷杂记》：阴铿诗有"水田飞白鹭，夏木啭黄鹂"之句，王维但加"漠漠""阴阴"四字。

按：唐李肇称李嘉祐有残句"水田飞白鹭，夏木啭黄鹂"。李嘉祐，唐天宝七年（748）擢进士第，则晚于王维。《全唐诗》存诗133首，诗中未见与王维有来往。

清汪启淑《水曹清暇录》卷六"王维剽窃阴铿诗句"：阴铿诗："水田飞白鹭，夏木啭黄鹂"，王右丞维仅加"漠漠""阴阴"四字，攘为己句。人不以为剽窃，而反贵其风致。

存疑诗一首

昭君怨

跨鞍今永诀，垂涕别亲宾①。
汉地随行尽②，胡关逐望新。
交河壅塞雾③，陇日暗沙尘④。
唯有孤明月⑤，犹能远送人⑥。

[题解]

　　此诗为《阴常侍诗集》最末一篇，诗题下原注：按：此诗《乐府》作陈昭。《艺文类聚》卷三〇收录此诗，题作"陈明昭君辞"，而子坚本集载之。《六朝诗集·阴常侍集》亦收录此诗。《文苑英华》卷二〇四于阴铿名下注曰："一作陈昭。"《古诗纪》卷一一六陈昭《昭君怨》下注曰："阴铿集亦载此诗。今从《乐府》作陈昭。《艺文》又作陈明，疑即昭也。"《乐府诗集》卷二九、《古乐苑》卷一五、《石仓历代诗选》卷一〇、《古诗镜》卷二七、《古俪府》卷三，或归于阴铿，或归于陈昭。

　　昭君，晋时避司马昭之讳作明君，后世亦有称明君者。《乐府解题》曰：王嫱，字昭君。《琴操》载："昭君，齐国王穰女。端正娴丽，未尚窥门户。穰以其有异于人，求之者皆不予。年十七，献之元帝。元帝以地远不之幸，以备后宫。积五六年，帝每游后宫，常怨不出。后单于遣使朝贡，帝宴之，尽召后宫。昭君盛饰而至，帝问欲以一女赐单于，能者往。昭君乃越席请行。时单于使在旁，（帝）惊恨不及。昭君至匈奴，单于大悦，以为汉与我厚，纵酒作乐。遣使报汉，白璧一只，骠马四匹，胡地珍宝之物。昭君恨帝始不见遇，乃作怨思之歌。单于死，子世达立。昭君谓之曰：'为胡者妻母，为秦者更娶。'世达曰：'欲作胡礼。'昭君乃吞药而死。"汉至梁陈，文人士子每以昭君为题作诗。

　　按：陈昭无传。《古诗纪》陈昭名下曰："义兴国山人庆之之子。（庆之）在梁以军功封永兴侯。卒，昭嗣位。"据《梁书》卷三十二陈庆之传，陈昭系陈庆之长子。陈庆之生前战功卓著，累迁散骑常侍、左卫将军，以军功封永兴侯。陈庆之死后，陈昭承其爵位。南朝陈何胥有《哭陈昭》诗："思人适旧馆，寂寞非一原。无复酬歌乐，空余燕雀喧。落辉隐穷巷，秋风生故园。抚孤空对此，零泪欲冥言。"可知陈朝时陈昭已死。陈昭入陈后任何职，史无载。目前所知收录唐以前诗文最早最全的是由唐欧阳询编撰、成书于唐武德年间的《艺文类聚》。该书收阴铿诗32首，只有《班婕妤怨》《蜀道难》未收。收陈明诗一首，即《昭君辞》。唐时

无刻板印刷术，均为手抄。今传本均为宋本、明本。据上海古籍出版社1981年影印汪绍楹先生校点的南宋绍兴刻本《艺文类聚》，该原文为"<u>陈明昭〇乐府诗集二十九作陈昭．按晋讳昭作明．当是陈昭沿旧称作明君辞．后人误倒</u>君辞曰．跨鞍今永诀．垂涕别亲宾．汉地随行尽．胡关逐望新．郊河雍塞雾．陇日闇沙尘．唯有孤明月．犹能远送人．"如果忽略这段注文，（上面加下划线部分）则原文是："陈明昭君辞曰：跨鞍今永诀，垂涕别亲宾。汉地随行尽，胡关逐望新。郊河雍塞雾，陇日闇沙尘。唯有孤明月，犹能远送人。"上海图书馆藏南宋绍兴年间刻本于阴铿《班婕妤怨》诗后录此诗，尽如此文。则作者为陈明，非陈昭。中华书局1979年整理出版的宋郭茂倩《乐府诗集》卷二九"相和歌辞四"载陈昭《明君词》："跨鞍今永诀，垂泪别亲宾。汉地行将远，胡关逐望新。交河拥塞路，陇首暗沙尘。唯有孤明月，犹能远送人。"末注曰："①陈昭，《英华》卷二〇四作阴铿。②行将远，同上作随行尽。③塞路，同上作寒雾，《诗纪》卷一〇六作塞雾。"则误为陈昭，自郭茂倩始。按上述注文，是将明、昭二字误倒为昭明，因晋时避司马昭讳将昭君改明君。郭茂倩因后人依晋习将昭君辞作明君辞，而将陈明误为陈昭，纯系想当然。其原因可能是史书上南朝找不到陈明，只能找到陈昭，故以为陈明为陈昭。陈后主叔宝有子陈明，未受封，《陈书》《南史》亦无传。陈后主有《昭君怨》，其子也可能和作，《昭君辞》作者是否即此陈明，难以确定，或另有陈明其人也未可知。查《南朝五史人名索引》，陈明在《陈书》卷二十八464页、《南史》卷六十一1501页，然均为陈庆之子陈昭事。可见误人之广。此诗究系阴铿，抑系陈明，仍然存疑。然而徐陵编选的《玉台新咏》不收此诗，可能确实不是阴铿的诗。

[注释]

1. 跨鞍：鞍，马鞍。跨鞍，跨上马鞍。
2. 垂涕：垂泪。亲宾，亲戚宾朋。
3. 汉地随行尽：汉朝的地域随着北去的行程而逐渐远去。

4. 胡关逐望新：胡，古代称呼北方或西北方的少数民族。胡关，北方少数民族地区的关隘，或指雁门关，在今山西省代县雁山顶上。逐，逐渐，又有"放逐"的意思。逐望新，向北骋望，异域风光越来越陌生。

5. 交河壅塞雾：交河，此处应指西域招哈河，在今新疆吐鲁番市西高昌区，又名"交河"。汪绍楹先生校点的南宋绍兴刻本《艺文类聚》作郊河，误。萧绎《燕歌行》有句"金羁翠眊往交河"可证。《汉书·西域传》：交河城"河水分流绕城下，故曰交河。"《元和志》卷四〇交河县：交河"出县北天山，水分流于城下，因以为名。"《清一统志·吐鲁番》：招哈河"在吐鲁番西十里，亦名交河。源出招哈和屯北金岭中，南流分两支，环城左右而南注，至城南折西南流二十里入于沙碛。"壅，堆积。塞雾，塞外之雾。塞，要塞，引申为边境。塞外，边境之外。

6. 陇日暗沙尘：陇，古代指今甘肃省一带。此处泛指西域。意谓西域的太阳为沙尘所遮蔽而昏暗无光。

[解读]

　　这首诗写得凄恻幽怨，动人心旌。首句"跨鞍今永诀"，跨上马鞍，今生就此永诀了！此生离死别也，今生将难以再相见，定下全诗哀怨基调。面对前来送行的亲戚宾朋，唯有垂泪以对。"垂泪别亲宾"，晚唐李煜词"垂泪对宫娥"。随着辘辘车声、萧萧马鸣，熟悉而亲切的汉朝地域渐渐远去，陌生而肃杀的胡人地域渐渐迎来，那是一片吉凶未卜的地方啊！远远望去，天山脚下的交河腾涌起弥天的雾霾，陇地的寒日被漫天的尘沙所遮蔽。漫漫长路，凄凄夜晚，只有那挂在天边的明月远远地瞩望着行人。诗处处以塞外的荒凉寂寞衬托昭君幽寂苍凉的心境，胡关、交河、陇日逐一提示着今后生活的寂寞难耐，将要嫁予的单于又是一个什么样的人呢？这一切都是未知。今后的日子只有靠自己独自面对了！这首诗是一首标准的七律，诗中平仄交替、相对相粘、颔联颈联对仗等律诗规则非常严整，如为阴铿诗，当与《新成安乐宫》同时或在其前后。李章甫先生将此诗认定为阴铿诗，源于以下史实。陈武帝子陈昙

朗质于北齐，屡请不归。天嘉三年初，陈文帝提出与齐和亲，两国遂时议和，然而齐国归送的却是昙朗之丧。阴铿可能因此事有感而发写下这首诗，虽属推测，也有其合理性，故载录于此。

阴铿研究论著目录

（截至 2022 年）

1. 苏丰，江夏. 阴铿 [N]. 甘肃日报，1963-2-13（4）.

2. 林家英. 阴铿 [J]. 甘肃文艺，1980，1.

3. 李海舟. 六朝诗人阴铿 [J]. 陇苗，1981，4：37.

4. 黄耀臣. 仕于异土怀陇乡——读阴铿的《和侯司空登楼望乡》[J]. 甘肃画报，1983，4：14.

5. 李鼎文. 阴铿的《和侯司空登楼望乡》诗 [J]. 红柳，1985，6.

6. 蹇会杰. 谈阴铿的五言律诗 [J]. 青海师范大学学报（社会科学版），1985，4.

7. 戴伟华. 阴铿生平事迹考述 [J]. 扬州师院学报（社会科学版），1986，3：118-124.

8. 李鼎文. 阴铿《罢故鄣县》诗 [N]. 武威报，1987-7-25（4）.

9. 蹇长春，王会绍，余贤杰. 傅玄阴铿诗注 [M]. 兰州：甘肃人民出版社，1987.

10. 李鼎文. 张澍评阴铿诗 [N]. 武威报，1987-9-5（4）.

11. 刘国珺. 对古籍中阴铿、陈昭的昭君诗考辨 [J]. 南开学报，1988，3：71-74.

12. 刘畅，刘国珺. 何逊集注阴铿集注[M]. 天津：天津古籍出版社，1988.

13. 张帆，宋书麟. 阴铿诗校注[M]. 兰州：兰州大学出版社，1989.

14. 赵以武. 阴铿生平考释六题[J]. 文学遗产，1993，6：33-37.

15. 赵以武. 梁陈诗人阴铿的家世背景[J]. 甘肃社会科学，1994，4：103-107.

16. 赵以武. 阴铿诗《和登百花亭怀荆楚》释解及其他[J]. 文史知识，1994，10：101-103.

17. 赵以武. 阴铿与近体诗[M]. 哈尔滨：黑龙江教育出版社，1998.

18. 魏清荣. 何逊阴铿山水诗的审美理想[J]. 福建论坛（文史哲版），1998，5：60-63.

19. 顾农. 从阴铿的几首诗推测他的生平[J]. 天津师范大学学报（社会科学版），1999，1：55-59.

20. 谭元亨. 阴铿：开吾粤风雅之先者——兼论深化南北朝岭南文化之研究[J]. 岭南文史，2001，3：5-10.

21. 陈永正. 阴铿是否"开吾粤风雅之先者"？——与谭元亨先生商榷[J]. 岭南文史，2002，1：45-47.

22. 谭元亨. 有关阴铿史料的补遗——答陈永正先生[J]. 岭南文史，2002，2：57-58.

23. 左本琼. 一首独特的送别诗——阴铿《江津送刘光禄不及》诗欣赏[J]. 学语文，2002，5：32.

24. 马海英. 阴铿诗歌的时代特质[J]. 中国矿业大学学报（社会科学版），2004，1：105-108.

25. 杨学勇. 敦煌阴氏族源与郡望[J]. 寻根，2004，4：96-100.

26. 时国强. 阴何对永明诗风的承续与创变[D]. 西安：陕西师范大学，2005.

27. 李霄鹍. "阴何"诗歌研究 [D]. 武汉：武汉大学，2005.

28. 梁颂成. 阴铿家乡考辨 [J]. 湖南文理学院学报（社会科学版），2006，31(6)：84-87.

29. 高建新. 阴铿山水诗略论 [J]. 上海师范大学学报（哲学社会科学版），2007，36(2)：42-45.

30. 曾燕芬. 阴铿及其作品研究 [D]. 广州：华南师范大学，2007.

31. 晁成林. 黜庶之途亦风流——南朝诗人阴铿的双重人格论 [J]. 电影文学，2008，2：94-95.

32. 李元洛. 咏洞庭的"首创"之作——阴铿《渡青草湖》[N]. 长沙晚报，2008-10-26（5）.

33. 毛振华. 侯景之乱与阴铿诗风之变 [J]. 甘肃联合大学学报（社会科学版），2009，25（1）：78-81.

34. 荣文汉. 缘水求诗——从水之意象论阴铿的诗歌创作 [J]. 海南师范大学学报（社会科学版），2009，22（2）：123-126.

35. 张安娜. 论何逊与阴铿山水诗的情景交融 [J]. 山西大同大学学报（社会科学版），2009，23（5）：59-61.

36. 冯雪梅. 阴铿纪行诗内蕴探析 [J]. 桂林师范高等专科学校学报，2009，23（4）：88-91.

37. 赵林涛，何东，高新文. 次韵唱和探源 [J]. 河北大学学报（哲学社会科学版），2009，34（5）：139-141.

38. 李方黎. 何逊、阴铿诗歌对比研究 [D]. 贵阳：贵州大学，2009.

39. 陆立玉. 何逊、阴铿山水风景诗浅析 [J]. 文学界（理论版），2010，8：103-104.

40. 梁杰夫. 阴铿研究 [D]. 武汉：华中师范大学，2010.

41. 梁杰夫. 论阴铿诗歌的声律[J]. 华中人文论丛, 2010, 1（2）: 38-40.

42. 李方黎. "阴何"并称的原由分析[J]. 新西部, 2010, 24: 101-102.

43. 蒋亚龄. 从意象选取看何逊和阴铿诗风的差异[J]. 文学界（理论版）, 2011, 7: 18-19.

44. 李蓉. 阴铿诗歌用韵考[J]. 忻州师范学院学报, 2012, 28（6）: 47-49.

45. 张海娥. 阴铿研究[D]. 太原: 山西师范大学, 2012.

46. 封立. 五言律诗的先驱——阴铿[J]. 甘肃教育, 2013, 6: 96.

47. 刘婕. 阴铿诗格律与对仗研究[J]. 文学教育(上), 2013, 5: 100-103.

48. 梁淑珍. 汉唐武威阴氏考略[J]. 河西学院学报, 2014, 30（4）: 47-51.

49. 糜良玲. 阴铿诗歌研究[D]. 湘潭: 湘潭大学, 2014.

50. 熊琴. 侯景之乱对阴铿诗歌创作的影响[J]. 文艺评论, 2014, 12: 34-37.

51. 彭勋. 诗人阴铿的独特心境和艺术特征[J]. 文学教育（上）, 2015, 4: 58-59.

52. 林秋芳. 阴铿诗接受之研究——以南朝、唐、宋为中心[J]. 南亚学报, 2015, 27: 285-294.

53. 胡旭, 万一方.《杜甫详注》引阴铿诗考辨[J]. 杜甫研究学刊, 2018, 1: 49-54.

54. 张安娜, 张三玲. 何逊、阴铿的创作技巧与诗境追求[J]. 山西大同大学学报（社会科学版）, 2018, 32（3）: 53-55.

55. 杨晓斌. 阴铿诗集[M]. 北京: 中华书局, 2019.

56. 李娜. 阴铿诗歌"清省"风格分析[J]. 长安学刊, 2019, 10（5）: 37-39.

57. 王晓婕. 李白对阴铿诗歌的接受[J]. 青年文学家, 2020, 9: 87.

58. 李建华. 新出土唐《阴弘道墓志》考释[J]. 唐史论丛, 2021, 1: 240-247.

59. 杨晓斌. 《阴铿集》的结集与流传——著录、题跋、版本相结合的考察[J]. 励耘学刊（文学卷）, 2021, 1: 323-337.

60. 柴多茂. 先于李益有阴铿——武威籍诗人阴铿、李益简述[J]. 时代人物, 2021, 12: 54.

61. 胡旭, 万一方. 杜甫"颇学阴何苦用心"考论[J]. 文艺理论研究, 2022, 42（4）: 123-132.

62. 邵郁. 出土石刻与晋唐时期武威阴铿家族研究[J]. 敦煌学辑刊, 2022, 3: 174-184.

兴趣是最好的老师（代后记）

余自幼嗜书。学前遍读街头小人书书摊，知有《西游》《水浒》《三国》《说岳》等。及入学，语文老师见余学有余力，乃授予《三言二拍》。之后一发不可收拾，闻有好书，千方百计找来一读，古代、当代、国内、国外，长篇、短篇，凡能觅得者必欲读毕而后快。然身居小镇，书实难得。父母早亡，赖兄姊扶养，更无购书之资，常恨恨然。初中毕业后本可升高中，却因家庭成分而几乎辍学，后入县办卫校学医，遂入医途。然工余仍好杂读诸书，犹好文史。舅见余读《三国演义》，谓曰当读《三国志》，遂由中华书局绿皮本《三国志》而及《史记》《汉书》《后汉书》。又嗜古人诗词。自《唐诗三百首》《宋词三百首》《唐宋词鉴赏辞典》而《古诗十九首》《诗经》《离骚》等，遂得中国古典诗歌之大要，愈读愈迷。然救人医病之职渐重，诸多史籍沉睡箱笼，唯有医书常在案头。及至退休，乃重拾旧书，学写诗词，得入当地诗社，任诗刊主编多年，于诗词渐有体会。读至南朝梁陈间著名诗人阴铿诗，觉其清新典雅。细究之，原是家乡人。阴铿，祖籍武威姑臧，而其高祖阴袭早在东晋末已迁至南平郡作唐县，即今之安乡。遂起研究阴铿之兴趣。然阴铿相关史料极少。至2003年学会上网后，一得闲暇便上网搜寻资料，虽有所获，然除阴铿诗注释本外，多系只鳞片爪，于阴铿生平几无所得。直至读到赵以武先生的《阴铿与近体诗》，方对阴铿及其家族、其祖其父、其子其孙有一比较完整的轮廓。反复阅读之后，又觉尚有诸多问题未能明了。而读诸多学者研究阴铿之论文，亦发现有对阴铿诗解读之谬误者。于是自2005年前后开始，潜心爬搜古籍，广阅各家之说，点点滴滴，录以存档。2020年春，避疫居家，遂着手考索资料，落笔撰稿，至2021年10月，初稿著成。先后请老友张梅友、文启尧审读，他们在肯定书稿的同时也提出了很多宝贵意见。按他们的意见修改后，又请湖南文理学院文学院教授刘梦初审读了全稿，他提出了非常中肯的意见，再次修改后，又根据中国书籍出版社的编辑老师意见认真审阅修改，对所引资料按规范加上注释，并作最后之纠错与润色。2023年春，书成付梓。

爱因斯坦说："兴趣是最好的老师。"信然。余退休后重拾文史诗词，纯由年幼时所培养之兴趣使然。此兴趣历六十春秋而未辍，缘于中华历史文化之博大精深也。虽救死扶伤之职繁事重，而"三上"读书不懈，故能于花甲之后重阅文史而兴趣不减。即便中古诗文难读，亦必孜孜汲汲，非遍查史籍、屡翻辞典而不休，渐有所悟所得，于是乃成此二十余万言，亦得益于中华文化之昌盛也。若非今日网络之便利，文史图书之电子化、网络化，安能居八尺书斋而得五车之书乎！莘莘学子，有大学名师之授，图书富藏之便，当更可为我中华文化之兴盛镶金嵌玉哉！

此书能成，尤得益于当代阴铿研究学者之丰富成果，其中赵以武教授的《阴铿与近体诗》对我尤有启发和导引。第四章"阴铿诗校注与解读"之"异文""集评"大量参考了陕西师范大学杨晓斌教授整理之《阴铿诗集》中丰富资料，"注释"参阅了刘国珺先生《阴铿集注》，张帆、宋书麟《阴铿诗校注》和蹇长春、王会绍、余贤杰《傅玄阴铿诗注》，在此一并致以深深的谢意。湖南文理学院教授刘梦初先生于百忙中认真审读了书稿，不仅提出了非常中肯的意见，还认真撰写了序言。他严谨的治学态度和谦谦君子之风时时影响着我，对这本书的完成起了不小的作用。余挚友张梅友先生对本书初稿提出了十分诚恳而切中肯綮之意见，不放过一点瑕疵，使我在撰写过程中始终有临深履薄之意，也受益匪浅。刘、张二位友人的批评指导，充分显示了学术之纯粹、友谊之无间。这已经不是"谢谢"二字可以表达的了。家乡诗友姜远清女士为我搜集资料付出了大量心血。中国书籍出版社的编辑老师认真审阅修改，发现了不少疏漏，改正了很多文字错讹。此书付梓，深得中诗协文化传媒（北京）有限公司黄莽先生之助，并代为宣传推广。谨此一并表示感谢。

癸卯仲春于武陵一心斋